古典文獻研究輯刊

五 編

曾 永 義 主編

第 12 冊

清代楚曲劇本及其與京劇關係之研究（上）

丘 慧 瑩 著

國家圖書館出版品預行編目資料

清代楚曲劇本及其與京劇關係之研究（上）／丘慧瑩 著──初
版 ── 新北市：花木蘭文化出版社，2012〔民 101〕
目 4+246 面：19×26 公分
（古典文學研究輯刊　五編：第 12 冊）
ISBN：978-986-254-933-9（精裝）
1. 清代戲曲　2. 京劇　3. 戲曲評論
820.8   101014718

ISBN-978-986-254-933-9

古典文學研究輯刊
五　編　第十二冊　　　　　　　　ISBN：978-986-254-933-9

清代楚曲劇本及其與京劇關係之研究（上）

作　　　者　丘慧瑩
主　　　編　曾永義
總　編　輯　杜潔祥
出　　　版　花木蘭文化出版社
發　行　所　花木蘭文化出版社
發　行　人　高小娟
聯　絡　地址　新北市永和區中正路五九五號七樓
　　　　　　　電話：02-2923-1455／傳真：02-2923-1452
網　　　址　http://www.huamulan.tw 信箱 sut81518@gmail.com
印　　　刷　普羅文化出版廣告事業
初　　　版　2012 年 9 月
定　　　價　五編 20 冊（精裝）新台幣 33,000 元

作者簡介

　　丘慧瑩，中央大學中文碩士、高雄師範大學國文研究所博士，目前任職於彰化師範大學國語文學系暨研究所專任副教授，學術專長為中國古典戲曲、俗文學、民間文學、女性文學。

　　曾獲第二屆中國海寧杯〈王國維戲曲論文獎〉一等獎、中華發展基金會獎助、2009 年山東省文化藝術科學優秀成果一等獎。

　　著有專書《乾隆時期戲曲活動研究》、《唐英戲曲研究》及戲曲、寶卷等相關學術論文多篇，並主編《中國牛郎織女傳說‧俗文學卷》、《大學國文選》〈女性文學〉部份。

提　　要

　　在中國戲曲發展的漫漫長河中，清代的「花雅爭勝」是一個非常重要的課題。青木正兒甚至認為，清中葉之後的戲劇史，就是一部「花雅」興亡史。這一段戲曲發展變化的歷程，使中國戲曲無論在形式或內容上都產生了巨大的變化。由於受到清朝政府的政治干預，以及文人觀念的食古難化，使得原本單純的戲曲發展更替過程，附加了雅正──俗鄙、正統──歧出等干擾。回歸戲曲史發展的歷程，其實這是中國戲曲由曲牌音樂轉變成板腔變化音樂、由體製劇種轉變為聲腔劇種、由劇作家中心轉變為演員中心，更重要的是此時戲曲所呈現出的面貌，是不管「案頭」只理會「場上」搬演的重要歷史時刻。「花雅」之間的關係，絕非純粹的對立，實質上是在各種戲曲聲腔、劇種互競的過程中，促進了中國戲曲的交流、吸收及發展。而「花雅爭勝」最後的霸主──京劇，正是具備這些轉變後特質的集大成劇種。

　　只是有關這一段歷史的相關研究，因為資料不足，加上以前的研究者，重心都放在戲曲聲腔更迭的過程，使得這一段戲曲發展的歷史，只能由今日尚存的各種聲腔傳統劇目上溯，因此這一段「花雅爭勝」史，始終處在眾說紛紜、模糊不清的情況中。以往學者的研究，僅能就劇目來討論，由於不同劇種可能都有相同劇目的情況下，若僅就劇目分析，可能造成失之毫里差之千里的錯誤。「花雅」競爭之初，受限於資料不足之故，僅能從乾隆中葉所輯之《綴白裘》及末葉《納書楹曲譜》中的花部劇本得知。這些資料，讓我們了解到梆子與傳奇之間的關係，屬於板腔體音樂與曲牌音樂之間如何融合、過度的情況。而這批「楚曲」資料的發現，則可知皮黃與傳奇之間的關係，即從徽班到京劇這一路的發展。對照時間的先後，正是梆子一系與皮黃一系，對京劇先後造成的影響。經由「楚曲」劇本的分析，補足了戲曲發展史空缺的一部份，也使得長期處於各說各話的戲曲發展歷史，有了明確的證據可供依循推論。

　　本文的幾點成就：

一、釐清長期以來學者對「新鐫楚曲十種」的誤解
二、確立「徽班──漢調──京劇」發展的脈絡
三、「楚曲」上承傳奇下啟京劇的特殊地位
四、釐清「楚曲──京劇」的關係
五、「楚曲」影響京劇的表現技法
六、劇本場上性的重要

　　本文的研究，從預設到結論的距離不大，但是卻是花雅研究，特別是徽班到京劇研究的一大步。而這樣的分析比對的意義，都只有一個指向，即了解花雅爭勝時由徽班──楚曲──京劇，這一路的變化發展，並論證做為花部霸主的京劇，及其所代表的板腔體戲曲，劇本文學性雖遠遜於傳奇，卻有其優越的場上特質，所以最終能在「花雅爭勝」的過程中，取得最後的勝利。

目

次

上 冊

緒 論 ……………………………………………………… 1

一、「花雅爭勝」與京劇的形成 ……………………… 1

二、研究動機與目的 ………………………………… 4

三、研究範圍、方法及進程 ………………………… 9

第一章　楚曲漢調與京劇形成的歷史考察 ………… 13

第一節　徽班與漢調的關係 ………………………… 13

一、徽班的形成及進京 …………………………… 13

二、班曰徽班調曰漢調——徽班的唱腔變化 … 18

三、徽班劇目 ……………………………………… 28

第二節　做為京劇前身劇種之一的楚曲 …………… 31

一、楚曲劇本的時代——最遲於嘉慶末葉已
　　然存在 ……………………………………… 32

二、新鐫楚曲十種及兩個長篇楚曲 …………… 35

三、其他短篇楚曲 ………………………………… 39

第三節　楚曲劇作概要 ……………………………… 41

一、長篇楚曲 ……………………………………… 41

二、短篇楚曲 ……………………………………… 49

三、歷史劇的偏重 ………………………………… 56

第二章　楚曲劇作的特色 ………………………… 59
　第一節　往生角戲的表演方向傾斜 ………… 61
　第二節　分場制的形成 …………………………… 70
　第三節　淺白平直的語言風格 ………………… 80
　第四節　新生成的唱詞表現技法 …………… 86
　　一、運用「對口接唱」鋪陳故事 …………… 86
　　二、有層次的「對口接唱」表達情節高潮 …… 91
　　三、細說從頭的唱段抒情敘事 …………… 95
　　四、以排比句型深化情感 …………………… 98
　第五節　成熟運用曲牌做為過場音樂 …… 103
第三章　長篇楚曲敘事結構分析 ………… 119
　第一節　生旦對位及其變形結構布局的長篇楚曲 · 122
　　一、生旦對位情節發展類型 ……………… 123
　　二、生旦對位情節布局的變形 …………… 133
　第二節　擺脫生旦對位結構布局的長篇楚曲 …… 142
　第三節　結構布局與情節高潮 ……………… 150
　　一、結構布局的變化 ………………………… 151
　　二、結構線與情節高潮 ……………………… 153
第四章　長篇楚曲對京劇的影響 ………… 157
　第一節　全本沿用楚曲的京劇劇作 ……… 158
　第二節　集折串演本 …………………………… 176
　第三節　新編連台本戲 ……………………… 239

下　冊

第五章　楚曲對京劇單齣的影響（一） …… 247
　第一節　未見京劇流傳的楚曲劇作 ……… 248
　　一、無流傳資料可尋的「楚曲」劇本 …… 249
　　二、車本收錄，卻未見京劇流傳的「楚曲」劇本 …………………………………… 251
　　三、楚曲劇作被車本沿用，卻未影響京劇劇作 ……………………………………… 261
　　四、車本與京劇本同題材劇作皆與楚曲不同的劇作 …………………………………… 273

第二節　沿用楚曲的京劇劇作分析……………………283
一、幾乎完全沿用的劇作……………………………283
二、因押韻因素而改唱詞的劇作……………………294
三、因唱詞冗長而略作刪減的劇作…………………298
第六章　楚曲對京劇單齣的影響（二）……………………329
第一節　為角色而改動楚曲的京劇單齣……………………329
一、突出二路老生的劇本……………………………329
二、突出花旦的劇本…………………………………346
三、突出小生的劇本…………………………………351
第二節　為劇情而改動楚曲的京劇單齣……………………360
一、為劇情合理而改動………………………………360
二、單純的劇情減省…………………………………365
第三節　同題京劇單齣的不同劇種來源……………………378
結　語…………………………………………………………390
結論　從楚曲京劇劇本看板腔體戲曲的「場上性」
………………………………………………………………393
一、確立「徽班──漢調──京劇」發展的脈
絡……………………………………………………394
二、「楚曲」上承傳奇下啟京劇的特殊地位………395
三、釐清「楚曲──京劇」的關係…………………396
四、「楚曲」影響京劇的表現技法…………………398
五、場上性才是劇作傳演的主要因素………………399
附　錄……………………………………………………………403
附錄一　「楚曲」《回龍閣》與梆子腔、《戲考》所
收諸折唱詞對照……………………………………403
附錄二　「楚曲」《辟塵珠》與京劇《碧塵珠》重
要唱詞對照…………………………………………425
附錄三　「楚曲」〈綁子上殿〉與車本《綁子上殿》、
京劇《上天臺》唱詞對照…………………………427
附錄四　「楚曲」《李密降唐》與車本《斷蜜澗》、
京劇《雙投唐》唱詞對照…………………………432
附錄五　「楚曲」《楊四郎探母》〈回營見母〉，與
車本《四郎探母》、京劇《四郎探母》唱
詞對照………………………………………………443

附錄六　「楚曲」《東吳招親》與車本《甘露寺》、
　　　　京劇《甘露寺》唱詞對照…………………448

附錄七　「楚曲」《花田錯》與車本、京劇本唱詞
　　　　對照……………………………………………455

附錄八　「楚曲」《轅門射戟》與車本、京劇本唱
　　　　詞對照…………………………………………465

附錄九　「楚曲」《洪洋洞》與車本《洪羊洞》、京
　　　　劇《洪洋洞》唱詞對照………………………471

附錄十　「楚曲」《二度梅》與京劇《失金釵》唱
　　　　詞對照…………………………………………480

附　　圖………………………………………………………501
　　附圖一：《轅門射戟》封面……………………………501
　　附圖二：《曹公賜馬》封面……………………………502
　　附圖三：《東吳招親》封面……………………………503
　　附圖四：《日月圖賣畫》封面…………………………504
　　附圖五：《魚藏劍》總綱目次…………………………505
　　附圖六：《上天臺》總目………………………………507
　　附圖七：《祭風台》總綱目次…………………………509
　　附圖八：《英雄志》總綱目……………………………511
　　附圖九：《二度梅》總綱………………………………513
　　附圖十：《辟塵珠》總綱目次…………………………514
　　附圖十一：《打金鐲》總綱目次………………………516
　　附圖十二：《烈虎配》總綱目次………………………518
　　附圖十三：《回龍閣》報場……………………………520
　　附圖十四：《龍鳳閣》總綱目…………………………521

附表　京劇沿用改編楚曲關係表…………………………523

引用書目………………………………………………………525

緒　論

一、「花雅爭勝」與京劇的形成

　　「花雅」問題是清代戲曲發展的重要課題，青木正兒甚至認為，清中葉之後的戲劇史，就是一部「花雅」興亡史：

> 乾隆末期以後之演劇史，實花雅兩部興亡之歷史也。〔註1〕

「花」、「雅」之名首先出現在吳長元的《燕蘭小譜》（乾隆五十年，1785），〔註2〕成書稍晚的《揚州畫舫錄》（乾隆六十年，1795）所載的「花」、「雅」名稱，則是眾人熟知的：

> 兩淮鹽務，例蓄花雅兩部，以備大戲。雅部即崑山腔，花部為京腔、秦腔、梆子腔、羅羅腔、二簧調，統謂之亂彈。〔註3〕

焦循的《花部農譚》（嘉慶二十四年，1819）也提到：

> 梨園共尚吳音。「花部」者，其曲文俚質，共稱為「亂彈」者也，乃余獨好之。吳音繁縟，其曲雖極諧於律，而聽者使未睹本文，無不茫然不知所謂。……花部原本於元劇，其事多忠、孝、節、義，足以動人；其詞直質，婦孺亦能解；其音慷慨，血氣為之動盪。〔註4〕

〔註1〕　青木正兒：《中國近世戲曲史》（台北：台灣商務，1988），頁446。

〔註2〕　〔清〕吳長元：《燕蘭小譜》例言：「元時院本，凡旦色之塗抹、科諢、取妍者為花，不傅粉者而工歌唱者為正，即唐雅樂部之意也。今以弋腔、梆子等曰花部，崑腔曰雅部，使彼此擅長，各不相掩」，收在《清代燕都梨園史料》正續編（北京：中國戲劇，1988）上，頁61。

〔註3〕　〔清〕李斗：《揚州畫舫錄》（台北：世界，1979）卷五「新城北錄」下，頁107。

〔註4〕　〔清〕焦循：《花部農譚》序，收在《中國古典戲曲論著集成》（北京：中國

從上列三書得知「花」、「雅」名詞出現在清乾隆朝（1736～1795），並成為清中葉以後戲曲發展持續被關注的問題。

「花雅爭勝」的基本概念，本指清代「地方戲曲」在發展的過程中，與「崑曲」相對峙的競爭，終於使得戲曲劇壇為之一變的情況。青木正兒將「雅部」「崑腔」視為「王者」，「花部」諸腔視為「霸者」，以西周至漢代一統的歷史，來類比這一段戲曲發展史：

> 雅部，王者也；花部，霸者也。自明萬曆迄乾隆中期，適當西周時代。崑劇如周室，君臨劇界，克保其尊嚴；自乾隆末期為始，成為春秋之世，崑曲威令漸次不行，權柄遂落西秦、南弋兩霸之手，然斯時猶知崑曲之可尊也。道光以還，頓為戰國之世；花部梟雄相競，各樹旗幟，崑曲遂如有若無矣。至咸豐、同治之間，皮黃成一統之業，奠定子孫可萬世君臨劇界之基矣。〔註5〕

以群雄並起、政權轉移的說法，比喻「花雅」戲曲的消長，清楚道出歷來戲曲聲腔發展變化的事實。

但因清朝政府不惜動用行政力量，以「聲音既屬淫靡，其所扮演者，非狹邪媟褻，即怪誕悖亂之事，于風俗人心殊有關係」〔註6〕的原因，排斥、禁毀「花部」戲曲的演出。使得單純的戲曲發展、更替、變化過程，從悅耳動聽與否，衍生出帶有雅正與俗鄙、正統與歧出、高尚與卑賤、風教與狹邪等對立概念的爭議。《中國大百科全書·戲曲曲藝》對「花部」、「雅部」下的定義為：

> 花、雅之分，沿襲了歷來封建統治者分樂舞為雅、俗兩部的舊例，具有崇雅抑俗的傾向。所謂雅，就是正的意思，即奉崑曲為雅樂正聲；所謂花，就是雜的意思，言其聲腔花雜不純，多為野調俗曲。故花部諸腔戲，又有「亂彈」的稱謂，曾長期受到上層社會、士大夫文人的歧視而登不了「大雅之堂」。〔註7〕

便是受了歷來「花雜崑雅」觀念的影響。從明清文人大量從事劇本創作、且大力介入演劇活動以來，原被視為俗樂的戲曲活動，竟已高尚化，成為雅正

戲劇，1959）冊八，頁 225。

〔註5〕 青木正兒：《中國近世戲曲史》（台北：台灣商務，1988），頁 446。

〔註6〕 〈翼宿神祠碑記〉，收在江蘇省博物館編《江蘇省明清以來碑刻資料選集》（北京：三聯，1959），頁 295～296。

〔註7〕 鄧興器所撰「花部 雅部」，《中國大百科全書·戲曲曲藝》（北京：中國大百科全書，1983），頁 127～128。

文化的象徵；而當時新興的各種地方戲曲，則被文人士大夫嘲笑詆斥，視爲俗鄙醜拙，難以忍受的市俗文化，這其中態度的轉變及區別方式實可玩味。

　　然而「花雅爭勝」不是只有聲腔的問題而已。「花部」戲曲除了聲腔外，還包括了劇本、音樂、舞台等都方面的變化，這也導致雅部崑腔爲適應變局產生結構性的改變。中國戲曲發展到此時，是從曲牌體音樂戲曲，變化爲板腔體音樂；從劇作家中心，轉向演員中心；從體製劇種，變化到聲腔劇種。若將「花雅爭勝」，在不預設誰爲主、誰爲客，且無政治運作干擾的情況下考察，實則僅是戲曲發展中，汰舊換新的更迭變換過程。「花雅」之間的關係，絕非純粹的對立，實質上是在各種戲曲聲腔、劇種互競的過程中，促進了中國戲曲的交流、吸收及發展。

　　集「花部」大成的「徽班」，在乾隆五十五年（1790）因萬壽祝釐的歷史因素進京，各種劇種的藝人互相搭班演唱的結果，不但使得戲曲藝術精益求精，且使「花部」戲曲正式在北京取得主導地位。而「徽班」之所以擁有京班、崑班望塵莫及的特色，便在於它是一種「聯絡五方之音」，〔註8〕能博採眾長且踵事增華的多聲腔戲班。具有複合性、流動性、可塑性的「徽班」，〔註9〕在「漢調」藝人進京搭入「徽班」演出，更使「徽班」如虎添翼，「漢調」藝人帶來的「楚調新聲」風靡一時，造成「班曰徽班，調曰漢調」的現象。〔註10〕只是這種「崑、亂、梆子俱諳」、「文、武、崑、亂不擋」的多聲腔合班演出，〔註11〕雖可以滿足不同觀眾的喜好，卻是不同劇種在一起演出，各自使用各自聲腔曲調，屬於諸腔拼合的狀態。必須等待「徽班」內部逐漸孕育、演化，將徽調、漢調、崑曲、梆子互相交流、結合、融化，從而產生具有新風格及特色的新劇種──「京劇」。以皮黃爲主、且具有統一風格的京劇正式成立，並襲捲全國，成爲戲曲舞台上新一代的霸主時，「花雅爭勝」的戲碼也才算是正式結束。〔註12〕

〔註8〕　〔清〕小鐵笛道人：《日下看花記》自序。收在《清代燕梨園史料》正續編（北京：中國戲劇，1988）上，頁55。

〔註9〕　陶雄：〈從徽班向京二簧嬗變中的若干問題〉，顏長珂、黃克主編《徽班進京二百年祭》（北京：文化藝術，1991），頁15～16。

〔註10〕陳彥衡：《梨園舊話》，頁836。收在《清代燕梨園史料》（北京：中國戲劇，1988）正續編中。

〔註11〕陸小秋：〈從徽班看徽戲〉，顏長珂、黃克主編《徽班進京二百年祭》（北京：文化藝術，1991），頁43～52。

〔註12〕有關花雅爭勝相關問題，尚可參考汪詩珮：〈花雅之爭所帶動的劇場環境〉《乾

「京劇」從醞釀到形成經過一段很漫長的的歷程。從「徽班」進京一直到現代，京劇也還不斷地在形式、表演各方面有所蛻變。就京劇發展的分期，歷來說法不一，〔註13〕本文採《中國京劇史》的分期，分為：

1. 京劇孕育形成期：1790～1840（乾隆五十五年到道光二十年左右）
2. 京劇成熟期：1840～1917（道光二十年至民國六年左右）
3. 京劇鼎盛期：1917～1938〔註14〕

由於「京劇」是融合徽調、漢調、崑曲、梆子等產生的新劇種，其在表演風格與演出劇目上也承襲了各家之長。除了崑曲之外，早期劇本的缺乏，使得研究工作難以進行。

二、研究動機與目的

由於「花雅爭勝」有著眾多的新興聲腔，因此歷來對「花雅爭勝」的研究，多是以戲曲聲腔興替的角度著眼。孟繁樹〈論花雅之爭〉、陳芳《清代戲曲研究五題‧論清代「花雅之爭」的三個歷史階段》、范麗敏《清代北京劇壇花雅之盛衰研究》，都是以聲腔更迭的時間與過程為主要研究重心。〔註15〕一

嘉時崑劇藝人在表演藝術上因應之探討》（台北：學海，2000），頁7～30、陳芳：〈論清代「花、雅之爭」的三個歷史階段〉《清代戲曲研究五題》（台北：里仁，2002），頁9～63。只是這些研究對「徽班——漢調」的部份幾乎都沒有著墨。

〔註13〕波多也乾一：《京劇二百年之歷史》（台北：傳記，1974）馮叔鸞序，以徽班進京至道光末（1790～1850）為醞釀期，咸豐至終清之世（1851～1917）為成熟期，頁1～2。蘇移：《京劇二百年概觀》（北京，燕山，1989）以1790～1840為孕育期，1840～1850為京劇正式誕生期，頁38。毛家華《京劇二百年史話》（台北：行政院文建會，1995）認為是徽班進京至道光二十年（1790～1840）為孕育期，道光二十年至咸豐末（1840～1860）為形成期，以北伐（1927）之後為鼎盛期，頁1～57。馬少波等主編之《中國京劇發展史》（台北：商鼎，1992）則以1790～1880為孕育期，1880～1917為成熟期，1917～1937為鼎盛期，頁5～6。

〔註14〕《中國京劇史》（北京：中國戲劇，1999）〈緒論〉中的分期，還包括了第四個時期1938～1949因中國受日本侵略，及國共分隔而造成京劇盛衰的不同情況，及第五個時期為1949～1996（原標明1990，但修正後的下卷實際編寫到1996）之後的京劇新生期。由於本文所涉及時代，主要是京劇的形成期，所以未將後面兩部份列出，頁8～9。

〔註15〕孟繁樹：〈論花雅之爭〉《地方戲藝術》第四期（鄭州：1984），頁34～39、陳芳〈論清代「花雅之爭」的三個歷史階段〉《清代戲曲研究五題》（台北：里仁，2002），頁9～63、范麗敏《清代北京劇壇花雅之盛衰研究》（北京：首都

般戲曲史裡，對這一段的歷史，也沒有脫離這樣的論述方向。青木正兒的《中國近世戲曲史》、周貽白《中國戲曲發展史綱要》、吳梅《中國戲曲概論》、盧前《明清戲曲史》、許金榜的《中國戲曲文學史》、廖奔、劉彥君《中國戲曲發展史》等，或多或少提及了花部戲曲異於傳奇的部份，以及花部戲曲的特質，然而也都只是點到爲止，並沒有詳細的探討或是具體的深入論述。〔註16〕張庚、郭漢城《中國戲曲通史》中，提及較多當時花雅戲曲活動的背景：

> 這種局面的出現，是和康乾時期社會經濟的恢復與發展所提供條件分不開；也和戲曲本身傳統日漸深厚有關。……
>
> 正由於地方戲之隨著商業活動流布，有很多大工商業城市便往往成爲各種聲腔劇種的薈集點，出現了崑曲、「亂彈」諸腔並奏，彼此競爭的局面……由於各劇種的彼此競賽，相互交流，不僅對戲曲藝術的豐富、提高起了推進作用，而使得當地劇種得以博采眾長，迅速形成發展起來。乾嘉以來，許多包括幾種聲腔的大型綜合性劇種的出現，也正是在這種特定條件下醞釀產生的。〔註17〕

周妙中的《清代戲曲史》，推測了崑曲逐漸衰落原因：

一、崑曲興盛了數百年，漸趨規範化程式化進走向了僵化失去了旺盛的生命力。……

二、清朝中葉以後的傳奇雜劇作家，文人逐漸多了起來，他們不像以前的作家那樣，精通音律，懂的演出效果。……久而久之，使傳奇雜劇不再是活躍在舞台上的文藝，變成了供人閱讀的案頭文學了。

三、人們的愛好往往要求有所更新。一種文藝盛行的時間太長了，又不再改進提高，就不能再給人以新鮮的感覺，觀眾對它的愛

師範大學博士論文，2002）。

〔註16〕 青木正兒：〈花部興與崑曲之衰頹〉《中國近世戲曲史》（台北：台灣商務，1988），頁 437〜467。周貽白〈花雅兩部的分野〉《中國戲曲發展史綱要》（上海：上海古籍，1984），頁 402〜408。吳梅〈清總論〉《中國戲曲概論》（台北：廣文，1980）卷下，頁 105。盧前〈花部之紛起〉《明清戲曲史》（台北：台灣商務，1988），頁 102〜107。許金榜的〈清代地方戲的勃興〉《中國戲曲文學史》（北京：中國文學，1995），頁 378〜382。廖奔、劉彥君〈花雅之爭〉《中國戲曲發展史》（山西：山西教育，2003），頁 106〜115。

〔註17〕 張庚、郭漢城：《中國戲曲通史》（台北：丹青，1987）冊三，頁 3、5。

好就減弱。〔註18〕

葉長海、張福海新編的《插圖本中國戲劇史》，提供了花部戲曲在清代勃興發展、步步取勝的可能線索：

> 清代地方戲的勃興，不是突然的，就戲劇自身運動來看，明代中、晚期的地方戲即已為它打下堅實的基礎，同時，戲劇藝術成果自身的積累和繁衍，各地興起的歌舞、說唱等民間表演藝術走向戲劇的潛在力等等，都為地方戲的滋生和成長準備了充份的藝術條件。從引發和促成地方戲勃興的外部原因看，滿清入關，奪取明王朝政權引起的民間情緒的震盪，是激發清代地方戲興起的一個重要契機。而經濟的發展，城市的繁榮，資本主義因素的生長等，都不同程度地超過了明代。特別是市民階層的發展和壯大，戲樓、茶園等劇場業的繁榮、發達，都為地方戲的興起和發展提供了充份的物質條件。……商路的暢通，也帶動了人口的流動，加之戰亂、災年、流民、移民等原因發生的人口遷徙，也使地方戲藉此得以傳播和流變。〔註19〕

孟繁樹的《中國板式變化體戲曲研究》，是以梆子腔為主，涉及「花雅爭勝」的這段歷史。〔註20〕但大多學者的研究，主要是著眼於花部諸腔何時取得霸位的問題，而以了解及介紹各種戲曲聲腔的歷史及發展為敘述重心。

筆者從碩士論文開始，研究重點一直不離「花雅爭勝」這個戲曲史中重要的課題。除《唐英戲曲研究──花雅爭勝期一個劇作家的考察》，另有《乾隆時期戲曲活動研究》一書，其後也陸續發表〈場上與案頭的左右傾斜──談明清文人對戲曲劇本的品評標準〉、〈風教與風情的左右傾斜──談明清文人對戲曲內容的品評標準〉等文章，皆是著眼於花雅問題，想釐清花雅爭勝期各戲曲間的互動與交流過程。〔註21〕然而從研究的過程中得知，花雅問題

〔註18〕周妙中：《清代戲曲史》（河南：中州古籍，1987），頁405～406。

〔註19〕葉長海、張福海：《插圖本中國戲劇史》（上海：上海古籍，2004），頁364～365。

〔註20〕孟繁樹：〈前言〉《中國板式變化體戲曲研究》（台北：文津，1991），頁1～4。

〔註21〕筆者有關花雅問題的相關研究：《唐英戲曲研究──花雅爭勝期一個劇作家的考察》（中壢：中央大學碩士論文，1991）、《乾隆時期戲曲活動研究》（台北：文津，2000）、〈場上與案頭的左右傾斜──談明清文人對戲曲劇本的品評標準〉《戲曲研究》第六十四輯（北京：中國戲劇，2004）、〈風教與風情的左右傾斜──談明清文人對戲曲內容的品評標準〉《第一屆明清文學與思想研討會》（嘉義：南華大學，2003），頁254～276。

難以釐清的重要關鍵所在，便是當時花部劇本的難以取得。因為在清中葉以後，各種聲腔並峙的情況中，對於各種聲腔如何互動，以及京劇如何從徽班脫胎而出的發展，特別是演出劇目的繼承部份，當代的研究者只能從老藝人的口述、以及文獻中著錄的劇目加以比對。

　　只是這種僅能比對劇目，或由後往前逆溯的推論方式，存在著許多的模糊與陷阱。在當日諸腔同台並奏的「徽班」中，各種聲腔劇種處於互動與交流的情況下，同一劇目可能是現今多種不同劇種的「傳統劇目」；而「徽班」中原本唱西皮的劇目可能到京劇時改唱二黃。以《香山》一劇為例，成書於嘉慶十五年（1810）的《聽春新詠》中，記載了藝人李香葉（小喜）、居星環（雙鳳）皆擅演《香山》一劇，而「徽班」藝人張芝香（連喜）亦長於此劇，作者特別標示二部《香山》不同處：

> 蓋西部《香山》與徽部稍異。徽部服飾裝嚴，西部則止穿背甲，非
>
> 雪膚玉骨者，不輕為此。〔註22〕

張芝香的《香山》是「流韻繞梁，魚魚雅雅，尤令人神怡心曠」，而星環登場卻是「令人情蕩」；作者指出的並不是情節內容上的差異，而是表演服飾及風格的不同。〔註23〕因此這劇目，到底是源自於徽班抑或秦腔，並沒有清楚的證據。但這個劇作，卻被承襲下來，《清車王府藏曲本》亂彈部份，亦收有《大香山》一劇，然非全本，僅白雀寺求藥至莊王信道一小部份。〔註24〕最早的京劇劇本集——光緒六年（1880）出版，由李世忠輯纂的《梨園集成》也收有此劇；〔註25〕編成於民初的《戲考》中，〔註26〕所收《大香山》一劇與《梨園集成》本同。編者王大錯於考述部份，言其劇本得自「徽班之老藝員」，然而這些資料卻還是難以釐清二部劇作何者源頭較早，只能說明此劇後來由徽班唱紅，京劇也承襲徽班的劇本，且沿用下來。又如《蝴蝶夢》一劇，可唱崑腔，亦可唱亂彈，「楚曲」中亦收有此劇，只是比對《戲考》中收錄之京劇

〔註22〕〔清〕留春閣小史：《聽春新詠》「張芝香」條。收在《清代燕都梨園史料》正續編（北京：中國戲劇，1988）上，頁173。

〔註23〕以上特質、差異相關引文，見留春閣小史：《聽春新詠》「張芝香」、「雙鳳」、「小喜」條。收在《清代燕都梨園史料》正續編（北京：中國戲劇，1988）上，頁173、186、187。

〔註24〕《清車王府藏曲本》（北京：學苑，2001）十二冊，頁102～110。

〔註25〕收在《續修四庫全書》（上海：上海古籍，1995）集部，戲劇類1782冊，頁192～203。

〔註26〕收在王大錯述考、鈍根編次《戲考》（台北：里仁，1980）冊九，頁5333～5358。

劇本，與前述三者之間，都還存有不小的差異。〔註 27〕因此對於京劇形成初期，其如何繼承「徽班」中各劇種劇目特色，進而或增、或刪、發展、變異、創造，實在是戲曲史上一個值得關注的問題。只是因為當時劇本的匱乏，故對京劇形成之初，那一段「花雅爭勝」的歷史，始終難以撥雲見日，處在眾說紛紜的情況中。

由於「京劇」的「前身劇種」不少，但是除了《綴白裘》及《納書楹曲譜》所收的「花部」劇作外，〔註 28〕早期的「花部」劇作幾乎不可得，因此無從考察除崑腔傳奇之外的各京劇「前身劇種」，對京劇在何種方面產生影響。歷來學者雖莫不認為京劇源於徽班，而後來的徽班又演唱著漢調，那麼，最早演唱皮黃的花部戲曲——漢調，與京劇關聯如何？

中國近代曾有兩次大規模搜集俗文學資料，一是清咸豐以後，北京一個蒙古王府——車王府，抄藏了大批戲曲與說唱文曲本；〔註 29〕另一次便是民國初年由劉半農出任中央研究院史語所民間文藝組主任後，開始徵集俗文學資料。而中研院收錄的這一批俗文學資料，後來輾轉運來台灣，1965 年美國哈佛大學趙如蘭到台灣搜集中國民族音樂資料時，這批俗文學資料被開箱運用，其後俞大綱在報端發表一篇〈發掘中央研究院所保存的戲劇寶藏〉，極力鼓吹其重要性，於是這批資料才又引起世人的矚目。1973 年，曾永義在哈佛燕京學社的補助下，帶領年輕學者，花了三年的時間整理編排，整理出了戲劇、說唱、雜曲、雜耍、徒歌、雜著等，六屬一百三十七類的目錄敘論。有關這一批資料的整理、分類相關問題，曾永義曾撰〈中央研究院所藏俗文學資料的分類整理和編目〉一文加以說明。〔註 30〕其中豐富的劇本資料，對研究戲曲史「花雅爭勝」的相關問題，有莫大助益。

〔註27〕 崑腔《蝴蝶夢》劇作收錄在《全明傳奇》（台北，天一，1983）130 冊，《綴白裘》亦收其中九折。唱亂彈的《蝴蝶夢》，收在《清車王府藏曲本》（北京：學苑，2001）二冊，頁 283～303。「楚曲」《蝴蝶夢》收在《俗文學叢刊》（台北：新文豐，2002）冊 109，頁 115～160。京劇本《蝴蝶夢》收在《戲考》（台北：里仁，1980）冊二，頁 810～821。

〔註28〕 〔清〕錢德蒼編《綴白裘》二編收有雜齣〈賞雪〉、六編、十一編皆有梆子亂彈劇作，〔清〕葉堂《納書楹曲譜》補遺卷四，收有時劇。此二書收在《善本戲曲叢刊》（台北：學生，1987）第五輯。

〔註29〕 車王府所收曲本於 1991 年由北京古籍出版社出版影印線裝本，2001 年由北京學苑出版社出版普通本。

〔註30〕 曾永義：〈中央研究院所藏俗文學資料的分類整理和編目〉《說俗文學》（台北：聯經，1984），頁 1～10。

　　這批由劉半農擔任中央研究院史語所民間文藝組主任後開始徵集的資料，從 2001 年開始由新文豐出版公司與中研院合作陸續印行。其中包括了楚戲三冊，共二十四個劇本。〔註31〕特別是這批俗文學資料中，收錄的「楚曲」，與杜穎陶捐贈、中國藝術研院收藏的「新鐫楚曲十種」為同時期的劇本。孟繁樹與周傳家於 1990 年編校，出版《明清戲曲本輯選》時，因當年資料不足，將不是「新鐫楚曲十種」的三個劇作混入。中研院所藏「楚曲」的出現，將可改正歷來對「新鐫楚曲十種」的誤解（有關「新鐫楚曲十種」種種問題，第一章將有詳細介紹）。京劇形成初期的「花雅之爭」問題，京劇受徽班漢調影響、繼承漢調特質的相關問題，也因為這批俗文學資料的問世，加上收錄在《明清戲曲珍本輯選》中的「楚曲」劇本〔註32〕、總共二十九種的「楚曲」劇本（包括了十個長篇及十九個短篇）的出現，而有了較明確的分析對象。有了這樣的劇本，便可知皮黃一系的戲曲對京劇造成何種影響。

　　本文希望藉著「楚曲」劇本的研究分析，進而經由「清車王府藏曲本」所代表的「京劇初期劇本」的比對，梳理出「京劇」與其「前身劇種」之間的關係，這種有憑有據的劇本分析，可避免空口無憑的臆測困境。故筆者不揣鄙陋，勉力為之，期能有助於釐清這一段戲曲史上的疑義。

三、研究範圍、方法及進程

　　作為「京劇」「前身劇種」的戲曲雖然複雜，且包括板式變化與曲牌聯套兩種完全不同的戲曲體製，但「京劇」是以皮黃為主要唱腔，楚曲漢調又是最早合西皮二黃的花部戲曲，因此本文研究範圍著重於「楚曲」到「京劇」的發展，以文本分析、比對的方式，透過橫向——與傳奇所代表的曲牌體戲曲，縱向——楚曲→車王府亂彈→京劇的比對，說明「楚曲」對京劇造成的影響；並嘗試釐清戲曲史中，為何京劇能襲捲天下，成為「花雅爭勝」最後霸主的原因。至於「楚曲」到漢劇一路，由於屬於聲腔劇種的內部蛻變，且所見劇本亦為後來藝人口述，故本文暫不論及。

　　做為劇本，應以場上演出為第一要務，任何劇本在未搬上舞台演出前，

〔註31〕此書定目時，以「楚戲」或「楚劇」稱之。

〔註32〕這批中國戲曲研究院藏「楚曲」劇本的出版，收錄在《明清戲曲珍本輯選》（北京：中國戲劇，1985）中。《續修四庫全書》（上海：上海古籍，1995）集部，戲劇類 1782 冊亦收，為原板影印。其中收錄了五個楚曲劇本。

都不能算是完成，只不過這批當時舞台演出實錄的「楚曲」劇本中，在表演設計的部份，除少數有所註明外，大多數的唱詞並未標明所唱板式與唱腔，至於身段、舞蹈等表演藝術手段，更是付之闕如。在當時音樂不復存在、所唱聲腔不確定，又欠缺表演指引的情況下，勢必不能還原其場上丰姿。原本表演部份，還可以從演員一路窺知一、二，但與「楚曲」劇本同時的演員資料，實在太少，因此本文僅能就劇本文字、情節、結構等相關問題加以討論。此種研究，雖可避免因推測或以今溯古可能產生的錯誤與妄斷，卻也是本文在研究「楚曲」劇本時，無法避免的先天缺憾。

　　不同於文人劇作刊刻的劇本，這一批「楚曲」劇本錯字極多，為維持原貌，本文將錯別字照錄；長篇楚曲的場（回）目目次也與內文有些許出入，因文章分析時涉及內文，故以內文標示為準。中國傳統戲曲因傳抄錯誤或口語因素，雖為同一劇作，但在「楚曲」與京劇中名稱卻有所出入，如：「辟塵珠──碧塵珠」、「宋世傑──宋士傑」、「專珠──專諸」等，本文為維持原貌，採用各仍其舊的作法，如在「楚曲」中用「宋世傑」，但論及京劇劇作時，便用「宋士傑」。由於「皮黃」之「黃」，因其來源說法不同，而有不同寫法，行文以「皮黃」為主，若引原文，則依其說。幾個主要的對比劇本：《俗文學叢刊》、《明清戲曲珍本》、《續修四庫全書》中的「楚曲」劇本；《清車王府藏曲本》中所收亂彈劇作；《梨園集成》、《戲考》中收的京劇劇本；在正文中出現時，以括號表示該劇收於何冊何頁，若有引文，註釋僅標示冊數、頁碼，不另行標示出版資料。

　　本文除緒論、結論外，共分為六章：
　　第一章　楚曲漢調與京劇形成的歷史考察
　　第二章　楚曲劇作的特色
　　第三章　長篇楚曲敘事結構分析
　　第四章　長篇楚曲對京劇的影響
　　第五章　楚曲對京劇單齣的影響（一）
　　第六章　楚曲對京劇單齣的影響（二）
　　大約可分成兩大部份，前三章著重處理「楚曲」本身及其與傳奇的關係；後三章論證「楚曲」對京劇造成的影響。

　　由於本文著眼於戲曲史中「花雅爭勝」問題，因此本文先從京劇形成的歷史談起，從乾隆五十五年（1790）徽班進京，到京劇成熟（1840～1917），

京劇的形成、成熟，歷經一百多年的時間，在這樣的過程裡，「楚曲」到底居於何種地位。第一章試圖從戲曲發展的脈絡中，梳理出楚曲漢調與京劇的關係。在理清了「徽班──楚曲漢調──京劇」的關係之後，接著才進行這批「楚曲」劇本的分析，由於此前並沒有其他研究者，分析過這一批《俗文學叢刊》中收錄的清代「楚曲」劇本，因此本文的第二、三章，便針對清代「楚曲」劇本的特色以及情節結構進行分析。完整的劇本分析，應該包括「主題思想」、「人物塑造」、「情節布局」、「排場結構」、「語言藝術」、「音樂安排」等問題，只是這一批當時在漢口劇場演出實錄的「楚曲」劇本，並非出自一人一手，因此本文在分析時，也不能以「專家研究」的方式進行作品剖析。只能著重於板腔體戲曲的「楚曲」劇本，不同於曲牌體戲曲的傳奇劇作的部份，在兩類劇作中，觀察其新變，最主要是以戲曲發展的脈絡為關照對象，因此第二章便針對「楚曲」劇作不同於傳奇的特色一一詳陳。由於「楚曲」雖是唱板腔體的皮黃，但劇本卻沿襲了傳奇分卷、副末開場（報場）的體製，甚至有些劇本也以「分齣」為主。不過「外貌」與傳奇雷同，卻不代表劇作的內容也與傳奇相同，因此第三章便以情節結構分析為主，說明板腔體戲曲的「楚曲」，在結構布局上產生的變化，進而影響到劇作內容的部份。

　　第四、五、六章，論證「楚曲」對京劇的影響。本文以清代「楚曲」劇本，與李世忠於光緒四年（1878）輯纂，目前可見為光緒六年（1880）刻印本的《梨園集成》；以及民初開始編輯，約於民國十三年出齊，王大錯述考、鈍根編次的《戲考》所收劇本，這兩種屬於京劇成熟期的劇本加以比對，以明其發展脈絡。〔註33〕另以時代較晚胡菊人所編《戲考大全》、柳香館主人編《京戲考》二書所收劇本為輔助依據。〔註34〕此外，由於車王府亂彈劇本代表的「京劇初期劇本」與其「前身劇種」劇本之間的關係，它可以使「楚曲」與京劇劇本之間的關係得到更明確的聯繫。但由於《清車王府藏曲本》（以下簡稱為「車本」）所收劇作時間跨度非常長，有源自於乾隆時期就存在的「百本張」鈔本；而具體可見的抄錄時間為咸豐五年（1855），到光緒十九年

<hr />

〔註33〕 有關《戲考》出版年代等相關問題，可參見王秋桂在台灣里仁書局重印《戲考》
（台北：里仁，1980）撰寫的《出版說明》，收在「名伶小影、總目索引」冊，
頁1～4。另可參見《中國京劇史》（北京：中國戲劇，1999）上卷，頁160。
〔註34〕 胡菊人編《戲考大全》，原為1937年上海圖書公司印行，上下冊。宏業書局
於1970重印，其後多次再版，筆者所用為1986年再版。柳香館主人《京戲
考》亦名《京戲大觀》，上下冊，1966由台北正文出版社印行。

（1893），正是因為具體的劇本版本年代頗難確定，因而其中劇作的變化，也難以從劇本中得到資料釐清，故本文僅將車本列為參考對象。〔註35〕由於除「連台本戲」之外，一般京劇多以單齣的形式出現為多，而長篇「楚曲」劇本的出現，則為京劇劇壇上常演出的「全本」，找到了源頭所在。本文第四章，就將長篇「楚曲」與京劇劇本比對，找到彼此的關聯性，以及京劇對長篇「楚曲」劇作的繼承沿用。第五章與第六章則是將現存清代「楚曲」劇作，與京劇單齣劇作比對，五、六兩章其實同為一章，因篇幅過於龐大，故分為（一）、（二）：第五章處理的是「楚曲」劇作與京劇完全相同或完全無關，可判然分明的劇本；第六章則是處理京劇沿用「楚曲」劇作，但有增刪的情況，以及「楚曲」與京劇之間變化過大，無法判斷是否為京劇祖本的部份。

　　而這樣的分析比對的意義，都只有一個指向，即了解花雅爭勝時由徽班——楚曲——京劇，這一路的變化發展，並論證做為花部霸主的京劇，及其所代表的板腔體戲曲，劇本的文學性雖遠遜於傳奇，卻有其優越的場上特質，所以最終能在「花雅爭勝」的過程中，取得最後的勝利。

〔註35〕有關《清車王府藏藏曲本》所收戲曲年代及相關考證，可參見關德棟《原石印《清蒙古車王府曲本》序》、金沛霖《原《清蒙古車王府藏曲本》前言》，收在《清車王府藏曲本》（北京：學苑，2001），頁 15-25。

第一章 楚曲漢調與京劇形成的歷史考察

第一節 徽班與漢調的關係

一、徽班的形成及進京

　　清乾隆時期，「花部亂彈」的出現，標示著中國戲曲的發展，進入了群腔競豔的時代。各種民間流行的聲腔、劇種，據李調元《劇話》（乾隆四十年，1775）、《郝碩覆奏查辦戲曲摺》（乾隆四十五年，1780）、嚴長明等《秦雲擷英小譜》（乾隆四十五年，1780）、吳長元《燕蘭小譜》（乾隆五十年，1785）、李斗《揚州畫舫錄》（乾隆六十年，1795）、焦循《劇說》（嘉慶十年，1805），整理得知：
〔註1〕京腔（高腔、秧腔）、梆子腔、楚腔（楚調）、亂彈腔、吹腔（石牌腔、樅陽腔）、秦腔、二簧調（胡琴腔）、西秦腔（琴腔）、羅羅腔、襄陽調（湖廣腔）、弦索腔（女兒腔、河南調）、清戲等，都曾被文人記載及注意。

　　這些不同的聲腔、劇種，在衝州撞府四處演出之際，經常互相搭班演唱，彼此吸收與交流的結果，形成一種「你泥中有我，我泥中有你」的演劇情況。這種吸收各種聲腔、劇種的特色，進而同台並奏，以符合不同嗜好的觀眾的

〔註1〕 〔清〕李調元：《劇話》，收在《中國古典戲曲論著集成》（北京：中國戲劇，1959）冊八，頁 46～47。、《郝碩覆奏查辦戲曲摺》，見〔清〕郝碩：《查辦戲劇違礙字句案》，收在《史料旬刊》（台北：國風，1963），第二十二期，天七百九十三，頁 423。〔清〕嚴長明等《秦雲擷英小譜》收在〔清〕張潮等編《昭代叢書》（上海：上海古籍，1990），頁 3254～3258。〔清〕吳長元《燕蘭小譜》，收在張次溪編《清代燕都梨園史料》正續編中（北京：中國劇戲，1988），頁 6。〔清〕李斗《揚州畫舫錄》（台北：世界，1979），頁 107。〔清〕焦循《劇說》，收在《中國古典戲曲論著集成》（北京：中國戲劇，1959）冊八，頁 98～99。

演出方式，在當時以徽班最具有代表性。

「徽班」的組成，原爲乾隆五十五年（1790），爲萬壽祝釐而由浙江鹽務組成：

> 《燕蘭小譜》作于乾隆三、四十年間，迨至五十五年，舉行萬壽，浙江鹽務承辦皇會，先大人命帶三慶班入京。自此繼來者，又有四喜、啓秀、霓翠、和春、春台等班。各班小旦不下百人，大半見諸士大夫歌詠。（《批本隨園詩話》）〔註2〕

此中雖未提及「徽」字，但在楊映昶（米人）作於乾隆六十年的《都門竹枝詞》中云：

> 保和宜慶舊人非，又出名班三慶徽，雙鳳遐齡新腳色，一雙俊眼滿場飛。〔註3〕

已出現「三慶徽」之名，《夢華瑣簿》直指「三慶徽」就是乾隆五十五年入京祝釐的「徽班」鼻祖：

> 乾隆間，魏長生在雙慶部，陳渼碧在宜慶部。同時又有萃慶部，或曰今之三慶班殆合雙慶、宜慶、萃慶爲一者也。余按四喜在四徽班中得名最先，《都門竹枝詞》云：「新排一曲《桃花扇》，到處閧傳四喜班。」此嘉慶朝事也。而三慶又在四喜之先，乾隆五十五年庚戌，高宗八旬萬壽，入都祝釐，時稱「三慶徽」是爲徽班鼻祖。今乃省稱徽字，稱三慶班，與雙慶、宜慶、萃慶部不相涉也。〔註4〕

接著是四慶徽部、五慶徽部相繼進京，〔註5〕並以各自的特色「四喜的曲子」、「三慶的軸子」、「和春的把子」、「春臺的孩子」在北京站穩了腳跟。〔註6〕並進一步紮根於北京劇壇，造成「戲莊演劇必徽班」的空前盛況。

「四大徽班」與揚州都有密切關係，〔註7〕這些戲班演員，都曾先後在揚

〔註2〕 〔清〕袁枚：《袁枚全集》（南京：江蘇古籍，1993）第三冊，頁826。

〔註3〕 雷夢水等編：《中華竹枝詞》（北京：北京古籍，1997）第一冊，頁108。

〔註4〕 〔清〕蕊珠舊史（楊掌生）作於道光二十二年之《夢華瑣簿》，收在張次溪編《清代燕都梨園史料》正續編（北京：中國劇戲，1988），頁352～353。

〔註5〕 周育德〈乾隆末年進京的徽班──讀《消寒新詠》所見〉，《戲曲藝術》第二期，1983。

〔註6〕 〔清〕楊掌生《夢華瑣簿》，收在張次溪編《清代燕都梨園史料》正續編（北京：中國劇戲，1988），頁352。

〔註7〕 吳新雷〈四大徽班與揚州〉，原刊於《藝術百家》，第二期，1991；又收於《中國戲曲史論》（南京：江蘇教育，1996），頁316～328。

州戲曲舞台活動過，然後才進入進京獻藝的行列，因此必須先了解揚州的花部演劇風格，方能清楚了解屬於花部戲班的徽班受到的影響。乾隆末葉揚州演劇的情況可見《揚州畫舫錄》，〔註 8〕其中記載當時揚州花部，有「京腔、秦腔、弋陽腔、梆子腔、羅羅腔、二簧調」等各種聲腔。屬於這些聲腔的戲曲藝人，來自於各地：「安慶有以二簧調來者」、「安慶藝人色藝最優，蓋於本地亂彈，故本地亂彈間有聘之入班者」。揚州鹽商江鶴亭的春台班，成立之初因不能自立門戶，所以江春：

> 乃徵聘四方名旦如蘇州楊八官、安慶郝天秀之類。而楊、郝復採長生之秦腔。並京腔中之尤者，如滾樓、抱孩子、賣餑餑、送枕頭之類。于是春台班合京秦二腔矣。〔註 9〕

江春身爲鹽商總商，爲適應其總商身份的交遊廣闊，招待四方朋比，班中的花部藝人都能演唱多種聲腔，像樊大「演思凡一齣，始則崑腔，繼則梆子、羅羅、弋陽、二簧，無腔不備，議者謂之戲妖」。雖說樊大的例子有些特殊，但揚州花部戲班諸腔並奏的演劇事實，是一種普遍的存在情況。〔註 10〕

　　徽班之所以在京城的舞台上立足，成爲「邇來徽部迭興，踵事增華」〔註 11〕、「戲莊演劇必徽班」、「外城小戲園，徽班所不到者」，〔註 12〕且令雅部崑腔自嘆弗如的原因，便在於徽班是一個「聯絡五方之音」──能演唱多種聲腔劇目的綜合戲班。〔註 13〕所以即使是嘉慶三年禁唱花部戲曲的禁令，〔註 14〕對能演唱

〔註 8〕　〔清〕李斗《揚州畫舫錄》（台北：世界，1979），卷五，新城北錄下，都是與揚州戲曲活動有關的記載，頁 107～136。

〔註 9〕　本段各引文，具引自李斗《揚州畫舫錄》（台北：世界，1979），頁 107、130～131。

〔註 10〕有關清代揚州戲曲活動狀況，可參見筆者〈清代揚州鹽商與戲曲活動研究〉，收在《戲曲研究》（北京：中國戲劇，2005）第六十七期。

〔註 11〕〔清〕小鐵笛道人：《日下看花記》自序。收在《清代燕梨園史料》正續編（北京：中國劇戲，1988）上，頁 55。

〔註 12〕〔清〕楊掌生：《夢華瑣簿》。收在《清代燕梨園史料》正續編上（北京：中國劇戲，1988），頁 349、350。

〔註 13〕〔清〕小鐵笛道人：《日下看花記》自序。收在《清代燕梨園史料》正續編（北京：中國戲劇，1988）上，頁 55。相關研究尚可參見陸小秋：〈從徽班看徽戲〉，顏長珂、黃克主編《徽班進京二百年祭》（北京：文化藝術，1991），頁 43～52。陶雄〈從徽班向京二簧嬗變中的若干問題〉，顏長珂、黃克主編《徽班進京二百年祭》（北京：文化藝術，1991），頁 15～16。刁均寧：〈徽戲遺產挖掘工作的收獲經驗〉中提到中國從 1957 年開始整理徽戲，記錄了徽戲中的老腔調，裡頭便包括了西皮、二黃、二黃平、反二黃、撥子、吹腔、花腔雜調，

各種聲腔劇種的徽班而言，也不構成太大威脅，只要收斂些，不特別打著徽調
的招牌，多唱些崑弋腔，也就避過了風頭。與當年的魏長生不得不離開京師完
全不同。〔註15〕禮親王昭槤在《嘯亭雜錄》裡記載：

> 近日有秦腔、宜黃腔、亂彈諸曲名，其詞淫褻猥鄙，皆街談巷議之
> 語，易入市人之耳；又其音靡靡可聽，有時可以節憂，故趨附日眾，
> 雖屢經明旨禁之，而其調終不能止，亦一時習尚然也。〔註16〕

可見徽班蓬勃的生命力及適應力。〔註17〕

「聯絡五方之音」的徽班，演唱的聲腔以徽調二黃為主，〔註18〕並包括
崑山腔、吹腔、撥子、四平調以及民歌小調等。〔註19〕所以進京之時，已是
一個能唱各種聲腔的綜合戲班。而魏長生之徒、三慶掌班高朗亭，入京師後，
吸收了京、秦兩腔的特色：

> 高朗亭入京師，以安慶花部合京秦兩腔，名其班曰三慶。（揚州畫舫
> 錄卷五）

更使徽班能在京城立於不敗之地，因為花部戲曲進京之時，若只會演唱一種
聲腔的戲班，進京之初似乎都會受阻。〔註20〕當戲班在演出技藝上精益求精

草崑、細崑等音樂，由今證古，可知徽班唱腔的多樣性。《戲劇論叢》第四輯
（北京，1959），頁205～210。

〔註14〕 蘇州〈翼宿神祠碑記〉、〈蘇州織造府禁止演唱淫靡戲曲碑〉，收在江蘇省博
物館編《江蘇省明清以來碑刻資料選集》（北京：三聯，1959），頁295～298。

〔註15〕 乾隆五十年京師禁唱花部戲曲的禁令，首要目標應是秦腔班，當時徽班也尚
末進京。故魏長生不得不離開京師，直到嘉慶六年再度進京。

〔註16〕 〔清〕昭槤：《嘯亭雜錄》（北京：中華，1980）卷八「秦腔」條，頁236。

〔註17〕 在〔清〕李斗：《揚州畫舫錄》：「四川魏三兒，號長生，年四十來郡城投江鶴
亭。演戲一齣贈以千金」。正是魏長生南下避風頭時的記載。

〔註18〕 〔清〕留春閣小史：《聽春新詠》例言：「梁谿派衍，吳下流傳，本為近正：
二簧、梆子，娓娓可聽，各臻神妙，原難強判低昂。然既編珠而綴錦，自宜
部別而次居。先以崑部，首雅音也；次以徽部，極大觀也；終以西部，變幻
離奇，美無不備也」，可知崑部唱的崑腔，徽部唱二簧，西部唱梆子。收在《清
代燕梨園史料》正續編（北京：中國劇戲，1988）上，頁155。。

〔註19〕 有關徽班所唱腔調，可參見崔恆升〈說徽戲〉，《江淮論壇》（合肥，1994），
頁71～78。《中國劇京劇史》（北京：中國戲劇，1999），頁43～46。蘇移：《京
劇二百年概觀》（北京：燕山，1989），頁8～13。除上述腔調外，王芷章：《中
國戲曲聲腔叢考》，認為徽班還唱梆子腔、亂彈腔、弦索腔。收在《中國京劇
編年史》（北京：中國戲劇，2003），頁1219、1231。

〔註20〕 魏長生的秦腔班如此，安慶班亦如此。魏長生第一次進京是在乾隆三十九
年，然鎩羽而歸。直到乾隆四十四年再度進京，才造成轟動。相關研究可

之後，並學習其他聲腔特色，融於自己的劇種中，發揮此種聲腔劇種的特殊
處，更因爲能演唱不同聲腔戲曲以投時好，如此就很快能站穩腳跟。特別是
安慶藝人初進京時，正是魏長生等秦腔藝人獨領風騷之際。安慶藝人只唱安
慶梆子，是無法與當時色藝俱佳、風頭正健的秦腔班爭鋒，因爲當時的秦腔
班除了演出秦腔劇目外，已合崑、京、秦各腔於一班。後來的安慶藝人，結
合了蘇揚藝人，演唱除了家鄉的聲腔外，還結合當時流行的各種不同聲腔劇
作，集其大成，終於一舉成名。

　　徽班能在京城立足，還在於徽班擅於運用多聲腔戲班的特長，安排適合
各種觀眾的演出劇目，早、中、大軸子的戲碼安排，有聲腔及演員陣容上的
差異。楊掌生說：

> 今梨園登場，日例有「三軸子」：「早軸子」，客皆未集，草草開場。
> 繼則三齣散套，皆佳伶也。「中軸子」後一齣曰「壓軸子」，以最佳
> 者一人當之。後此則「大軸子」矣。「大軸子」皆全本新戲，分日接
> 演，旬日乃畢。每日將開大軸子，則鬼門換簾，豪客多於此時起身
> 徑去。此時散套已畢，諸伶無事，各歸家梳掠薰衣，或假寐片時，
> 以待豪客之召。故每至開大軸子時，車騎蹴踏，人語騰沸，所謂「軸
> 子剛開便套車，車中載得幾枝花」者是也。貴游來者皆在中軸子之
> 前聽三齣散套，以中軸子片刻爲應酬之候。有相識者，彼此互入座
> 周旋，至壓軸子畢，鮮有留者。其徘徊不忍去者，大半市井販夫走
> 卒。然全本首尾，惟若輩最能詳之。蓋往往轉徙隨入三四戲園，樂
> 此不疲，必求知其始訖，亦殊不可少此種人也。〔註21〕

包世臣作於嘉慶十四年的〈都劇賦〉，便記載了這樣的演劇情況：

　　見周傳家〈魏長生論〉，收在《戲曲研究》，（北京：文化藝術，1987）第二
　　十一輯，頁 172～192。安慶藝人也曾於乾隆四十九年至五十年間進京，結
　　果是報散而回。見檀萃《滇南集律詩》，卷三《雜詠十五章》第十四首，相
　　關考證見鄭志良：《明清時期的徽商與戲曲》（南京：南京大學博士論文，
　　2002），頁 49。

〔註21〕〔清〕楊掌生：《夢華瑣簿》，載京城演劇的情況。一般日戲演劇時間，大約
　　未正，即下午二點開演，但在楊掌生寫此書時：「今日開戲甚早，日中即中軸
　　子，不待未正」。在早期因照明設備有限的情況下，戲園演戲必得在白天演出，
　　天黑之後視線不佳，一定影響戲劇表現，清末民初隨著照明設備的改善，戲
　　園開始有了夜間演出。收在《清代燕梨園史料》正續編（北京：中國劇戲，
　　1988）上，頁 354～355。

旗收五色，鼓發三通。乃開早齣，霄箫聲洪，間以小戲，梆子二簧，

忽出群美，炫燿全堂。中齣又變，矛戟森縱，承以么妙，雙雌求雄，

綴裒六齣，全套兩終。大齣續開，官坐遂空。〔註22〕

從中午收旗打通鼓開始演出，「早軸子」、「中軸子」合起來共六齣，由於開場的「早軸子」，因「看客未集」，故「草草開場」，因此演員大約是未成名或技藝較差的演員練戲之用，演戲的內容也不太重視情節，多為玩笑小戲一類，或是指戲班炫燿旦行的亮台戲，這與乾、嘉時期京中演劇重旦色的情況相吻合，楊米人的《都門竹枝詞》便記載：「亮台新戲今朝準，《寡婦征西》十二人」，〔註23〕大約正是此類。到「中軸子」演出「三齣散套」，則是班內菁英盡出，「矛戟森縱」指的應該是那些翻打撲跌的武戲，「雙雌求雄」應是演出注意唱工作工的風情戲，「中軸子」的最後一齣名為「壓軸子」，大約是該班的當家演員（頂班之人）擔綱演出。「大軸子」演的是全本新戲，分日接演，由於開演時豪客多起身離去，準備與名伶交游，所以「大齣續開，官座遂空」、「軸子剛開便套車，車中載得幾枝花」。真正不忍離去，繼續觀看連台本戲的是「市井販夫走卒」，而且這些真正為本戲故事性吸引的群眾，是具備十足的觀劇熱情，「往往轉徙隨入三、四戲園，樂此不疲，必求知其始訖」。正因為小戲、正戲、短篇、連台本戲各種體製的作品都在一場次的表演中出現；一動一靜、一文一武的配合變化，調節了觀眾的口味；重風情、重唱工、重作表、重故事，都同時並呈，因此不同嗜好、不同層次的觀眾都能得到滿足。

正是由於徽班充份運用了多聲腔綜合戲班的優勢，吸收各家長處，成為文武崑亂俱全的戲班；且在演出劇目的安排上能排出各種不同風格口味的戲碼，以吸引更多的觀眾群，所以才能在為乾隆賀壽之後，便在天子腳下生存紮根。

二、班曰徽班調曰漢調——徽班的唱腔變化

儘管徽班第一次「以安慶梆子合京、秦兩腔」多腔並陳的藝術風格，在京城立足，但距離產生新的聲腔劇種——京劇，則尚有一段距離。造成徽班蛻變為京劇的重要因素，便在於「徽、漢合流」。然在談「徽、漢合流」之前，還得先把西皮、二黃的來源，及其與徽班、漢調的關係先弄清楚。

〔註22〕〔清〕包世臣：《管情三義》卷二，收在《包世臣全集》（合肥：黃山書社，1997），頁 26～29。

〔註23〕雷夢水等編：《中華竹枝詞》（北京：北京古籍，1997）第一冊，頁 108。

（一）西皮二黃

對於西皮的起源，學界似乎有較為一致的看法，大多認為西皮是甘肅、陝西一帶的秦腔，流傳到湖北襄陽，經湖北藝人加工改造而成。〔註 24〕之所以稱「西皮」，據歐陽予倩研究：

> 湖北人習慣稱唱詞為「皮」，經常說：「唱一段『皮』」，「很長的一段『皮』」之類，所以所謂「西皮」可能就是從陝西或山西來的曲調。
> 因為是從西北邊來的，所以稱西皮為北路，二黃是由安徽和湖北南邊的曲調相結合而成，所以稱為南路。〔註 25〕

故「西皮」最早稱襄陽調，至今滇劇中的西皮唱腔仍稱「襄陽調」。

有關二黃起源於何地，一直是學界爭論的題目，大約可整理為幾種說法：

1、二黃起於湖北黃岡與黃陂，因二地均有一「黃」字，故以「二黃」稱之。

2、二黃腔源於江西的「宜黃腔」。

3、二簧腔由四平腔演變而來故稱「平板二簧」。

4、二簧有兩種，一種出自安徽，由吹腔演化而成，寫作「二簧腔」，其名由其伴奏的兩支嗩吶而得。一種二黃腔產自湖北，「黃」系「湖廣」二字急促拼讀而成。

5、二簧腔產自安徽，係由安徽之吹腔、撥子演化而成。

6、二黃腔產自陝南。

第一說有久遠之歷史，清乾隆時的檀萃《滇南集律詩・雜詠》小注：「二黃出於黃岡、黃安，起之甚近」，〔註 26〕嘉慶（1796～1820）時張祥珂之《偶憶編》：「戲曲二黃調，始自湖北，謂黃岡、黃陂二縣」、〔註 27〕楊靜亭《都門紀略》（1845）：「近日又尚黃腔。黃腔始於湖北黃陂縣，一始於黃岡縣，故日二黃」。〔註 28〕第二說最早可追溯到李調元《劇話》：「胡琴腔起于江右，今世

〔註 24〕 北京市藝術研究所、上海藝術研究所組織編著：《中國京劇史》（北京：中國戲劇，1999），頁 57。及張庚郭漢城編《中國戲曲通史》（台北：丹青，1987）第三冊，頁 178。

〔註 25〕 歐陽予倩：〈京戲一知談〉，收在《歐陽予倩戲劇論文集》（上海：上海文藝，1984），頁 106。

〔註 26〕 未見原書，引自流沙：〈清代楚調及漢劇皮黃腔〉，收在《戲曲藝術二十年紀念文集・戲曲文學戲曲史研究卷》（北京：中國戲劇，2000），頁 669。

〔註 27〕 未見原書，引自青正兒：《中國近世戲曲史》（台北：台灣商務，1988），頁 440。

〔註 28〕 〔清〕楊靜亭：《都門紀略》，收在沈雲龍主編：《近代中國史料叢刊》（台北：

盛傳其音，專以胡琴爲節奏，淫冶妖邪，如怨如訴，蓋聲之最淫者。又名二簧腔」，[註29] 杜穎陶〈二黃來源考〉最早提出，以「二黃」與「宜黃」乃一音之轉，[註30] 周貽白等學者也持此種看法。第三說主要由歐陽予倩所提出，[註31] 蘇移也認爲二黃腔與安徽的四平腔有關。[註32] 第四說爲王芷章在《腔調考原》中提出。不過後來他在〈皮黃來源新考〉一文中推翻「黃」爲「湖廣急讀」的說法，而贊成李調元所說即「二黃」是以胡琴爲節奏，但王芷章認爲它源於徽調二簧，[註33] 與第五說頗同。第五說爲陸小秋、王錦琦提出，認爲二簧腔的形成，並不是一種腔調的蛻變，而是有主次的幾種聲腔的融合演化：

> 初時，吹腔中出現了一種低調吹腔，用崑笛伴奏，因其四平、崑腔風味較濃，稱之爲「四崑腔」、「崑平腔」，亦有人稱之爲「嚨咚調」（浙江徽班稱「龍宮」，疑係「嚨咚」之訛）。這種腔調後受撥子影響，並改用嗩吶伴奏，形成了「嗩吶二簧」（又稱老二簧）。「嗩吶二簧」的曲調結構和板式變化，都還比較簡單。之後，又吸收了撥子一套板式結構，並加以演化，才形成板式變化比較完整的二簧。二簧改用胡琴伴奏，唱腔更加流暢柔和。後又變出了反二簧。另外還有一種「二簧平」（即二簧平板），由吹腔直接演變而成，浙江徽班稱之爲「小二簧」，後變爲京劇的「四平調」。因此二簧腔先後形成了四類腔調，即二簧平（小二簧）、老二簧、二簧、反二簧。[註34]

文海，1971）冊 716，頁 350。

[註29] 〔清〕李調元：《劇話》，收在《中國古典戲曲論著集成》（北京：中國戲劇，1959）冊八，頁 47。

[註30] 杜穎陶：〈二黃來源考〉，《劇學月刊》三卷八期，1934。

[註31] 歐陽予倩：〈京戲一知談〉：「到現在爲止我還是相信它是從四平腔發展而成的說法，由弋陽腔同安徽的某種曲調相結合而成的四平腔可能又和湖北黃州一帶的民歌相結合，經過湖北人加工成了二黃。因此二黃腔就不妨說是長時期以來安徽藝人和湖北藝人傑出的集體創造」，收在《歐陽予倩戲劇論文集》（上海：上海文藝，1984），頁 106。

[註32] 蘇移：《京劇二百年概觀》（北京：燕山，1989），頁 9。

[註33] 王芷章：《中國戲曲聲腔叢考》，收在《中國京劇編年史》（北京：中國戲劇，2003），頁 1242～1244。

[註34] 《中國大百科全書·戲曲曲藝》（北京：中國大百科，1983）陸小秋、王錦琦「徽劇」條，頁 135。最早是在〈徽劇聲腔的三個發展階段〉《戲曲研究》（北京：文化藝術，1982）第七輯，一文中提出，頁 169～212。

第六說爲齊如山所提出。〔註35〕由於齊如山的說法並未引用原始資料論證，加上在許多出現西皮、二黃聲腔的地方戲，如湘劇、贛劇、粵劇裡，二黃都被稱爲「南路」，西皮則爲「北路」，明顯暗示二黃起於南。以上除第六說外，共通的原則是無論二簧源自於安徽、湖北、江西，都是沿著長江一帶的省區，因此可斷論的是二簧腔產生於長江中下游一帶，而且是在弋陽腔的傳統影響下逐漸形成，在清中葉時已非常流行。〔註36〕至於「二黃」與「二簧」之間的差異，因源起的不同，便有不同的寫法：認爲源於黃岡、黃陂、宜黃的做「二黃」，以胡琴或嗩吶伴奏的作「二簧」。由於清代花部戲曲的命名，有以地名爲之，亦有以伴奏樂器命名，二者皆可成說。不過也有認爲「二黃」是「二簧」簡筆的說法。〔註37〕

（二）楚曲漢調

漢調是流行于湖北漢水一帶的地方戲曲劇種，約在清代初期已經形成，〔註38〕又名「楚調」、「楚曲」或「楚腔」。康熙六年（1667）吳偉業《致冒襄書》：

> 方今大江南北風流儒雅，選新聲而楚調，執有過我老盟翁乎？〔註39〕

成書於康熙四十二年（1703）顧彩《容美游記》裡提到湖北的「田氏家班」：「女優皆十七八好女郎，聲色皆佳，初學吳腔，終帶楚調。男優皆秦腔反可聽。丙如自教一部，乃蘇腔」〔註40〕從「吳腔」、「楚調」、「秦腔」之名對舉，可見在當時「楚調」在湖北境內非常流行。而「楚調」還不只流行在湖北境

〔註35〕齊氏並未提出論證，僅言明爲友人曾指出二黃與陝南家鄉的聲腔有類似之處，後詢問過許多伶工之後，便下此結論。見〈皮簧之來源與改造〉，收在《齊如山全集》（台北：聯經，1964）第三冊《國劇的原則》，頁1544～1548。

〔註36〕周貽白：〈京劇及各地方劇種〉裡有此結論，《中國戲劇史講座》（台北：木鐸，1986），頁256～257。張庚、郭漢城：《中國戲曲通史》（台北：丹青圖書，1987）中亦持一看法，冊三，頁180。

〔註37〕何昌林〈三簧說到二簧〉，《戲曲研究》（北京：文化藝術，1984）第十二輯，，頁240～247。

〔註38〕據《中國大百科全書·戲曲曲藝》（北京：中國大百科全書，1983）整理表格在別名的部份並未列出，頁593。但在《中國戲曲志·湖北卷》（北京：文化藝術，1993）的表格整理，卻認爲漢調形成於清代中葉，頁62。

〔註39〕〔清〕吳偉業：《同人集》，收在《四庫全書存目叢書》（台南：莊嚴文化，1997）集部385冊，頁164。

〔註40〕收在青玉山房居士輯《舟車所至》中，然此本做「楚詞」，頁620。收在《近代中國史料叢刊續輯》511冊。

內，乾隆時期，廣東也有「楚調」流行的記錄，樂鈞的《韓江櫂歌一百詩》：

> 馬鑼喧擊雜胡琴，楚調秦腔間土音，昨夜隨郎看影戲，月中遺落鳳
> 頭簪。（潮人演劇鳴金以節絲竹，俗稱馬鑼。夜尚影戲，男婦通宵聚
> 觀）〔註41〕

又如李寧圃《程江竹枝詞》：

> 江上瀟瀟暮雨時，家家蓬底理哀絲，怪他楚調兼潮調，半唱消魂絕
> 妙詞。〔註42〕

從這些記錄看來，「楚調」似乎是當時頗為流行的聲腔。在乾隆四十五年（1780）〈郝碩覆奏查辦戲曲摺〉更清楚的看到「楚腔」沿著長江水路，衝州撞府四處演出的情況：

> 惟九江、廣信、饒州、贛州、南安等府，界連江、廣、閩、浙，如
> 前項石牌腔、秦腔、楚腔，時來時去。臣飭令各該府時刻留心，遇
> 有到境戲班，傳集開諭。〔註43〕

成書於乾隆五十年（1785）《燕蘭小譜》中記載兼唱亂彈的「四喜官」（時瑤卿）：「本是梁谿隊裡人，愛歌楚調一番新」。可知當時在北京已有會唱「楚調」的藝人，值得注意的是時瑤卿並非楚人，而其所屬戲班，正是李調元在《雨村詩話》列為乾隆朝的北京六大名班之一的保和班，該班本以崑腔著稱，於乾隆四十九年起開始雜演亂彈跌撲等劇。〔註44〕從上述資料顯示，最晚在乾隆時期，「楚調」作為一種戲曲聲腔，已有著顯著的特色，不同於秦腔、崑腔。

　　至於「楚調」為何又稱「漢調」？目前並沒有清楚的論證，一般都混用，或是認為「楚調」、「楚曲」、「楚腔」為「漢調」早期的稱呼。〔註45〕但並沒有說明為什麼在乾隆（1736～1795）之前多稱為「楚調」、「楚腔」，到了嘉、道（1820左右）之後，就稱「漢調」。有人說是「漢調」一名，出自陝西的漢中，先傳到四川，然後由四川傳到湖北，這一說是否可靠，尚無實據。〔註46〕

〔註41〕 引自流沙：〈清代楚調與漢劇皮黃腔〉。收在《戲曲藝術二十年紀念文集‧戲曲文學戲曲史研究卷》（北京：中國戲劇，2000），頁694。

〔註42〕 註同上。

〔註43〕 〔清〕郝碩《查辦戲劇違礙字句案》，收在《史料旬刊》（台北：國風，1963），第二十二期，天七百九十三，頁423。

〔註44〕 〔清〕吳長元：《燕蘭小譜》卷四「張發官」條，收在《清代燕都梨園史料》正續編（北京：中國戲劇出版社，1988）上，頁40。

〔註45〕 張庚、郭漢城、蘇移、王俊、方光誠等有關漢調的相關文章，都用如是的說法。

〔註46〕 此說引自周貽白：〈談漢劇〉，收在《周貽白戲劇論文選》（湖南：人民，1982），

流沙則認爲清初的湖北「楚調」，爲亂彈腔的一種，是山西勾腔一派的西秦腔演變而來。在湖北開始流行二黃腔的時代，「楚調」並未完全消失，後來皮黃戲影響了整個湖北戲曲的發展，因而取代了「楚調」的地位，正式被命名爲「漢調」，原本被稱爲「西曲」的亂彈，從此就被皮黃取而代之，但人們照樣稱之爲「楚調」。〔註47〕也就是「漢調」是皮黃合奏之後的湖北劇種。此說是目前對「楚調」又稱「漢調」較爲詳細，且有論證的說法。

　　漢口位於長江、漢水的匯合處，是「商賈麇至，百貨山積，貿易之巨區也」，〔註48〕在商路即戲路的情況下，山陝商人喜愛的秦腔梆子、徽商支持的安慶花部，自然匯集於此。葉調元的《漢口竹枝詞》載漢口山陝商人及徽商的情況有：

> 高底鑲鞋踩爛泥，羊頭袍子腳跟齊。
>
> 沖人一陣蔥椒氣，不待聞聲識老西。
>
> 徽客愛纏紅白線，鎮商喜捻旱煙筒。
>
> 西人不說楚人話，三處從來習土風。
>
> 楚人做祭極平常，不及徽州禮貌莊。
>
> 高坐靈旁宣誄祝，只如平日讀文章。〔註49〕

由此可見各地商幫對自己家鄉的語言、習慣、嗜好的堅持。不過漢口有許多徽人聚集，應是不爭的事實。當時的漢口已有徽州會館，且建於百貨新奇的新街上。〔註50〕

（三）皮黃並奏

　　「漢調」中的主要聲腔西皮與二黃，便是受這些來自山陝及徽州花部聲腔的影響而產生的。漢調中的西皮，即是受了秦腔的影響。漢調西皮是「甘肅、陝西一帶的秦腔，流傳湖北襄陽一帶，經湖北藝人改制而成」。而漢調二簧，「是

頁 458。這個「有人」周貽白並未指明爲何人，考察齊白石：〈皮簧之來源及改造〉、〈皮簧腔之盛衰〉二文，都有如是說法，收在《齊如山全集》（台北：聯經，1964），第三冊，頁 1544～1548、1507～1516。

〔註47〕 流沙：〈清代楚調及漢劇的皮黃腔〉，收在《戲曲藝術二十年紀念文集‧戲曲文學、戲曲史研究卷》（北京：中國戲劇，2000），頁 693～711。

〔註48〕 〔清〕葉調元《漢口竹枝詞》自敘，道光刊本。

〔註49〕 〔清〕葉調元《漢口竹枝詞》，收在《中華竹枝詞》（北京：北京古籍，1997）第四冊，頁 2619～2620、2624。

〔註50〕 〔清〕葉調元《漢口竹枝詞》：「京蘇洋貨巧裝排，錯采盤金色色佳。夾道高檐相對出，整齊第一是新街」，雷夢水等編《中華竹枝詞》（北京：北京古籍，1997）第四冊，頁 2593。

在清戲的基礎上，吸收了安徽的二簧腔，並經湖北藝人加工而成」，〔註51〕在後出轉精的情況下，漢調二黃比徽調二黃的腔調、板式豐富。然而當漢調藝人加入徽班時，因二者有同樣的基礎，很快的又互相交融，所以差異不大。天柱外史的《皖優譜》說：

> 安慶與黃州地域相接，距離不過一二百里，同在大江北岸。其言語本相近，其腔調固無大異，惟徽調和漢調所以有別者，則以漢調雜襄樊耳。〔註52〕

明顯點出二者之間只是語音腔調略有不同，而這個特色也影響到京劇對湖廣音的沿用。

只是皮黃何時合奏，而使湖北的戲曲聲腔，由原本流行的「楚調」變成「漢調」？成書於乾隆六十年的《揚州畫舫錄》中提到「安慶有以二簧調來者」，可知在乾隆末葉，合西皮二黃的「漢調」可能並未傳入揚州。再以乾隆四十五（1780）年郝碩查辦戲曲奏摺，及嘉慶三年（1799）所立〈翼宿神祠碑記〉、〈蘇州織造府禁止演唱淫靡戲曲碑〉中所言聲腔推斷，一直到乾隆末，屬亂彈系統的「楚腔」，尚未被皮黃合奏的「漢調」所取代。由此可以推斷，「漢調」名稱的出現，應不會早於乾隆末葉。

再以葉調元回顧觀看「漢調」演出情況時說：

> 梨園子弟眾交稱，祥發聯升與福興。比似三分吳蜀魏，一般臣子各般能。（漢口向有十餘班，今止三部……）

> 月琴弦子與胡琴，三樣和成絕妙音。啼笑巧隨歌舞變，十分悲切十分淫。（唱時止鼓板及此三物，竹濫絲哀，巧與情會。）

> 曲中反調最淒涼，急是西皮緩二黃。倒板高提平板下，音須圓亮氣須長。（腔調不多，頗難出色，氣長音亮，其庶幾乎。）

> 小金當日姓名香，喉似笙簫舌似簧。二十年來誰嗣響，風流不墜是胡郎。（德玉、福喜俱胡姓）〔註53〕

〔註51〕北京市藝術研究所、上海藝術研究所組織編著：《中國京劇史》（北京：中國戲劇，1999），頁57。只是到底是先有安徽二黃還是先有湖北二黃，各家論點不一，歐陽予倩說「許多湖北老伶工都承認二黃是從湖北傳去的」，周貽白、張庚、郭漢城、蘇移等人都認爲湖北二黃是受到徽調二黃的影響。

〔註52〕天柱外史（程演生）：《皖優錄》（台北：新文豐，1979），頁8。

〔註53〕葉調元《漢口竹枝詞》，收在雷夢水等編《中華竹枝詞》（北京：北京古籍，1997）第四冊，頁2628。

葉調元在道光十九（1839）年時重游，但當時「風氣迥非昔比」，所以花了十年的時間寫成《漢口竹枝詞》。〔註54〕由此可知他是以道光十九年爲基準點，做爲比對嘉慶末的演出情況。從上下文看來，皮黃並奏的局面，最遲在嘉慶末已完成。〔註55〕而且漢調在板式、旋律及演奏、表演技法上都很完備。可知當時「漢調」已進入皮黃合奏的時期。而這時候的板式已出現哭板、元板、倒板、起板、急板、平板的變化。

這也可以說明「楚調」演員在乾隆末葉，初次進京時，似乎還不具備這樣的特質。乾隆五十（1785）年成書的《燕蘭小譜》記載了：「蜀伶濃豔楚伶嬌」、「愛歌楚調一番新」，可知當時在北京已有「楚伶」、「楚調」，但卻不如秦腔那樣廣爲人知，除了當時魏長生帶來的秦腔粉戲正獨領風騷之外，由於「楚調」處於皮黃尚未合奏的發展階段，在技藝上有先天的不足的軟肋，以至只能聊備一格，以供調劑，無法蔚爲大國。

只是「漢調」中到底是先有二黃調還是先有西皮調，歷來研究者並沒有清楚的論證，但多以先有西皮再融入二黃之說爲多。王俊、方光誠二人在〈李翠官·米應先·余三勝〉一文中便引「楚曲」中的《青石嶺》一劇，夾唱「二黃腔的二流板」，爲皮黃合奏之證。然光從劇本中似乎未見此一資料，不知所據爲何？〔註56〕而且恰好相反的是現存清代「楚曲」劇本中，《新詞臨潼山》、《轅門射戟》、《回龍閣》、《龍鳳閣》劇作中，都出現了標示爲「西皮」的唱

〔註54〕依據葉調元自敘，得知重返漢口時是道光十九年，「隔二十餘年，風氣迥非昔比」。

〔註55〕在《中國戲曲劇種大辭典》（上海，上海辭書，1995）中，龔嘯嵐、朱衣、王俊、方光誠所寫的「漢劇」條，將皮黃並奏的年代推到乾隆末嘉慶初，並舉出焦循《花部農譚》中所舉的亂彈劇目與李翠官、米應先生平爲證，然尚待考證，頁 1067。《中國戲曲志·湖北卷》（北京：文化藝術，1993）說法與此亦同。但在《中國大百科全書·戲曲曲藝》（北京：中國大百科全書，1983）同樣爲龔嘯嵐、朱衣、王俊、方光誠所寫的「漢劇」條，卻將二黃與西皮並奏的時間，定在嘉慶、道光年間，頁 108。二者顯然有些矛盾。在流沙：〈清代楚調及漢劇的皮黃腔〉則認爲是乾隆末年，皮黃戲已在鄂北襄陽一帶出現，收在《戲曲藝術二十年紀念文集·戲曲文學、戲曲史研究卷》（北京：中國戲劇，2000 一版），頁 693～711。

〔註56〕王俊、方光誠：〈李翠官·米應先·余三勝〉，收在《爭取京劇藝術的繁榮——紀念徽班進京 200 周年振興京劇學術研討會論文集》（北京：中國戲劇，1992），頁 215～21，。同樣作者的另一篇文章〈漢劇西皮探源紀行〉中，也提到同樣的例子，似乎是以今日漢劇爲依據，收在《戲曲研究》（北京：文化藝術，1985）第十四輯，頁 177。

段、《新詞臨潼山》還有標示爲「上字二六」的唱段，由此似乎顯示唱二黃的情形在西皮之先。因爲如果全劇是唱二黃，才需特別標示出此唱段爲「西皮」，否則何須多此一舉？漢調演員如果一開始就是演唱二黃爲主，以天柱外史的說法「其語言本相近，其腔調固無大異」，自然容易搭入徽班，進京獻藝。而最遲在嘉慶末，因爲漢調已皮黃並奏，所以道光初的王洪貴、李六帶至京城的漢調新聲才能開始產生影響力。

（四）徽漢合流

「皮黃並奏」是徽班邁向京劇重要的一步，但這種情況必須等待漢調演員加入徽班方能完成。據考證最早搭徽班進京的湖北演員米喜子，是春台班當家生角。他的生卒年爲乾隆四十五年至道光十二年（1780～1832），大約春台班進京時就已搭班入京，於嘉慶二十四年「京師旋里」。〔註57〕這正符合東鄰在《鞠部拾遺》提到的：

> 然所謂四大徽班者，非四家盡屬徽人，如和春之爲揚州班，春臺之爲湖北班，四喜之爲蘇州班，三慶之爲安徽班。其調各殊，其派各別，久而久之，始爲同化，乃成京班。〔註58〕

當時米伶以紅生戲著稱：

> 米伶般關帝，不傳赤面，但略撲水粉，扎包巾出。居然鳳目蠶眉，神威照人。對之者肅然起敬。今京師歌樓演劇，不敢復般關帝，固由凡有血氣莫不尊親，聲靈赫濯，不敢褻侮，亦緣米伶之後難爲繼。
> 〔註59〕

可見米應先的關公演技驚人。由於這一段文字是楊掌生友人陳湘舟追憶其友人丁四與米應先交遊而記，而陳湘舟「居京師三十餘年，所述多嘉慶年事」，正可印證米應先在京活動年代。〔註60〕李登齊《常談叢錄》：

〔註57〕有關米應先生平等考證，可參見方光誠、王俊〈米應先、余三勝史料的新發現〉收在《戲曲研究》（北京：文化藝術，1983）第 10 輯，頁 32～46。

〔註58〕東鄰：《鞠部拾遺》，此書附於《京劇二百年之歷史》之後。原爲上海啓印務公司於 1926 年印刷，北京順天時報發行。今見劉紹唐、沈葦窗主編《平劇史料叢刊》第二種。波多野乾一：《京劇二百年歷史》（台北：傳記文學，1974），頁 17。但東鄰的說法，是因爲乾隆末葉進京之初就如此，抑或受到道光年間余三勝爲春臺班掌班而影響，不得而知。

〔註59〕〔清〕楊掌生：《夢華瑣簿》。收於《清代燕都梨園史料》正續編（北京：中國戲劇，1988）上，頁 375。

〔註60〕〔清〕楊掌生：《夢華瑣簿》。收於《清代燕都梨園史料》正續編（北京：中

> 京師優部，如春台班，其著者也。二十年來，要皆以米伶得名。米
> 蓋吾邑之饒段村人，名喜子，自幼入班，習扮正生，每登場，聲曲
> 臻妙，而神情逼真……歲傭值白金七百兩，遂以致富。道光十二年
> 壬辰，年才四十餘歲，病歿，人嗟惜之，春台班由是減色。〔註61〕

不過在徽班中造成較大影響的漢調藝人，似乎還得等到道光年間的王洪貴、
李六。成書於道光八至十年間（1828～1830）的《燕臺鴻爪集》載：

> 京師尚楚調，樂工中如王洪貴、李六以善為新聲稱於時。一香學而
> 兼其長，抑揚頓挫動合自然。〔註62〕

汪一香（全林）屬春臺班，若依東鄰之說，春臺班本來就有漢調的傳統，所
以王、李所唱的「楚調新聲」應是頗受歡迎，更重要的因素是王、李二人演
唱的「新聲」，是皮黃合奏的「漢調」。只是當時京師品花之風氣未息，生角
行當的演員受到重視而被記載的風氣未開，故此書對二人並未多所著墨。但
這個被記錄下來的資料卻有很重要的意義，第一層代表的是傳入京城的「楚
調新聲」已是皮黃並奏，且板式變化、旋律伴奏都更加完備的「漢調」，不同
於乾隆末進京時那樣的簡單粗糙，於是該聲腔逐漸開始風行。第二層意義在
繼米應先之後，提高了徽班中生角行當的重要性。〔註63〕而這樣的影響，也
正好給後來的「老生三鼎甲」做為奠基。

　　已是皮黃合奏的「楚調新聲」，在道光年間京都的徽班中發揮其強大的影
響力。楚伶在徽班中因同唱二黃的基礎，得以吸收與融合，為徽班加強了演
員陣容，豐富了徽班演出的色彩；並將大量的漢調劇目帶入徽班，奠定了以
生為主的演出角色局面，與當時秦腔粉戲截然不同；並且提高改造了皮黃的
聲腔曲調，使聲腔旋律更完豐富外，也使得徽班演唱的語言沿用了漢調的湖
廣音。觀劇道人成書於道光二十年的《極樂世界》劇本凡例，便提到了「二
簧之尚楚音，猶崑曲之尚吳音，習俗然也」。〔註64〕楊靜亭《都門雜詠》有「黃
腔」一首，記道光二十五年的演劇情況：

〔註60〕國戲劇，1988）上，頁347。

〔註61〕李登齊：《常談叢錄》《米伶有名》，收在《北京梨園掌故長編》中，見《清代
燕都梨園史料》正續編（北京：中國戲劇，1988）下，頁895。

〔註62〕〔清〕粟海庵居士：《燕臺鴻爪集》，收在《清代燕都梨園史料》正續編（北
京：中國戲劇，1988）上，頁272。

〔註63〕這種影響，可從今日可見的「楚曲」劇本中得知。說明詳見後文。

〔註64〕此書有光緒七年（1881）木刻本，藏於北京大學圖書館。

時尚黃腔喊似雷，當年崑弋話無媒。而今特重余三勝，年少爭傳張

二奎。〔註65〕

正顯示這些以演唱漢調的藝人，如余三勝等，引領風騷的一面，所以才能造

成「班曰徽班，調曰漢調」的局面。

三、徽班劇目

　　由於徽班本身是「聯絡五方之音，合而為一致」（《日下看花記》）的演劇狀
況，因此在嘉慶十五年（1810）成書的《聽春新詠》中，所記錄徽部演員擅長
的劇目，包括了：《思凡》、《藏舟》、《佳期》、《春睡》、《盤殿》、《四門》、《烤火》、
《番兒》、《水鬥》、《斷橋》、《盜令》、《殺舟》、《獨占》、《賣身》（粉粧樓第四本）、
《園會》、《鐵弓緣》、《十二紅》、《小寡婦上墳》、《送燈》、《胭脂》、《廟會》、《踢
毬》、《頂嘴》、《香山》、《思春》、《醉歸》、《金盆撈月》、《交賬》、《樓會》、《寄
柬》、《茶敘》、《賣餑餑》、《絮閣》、《背娃》、《借扇》、《贈珠》。然而光看劇目卻
無法判別其所唱聲調為何。以《香山》一劇為例，《聽春新詠》中另記載西部藝
人李香葉（小喜）、居星環（雙鳳）皆擅演《香山》，而「徽班」藝人張芰香（連
喜）亦長於此劇，作者特別標示二部《香山》不同處：

　　蓋西部《香山》與徽部稍異。徽部服飾裝嚴，西部則止穿背甲，非

　　雪膚玉骨者，不輕為此。

張芰香的《香山》是「流韻繞梁，魚魚雅雅，尤令人神怡心曠」，而星環登場
卻是「令人情蕩」；作者指出的並不是情節內容上的差異，而是表演服飾及風
格的不同。〔註66〕因此上述這劇目，到底是演唱何種聲腔，抑或源自徽調或
秦腔，都難以釐清。不過很清楚可以看出這一份劇目因為是以旦角藝人為品
評對象，所以都是以旦角為主的劇目，且以崑腔、秦腔、梆子為多。

　　加入了漢調的徽班，其劇目在原有梆子、京秦兩腔及崑曲、地方小戲的
基礎上，更形豐富。收錄在周志輔《京劇近百年瑣記》中，有一份退菴居士
所收藏，名為《道光四年慶昇平班》（1824）的劇目，共有二百七十二齣戲，
〔註67〕劇目的內容就與十多年前重旦角的《聽春新詠》劇目明顯不同，它們

〔註65〕雷夢水等編：《中華竹枝詞》（北京：北京古籍，1997）第一冊，頁190。

〔註66〕以上特質、差異，見留春閣小史《聽春新詠》「張芰香」、「雙鳳」、「小喜」條。
　　　　收在《清代燕都梨園史料》正續編（北京：中國戲劇，1988）上，頁173、186、
　　　　187。

〔註67〕雖目前沒有資料證明此班為徽班，但以當時京師能演出數量如此龐大的戲班

是：《大財神》、《滿床笏》、《氾水關》、《陳公計》、《虎牢關》、《借趙雲》、《盤河戰》、《戰濮陽》、《奪小沛》、《白門樓》、《許田射鹿》、《聞雷失筯》、《馬跳潭溪》、《三顧茅蘆》、《博望坡》、《長坂坡》、《舌戰群儒》、《臨江會》、《群英會》、《借箭打蓋》、《祭東風》、《華容道》、《取南郡》、《取桂陽》、《取長沙》、《柴桑口》、《攔江救主》、《取雒城》、《定軍山》、《陽平關》、《瓦口關》、《葭萌關》、《戰冀城》、《戰渭南》、《取成都》、《戰合肥》、《反西涼》、《甘露寺》、《鳳凰台》、《伐東吳》、《白帝城》、《安五路》、《渡瀘江》、《鳳鳴關》、《天水關》、《戰街亭》、《葫蘆峪》、《七星燈》、《戰東興》、《鐵龍山》、《除三害》、《審刺客》、《桑園寄子》、《雙盡忠》、《孝感天》、《焚煙墩》、《清河橋》、《絕纓會》、《湘江會》、《海潮珠》、《黃金台》、《五雷陣》、《完璧歸趙》、《澠池會》、《樊城昭關》、《魚藏劍》、《莊周搧墳》、《馬蹄金》、《燒棉山》、《喜崇台》、《搜孤救孤》、《度柏簡》、《定華夷》、《攻潼關》、《青龍關》、《陳唐關》、《取滎陽》、《盜宗卷》、《監酒會》、《戰蒲關》、《未央斬信》、《取洛陽》、《雲台觀》、《草橋關》、《飛叉陣》、《鬧昆陽》、《綁子上殿》、《上天台》、《惡虎莊》、《探五陽》、《太行山》、《查關》、《臨潼山》、《賈家樓》、《探登州》、《虹閱關》、《當鐧買馬》、《白璧關》、《斷密澗》、《鎖五龍》、《御果園》、《宮門帶》、《望兒樓》、《驚夢背樓》、《叫關小顯》、《讓帥印》、《龍門陣》、《鳳凰山》、《對袍訪袍》、《獨木關》、《越虎城》、《淤泥河》、《摩天嶺》、《汾河灣》、《闖山》、《白良關》、《馬上緣》、《三休》、《蘆花河》、《鬧院河陽》、《舉鼎觀畫》、《九錟山》、《飛虎山》、《擒五虎》、《沙陀國》、《太平橋》、《困曹府》、《高平關》、《金橋華山》、《打瓜園》、《風雲會》、《打竇瑤》、《斬黃袍》、《下南唐》、《竹林記》、《喂藥》、《下河東》、《龍虎峪》、《二天門》、《青龍棍》、《打火棍》、《演火棍》、《孤鸞陣》、《破洪州》、《金蓮會》、《太君辭朝》、《雙釘記》、《神虎報》、《血手印》、《瓊林宴》、《雙包案》、《鍘美案》、《三俠五義》、《遇后》、《打龍袍》、《打鸞駕》、《花蝴蝶》、《烏盆記》、《鍘包冕》、《京遇緣》、《烈火旗》、《延安關》、《崑崙關》、《祥雲會》、《鎮潭州》、《八大鎚》、《挑華車》、《金蘭會》、《五方陣》、《拿

而言，當推徽班。孟瑤在《中國戲曲史》（台北：傳記文學，1979）一書中，也認為此劇目為徽班所有，頁 443～446。再者此劇目屬慶昇平班領班人沈翠香，翠香演崑旦兼花衫，又封面寫有嵇永林之名，而嵇為安徽安慶人，演崑旦，且為程長庚同科之師兄。故此劇目最有可能為徽班所有。且劇目與今日所見京劇劇目名稱多數相同。只是較奇怪的是，此劇目似乎並未列出崑腔劇目，但領班人卻是崑旦兼花衫，不知何故。

楊么》、《玉玲瓏》、《娘子軍》、《雄州關》、《潞安州》、《岳家莊》、《燕子山》、《請宋靈》、《胡迪罵閻》、《曾頭市》、《烏龍院》、《鬧江州》、《鬧江》、《玉麒麟》、《翠雲樓》、《翠屏山》、《巧連環》、《扈家莊》、《祝家莊》、《借聖威》、《收關勝》、《紅桃山》、《神州擂》、《蔡家莊》、《青風寨》、《丁甲山》、《女三戰》、《龍虎峪》、《慶頂珠》、《昊天關》、《豔陽樓》、《白水灘》、《通天犀》、《趙家樓》、《四郎探母》、《雁門關》、《楊七吃麵》、《蕭后打圍》、《陳琳抱盒》、《拷寇成玉》、《登雲山》、《三岔口》、《二龍山》、《泗州城》、《青風嶺》、《迷魂嶺》、《臥虎坡》、《武當山》、《青石山》、《朝金頂》、《百草山》、《蟠桃會》、《九世圖》、《畫春園》、《搖錢樹》、《金沙洞》、《無底洞》、《盤絲洞》、《小天宮》、《黃河陣》、《混元盒》、《三教寺》、《飛波島》、《黑沙洞》、《四美圖》、《綠牡丹》、《四杰村》、《龍潭鎮》、《武文華》、《豆爾墩》、《九龍盃》、《連環套》、《霸王莊》、《盜金牌》、《淮安府》、《普球山》、《落馬湖》、《惡虎村》、《拿謝虎》、《殷家堡》、《雙盜鏢》、《八蠟廟》、《左青龍》、《清烈圖》、《江都縣》、《河間府》、《洗浮山》、《五里碑》、《小東營》、《慶安瀾》、《蓮花塘》、《五人義》、《金錢豹》、《代父征》、《禹門關》。〔註68〕

這份劇目包括了在《綴白裘》出現的花部劇目：《淤泥河》、《查關》、《叫關小顯》、《拿楊么》、《青石山》，唐英《古柏堂戲曲集》提及過的花部劇目：《雙釘記》、與《鉢中蓮》有關的《百草山》。其內容與徽班初進京時劇目的明顯差異在於，劇作中不再以乾嘉朝受人注意的風情小戲為主。〔註69〕這個

〔註68〕 在《清車王府藏曲本》中的「亂彈」部份，可以找到與這份劇目相應的劇本，但是否是當時演出的劇本則存疑，因為車本的收錄年代最晚可推至光緒，這期間各種聲腔戲曲的互相學習，可能會造成劇作內容的變化。

〔註69〕 其實梆子腔的劇作在唐英的《古柏堂戲曲集》（上海，上海古籍，1987）中還提到了《三元記》、《巧換緣》、《雙釘記》、《肉龍頭》、《串珠記》、《鬧沙河》等梆子腔的劇作，不全然都只是風情小戲而已。相關研究可參見筆者碩士論文《唐英戲曲研究──花雅爭勝期一劇作家的考察》（中壢：中央大學中研所碩士論文，1991），但梆子腔的《三元記》明顯是從傳奇體製唱弋陽腔的部份變化過去的。詳見筆者〈明清戲曲敘事──以《三元記》故事演出本為例〉（「第二屆民間文化青年論壇學術研討會」論文，中國社會科學院文學所民間文學研究室、少數民族文學所、中國民俗學會主辦，2004）。在《綴白裘》中也有《藍關雪》、《擒楊么》、《神州擂》、《淤泥河》這樣的劇作，（詳見筆者《乾隆時期戲曲活動研究》第三章《從花部戲曲看乾隆時期戲曲活動》，台北，文津，2000）。只是在《俗文學叢刊》中見到的梆子腔劇本年代較晚，無法得知是梆子腔原有劇目？還是從徽班吸收其他聲腔劇目再改編回梆子腔。

部份除了說明梆子秦腔在徽班的影響力大不如前外，徽戲本有的劇目可能也在此時大展身手，像水滸故事中的短打跌撲，本是「旌陽戲子」擅長的部份。這其中也很有可能與「楚曲漢調」的搭入徽班有關，特別是三國故事或是楊家將故事，因為許多的劇目都與現存的「楚曲」劇本相符。〔註 70〕如果再與道光二十五年（1845）《都門紀略》中四大徽班與嵩祝班擅長劇目比對，可發現二十年間，劇目也還不斷在增加中，《摔琴》、《捉放曹》、《蹴碑》、《回龍閣》、《二進宮》、《胭脂褶》、《藥茶計》等都是道光四年劇目所無。〔註 71〕由此知徽班之擅吸收與融合各劇之長，取為己用。〔註 72〕

第二節　做為京劇前身劇種之一的楚曲

「京劇」是在「徽班」中孕育、形成的，而「京劇」的「京」，又是如此帶有明顯地方色彩的稱謂。只是「徽班」原初的演出，是不同劇種在一起演出，各自使用各自聲腔曲調，雖可滿足不同觀眾的需求，但仍屬於諸腔拼合的狀態。必須等待「徽班」內部逐漸孕育、演化，將徽調、漢調、昆曲、梆子互相交流、結合、融化，從而產生具有新風格及特色的新劇種──「京劇」。這種具有：

1、建立了以「皮簧」為主，兼擅崑腔以及吹腔、撥子、南鑼等地方戲曲
　　腔調的音樂體系和板式的規範化
2、曲調和唱法的豐富和美化
3、北京字音與湖廣音的結合，形成京劇演唱語言的規範化
4、新的伴奏風格的出現〔註 73〕

統一風格的皮簧，正式成立並襲捲全國，成為戲曲舞台上新一代的霸主

〔註 70〕 詳見後文分析。
〔註 71〕 此處不討論崑劇部份。
〔註 72〕 部分劇目在范麗敏：《清代北京劇壇花雅之盛衰研究》（北京：首都師範大學博士論文，2002）中提到為京腔戲班所有，應有誤。因京腔為高腔之分支，與崑腔同為曲牌體戲曲，可依傳奇劇作演唱，而此處劇本光從名目看來，便與傳奇關係不大。再就王芷章《中國京劇編年史》（北京：中國戲劇，2003）整理《消寒新詠》、《日下看花記》、《聽春新詠》、《眾香國》、《評花》、《花部農譚》等書中所記載伶人代表劇之整理比對，更可得知這些劇作中，有源自秦腔、安慶梆子、徽調劇作。由此亦可推知此劇目當屬徽班劇目，頁81～87。
〔註 73〕 此處所言京劇形成的標志，乃採北京市藝術研究所、上海藝術研究所組織編著：《中國京劇史》（北京：中國戲劇，1999）的說法，上卷，頁77～87。

時，「花雅爭勝」的戲碼也才算是正式結束。〔註74〕「漢調」對京劇的影響，不只在聲腔及板式的變化上，更在「分場」的形成。〔註75〕清中葉以後的「花雅爭勝」，除了前述戲曲聲腔問題外，更重要的是的中國戲曲由曲牌音樂時期進入板式音樂時期，以往一直將較多的關注點放在徽班受梆子腔的影響上，而忽略了楚曲漢調。實則真正造成徽班蛻變為京劇的主因，便是道光初「漢調」藝人帶來的「楚調新聲」及其劇作內容形式。

以往由於文獻資料的欠缺，徽班演唱的劇作，除了從《綴白裘》、《納書楹曲譜》所收時劇外，稍後就僅有劇目著錄，卻鮮少有劇本內容。由於「楚曲」劇本的發現，使得這一段徽班到京劇的發展過程，得以有了考察的憑據，再加上與車王府所代表的「京劇初期劇本」與其「前身劇種」劇本之間的關係，「楚曲」與京劇更可以得到明確的聯繫。

一、楚曲劇本的時代——最遲於嘉慶末葉已然存在

目前可見的「楚曲」劇本，包括藏於中國藝術研究院，由杜穎陶捐贈的五種「楚曲」：《英雄志》、《李密降唐》、《祭風台》、《臨潼鬥寶》、《青石嶺》。〔註76〕以及由劉半農擔任中央研究院史語所民間文藝組主任後開始徵集的資料，裡面包括了二十四種「楚曲」劇本：《魚藏劍》、《蝴蝶夢》、《斬李廣》、《上天臺》、《探五陽》、《轅門射戟》、《曹公賜馬》、《東吳招親》、《新詞臨潼山》、《回龍閣》、《二度梅》、《鬧金垲》、《殺四門》、《洪洋洞》、《楊四郎探母》、《楊令婆辭朝》、《辟塵珠》、《花田錯》、《日月圖賣畫》、《大審玉堂春》、《龍鳳閣》、《打金鐲》、《烈虎配》、《鬧書房》，〔註77〕共二十九種，包括了十個長篇及十

〔註74〕 此處依青木正兒：《中國近世戲曲史》（台北：台灣商務，1988）：「雅部，王者也；花部，霸者也。自明萬曆迄乾隆中期，適當西周時代。崑劇如周室，君臨劇界，克保其尊嚴；自乾隆末期爲始，成爲春秋之世，崑曲威令漸次不行，權柄遂落西秦、南弋兩霸之手，然斯時猶知崑曲之可尊也。道光以還，頓爲戰國之世；花部象雄相競，各樹旗幟，崑曲遂如有若無矣。至咸豐、同治之間，皮黃成一統之業，奠定子孫可萬世君臨劇界之基矣。」之說，頁446。

〔註75〕 有關分場制的形成，詳見後文分析。

〔註76〕 這些「楚曲」最早被收錄印行在孟繁樹、周傳家編校：《明清戲曲珍本輯選》（北京：中國戲劇，1985）。《續修四庫全書》（上海：上海古籍，199）集部，戲劇類 1782 冊亦收，爲原板影印。

〔註77〕 這批由劉半農擔任中央研究院史語所民間文藝組主任後開始徵集的資料，從2001年開始由新文豐出版公司與中研院合作陸續印行，名爲《俗文學叢刊》。其中包括了楚戲三冊。

九個短篇。

　　這批「楚曲」資料，全都是漢口的書商所刻印，在各劇的封面上除了可看到「漢口永寧巷下首大街河岸」之外，還可見各印書堂名稱。目前可知的印書堂有：會文堂、三元堂、大成堂、同盛堂、文陞堂、文雅堂。確切的刊印年代無法從曲本中得知，但在會文堂刊本《轅門射戟》、《曹公賜馬》、《東吳招親》、《花田錯》及大成堂《日月圖賣畫》的封面上有如下標示：〔註78〕

　　　本堂不惜工資精選名班戲本發客不悞

　　　所有引白　唱詞　過場　排子　介斷　圈點清白　戲班一樣〔註79〕

可知這些劇本是在「楚曲」盛行時之時，為滿足一般市民而刻印的唱本。若依葉調元回顧觀看漢調演出情況時說：「漢口向有十餘班，今止三部」，可知「楚曲」盛行時，不會晚於嘉慶末年，因此這批「楚曲」最晚的年代也當於嘉慶末葉。也唯有在「楚曲」盛行之際，漢口鎮擁有眾多的觀劇人口，才能有這麼多的刻書堂搶著刊印當時戲班演出的劇本，而且還得強調「凡商賜顧須認本堂字號方是真本」的反盜印宣傳。〔註80〕再從劇本中有多處標示「西皮」的唱腔看來，這些劇本正處在漢調二黃與西皮融合之時。其中的板式變化，出現了元板、倒板、導板、起板、哭板、滾板、急板。再以劇本中角色應工的情形推斷，並未出現後來京劇中常見的「鬚生」、「花旦」之名，基本還是依循著《揚州畫舫錄》中「江湖十二角色」的名稱，〔註81〕由此亦可推

〔註78〕　《花田錯》未見第一回封面，但二、三、四回封面都有「本堂不惜工資……」的標示。見《俗文學叢刊》（台北：新文豐，2002）冊111，頁17、29、41。

〔註79〕　附圖一～四。

〔註80〕　前述四本劇作的封面，收在《俗文學叢刊》（台北：新文豐，2002）冊109，頁281、305、333、冊111，頁57。

〔註81〕　在李斗：《揚州畫舫錄》（台北：世界，1979），卷五，新城北錄上提到：「梨園以副末開場，為領班。副末以下，老生、正生、老外、大面、二面、三面七人，謂之男腳色。老旦、正旦、小旦、貼旦四人，謂之女腳色。打諢一人，謂之雜。此江湖十二腳色」，頁122。可知「楚曲」還維持著這樣的角色規範，但考察劇本後發現，其代表的意義卻與崑曲傳奇有所不同。張庚、郭漢城《中國戲曲通史》（台北：丹青，1987），第十三章〈清代地方戲的舞台藝術〉中有傳奇角色與「楚曲」角色差異的詳細分析，頁225～234。蘇移《京劇常識手冊》（北京：中國戲劇，2002）上，提到了漢劇角色與崑曲角色的關係：分別為末（崑曲之副末）、外（崑曲之老外，次於生者）、夫（崑曲的老旦）、淨（崑曲的大面、二面、三面）、丑（崑曲之雜）、雜（二花臉、副淨）、生、小生、旦、貼，頁19。與《中國戲曲志‧湖北卷》（北京：文化藝術，1993），所言之次序略，頁325～326。

斷這一批劇本的成書年代當不致太晚。

目前對這一批「楚曲」的時代，並沒有清楚的斷論。王俊、方光誠在《湖北戲曲聲腔劇種研究》中認爲「最遲也是乾隆末葉，嘉慶初年，即楚腔時期的劇本」；〔註82〕《中國戲曲志・湖北卷》〈新鐫楚曲十種〉條，則認爲是「約在清嘉慶、道光年間」；〔註83〕《戲劇通典》由高世新所撰〈新鐫楚曲十種〉條，認爲是「乾隆末或嘉慶年間」。〔註84〕若就葉調元所言漢口戲曲發展的情況，以及「楚曲」已是皮黃合流，再加上漢調傳入京城的時間點推斷，這一批「楚曲」劇本刊刻的時間，大約不晚於嘉慶末葉。

這些「楚曲」雖由不同的印書堂刊刻，卻大致都維持一定的形式，除了《新詞臨潼山》未見封面外，其餘「楚曲」在封面的標示上，除題目外，還加上橫式的刊頭標題，標題的用意，不外是引人注意、宣傳鼓吹功能、及明示內容。這些標題大體可分爲：

（一）強調是最新時尚的「時尚楚曲」

有《英雄志》、《二度梅》、《楊四郎探母》、《辟塵珠》、《龍鳳閣》、《打金鐲》《烈虎配》。這些標爲「時尚楚曲」的劇本，除《楊四郎探母》外，都是長篇的楚曲。

（二）強調為當時戲班所演的戲文「名班戲文」

以《轅門射戟》、《曹公賜馬》、《東吳招親》、《日月圖賣畫》屬之。

（三）直接提示劇作主角

這一類的作品最多，而且多是因爲曲本題目中，看不出主角或劇中重要人物爲誰的情況。如《探五陽》標出「王英」、《臨潼鬥寶》標出「伍子胥」、《祭風臺》標出「孔明」、《鬧金堦》標出「曹瑞蓮」、《殺四門》標出「劉金定」。

（四）標出劇本的別名或僅選其中一部份

這一類的作品有《魚藏劍》又叫「平王納媳」、《斬李廣》又名「李綱打朝」、《上天臺》也稱「二十八宿」、《回龍閣》又叫「貧貴登基」、《洪洋洞》又名「六郎升天」、《大審玉堂春》又叫「三司會議」、《鬧書房》也稱「梅公子趕府」。

〔註82〕王俊、方光誠合著：〈漢劇西皮探源記行〉《湖北戲曲聲腔劇種研究》（北京：中國戲劇，1996），頁31～32。

〔註83〕《中國戲曲志・湖北卷》（北京：文化藝術，1993），頁493。

〔註84〕么書儀、王永寬編：《戲劇通典》（北京：解放軍，1999一版），頁557～558。

除了這些橫式的標題外，在直式的標題中，長篇「楚曲」都清楚標示出「全部」，短篇的「楚曲」有的標示出「全圍」，如《斬李廣全圍》、《殺四門全圍》、《花田錯全圍》等，有的則否，如《轅門射戟》、《東吳招親》、《楊四郎探母》等。

二、新鐫楚曲十種及兩個長篇楚曲

所謂「新鐫楚曲十種」，必須符合以下三個條件：

（一）版刻中清楚標明「新鐫楚曲十種」。〔註85〕

（二）必須是長篇劇作。

（三）曲本封面標明「○○○全部」。

在一九八五年由孟繁樹、周傳家編校，將藏於中國藝術研究院的「楚曲」五種《英雄志》、《李密降唐》、《祭風台》、《臨潼鬥寶》、《青石嶺》收錄於《明清戲曲珍本輯選》中，因《英雄志》前有「新鐫楚曲十種」字樣，將當時可見的五種「楚曲」全列為「新鐫楚曲十種」之中，並在書中介紹時，說「今存五種」，多年來也一直為學者引用，其實這是由於長期以來文獻不足造成的誤解。從《俗文學叢刊》中的「楚曲」發現，若屬「新鐫楚曲十種」者，都會在刻板中註明，由於《明清戲曲珍本輯選》為重新編次的重校本，無法見到原貌，故有此誤會。今查對《續修四庫全書》中所收的原版影印本，亦可發現板式上僅《英雄志》、《祭風台》有「新鐫楚曲十種」字樣，而《李密降唐》、《臨潼鬥寶》、《青石嶺》並沒有註明，且「新鐫楚曲十種」皆為長篇體製，會在標題中標示出「全部」字樣，而《李密降唐》、《臨潼鬥寶》、《青石嶺》皆屬四回的短篇，二者在體製上明顯不同。故目前已知之「楚曲」中，可確知屬於「新鐫楚曲十種」者，為《英雄志》、《祭風台》、《魚藏劍》、《上天臺》、《二度梅》、《辟塵珠》、《打金鐲》七種。至於其他三種，則有待發現。〔註86〕

〔註85〕通常在小引、報場前的目次頁、卷首都會標明，有的劇作在卷尾亦有標明。見附圖五～十一。

〔註86〕在〔清〕葉調元：《漢口竹枝詞》中還提到「德玉工于苦戲，掩袂嬌啼，動人心魄，《活捉》一事，尤為出色。然非余德安之丑，亦不能作對手」。還提到了閏旦大戲「祭江祭塔與探窰」，顯見當時漢口戲班能唱的戲還有很多，而這些劇作都不在目前可見的這一批「楚曲」中。見雷夢水等編《中華竹枝詞》（北京：北京古籍，1997）第四冊，頁2628～2629。所以除了「新鐫楚曲十種」尚有三種未見外，當有更多當時的曲本沒有流傳下來。

　　《俗文學叢刊》中的《烈虎配》在封面雖也有「新鑴楚曲　種烈虎配全部總目次　第　種」，與上列《新鑴楚曲十種》的標題都相同，且也屬長篇體製，卻在「十種」中的「十」字空了下來，而且在封面與內文都是同樣情形，看起來不像是因年代久遠漫漶磨滅的樣子。〔註87〕推斷原因可能是因為當時各印書堂為招攬生意，故由各家自行出版但聯合成為一套《新鑴楚曲十種》，但三元堂板刻已完後才發現十種之數已經湊齊，故只好將十種之「十」挖掉，繼續印行以減少損失，故成今日所見板刻形式。至於《回龍閣》與《龍鳳閣》雖同屬長篇，卻不在「新鑴楚曲十種」之列。〔註88〕

　　以下為「新鑴楚曲十種」各劇，《烈虎配》雖不是十種之一，然有同樣板式，故列之於後，就故事年代排次如下：

劇　　名	出版	小引	報場	團圓	卷	冊	收　錄　出　處
魚藏劍	會文堂		V	V			俗文學叢刊
上天臺	三元堂			V			俗文學叢刊
祭風台	文陞堂	V	V	V	四	上下	明清戲曲珍本、續修四庫全書
英雄志	三元堂	V	V	V	四	上下	明清戲曲珍本、續修四庫全書
二度梅〔註89〕	會文堂	V	V	V	四		俗文學叢刊
辟塵珠	會文堂	V	V	V	上下		俗文學叢刊
打金鐲	同盛堂	V	V	V	四	十四	俗文學叢刊
烈虎配	三元堂	V	V	V	上下	上下	俗文學叢刊

　　另外兩個長篇楚曲劇本：

劇　　名	出版	小引	報場	團圓	卷	冊	收　錄　出　處
回龍閣	會文堂		V	V	四		俗文學叢刊
龍鳳閣	會文堂		V	V	上下		俗文學叢刊

〔註87〕附圖十二。

〔註88〕《回龍閣》缺總綱目次頁，只有報場，見附圖十三；《龍鳳閣》有總綱目，見附圖十四。

〔註89〕《辟塵珠》不用〈報場〉而用〈開場〉，但用法與內容都與〈報場〉同。故同列為〈報場〉。

　　這些同屬長篇的「楚曲」劇作，曲本封面皆標示「全部」，且分卷、分冊。除了《上天臺》一劇外，每本皆有報場。除《魚藏劍》、《上天臺》、《回龍閣》、《龍鳳閣》外，皆有小引。「楚曲」劇作前有「小引」，做爲劇作大意的概括，相當於傳奇的「傳概」；「楚曲」劇作前的「報場」，相當於傳奇的「副末開場」、「家門」；且第一回（場）多是上壽或是感嘆自道之類，最後一場也都以封官、團圓方式爲結尾；也有分卷的情況，明顯受傳奇體製影響。〔註90〕

　　相對於傳奇有「出腳色」的體製，「楚曲」中並沒有這樣的設計，「楚曲」以精簡的方式處理腳色登場的問題，通常在「登場」之時，就兼具了出角色與劇情進展的雙重功能。不像傳奇體製單獨安排二折，供男女主角抒情言懷、遊春歡宴用。就劇中主角而言，也非傳奇體製的以生旦爲主線發展，〔註91〕整體的篇幅也不如傳奇冗長。然而目前所見「楚曲」，爲場上演出本，篇幅大多較傳奇定制爲短，〔註92〕由於傳奇全本演出本難見，故比對蘇州派劇作家的演出鈔本《千忠錄》〔註93〕、《風雲會》、《九蓮燈》、《十美圖》、《文星現》等作品後，〔註94〕就會發現長篇「楚曲」的體製幾乎與這些場上演出的傳奇

〔註90〕明清傳奇劇本體製的問題，李漁提到的「家門」、「沖場」、「出腳色」、「小收煞」、「大收煞」，郭英德在錢南揚的研究基礎上，提出「題目」、「分齣標目」、「分卷」、「齣數」、「開場」、「生旦家門」、「下場詩」七個部份，作爲傳奇體製的特點。本文就其與結構有關的「家門」、「沖場」、「出腳色」、「大收煞」（封官團圓）等部份，作爲傳奇體製的特點。參見郭英德：《明清傳奇史》（南京，江蘇古籍，2001），頁52～58。這個論點在郭氏著：《明清傳奇戲曲文體研究》（北京：商務，2004）第二章，亦有同樣且更詳細的說明。

〔註91〕戲曲敘事不同於小說有倒敘、插敘的寫法，都是沿著事隨人走的順敘方式敘述。由於明清傳奇的戲曲敘事是以「折」爲結構單元，受制於戲曲角色的類型、固定的性格特徵，以及表演時各角色之間的勞逸及場面冷熱、甚至是劇團人數不足，一人需換裝改扮以飾數角等問題。且傳奇多以生旦爲故事主角，故生旦對位發展的敘述，爲主線情節；分開的時候是花開兩朵，各表一枝；但終究交會貫穿全劇。其他腳色則產生副線情節、輔佐故事進行，也交錯穿插其間，製造劇情的高潮起伏。相關問題可參見林鶴宜：《規律與變異：明清戲曲學辨疑》（台北：里仁，2003），及李曉：《比較研究：古劇結構原理》（北京，中國戲劇，1989）。相關問題，詳見第三章分析。

〔註92〕有關傳奇篇幅問題，可參見郭英德：《明清傳奇戲曲文體研究》（北京：商務，2004）一書，頁66～67。

〔註93〕此劇一般做《千忠戮》、《千鍾祿》，然本劇第一齣〈開場〉的〈滿庭芳〉明明白白的寫到：「《千忠錄》淋漓慷慨，聊以續《離騷》」可知劇名應爲《千忠錄》，有關劇名問題，周妙中有詳細的考證及比對，見周妙中、王永寬點校：《千忠錄‧未央天》，收在《明清傳奇選刊》（北京，中華，1989），頁1～5。

〔註94〕皆收在《古本戲曲叢刊五集》（上海：上海古籍，1985）。

相同。許多劇作中旦角只具陪襯性質，而非故事主線。〔註 95〕「報場」最後的「來者，某某是也」，在傳奇演出本及「楚曲」中都有同樣情況，這種不論聯套體戲曲或板腔體戲曲都有的形式，在同時可見的長篇秦腔劇本（同州梆子）《畫中人》、《刺中山》都沒有出現。〔註 96〕這種體製上的雷同，使人乍看之下，會覺得「楚曲」根本就是用傳奇體製在「演故事」，只不過音樂換成了板式變化體音樂，而非曲牌聯套體的音樂罷了。〔註 97〕

這些劇作中，除《烈虎配》似乎沒有傳下來以外，每一劇作中都有幾場是常在戲曲舞台上傳演的折子，就傳奇體製中的「折子」定義而言，是指從全本戲中摘出可演的部份。在這些體製整齊的長篇「楚曲」中，可清楚看到漢調折子確實爲全本中摘出。但體製較混亂的長篇「楚曲」劇作《魚藏劍》、《二度梅》、《回龍閣》，卻都有一個共同特色，即劇中常有不標場次、或標示爲「上、下篇」的部份出現，這顯示出這些部份已慣常於被單獨演出。這些「全圍」本比長篇的「全部」本更慣常演出，應與清中葉之後盛演傳奇折子戲的風氣相關，因此本來就有「全圍」本刊行，故刊印「全部」本時，把這些折子單行本再次混入「全部」本中。如果當時「楚曲」只是盛演折子戲，相信印書堂大約是不會有這樣的閒情且不顧印刷成本去刊印「全本」，還由不同印書堂聯手刊刻了一套「新鐫楚曲十種」，民眾也絕不會只是將曲本當成讀

〔註95〕 蘇州派劇作突破以往傳奇以生旦爲主角的傳統形式，故事並不是依生旦對位發展，故能擺脫生旦悲歡離合，最後團圓旌獎的戲曲敘事套式。如《千忠錄》中，正旦先飾演投火自焚的馬皇后，後飾程家小姐，最後嫁與貼扮的史仲彬之子，但在劇中並不太重要，並不是與生腳對位發展；真正的主線情節集中在外扮的史仲彬、生扮的程濟、小生扮的建文太子三人身上。朱素臣的《未央天》劇中的正旦角色，是到第十九齣才出現的殷瑤貞，整部戲只出現三齣，總共就唱了：「鶯妝臨罷，踮金蓮微露銀牙。輕移慢整，秋波偷覷，斂裾忙迓」五句唱詞，一點看不出性格特質，是個可有可無的角色。貫穿全劇的女性主要角色，是貼扮的陶琰娘，卻是負面形象人物；整個故事的情節是以生扮米新圖與末扮馬義爲發展線索。《一捧雪》雖是以生扮莫懷古，旦扮莫夫人出現，但故事一樣不是生旦情節對位發展；旦扮莫夫人在上卷只出現在第一、三齣，下卷也只有四齣，屬陪襯性質，並不是重要角色；小旦扮的豔娘，除了二十齣〈誅奸〉之外，也都沒有什麼重頭戲。真正的故事是以男性角色爲主：生扮莫懷古、副淨扮湯勤、淨扮嚴世蕃、外扮戚繼光、末扮馬義。

〔註96〕 孟繁樹、周傳家編校：《明清戲曲珍本輯選》（北京：中國戲劇，1985），頁 385～498。

〔註97〕 有關由分齣轉變爲分場的變化，詳見後文分析。此時的「楚曲」劇本，分場制似乎還處於一種變動的情形，體製整齊的「全部」本，分場制已然形成；但體製混亂的「全部」本，雖名爲「場」，實際上更像傳奇中的一齣。

本來看。這個現象說明嘉慶時，「楚曲」全本戲的演出應是劇場常見的現象。

　　「楚曲」學習吸收傳奇的能力還不只在體製上，在吸收曲牌聯套音樂的能力上也其來有自，因漢調是在湖北清戲的基礎中上加工而成，而清戲本身是高腔系統的音樂，崑腔、高腔唱的都是曲牌聯套音樂的劇作，從「楚曲」劇作中尚存有《曹公賜馬》一劇，註明唱「高腔」的情況看來，漢調也早就能合「漢、高」兩腔。這種將板式變化與曲牌聯套體音樂熔爲一爐的作法，正如徽班合「京、秦」兩腔的情況一樣，是「花雅爭勝」時期，花雅二部戲曲交流吸收的最好證明。只是漢調的這種融合，應該還是分場式的融合，即一齣唱高腔，一齣唱皮簧，有點像邵茗生在《岑齋讀曲記》中介紹的《游龍傳》、《天星聚》的演出方式。〔註98〕

三、其他短篇楚曲

　　目前可見的「楚曲」劇本，除前一部份介紹的長篇體製「全部」本外，還有短篇的「楚曲」，它們相當於傳奇劇作中的折子。劇目如下：

名　稱	出版	回	卷	本		收錄出處
臨潼鬭寶	文雅堂	四			第一回：說計進寶 第二回：曉諭各國 第三回：上山結拜 第四回：臨潼鬭寶	明清戲曲珍本、續修四庫全書
青石嶺	文陞堂		四		報台 卷一：登場（收王洪） 卷二：收孟禧 卷三：草橋關 卷四：歸天團圓	明清戲曲珍本、續修四庫全書
蝴蝶夢全圍	三元堂	四			第一回：下山探骷 第二回：南華度白 第三回：路途扇墳 第四回：試妻劈棺	俗文學叢刊
斬李廣全圍	會文堂			上下		俗文學叢刊
探五陽全圍	會文堂			上下		俗文學叢刊

〔註98〕邵茗生：〈岑齋讀曲記〉，《劇學月刊》第三卷第九、十二期，1934。二劇皆爲崑亂雜演的情況。

轅門射戟	會文堂			上下		俗文學叢刊
曹公賜馬	會文堂			上下	上本註明是高腔唱曲牌	俗文學叢刊
東吳招親	會文堂			上下		俗文學叢刊
新詞臨潼山	會文堂			上下		俗文學叢刊
李密降唐	文陞堂	四			秦王打圍 拾箭降唐 招宮殺宮 雙帶箭	明清戲曲珍本、續修四庫全書
鬧金堦全圍	會文堂			上下		俗文學叢刊
殺四門全圍	會文堂	四			第一回：殺四門 第二回：劉金定服藥 第三回：下南唐 第四回：火燒余洪	俗文學叢刊
洪羊洞全圍	會文堂			上下		俗文學叢刊
楊四郎探母	三元堂	四			第一回：嘆母擬猜 第二回：盜令出關 第三回：回營見母 第四回：相會回營	俗文學叢刊
楊令婆辭朝	三元堂			上下		俗文學叢刊
花田錯全圍	會文堂	四			雖分四回，但未另標回名	俗文學叢刊
日月圖賣畫	大成堂			上下		俗文學叢刊
大審玉堂春	會文堂			上下		俗文學叢刊
鬧書房全圍	會文堂			上下		俗文學叢刊

　　這些短篇的「楚曲」大致可分為兩類，一類是分為四個單元的四回（卷）本，四個單元像四折戲一樣，可各自分演，也可一次演出，因為前後故事是緊密相接，頭尾完整。這與明清時期流行的傳奇折子選本《醉怡情》不同，《醉怡情》是選錄傳奇中常演的折子，每本四折，但前後情節未必能緊密連貫，而「楚曲」的四回本，各回之間的情節發展卻是緊密結合；《花田錯》四回未另標名稱，就是最好的證明。

　　另一類是分為上下本的短篇「楚曲」，擷取故事中的某個片斷而成。不過這些「楚曲」與傳奇折子可能不同的地方，在於目前並不知道這些故事是否

有著「全本」，或許劇本產生之初就只具有這樣一個片斷。這種情況與京劇許多劇作僅具有一個片斷的情況相同，而與傳奇「折子」定義有明顯差異。

第三節　楚曲劇作概要

一、長篇楚曲

以下各劇目次，若有目次頁，則依目次頁標目，若無目次頁，則依內文標目。

▲魚藏劍

新鐫楚曲十種之一，會文堂刊本，收在《俗文學叢刊》中。分上下卷，有目次、報場。共十四回，目次為：〈報場·伍奢上壽〉、〈費無極奏本〉、〈金殿完婚〉、〈伍奢罵朝〉、〈伍奢修書〉、〈拆書放關〉、〈長亭釋放〉、〈嘆昭關〉、〈混昭關〉、〈漁人撲水〉、〈浣紗女〉、〈姬光訪賢〉、〈專珠別母刺寮〉、〈大團圓〉；劇目在目次中分「回」，內文分「場」。本事見於《吳越春秋》卷四〔註99〕、《東周列國志》卷七。〔註100〕伍子胥故事從唐代的《伍子胥變文》開始，就一直是人們津津樂道的傳奇性人物，元代已有鄭廷玉《楚昭公疎者下船》及李壽卿《說專諸伍員吹簫》雜劇，〔註101〕情節稍有出入，明代邱濬有《舉鼎記》傳奇〔註102〕、無名氏《十八國臨潼鬥寶》雜劇。〔註103〕孫柚有《舉鼎記》，又名《昭關記》，今佚，但在《摘錦奇音》及《群音類選》中收有折子，〔註104〕與《魚藏劍》故事相近。

故事敘述費無極奉楚平王旨意，為太子建至秦國迎娶吳祥公主，見公主美貌，私告平王，並以吳祥公主侍女馬融女代嫁，與太子建成親。平王欲納

〔註99〕趙曄：《吳越春秋》（台北：台灣商務，1968）。

〔註100〕〔明〕馮夢龍：《東周列國志》（台北：三民，1976）。

〔註101〕皆收在〔明〕臧晉叔編：《元曲選》（北京：中華，1989），頁277～293、647～667。

〔註102〕曾白融主編：《京劇劇目辭典》（北京，中國戲劇，1989）將《舉鼎記》作者誤作「丘浚」，頁51。《全明傳奇》（台北，天一，1983）所收《舉鼎記》，劇情僅至伍子胥上山與柳展雄爭鬥，由於此本今存鈔本，不知劇情完結與否。

〔註103〕《孤本元明雜劇》（台北：台灣商務，1977）第四冊。

〔註104〕《摘錦奇音》收於《善本戲曲叢刊》（台北：學生，1984）第一輯，頁258～261、《群音類選》收於《善本戲曲叢刊》（台北：學生，1987）第四輯，頁947～956。

吳祥公主爲妃，吳祥始而堅拒，後無奈屈從。伍奢得知平王納子媳，痛斥無極，無極進讒言，欲將伍奢滿門斬盡殺絕，令伍奢修書，召回守樊城的伍氏兄弟。伍員以信中隱含逃走之意，決意不回京城。伍尙回京，與伍奢同被誅殺，伍氏一門被斬盡殺絕，平王並派武城黑圍攻樊城。子胥逃走，途遇申包胥，告之冤情，並言他日必借師報仇，包胥力勸無效，縱放子胥。子胥逃走，遇東皋公收留，然昭關難過，子胥焦急萬分多日不得安眠，因焦慮過度，一之間鬚髮皆白。東皋公之友皇甫納與子胥貌似，二人換裝改扮，子胥得過昭關。爲避楚兵追捕，伍員於江邊求漁父渡其過河，並以寶劍酬之，抵岸，去而復返，謂漁人勿告追兵己之去向。漁父以子胥見疑，因投江以明志。伍員途中饑餓，腆顏向溪旁女子乞食，並道出眞實姓名，女憐而與之食。伍員食訖，去而復返，囑浣紗女勿告追兵己之行跡，女因伍見疑，且念及瓜李之嫌，亦投水而死。伍員至楚國，與專珠結拜，吳太子姬光以厚禮聘之，共定魚腸劍大計，刺殺王寮。專珠歸家辭母，其母見其猶豫，佯稱口渴，遣走專珠，自縊而死。王寮戒備往赴公子光魚會，說起夜夢一事，姬光以疾辭，王寮獨酌，專珠以鮮魚進獻，伺機刺寮。王寮雖死，專珠亦爲眾人所殺。姬光登基，厚賞專珠之子，並借人馬予伍員，攻打楚國復仇。

▲上天臺

新鐫楚曲十種之一，三元堂刊本，收在《俗文學叢刊》中。分上下卷，有目次，共十回，目次爲〈金殿封王〉、〈遊街劈府〉、〈綁子上殿〉、〈頂荊倍罪〉、〈參宮定計〉、〈綁姚期〉、〈法場相會〉、〈鄧禹保本〉、〈馬武撞宮〉、〈劉秀歸天〉；劇目在目次中分「回」，內文中分「場」。無法從史傳、小說中找到本事，《東漢演義評》〔註105〕無此情節，史上亦無劉秀大殺功臣之說。

故事敘述姚剛南征救父回朝，立下大功，但國丈郭榮謂其年幼，不應封高官，後經鄧禹保奏，方得封侯，並打馬遊街。家院因郭榮府前私畫三尺禁地，文武官員過此，須下轎、下馬，故勸其改道。姚剛不肯，吩咐鳴鑼闊道，與郭榮發生爭執，失手打死郭榮。姚期綁子，上殿請罪，劉秀問明原由，乃釋姚剛，使之出鎮宛子城。姚期欲告老辭官，劉秀不許，姚期請劉秀戒酒百日，方肯留朝，劉秀慨然允之。郭妃爲父報仇，誣告姚期調戲，劉秀醉而欲

〔註105〕〔清〕清遠道人重編，收在劉世德等編：《古本小說叢刊》（北京：中華，1991）第一輯。

斬姚期，鄧禹保奏三本均被郭妃押下，馬武闖宮見駕，然赦令已遲，姚期被斬。鄧禹罵殿撞死金階，陳俊與二十八宿皆被處斬，馬武宮門外奏本後，亦撞死宮門。劉秀酒醒後方知鑄成大錯，自愧身亡。劉秀原爲紫微大帝，與二十八宿同歸天班。

▲祭風臺

　　新鐫楚曲十種之一，文陞堂刊本，收在《明清戲曲珍本》、《續修四庫全書》中。分四卷，上下冊，有目次、小引、報場，全劇共二十八場，目次爲：〈報場〉、〈回朝〉、〈舌戰〉、〈計議〉、〈改陣〉、〈借刀計〉、〈中計〉、〈二用借刀〉、〈粧呆獻計〉、〈獻苦肉〉、〈詐降〉、〈押蔣〉、〈荐龐〉、〈獻連環〉、〈粧病〉、〈逃潼關〉、〈看病〉、〈祭風〉、〈點將〉、〈發兵〉、〈擋曹〉、〈請罪〉、〈占城〉、〈團圓〉。本事見《三國演義》第四十二至五十回。〔註106〕明傳奇有《赤壁記》（不傳）、《草蘆記》，《鼎峙春秋》中有〈醒人翻被醉人算〉、〈河北自輸十萬矢〉、〈事可圖何妨肉苦〉、〈江東獻計一雙環〉、〈風不便未免心憂〉、〈壇中可望不可攀〉、〈江上獨來還獨往〉、〈西北計成百道出〉、〈東南風動一軍灰〉、〈未可笑時偏發笑〉、〈絕無生處卻逢生〉。〔註107〕

　　故事敘述當陽一戰後，劉備退守夏口，魯肅過江求見，探問曹軍虛實與劉備動向。魯肅邀孔明一同過江共商破曹之計。東吳謀士張昭、薛綜等欲難倒孔明，以便降曹。及與孔明舌辯，孔明侃侃而談，駁得諸人啞口無言，含羞帶愧。魯肅引孔明見孫權，事先叮囑不可實言曹操兵多將廣，然孔明於孫權問起曹兵虛實時，故意誇大，以激孫權。後二人暢談，孔明一一剖明曹兵虛實，並表示願同心破曹，孫權召周瑜回朝共商大計。周瑜忌孔明之才，派孔明劫曹操糧草，孔明故意在魯肅面前譏周瑜僅水戰一能，周瑜追回原令，欲親自領兵前往。曹操使蔡瑁、張允操練水軍，以己意改陣。蔣幹過江欲說周瑜歸曹，周瑜僞造蔡、張二人降書，故意邀蔣幹入帳飲宴，使蔣幹盜走假信。曹操一怒，殺張蔡二人，細思之下，得知中計，亦令蔡中、張和假降。周瑜告知孔明已得破曹之計，二人書之掌中，同爲「火」字，周瑜並令孔明造箭，孔明自請三日爲期，並立下軍令狀。孔明趁江上大霧之時，草船借箭完成使命。黃蓋以苦肉計取信曹操，使闞澤詐獻降書。蔣幹二度過江，龐統

〔註106〕〔元〕羅貫中：《三國演義》（台北：三民，1971）。

〔註107〕清宮中大戲：《鼎峙春秋》。收在《古本戲曲叢刊》（北京：中華，1964）第九集。

詐稱周瑜恃才傲物，故隱居於此。蔣幹爲之引見，龐統獻連環船之計。周瑜觀風得病，孔明識破其根源，南屏山祭風，因知周瑜忌妒，故趁祭風時逃走。趙雲依錦囊指示，至江邊接孔明回夏口，孔明令眾將於各處安排埋伏。東吳發兵，黃蓋以糧船內裝硫黃、火炮燒曹營之連環船。曹操十八騎人馬敗走華容道，因關羽仁義，得以逃生。趙雲攻佔南郡、張飛取得襄陽，周瑜無奈，撤守柴桑口。

▲英雄志

新鐫楚曲十種之一，三元堂刊本，收在《明清戲曲珍本》、《續修四庫全書》中。分四卷，上下冊，有目次、小引、報場，全劇共二十五場，目次爲：〈報場〉、〈詔回〉、〈回朝〉、〈借兵〉、〈跑馬〉、〈練牌〉、〈遣將〉、〈攻城〉、〈息戰〉、〈自退〉、〈驚駭〉、〈奏后〉、〈進府〉、〈觀魚〉、〈說吳〉、〈答禮〉、〈天辯〉、〈議征〉、〈封帥〉、〈接書〉、〈起兵〉、〈乘舟〉、〈敗魏〉、〈火攻〉、〈助戰〉、〈團圓〉。本事取材自《三國演義》第八十五、八十六回，〔註108〕《三國志·蜀志·鄧芝傳》〔註109〕中有鄧芝出使東吳，然無設油鼎之說；《三國志·蜀志·秦宓傳》有秦宓難張溫逞辯才一事。

故事敘述曹丕欲乘劉備新亡之際，興兵伐西蜀，司馬懿謂五路起兵可建全功。孔明聞訊，暗中調兵遣將，唯東吳一路，須前往遊說孫權，然未得其人，因此閉門稱病。劉禪聞警大驚，親臨相府責問，此時孔明正靜坐觀魚，忽見劉禪，伏地請罪。孔明自陳身受先帝重託，豈能不盡心竭力？退居私宅乃爲暗地籌畫退兵之策，並推薦有才辯、膽識俱佳之鄧芝使吳。鄧芝至吳，張昭知其爲說客，請孫權設油鼎於殿前以懼之，鄧芝以言語激孫權，並挺身撲向油鼎，孫權急止，乃捐棄前嫌，永修和好。張溫入蜀答禮，面有驕色，孔明使秦宓於餞行時駁倒張溫，溫大愧離去。曹丕親征，吳王派使討救兵，孔明派趙子龍率軍援助，大破曹軍而回。

▲二度梅

新鐫楚曲十種之一，會文堂刊本，收在《俗文學叢刊》中。分四卷，沒有目次頁，有小引、報場，依內文可知共三十六場，然體製混亂，有標示爲「回」、「場」及未註明的場次，各劇目如下：〈上壽〉、〈斬梅魁〉、〈水淹殺

〔註108〕〔元〕羅貫中：《三國演義》（台北：三民，1971）。

〔註109〕〔晉〕陳壽：《三國志》，收在《二十五史》（台北：藝文，1958）。

場〉、〈良玉投親〉、〈梅良玉疑花〉、〈祭梅上本〉、〈囑梅重開下本〉、〈杏元罵相〉、〈杏元和番〉、〈重臺分別〉、〈杏元贈釵〉、〈杏元投崖〉、〈杏元落花園〉、〈良玉遇鄒公〉、〈春生投水上本〉、〈搶親〉、〈春生投水下本〉、〈書房思釵〉、〈失釵相思〉、〈請醫詰問〉、〈探究病根〉、〈以假試眞〉、〈春香採花〉、〈池邊相會〉、〈指釵爲聘〉、〈朝回妥婚〉、〈二生途遇〉、〈拜府逼婚〉、〈午門毆杞〉、〈大審盧杞〉、〈明冤尋父〉、〈征勦番邦〉、〈盧黃受誅〉、〈封官團圓〉。本事出自小說《二度梅全傳》。〔註110〕小說有乾隆刊本，共四十回，此一故事乾嘉時期應頗爲流行。

　　故事敘述梅魁升任內閣吏部給事，因不滿盧杞禍國，於其壽宴上大罵奸賊後遭陷，滿門抄斬；幸得屠申報信，妻邱氏與子梅良玉得以倖免。梅魁法場被水漂走，爲神明救活。良玉投奔岳父，反被出賣，喜童代死，流落至壽菴寺作花童。一日，陳日升至寺中祭拜梅魁，天降冰雹，梅花盡傷；日升感慨，欲削髮爲僧，立誓除非梅開二度，證明梅門有後，方罷此念。日升之女杏元，與子春生，囑梅重開，果然梅花再綻。良玉透露身世，日升將女許之。不料盧杞進奏，召杏元和番，杏元與良玉重臺分別，臨行時，杏元贈釵以爲憑念後，跳崖自盡。豈料被神風托送至鄒伯符家花園，被鄒夫人收爲義女。由於盧杞之前遭杏元怒斥，憤而以「詈罵首相」之名，捉拿其全家。黨茂修途中得知，贈春生、良玉盤費，縱放二人。良玉與春生途中走失，春生投水，被周氏與玉姐救起，後拜梅母兄弟邱仰占爲義父。良玉被人誤拿爲賊，見馮公改名穆榮，被薦至鄒伯符處管理錢糧；因人品才識俱佳，鄒伯符有意以己女配之。良玉至鄒府，拿出金釵把玩，卻爲春香拿走；良玉失釵，相思成病。雲英見釵，疑其行爲不端；杏元見釵，疑良玉已死，亦得重病。後鄒母詰問，探知二人心事，夫妻得以重逢。良玉、春生二人科場相認，並同榜登科。盧杞見春生才貌雙全，逼其聯姻，春生不肯，掛冠求去。盧杞此舉引起公憤，被眾舉子午門圍毆，皇帝命三司審理，奸賊服誅。沙陀國起兵，良玉、春生領兵出征，得勝還朝，洗雪前冤，兩家封官團圓。

▲辟塵珠

　　新鐫楚曲十種之一，會文堂刊本，收在《俗文學叢刊》中。分上下卷，

〔註110〕〔清〕惜陰堂主人：《二度梅全傳》，收在《古本小說集成》（上海：上海古籍，不詳）冊231。

有目次、小引、報場，共二十三場，目次為〈開場〉、〈請母〉、〈查珠〉、〈賜珠〉、〈拾寶〉、〈定計誆寶〉、〈毒酒害春〉、〈商售繡包〉、〈尋子驚夢〉、〈落菴送妾〉、〈中計進府〉、〈冒稱親誼〉、〈設計逃脫〉、〈黑夜會兄〉、〈殺苗逼婚〉、〈回京梢風〉、〈金殿閙曹〉、〈兄妹告狀〉、〈說夢詐死〉、〈洩冤除奸〉、〈御祭守靈〉、〈自訴劈棺〉、〈進珠面聖〉、〈封官團圓〉。本事近於《龍圖公案》卷四《獅兒巷》，〔註111〕傳奇有《袁文正還魂記》，〔註112〕故事主角、事蹟頗有出入，然情節略似。

故事敘述宋仁宗於河南遊玩，遺落辟塵珠，命王才尋找。伍雲春與母苗氏、妻王桂英於清明掃墓時，拾獲壁塵珠。雲春上京獻寶，途遇王才。王才佯稱與其父交厚，將其騙入曹貞（真）府內，奪寶殺人。苗氏久無愛子音訊，與桂英上京找尋，途中雲春託夢，道其被害之事。婆媳二人暫住尼庵，為求生計，桂英繡花維生。王才奉曹貞命，尋找美妾，正遇販售荷包之苗氏，將其與桂英誆入曹府，並逼婚桂英。苗氏罵賊被殺，桂英假意應承，趁眾人酒醉之時逃出曹府，途遇兄長王貴，與母相見，往包公處告狀。包公陳州放糧回京覆命，怪風忽起，落在曹府，知有冤情，故鳴鑼過府，欲往追查，金殿之上，與曹貞立下軍令狀；然查無實證，仁宗欲斬包拯，太后力勸得免。桂英告狀，包公知其中冤情，故詐死；仁宗令眾臣往祭，曹王二人欲劈棺觀包文正玲瓏之心，守靈時閒話，將謀害伍雲春事泄露。包公於棺中坐起，重審此案，將二人定罪鍘死，並至曹府尋找屍體。包文正將雲春屍首置於養屍床上，雲春死而復活，夫妻重聚。雲春進寶，一家封賞，苗氏亦被追封。

▲打金鐲

新鐫楚曲十種之一，同盛堂刊本，收在《俗文學叢刊》中。分四卷，十四冊，有目次、小引、報場，共三十場，目次為：〈別母貿易〉、〈祝壽訓蠡〉、〈定計〉、〈出京〉、〈設計服毒〉、〈試毒〉、〈私訪〉、〈寫婚〉、〈投店〉、〈哭靈〉、〈柳陰結拜〉、〈寫狀〉、〈拜繼〉、〈進狀〉、〈投文〉、〈提拿〉、〈求書〉、〈帝君下凡〉、〈盜書〉、〈受賄賣放〉、〈掛掃〉、〈刺殺〉、〈贈盞〉、〈路遇〉、〈哭監〉、〈告狀〉、〈拿下〉、〈大審正法〉、〈奏本〉、〈榮封〉。本事不詳。

故事敘述楊春至河南販布。姚廷美替兄廷蠡祝壽，母陳氏藉機訓蠡。蠡

〔註111〕收在王以昭主編：《罕本中國通俗小說叢刊》（台北：天一，1974）。
〔註112〕收在《全明傳奇》（台北：天一，1983）。

妻田氏得知婆婆對己不滿，並思及分家時婆婆予小叔夫婦金鐲一對的私心，乃設計毒害廷美。廷美之妻楊素眞知田氏毒死丈夫，但懼田氏之兄田能爲江西巡按，不敢告官。田氏串通素眞胞兄楊青，僞稱楊母思念女，欲接回家中，實則將素眞賣與楊春爲妻。素眞得知受騙，拒與楊春同行，爭吵之間，遇八府巡按毛蓬喬扮算命先生私訪，細問情由。楊春聞知，同情素眞遭遇，撕毀婚書，並與素眞結爲兄妹，願代爲告狀。毛蓬在柳林中代爲寫狀，暗示二人可越衙告狀，不料二人半途失散，素眞途遇惡棍，宋世傑救下素眞。宋世傑夫婦收素眞爲義女，並領素眞信陽告狀。不料田能寫信託銀打點，顧讀收賄，素眞反被誣害收監。田氏欲殺寶童不成，又令兒子刺殺，天才不忍，與寶童逃走，途遇陳氏，三人結伴尋母、媳，與宋世傑巧遇。宋世傑得知田、顧行賄證據，即向新任河南巡按毛蓬控告。毛蓬重審此案，並以同年四人共同盟誓責友，對田氏、楊青判罪，對違法同年亦嚴加懲治，並令楊春、素眞拜在宋世傑名下，爲其養老送終。沉冤昭雪，眾人榮封。

▲烈虎配

　　雖標注爲「新鐫楚曲　種」，但非十種之一，三元堂刊本；收在《俗文學叢刊》中。分上下卷、上下冊，有目次、小引、報場，共三十六場，目次爲：〈報場〉、〈登場〉、〈辭親〉、〈出獵〉、〈害主〉、〈結拜〉、〈假冒〉、〈論相〉、〈選婢〉、〈假配〉、〈聞信〉、〈鬧堂〉、〈救春〉、〈馬驛〉、〈刦斗〉、〈釋放〉、〈回山〉、〈花園〉、〈殺婢〉、〈二投〉、〈替刑〉、〈蔡悔〉、〈利市〉、〈二賺〉、〈二救〉、〈回京〉、〈寨遇〉、〈招駙〉、〈劾奏〉、〈掛帥〉、〈對陣〉、〈詔宣〉、〈佳配〉、〈進貢〉、〈奏凱〉、〈鬧宴〉、〈剖冤〉、〈團圓〉。本事不詳。

　　故事敘述父親早逝的許姣春，奉母命往廣東蔡雲龍家，迎娶早已聘定的蔡蘭英，不料途中惡僕劉青起惡心，謀害姣春，並奪取明珠及書信，冒名成親。然蔡府婢女劉翠蓮見劉青儀容舉止不似公子模樣，故蘭英令婢女多香代嫁。姣春爲打虎豪傑劉子英所救，兩人結拜，重至蔡府認親，蔡雲龍將之重刑拷打，幸賴子英闖府救人。姣春再入相府，卻被蔡雲龍當成強盜問斬，周勝卿以己子代斃，姣春進京赴試，得中狀元。嚴嵩進讒，皇上派姣春征討馬洪英，由於馬女縢雲與子英有姻緣之份，因而歸順回朝。劉青懼怕事跡敗露，殺死多香，逃至黑水國，因獻明珠招爲駙馬，奉命進貢寶物至京城，皇帝封其爲進寶狀元，席間爲姣春所見，被子英打死。姣春奏明種種前後因由，皇上依次封賞，全家團圓。

▲回龍閣

　　長篇楚曲，會文堂刊本，收在《俗文學叢刊》中。分四卷，沒有目次頁，有報場，然體製混亂，有標示為「回」及未註明的場次，各劇目如下：〈開場〉、〈王三姐遊花園〉、〈王三姐拋打彩毬〉、〈西蓬擊掌〉、〈薛貧貴借糧〉、〈代戰王進表〉、〈貧貴投軍〉、〈貧貴降馬〉、〈貧貴別窰〉、〈貧貴征西涼〉、〈西涼登殿〉、〈開場〉、〈盼窰訓女上本〉、〈盼窰訓女下本〉、〈哭窰修書〉、〈貧貴回窰〉、〈寶川跑坡〉、〈回龍閣進府拜壽上本〉、〈回龍閣進府拜壽下本〉、〈回龍閣貧貴算糧〉、〈貧貴登殿團圓〉。本事見《龍鳳金釵傳》鼓詞。〔註113〕

　　故事敘述薛貧貴身懷絕技，才智過人，然窮困潦倒，乞討為生。一日誤入相府花園，因唐丞相王允三女寶川夜夢吉兆，以貧貴為應夢之人，囑貧貴至彩樓前接彩球。寶川繡樓招親，貧貴因衣衫襤褸，門官攔阻，幸得神力之助，接得彩球。王允嫌貧愛富，令寶川退婚，欲以新科狀元許之，寶川不從，與父擊掌，離開相府，斷絕父女之情。貧貴與寶川結夫妻，二人無以為生，貧貴往求王夫人，得贈銀米，不料途遇王允，令人截回並將貧貴暴打致死，幸賴神力得免。貧貴投軍，降服紅鬃烈馬，唐王大喜，封為督府；值西涼作亂，王允、魏虎力諫，改貧貴為先行，出征平亂。貧貴臨行回窰與寶川告別。貧貴征西涼得勝，不料為魏虎所害，將其灌醉，驅至西涼，幸代戰公主惜才，得免一死，並與代戰成親，適西涼王崩，繼承王位。王允千方百計令寶川改嫁，寶川不為所動，拒回相府。寶川苦守寒窰十八年，鴻雁為之傳書。一日，貧貴臨朝，忽聞鴻雁口吐人聲，謂貧貴無道，貧貴以弓彈擊之，得寶川血書，因灌醉公主，取得令箭，連趕三關，欲回中原。代戰酒醒，領兵追趕，得知原委，屯兵三關，以備接應。寶川於吳家坡前遇貧貴，夫妻相別一十八載，互不相認，貧貴欲試寶川貞節，託辭調戲，寶川趁機逃回寒窰，貧貴追趕，最後說出真相，夫妻相認。貧貴回窰後，乘王允壽辰，與寶川同赴相府，向魏虎討算一十八載軍糧，因互有爭辯，貧貴扭魏虎上殿，一同面君。唐王晏駕，王允、魏虎篡位，並命高士繼截殺貧貴，貧貴說服高士繼，適值代戰公主帶兵前來，於是攻破長安，拿下王允、魏虎。貧貴接位稱帝，赦王允、斬魏虎，寶川、代戰、王母俱受封，闔家團圓。

〔註113〕引自曾白融編：《京劇劇目辭典》（北京：中國戲劇，1989）。

▲龍鳳閣

　　長篇楚曲，會文堂刊本，收在《俗文學叢刊》中。分上下卷、上下本，有目次、報場，共十回，目次爲：〈楊波上壽〉、〈李良詐殿〉、〈徐楊保國〉、〈徐楊三奏〉、〈李良封宮〉、〈楊波修書〉、〈趙飛頒兵〉、〈夜嘆觀兵〉、〈徐楊進宮〉、〈楊波登基〉。本事見《香蓮帕》鼓詞。〔註114〕

　　故事敘述明穆宗駕崩，李豔妃抱幼主臨朝聽政。李妃之父覬覦江山，以代掌朝政爲由，令眾臣畫押，讓出江山。兵部尚書楊波與定國公徐延昭看出李良野心，堅拒不從，並入朝進諫。李妃不納忠言，徐延昭以御賜銅錘痛擊李良，李妃責其欺君。二人無奈，徐將己女徐金定送入宮中，保護幼主及李妃。李良封鎖昭陽宮，李妃後悔，遂下密旨請徐楊保駕。徐延昭因無計可施，深夜獨謁皇陵，哭拜於先帝靈前。楊波命趙飛調集人馬，此時人馬聚齊，入京保國。徐楊二人再度進宮，李妃感悟，乃以幼主相託。李良被擒，幼主登基，眾功臣封賞。

二、短篇楚曲

▲臨潼鬥寶

　　短篇楚曲，文雅堂刊本，收在《明清曲珍本輯選》、《續修四庫全書》中。本劇分爲四回：〈說計進寶〉、〈曉諭各國〉、〈上山結拜〉、〈臨潼鬥寶〉。人物見於《史記》之《楚世家》；本事出於《吳越春秋》卷四、《東周列國志》卷七。伍子胥故事從唐代的《伍子胥變文》開始，就一直是人們津津樂道的傳奇性人物，元代已有鄭廷玉《楚昭公疎者下船》及李壽卿《說專諸伍員吹簫》雜劇，情節稍有出入，明代邱濬有《舉鼎記》傳奇、無名氏《臨潼鬥寶》雜劇。〔註115〕與長篇「楚曲」《魚藏劍》同爲伍子胥故事，像是《魚藏劍》的「前傳」。

　　故事敘述秦穆公稱霸，假周天子詔命，設臨潼會，威逼十七國諸侯赴會鬥寶，暗中卻買通紅雀山上自立爲王的柳展雄劫寶，製造問罪藉口。伍員護寶前行，打敗柳展雄，並與之結拜；柳並將秦穆公之計謀告知。伍員臨潼會

〔註114〕引自曾白融編：《京劇劇目辭典》（北京：中國戲劇，1989）。不過此劇與車王府所收亂彈《香蓮帕》劇情還是有所差異。

〔註115〕參見《魚藏劍》註釋。

上力舉千斤銅鼎，壓服秦國名將，並逼令秦穆公將妹許楚太子、退還各國寶物，各國諸侯平安返國。

▲青石嶺

短篇楚曲，文陞堂刊本，收在《明清曲珍本輯選》、《續修四庫全書》中。分四卷，有報台，目次為：〈收王洪〉、〈收孟禧〉、〈草橋關〉、〈歸天團圓〉。本事不見小說、史傳。

故事敘述周后禾雲庄，為九天玄女下凡，助義王平亂，才剛搬師回朝，因王洪、孟禧再叛，必須再披戰袍。然禾有孕在身，推本不去，奸妃賈翠屏誣其懷有妖魔，二人畫押，禾國母再次出征。對陣時三將被殺，雷天豹為白雲老祖所救；禾雲庄陣前產子，其後收服王洪、孟禧。回朝後禾欲斬賈妃，後因賈父說情，故饒其不死。賈妃心生惡計，誣禾所收王、孟二人為妖魔，欲害周王，周王醉酒，欲斬禾氏。劉文索保本不成，告知王、孟。二人劫法場，救下禾氏；因戰事又起，周王命眾人出征，將功折罪。雷天豹下山助戰，眾人戰死，雷平亂回朝。眾將歸天，周王奠祭。

▲蝴蝶夢

短篇楚曲，三元堂刊本，收在《俗文學叢刊》中。分四回：〈下山探骷〉、〈南華度白〉、〈路途扇墳〉、〈試妻劈棺〉。元李壽卿有《鼓盆歌莊子嘆骷髏》、明謝弘儀《蝴蝶夢》傳奇。〔註116〕本事見《莊子》〈至樂〉篇〔註117〕、《警世通言》第二卷。〔註118〕

故事敘述張崇為強盜所殺，莊周下山時見老少二人敲其骨以求金，莊周要求二人住手，二人向莊周索取金錢。莊周點石成金與之，二人貪得無厭，莊周趨神虎嚇走二人，並以法術將張崇救活。張反誣莊周為盜，向之索還財物，兩人同至南華縣告狀。南華縣官白簡盤問再三，不能明其真相，張崇竟要求對莊周用刑。莊周怒以陰陽扇搧死，白因而悟道，願拜莊子為師。莊周歸家探妻，慈悲大士化作搧墳少婦提點。莊妻田氏自詡名門貴族，立誓決不相負。莊周為試妻詐死，後化為楚國王孫，前來弔喪。田氏見王孫儀容瀟灑，欲結秦晉。成親之時，王孫伴作心疾復發，須以活人腦髓為藥，田氏情急以

〔註116〕收在《全明傳奇》（台北：天一，1983）。
〔註117〕郭慶藩輯：《莊子集釋》（台北：華正，1987）
〔註118〕〔明〕馮夢龍編撰：《警世通言》（台北：三民，1983）。

初死之莊周代替，欲劈棺取腦。棺啓，莊周自棺中坐起，見田氏衣飾豔美，
正言責之。田氏無顏在世，自縊身亡。

▲斬李廣

短篇楚曲，會文堂刊本，收在《俗文學叢刊》中。分上下本，上本名爲
《斬李廣》，下本又名《李剛打朝》。本事不詳。

本劇敘述李廣兄弟平亂而回，周南王設宴慶功，席間李剛失手將國舅馬
南的紗帽打落，二人爲此發生衝突。馬南進宮與妹商量，欲設計陷害二人。
馬妃誣指李廣與太后有私情，南王大怒，欲斬李廣；袁文晉保奏不成，罷官
離去。太后求情，南王下令赦免，但馬南仍將李廣斬首，並謊稱斬後方見赦
令。李剛得知李廣被斬，率兵反朝。

▲探五陽

短篇楚曲，會文堂刊本，收在《俗文學叢刊》中。分上下本。本事不詳
故事敘述王伯霸之子王英，因劉秀無道，殺戮功臣，與姚剛各佔據二龍山、
太行山。一日，王英下山打探崔元龍夫妻攻打洛陽軍情，見遠處殺氣連天，
一女將敗陣而來。二人互報姓名，女將天仙宮主乃劉秀之女，王英意欲降漢。
因天仙宮主與弟走散，命王英尋小主回朝，如未尋獲，便提頭來見。王英遍
訪基陽城、景陽城、離陽城、胡陽城、洛陽城，仍無所獲。

▲轅門射戟

短篇楚曲，會文堂刊本，收在《俗文學叢刊》中。分上下本。本事出自
《三國志‧魏書‧呂布傳》〔註119〕、《三國演義》第十六回。〔註120〕

故事敘述紀靈奉命奪取小沛，劉備向呂布求救，紀靈亦厚賄呂布請予相
助。呂布邀劉備、紀靈宴飲，爲兩家調停，並以畫戟爲靶，聲稱：「如能射中，
請即罷兵；不中，任其所爲」。後呂布拈弓搭箭，果中小戟。紀靈謂難覆軍令，
呂布修書袁術，力勸息兵。

▲曹公賜馬

短篇楚曲，會文堂刊本，收在《俗文學叢刊》中。分上下本，上本並註
明「高腔」，是目前可見清代「楚曲」劇本中，唯一唱曲牌的劇本。本事出自

〔註119〕〔晉〕陳壽：《三國志》，收在《二十五史》（台北：藝文，1958）
〔註120〕〔元〕羅貫中：《三國演義》（台北：三民，1971）。

《三國志‧魏書‧武帝》、《三國志‧蜀書‧關羽傳》、《三國演義》第二十五回，元雜劇《古城會》有相同情節，〔註121〕清宮廷大戲《鼎峙春秋》有〈赤兔馬歸眞主控〉。〔註122〕

故事敘述曹操送印與關羽，關以缺一「漢」字而拒收。袁紹遣顏良攻曹，並接關羽回東吳。曹操賜下錦袍，關羽內穿新袍、外罩舊袍，以示不忘兄弟之情。關羽降服赤兔馬，曹操將之賜予關羽，關欣然接受。曹操怪其故，以爲重畜輕人，關羽答稱：「此馬日行千里，若知兄長下落，一日即可相見，因此拜謝」曹操聞言，甚爲後悔。曹操設下計謀，詐報顏欲斬關。關不疑有他，上場觀陣，並言張飛取上將人頭如探囊取物。曹操大驚，要眾將牢記翼德名姓，不可輕敵。關爲報曹相禮遇之恩，上陣迎敵。

▲東吳招親

短篇楚曲，會文堂刊本，收在《俗文學叢刊》中。分上下本。本事出自《三國志‧吳書‧周瑜傳》、《三國志‧蜀書‧法正傳》、《三國演義》五十四、五十五回。〔註123〕元雜劇有《兩軍師隔江鬥智》，〔註124〕明傳奇有《草蘆記》、《錦囊記》，《鼎峙春秋》有〈破浪來申繡榻盟〉、〈過江初試錦囊記〉、〈巧冰人撮合婚姻〉、〈老新郎順偕优儺〉。〔註125〕

故事敘述周瑜設計，以招親之名，欲賺劉備過江，以殺劉備奪回荊州。劉備臨行，趙雲隨行，孔明並授以錦囊三封。劉備至吳，依計求見喬玄，送上厚禮說明來意，然喬玄對此事毫無所聞，乃往見吳國太。國太得知孫權詐許婚姻，大怒，決於次日在甘露寺內面相劉備。孫權召呂範、賈華埋伏寺外，伺機行事。喬玄命管家送烏鬚藥給劉備，並告之次日相親之事。甘露寺內，吳國太見劉備相貌堂堂，喜允婚事。賈華領兵埋伏，劉備跪地求饒，國太責問孫權，令將賈華斬首，劉備代爲說情，賈華方得釋還。洞房花燭之夜，劉備見兩廂刀劍羅列，心懷畏懼，使宮女報告孫尚香，方才撤去。

▲新詞臨潼山

短篇楚曲，會文堂刊本，收在《俗文學叢刊》中。分上下本。本事見《隨

〔註121〕參見《轅門射戟》註。
〔註122〕清宮中大戲：《鼎峙春秋》。收在《古本戲曲叢刊》（北京：中華，1964）第九集。
〔註123〕參見《轅門射戟》註。
〔註124〕收在〔明〕臧晉叔編：《元曲選》（北京：中華，1989）。
〔註125〕清宮中大戲：《鼎峙春秋》。收在《古本戲曲叢刊》（北京：中華，1964）第九集。

唐演義》第四、五回。〔註126〕

　　此劇內容爲李淵爲母祝壽，豈料在宴席上楊廣見淵妻竇夫人貌美，故有輕薄之意，被李淵擊落門齒。李淵辭官，欲攜眷回太原；楊廣派韓擒虎、魏武騰追趕未果，後自扮山賊截擊李淵於臨潼山前，值秦瓊押解人犯經過，義助李淵。

▲李密降唐

　　短篇楚曲，文陞堂刊本，收在《明清曲珍本輯選》、《續修四庫全書》中。分四回：〈秦王打圍〉、〈拾箭降唐〉、〈招宮殺宮〉、〈雙帶箭〉。本事出自《舊唐書・李密傳》，《隋唐演義》第五十三、五十四回，〔註127〕《說唐全傳》第十三回，〔註128〕《孤本元明雜劇》有《長安城四馬投唐》。〔註129〕

　　故事敘李密掌瓦崗大權，漸失人心，徐勣、魏徵等皆棄之而去，僅王伯當跟隨。伯當勸李密降唐，二人直奔長安，途遇李世民。李淵以姪女獨孤公主妻李密，然密心生不軌，欲謀反。伯當爲保護李密，只得同逃。李世民引兵追之，並勸伯當降，伯當護衛李密，二人雙雙被亂箭射死。

▲鬧金堦

　　短篇楚曲，會文堂刊本，收在《俗文學叢刊》中。分上下本。本事不詳。

　　故事敘述趙匡胤行刺劉化王，卻被崔龍所擒，曹家大小齊上金殿，冒認趙爲曹仁，曹瑞蓮裝瘋賣傻，對劉化王百般戲謔，迫使劉化王不得不釋放趙匡胤。

▲殺四門

　　短篇楚曲，會文堂刊本，收在《俗文學叢刊》中。分四回：〈殺四門〉、〈劉金定服藥〉、〈下南唐〉、〈火燒余洪〉。本事見宮中大戲《盛世鴻圖》第一至四卷。〔註130〕

　　故事敘述趙匡胤親征南唐被困，高君保又得「卸甲風」，只能燃線香向妻劉金定求救。金定闖殺四門，大敗南唐軍，最後說出與君保成婚事，方得入

〔註126〕收〔元〕羅貫中撰，〔清〕褚人獲改撰：《隨唐演義》，收在《古本小說集成》（上海：上海古籍，不詳）。

〔註127〕註同前。

〔註128〕〔清〕鴛湖漁叟校訂：《說唐全傳》（上海：上海古籍，2004）。

〔註129〕收在《孤本元明雜劇》（台北：台灣商務，1977）第六冊。

〔註130〕清宮中大戲：《盛世鴻圖》。收在《古本戲曲叢刊》（北京：中華，1964）第九集。

城。金定餵藥救治君保，君保方醒。余洪擒五王六侯，並下迷藥使之叛宋。乾德王使君保、金定夫妻上陣，余洪不敵，逃入竹林躲藏，金定召來火德星君焚燒竹林，救回五王六侯。

▲洪洋洞

短篇楚曲，會文堂刊本，收在《俗文學叢刊》中。「楚曲」《洪洋洞》，分上下本，又名《六郎昇天》。本事見於《楊家將演義》第四十四、四十五回，〔註131〕元人朱凱有《昊天塔孟良盜骨》，〔註132〕然與本劇出入甚大，無孟良誤殺焦贊、自刎情節。

故事敘述楊繼業死於北國，遺骸藏於洪洋洞中，故托夢給六郎，囑其取回骨殖。六郎命孟良前往，焦贊亦私自跟蹤。問明來歷，孟良入洪洋洞內，豈知焦贊在後，謊稱捉拿奸細，孟良大驚，劈死焦贊。孟良得知誤傷焦贊，託更夫程宣將令公骨殖送回，自刎而死。六郎得報哀悼成疾，八王爺前往探病，途遇猛虎，拔箭射虎，豈料此虎為六郎之本命星，六郎因而身亡。

▲楊四郎探母

短篇楚曲，三元堂刊本，收在《俗文學叢刊》中。共四回：〈嘆母擬猜〉、〈盜令出關〉、〈回營見母〉、〈相會回營〉。《楊家將演義》、《昭代簫韶》皆不載，恐依「八郎探母事」新編。

故事敘述楊四郎沙灘赴會被遼國所擒，改名木易，為蕭太后招為駙馬，與鐵鏡公主成親。十五年後，遼將蕭天佐於九龍飛虎峪擺下天門陣，楊家將出征，佘太君押糧至雁門關口，楊延輝聞訊，欲趁機探望老母。鐵鏡公主問其心事，楊延輝隱瞞不過，只得將身世和盤托出。公主同情，盜得令箭助四郎出關探母。延輝至雁門關與母、妻、弟、妹相見，細訴衷情。無奈時限已到，只得揮淚告別。

▲楊令婆辭朝

短篇楚曲，三元堂刊本，收在《俗文學叢刊》中。分上下本。本事不詳。

故事劇敘述佘太君平定黃花國亂事後，因楊家三代多為國捐軀，只遺曾孫楊藩，遂寫本上殿欲告老還鄉。仁宗挽留不得，只能撥一地錢糧供其養老，並於長亭設宴為其餞行。

〔註131〕收在《白話中國古典小說大系》（台北：河洛，1980）冊14。
〔註132〕收在〔明〕臧晉叔編：《元曲選》（北京：中華，1989）。

▲花田錯

短篇楚曲，會文堂刊本，收在《俗文學叢刊》中。共四回，各回並未另行標目。本事與《水滸傳》第五回魯智深桃花村打周通事不盡相同。

故事敘述劉德明欲為女玉瓊擇婿，命婢女春蘭陪同遊賞花田會，二人於度仙橋下，遇賣畫籌措路費的舉子卞集，小姐慕其才貌，春蘭囑其在橋前等候，隨即回村稟明劉父。劉父聞春蘭薦舉，便命家院劉雲至度仙橋下請卞集前來議婚。不料卞被人強邀至他處書寫圍屏，周通正在畫攤上等候，劉雲誤將周請回。劉父見周形狀粗俗，送銀打發，周通豈肯罷休？約定三日之後抬轎迎娶。春蘭為此受責，急至渡仙橋請卞男扮女裝，進府與玉瓊商議對策。適遇周通前來搶親，誤將卞搶走。

▲日月圖

短篇楚曲，大成堂刊本，收在《俗文學叢刊》中。分上下本，上本作〈日月圖賣畫〉，下本作〈鬧洞房下〉。本事不詳，《醉翁談錄》〔註133〕、《醒世恆言》中的《喬太守亂點鴛鴦譜》〔註134〕、沈璟《四異記》、癭道人《如意緣》等，皆有「顛倒鴛鴦」之情節。

劇情敘述柏茂林至胡林家賣畫，胡林欲娶其女鳳鸞，柏父不允，胡強與金銀彩緞為聘，並定於次日迎娶。父女二人苦無對策，適遇外甥湯威來訪，告之緣由，湯威男扮女裝，代妹出嫁，欲殺胡林。豈料成親之日，胡林接待徐、常二千歲，無法歸家完禮，使妹胡鳳鸞陪伴新娘，並代兄交拜成禮。孰料湯威為男扮女裝，湯據實以告，二人私訂姻緣。

▲大審玉堂春

短篇楚曲，會文堂刊本，收在《俗文學叢刊》中。分上下本。本事出自《警世通言》卷二十四《玉堂春落難逢夫》。〔註135〕

故事敘述蘇三因毒害親夫一案，被屈打成招，解往太原，由八府巡按王金龍與布政、按察二司共同審理。王一見蘇三，不能自持，神情激動、頓時昏厥；問案中，蘇三詳述前情，王金龍聽聞又不能自制，託疾委二司審理。

〔註133〕〔宋〕羅燁：《醉翁談錄》丙集卷一〈因兄姊得成夫婦〉。收在《增補中國筆記小說名著》（台北：世界，1965）第一集第七冊，頁26～27。

〔註134〕〔明〕馮夢龍編撰：《醒世恆言》（台北：三民，1988）。

〔註135〕〔明〕馮夢龍編撰：《警世通言》（台北：三民，1983）。

▲鬧書房

短篇楚曲，會文堂刊本，收在《俗文學叢刊》中。分上下本，又名《書房趕府》。本事不詳。

此劇敘述男主角梅廷選早年喪父，岳父梁相爺接其至府內攻讀詩書；一日，梅知天子大放花燈與民同樂，遂扮作院子遊街賞燈。豈料此時梁賽英、藍英趁梁父保駕玩燈之際，擅入梅書房，賽英還穿戴梅之衣物，假扮公子。後二人困頓，臥床而眠；梁父回府，見書房中二人同臥，以為梅行為失檢，盛怒之下，欲趕梅出府。

三、歷史劇的偏重

相較於《綴白裘》中收錄的花部劇作，或是《燕蘭小譜》等著錄的秦腔梆子以嬉謔小戲為主的劇目，明顯可見「楚曲」劇作以歷史劇佔多數。目前可見的二十九本「楚曲」中，有一半取材自歷史故事的劇作，比起傳奇的才子佳人「十部九相思」故事，或相對於秦腔小戲中人物的名不見經傳，顯得相當突出且有特色。

《魚藏劍》、《臨潼鬥寶》為東周列國故事，人物見於《史記》之《楚世家》；《上天臺》為東漢故事，雖無法從史傳、小說中找到本事，然劇作主角卻以劉秀、姚期為主，是「戲劇根據史傳雜說改編，但其關目情節有所剪裁和點染、人物性情有刻畫和誇張」，「以實用虛」的手法寫成的劇作。〔註136〕《英雄志》、《祭風臺》、《轅門射戟》、《曹公賜馬》、《東吳招親》為三國故事，人物見於《三國志》；《新詞臨潼山》、《李密降唐》是唐代故事，人物見於新舊唐書；《鬧金堦》、《殺四門》、《洪洋洞》、《楊四郎探母》、《楊令婆辭朝》、《辟塵珠》是宋代故事。這些源自於歷史故事的劇作，如伍子胥、劉秀、諸葛亮、曹操、關羽、李淵、李世民、李密、王伯當、趙匡胤、高懷德、楊家諸將、包拯，史書中皆有其人記載。就劇中故事本事來源，有依雜劇、講史小說、傳奇改編而來。〔註137〕

〔註136〕 曾永義：〈戲劇的虛與實〉一文。所謂「以實作虛」，便是戲劇根據史傳雜說改編，但其關目情節有所剪裁和點染、人物性情有刻畫和誇張，由此寄寓著作者所要表現的思想和旨趣。收在《說戲曲》（台北：聯經，1976），頁25。
〔註137〕 歷史真實與戲劇真實是明清兩代劇作、劇評家關注的焦點問題，有許多相關的討論，可參見曾永義〈戲劇的虛與實〉收在《說戲曲》（台北：聯經，1976）。李惠綿〈虛實論〉《戲曲批評概念史考論》（台北，里仁，2002）。

　　《龍鳳閣》一劇，雖與明神宗即位有些許相近處，其母亦姓李，然未嘗臨朝視事。焦循於《花部農譚》中考證：

> 此戲當出於明末。《擊宮門》一齣即隱移宮之事也。李娘娘，即選侍也；楊波即楊漣，漣之爲波，其意最明。徐量即是徐養諒。但故謬爲神宗事耳。〔註138〕

人名雖有所出入，而事作卻是史實，亦可歸之爲取材自歷史事件的劇作。

　　「楚曲」中與歷史相關題材大量出現，一洗花部諸劇「狹邪媟褻」、「怪誕悖亂之事」、「淫褻怪誕，最爲風俗人心之害」的污名。〔註139〕正符合焦循在《花部農譚》（嘉慶二十四年，1819）所說的：

> 其事多忠、孝、節、義，足以動人；其詞直質，婦孺亦能解；其音慷慨，血氣爲之動盪。

在《花部農譚》提到的十個劇作中，這批「楚曲」中便有《龍鳳閣》、《王英下山》二個劇目被提及，〔註140〕雖然焦循所見未必全是「楚曲」劇作。但「楚曲」劇作內容明顯與傳奇的才子佳人及秦腔的謔浪嬉戲不同，則是乾嘉時期劇作中的一個很重要的特質。在「慶昇平班劇目」或《都門紀略》劇目中，明顯可見取材自歷史故事的劇作亦大幅增加，應與「楚曲」劇作的加入有密切的關聯。

〔註138〕〔清〕焦循：《花部農譚》，收在《中國古典論著集成》（北京：中國戲劇，1959）冊八，頁226。
〔註139〕嘉慶三年立〈翼宿神詞碑記〉、〈蘇州織造府禁止演唱淫靡戲曲碑〉。收在《江蘇省明清以來碑刻資選集》（北京：三聯，1959），頁295～296、297～298。
〔註140〕〔清〕焦循在《劇說》中提到過安慶、湖廣、秦腔、京腔，可見他是看過這些花部聲腔的劇作。收在《中國古典戲曲論著集成》（北京：中國戲劇，1959）冊八，頁99。

第二章　楚曲劇作的特色

　　中國傳統戲曲是「以歌舞演故事」〔註1〕、「它運用唱詞、唸白、科介等手段，通過一定的結構形式，敷陳情節，開展衝突，刻畫人物，抒發感情，表達主題思想」，〔註2〕是一種需登場搬演，結合了音樂、舞蹈及敘事的活動：「是在搬演故事，以詩歌為本質，密切結合音樂和舞蹈，加上雜技，而以講唱文學的敘述方式，通過俳優妝扮，運用代言體，在狹隘的劇場上所表現出來的綜合文學和藝術」。〔註3〕它始終是以「唱曲」為「敷陳情節，開展衝突，刻畫人物，抒發感情，表達主題思想」的主要部份。不論是曲牌體音樂或是板腔體音樂戲曲，都不能自外於這樣的傳統；但這兩種不同的音樂體製戲劇，卻是有明顯的差異存在其中：

> 曲牌體戲曲抒情性強，結構的原則在於「組織」眾多不同曲牌來變化聆賞，承載劇情。板式變化戲曲的敘事性強，結構原則在於「變化」簡單的樂調，滿足戲劇性。〔註4〕

長篇「楚曲」雖沿襲傳奇的形制，有著分卷、開場、分場（回），最後也以大團圓收場的體製，但因運用的是板式音樂，所以在內容實質上，與傳奇有很

〔註1〕 王國維：〈戲曲考源〉語，收在《王國維戲曲論著宋元戲曲考八種》（台北：純真，1982），頁201。

〔註2〕 郭漢城、沈達人所撰〈戲曲文學〉條，《中國大百科全書‧戲曲曲藝》（北京：中國大百科全書，1983），頁475。

〔註3〕 此為曾永義為「中國古典戲劇」所下的定義是，這是目前對中國古典戲劇較完整的論述。見氏著〈中國古典戲劇的形成〉，收在《詩歌與戲曲》（台北：聯經，1988），頁80。

〔註4〕 林鶴宜：〈緒論：明清劇壇歷史進程的幾個新課題〉《規律與變異：明清戲曲學辨疑》（台北，里仁，2003），頁3。

大的不同。最明顯的就是「分齣」制與「分場」制的差異。中國傳統戲曲中，元雜劇以四折一楔子為主，每一個段落由一套曲牌組成，故事劇情也因此分為四個段落，由一個男演員（正末）或一個女演員（正旦）一人主唱，其他人物不唱，所以又有末本、旦本之分。這種演唱方式，對於戲劇衝突及人物性格的表現，受到很多的限制。到了明清傳奇，劇本結構較為自由，雖然也是按套曲分齣，但篇幅不受限制，可以多至四、五十齣，凡上場的角色都可演唱，每套曲子可多可少，沒有嚴格規定，明清劇作家更以大量的「集曲」逞文競智。但由於每齣不論劇情須要與否，還是得唱一套以上的曲子，這樣的分齣（折）體製，是以音樂而非情節做為區分段落的標準；因此戲曲故事受到曲牌聯套音樂結構的影響，無法更靈活的安排戲劇情節。板式音樂戲曲則不受音樂的限制，唱詞可長可短、可有可無，唱曲的安排完全可以因應劇情的須要，使用唱段表現劇情的彈性空間很大，戲劇的情節高潮與情感高潮更能有效發揮，〔註5〕使劇作更富戲劇性及衝突性。由於不受音樂結構的制約，因此劇本是依「人物上下」為準，做為故事情節的段落區分。

「楚曲」由於突破音樂結構限制戲曲結構的特質，導致劇本打破「分齣」的體製，形成以「人物上下」為主的「分場」形制。板式音樂雖不及曲牌音樂細緻，但因安排靈活，使得劇本結構得以伸縮自如，不受唱曲牽制；既可大力鋪陳某些片段，又可適度刪簡某些枝節，使劇情進展緊湊、自然、流暢、節奏鮮明。加上唱詞不避俚俗、淺白平直的特性，使得傳統戲曲中表現「情感高潮」的唱段，較能展現足夠的深度及強度，清楚明快的傳達劇中人物的情感，不至霧裡看花或隔靴搔癢，敏銳而又精準的掌握劇中人物處在特殊情境中的情緒、襟懷、抱負。屬於板式音樂變化的「楚曲」，吸收與運用曲牌音樂作為過場音樂，是目前可見板式音樂戲曲劇本中最早也最清楚的資料，也是非常值得注意的地方。

京劇為板式音樂體戲曲的集大成者，同屬皮黃系統的「楚曲」，由於在音樂體式上的相同，對京劇產生非常大的影響。京劇中許多被視為理所當然的現象，其實在傳奇劇本中並未出現，這就必須到京劇的眾多前身劇種裡去尋

〔註5〕 所謂「情感高潮」是引用王安祈先生：〈如何評析當代戲曲〉：「僅止於對人生各種境遇的些微觸發感懷，並不往思想性與哲理層面上發展，情緒反應未必關涉抉擇，也未必導致情節進一步的推演」，《當代戲曲》（台北：三民，2002），頁 99。情節高潮與情感高潮並不完全相應，是傳統戲曲的特有現象。

找，可是這類早期劇本留存極少，所幸有這批「楚曲」劇本，藉由「楚曲」與傳奇的比對，正好能清楚看出板式音樂戲曲在表現技法上的變化痕跡，而這也正是居於「花雅爭勝」期中，「楚曲」劇本可貴的地方。

「楚曲」因板式音樂導致情節結構的變化，由於篇幅過長，放至下一章討論，本章著重於「楚曲」劇本其他的特殊部份。

第一節　往生角戲的表演方向傾斜

從《綴白裘》中所收梆子腔劇作，以及《燕蘭小譜》、《消寒新詠》、《日下看花記》、《眾香國》、《聽春新詠》等著錄的劇目看來，以丑旦玩笑的小戲及旦角爲主的風情戲居多。由於當時關注的焦點集中於旦色藝人身上，劇目的著錄自然著重於旦色爲主的劇作，不過這種情況正符合《揚州畫舫錄》所言：

> 本地亂彈以旦爲正色，丑爲間色；正色必聯間色爲侶，謂之搭夥。
>
> 跳蟲又丑中最貴者也。〔註6〕

嘉慶十四年（1809）的《草珠一串》也提到了：

> 班中崑弋兩嗟嗟，新到秦腔粉戲多。男女傳情眞惡態，野田草露竟
>
> 如何？〔註7〕

可見其中的因果關係，應是當時以秦腔爲主的徽班，劇目中男女傳情的粉戲甚多，於是更加深文人品花的風氣。只是爲何不到二十年的光景，道光四年（1824）「慶昇平班劇目」，所演劇作就有天壤之別，幾乎都是以生角爲重的戲碼？〔註8〕而且二十年後楊靜亭《都門紀略》中所載劇目重生角的風氣依舊不變。是什麼原因導至劇壇風氣從原先重旦色劇目轉成生色劇目？以往眾說紛紜，莫衷一是。然而這批嘉慶時期的「楚曲」劇本，似乎正可提供此一風氣轉變的重要資料。

從現存「楚曲」各劇中的主要人物看來，生角戲的數量遠遠超過旦角戲的數量，可知漢調「楚曲」重視生角的傳統。以三國故事爲主的兩個長篇「楚曲」《祭風臺》、《英雄志》，全劇中沒有一個女角色，傳統被視爲女角色的用詞「正旦」，在《祭風臺》中成了周瑜的角色。許多長篇劇作雖是有女性角色出現，但

〔註6〕　〔清〕李斗：《揚州畫舫錄》（台北：世界，1979）卷五「新城北錄下」，頁133。

〔註7〕　《北平竹枝詞薈編》，收在《清代燕都梨園史料》正續編（北京：中國戲劇，1988），頁1172。

〔註8〕　詳見第一章第一節「徽班劇目」。

無法與生角平分戲份，如《魚藏劍》中的吳祥公主、浣沙女，只出現二場、一場戲；《上天臺》的郭妃，只有兩場戲，且全劇中只有郭妃和國太兩個女性角色。《龍鳳閣》中的女性角色雖有三人，但徐金定、楊滿堂只在第四回出現了一下，完全是陪襯性質的可有可無，且扮李豔妃才算比較重要。如果再根據其他各劇出現場次及所唱曲文，就更能夠証明「楚曲」中重生輕旦的現象。

長篇「楚曲」劇作中角色列表：

劇　目	重　要　男　角　色	重　要　女　角　色
魚藏劍	生：伍子胥 外：伍尙 末：伍奢 外：申包胥 付：武成黑 丑：楚平王 淨：費無極 外：東皋公 外：漁夫 淨：專珠 小生：姬光	旦：吳祥公主 占：馬融之女 夫：伍母 旦：浣紗女 夫：專母
上天臺	淨：姚期 付：姚剛 生：劉秀 雜：郭榮 末：鄧禹 付：馬武 外：陳俊	占：郭妃〔註9〕 夫：國太
英雄志	外：諸葛亮 正旦：陸遜 正生：賈羽 二淨：司馬懿 淨：孟獲 末：趙子龍 正生：鄧芝	

〔註9〕 在「綁子上殿」齣中是「旦」扮，但到第四場以後的郭妃卻是「占」扮。《俗文學叢刊》冊 109，頁 205、215、216。

	小生：劉禪 正生：馬超 丑：張苞 二淨：孫權 末：秦宓 老生：徐盛 付：曹眞	
祭風臺	末：劉備 生：孔明 外：魯肅 正旦：周瑜 末：張昭 淨：孫權 丑：蔣幹 夫：丁奉 小生：趙子龍 付：張飛 占：劉封 外：關雲長 小生：陸續 生：蔡瑁 淨：曹操 末：黃蓋 外：甘寧 淨：太史慈 小旦：蔡中 占：張和 老生：闞澤 付：龐統 老生：徐庶	
二度梅	小生：梅良玉 生：陳春生 老生：陳日升 生：梅魁 淨：蘆杞 花：黃嵩	小旦：陳杏元 旦：鄒雲英 占：春香 老旦：鄒妻鄭氏 夫：周氏 旦（小旦、占）（周玉姐）〔註10〕

〔註10〕周玉姐的行當標示非常混亂，有「旦」、「小旦」、「占」三種。《俗文學叢刊》
冊110，頁1～210。

	末：黨茂修 老生：鄒伯符 喜童（書僮） 丑：江魁 老生：蒼松	
辟塵珠	小生：伍雲春 淨：曹貞 正生：李貴 丑：王才 外：宋仁宗 末：包拯	夫：伍母苗氏 占：王桂英 正旦：尼月英 夫：太后
打金鐲	生：楊春 小生：姚廷美 付：姚廷蠢 末：毛蓬 小花：楊青 外：宋世傑 生：丁彈 花：顧讀 小生：田能 小生：寶童 丑：天才	占（旦）：田氏〔註11〕 夫：姚母陳氏〔註12〕 正旦：楊素眞 占：宋妻萬氏
烈虎配	小生：許姣春 淨：蔡雲龍 丑：劉青 花：劉子英 淨：馬洪英 雜：吳忠 生：周聖卿 小旦：周之子 淨：嚴嵩 生：嘉靖	夫：許母楊氏 旦：蔡蘭英 占：劉翠蓮 夫：蔡夫人張氏 正旦：馬滕雲 貼：多香 正旦：周妻陳翠香

〔註11〕在第二十二場，田氏的角色又標注爲「旦」扮。《俗文學叢刊》冊 111，頁 299～302。

〔註12〕二十三場標示爲「老旦」，後面又改爲「夫」。《俗文學叢刊》冊 111，頁 302～305。

回龍閣〔註13〕	小生（正生）：薛平貴〔註14〕 末（外、老生）：王允〔註15〕 生（老生）：李魯王〔註16〕 花：卜荷 外（付）：代戰國王〔註17〕 正生（末）：蘇龍〔註18〕 淨（丑）：魏虎〔註19〕 末：飛天遊神 小生：高士繼	小旦（旦）：王寶川 老旦（夫）：王母〔註20〕 旦（占）：代戰公主〔註21〕 小旦：金川 占：銀川
龍鳳閣	外（生）：楊俊明〔註22〕 生：楊波 花：李良 淨：徐延昭 丑：趙飛 小生：王世亨 小花：楊俊卿	旦：李豔妃 旦：徐金定 旦：楊滿堂

在這些長篇「楚曲」中，《二度梅》、《打金鐲》、《回龍閣》、《辟塵珠》是最接近傳奇敘事中生旦對位發展的作品，照理女角色應有可發揮餘地，實則不然。〔註23〕《打金鐲》劇中楊素真是情節發展的主線，然整個故事卻是以外扮宋世傑為主導，以生扮楊春、末扮毛蓬來推動劇情進展。《烈虎配》從人

〔註13〕 《回龍閣》在長篇楚曲中，體製最為奇特，因為在三卷時，尚有報場，像是把故事分成兩部份，一、二卷是十八年前，三、四卷是十八年後。為此，人物的行當變換恐依此而來。《俗文學叢刊》冊109。

〔註14〕 一、二卷平貴為小生扮，三卷之後平貴為「正生」扮，應是符合其十八年後的身份。《俗文學叢刊》冊109。

〔註15〕 第一回王允為末扮，第四回及「盼窯訓女」為外扮，第五回為老生扮、「貧貴降馬」又是外扮。《俗文學叢刊》）冊109，頁386、405、413、441。

〔註16〕 第一回李魯王為生扮，「貧貴降馬」回則成老生扮。見《俗文學叢刊》冊109，頁387、441。

〔註17〕 第六回代戰王為外扮，「西涼登殿」為付扮。《俗文學叢刊》冊109，頁424、463。

〔註18〕 「進府拜壽」、「登殿團圓」為末扮。《俗文學叢刊》冊109，頁532、560。

〔註19〕 「進府拜壽」、「登殿團圓」為丑扮。《俗文學叢刊》冊109，頁532、555。

〔註20〕 第五回王母為老旦扮，「進府拜壽」、「登殿團圓」為夫扮。《俗文學叢刊》冊109，頁534、557。

〔註21〕 「登殿團圓」為占扮。《俗文學叢刊》冊109，頁558。

〔註22〕 「趙飛頒兵」為生扮。《俗文學叢刊》冊111，頁161。

〔註23〕 有關結構與情節發展等相關問題，詳見下一章分析。

物搭配看來，雖近似生旦對位發展的故事情節，實則著重於小生扮許姣春及花扮劉子英；旦扮蔡蘭英出現的場次極少，個性特色比不上占扮劉翠蓮，重要性也比不上丑扮的惡僕劉青；在劇中接近點綴性人物。至於《二度梅》、《回龍閣》男女主角的戲份相對的較為平均，只是整個作品而言，男性角色遠比女性角色戲份吃重，且性格分明。《二度梅》中梅魁的忠直、蘆杞的奸惡、梅良玉的深情，甚至連書僮喜童的義烈都令人印象深刻，但女角中除了陳杏元和鄒妻鄭氏外，無法與男性角色相映成趣。《回龍閣》中的主角薛貧貴無庸多論，王允為女兒幸福的一意孤行，是故事發展的推動力，更為全劇增添無數波瀾。所以整體看來，長篇「楚曲」中，男角色顯然比女角色重要得多。

　　至於短篇「楚曲」的情形則略有不同。做為折子戲的演出，原本在折子的選取時，就必須以「可觀性」為優先考量，也許各種角色的劇作，只要是具「可觀性」，就能受到觀眾觀迎，自然就會流傳於舞台之上，所以劇中人物的行當呈現出較多樣的面貌。

　　短篇「楚曲」劇作的角色表列：

劇　　名	男　角　色	女　角　色
李密降唐	生：王伯黨 淨：李密 小生：李世民 外：李淵 末：馬三保 雜：段志賢 外：殷開山 夫：洪基	旦：河陽公主
臨潼鬥寶	副：秦穆公 丑：百里奚 雜：姬輦 外：甘英 淨：柳展雄 生：楚平王 小生：伍員 末：伍奢 外：鄭莊公 付：魏靈公	

	夫：衛禧公 丑：齊景公 占：姬光太子 淨：卞莊 末：蒯外	
青石嶺	末：劉文索 生：吳茂 外：李克昌 旦：雷天豹 淨：崇有蘭 生：周義王 小生：王洪 淨：孟禧 雜：張任 丑：賈洪道 末：白雲老祖	旦：禾雲莊 占：周翠屏
蝴蝶夢	生：莊周 小生：張崇 花：王飛天 付：吳入嶺 外：朱耀林 丑：六兒 末：白簡 花：蒼頭 丑：僕人 小生：楚王孫	小旦：慈悲大士 旦：賈氏 占：田氏
斬李廣	小生：周南王 淨：李剛 外：李廣 末：袁文晉	小旦：馬妃 夫：太后
探五陽	淨：王英	占（旦）：天仙宮主
轅門射戟	生：劉備 小生：呂布 外：關羽 淨：張飛 丑：紀靈	

曹公賜馬	淨：曹操 張遼〔註24〕 關羽 小校	
東吳招親	外：喬玄 淨：孫權 生：劉備 小生：趙雲	老旦：吳國太
新詞臨潼山	生：李淵 外：韓擒虎 淨：楊廣 生：秦瓊	老旦（夫）：李母 正旦：竇夫人
鬧金垜	小生：曹捷 生：趙匡胤 淨：崔龍 丑：劉化王	老旦：曹母 正旦：曹仁妻 小旦：曹瑞蓮
殺四門	丑：秦不及 淨（付）：乾德君 小生：高君保 淨：余洪 生：高懷德 外：諸王 末：諸王 丑：羅彥威 付：火德星君	旦：劉金定 夫：劉母
洪羊洞	外：楊繼業鬼魂 生：楊六郎 淨：孟良 花：焦贊 丑：程宣 付：八賢王 小生：楊宗保	老旦：佘太君 正旦：柴郡主
楊四郎探母	正生：楊四郎 小生：楊宗保 末：楊六郎	旦：鐵鏡公主 老旦：佘太君 正旦：楊四郎之妻

〔註24〕本劇中除曹操註明角色行當外，張遼、關羽皆未標示。《俗文學叢刊》冊109，頁307～327。

楊令婆辭朝	生：宋仁宗 包公〔註25〕 岳士魁	老旦：佘太君 小旦：公主
花田錯	小生：卞集 老生（外）：劉德明 介：劉雲 淨：周通	夫旦：劉夫人 小旦：劉玉瓊 占旦：春蘭 旦：周通之妹
日月圖	外：柏盛 丑：胡林 小生：湯威	旦：柏鳳鸞 小旦：胡鳳鸞
玉堂春	生：王金龍 布〔註26〕 按 付：宋洪道	旦：蘇三
鬧書房	小生：梅廷選 末：梁父 丑：家院	小旦：梁賽英 占：梁藍英

　　短篇劇作中，男女腳色份量比較平均，但《臨潼鬥寶》、《轅門射戟》、《曹公賜馬》劇中完全沒有女腳色出現。《李密降唐》、《洪洋洞》、《臨潼山》三劇中女性角色也屬陪襯性質。《探五陽》中除了中間一段有天仙宮主出現，整齣戲有三分之二是淨扮王英的獨角戲。《青石嶺》中雖有禾雲莊為女主角，但男性角色雷天豹也以旦扮。《青石嶺》、《殺四門》中的禾雲莊、劉金定雖然很重要，但這兩個女性角色，皆是會法術的「刀馬旦」性質。〔註27〕《東吳招親》、《楊令婆辭朝》是以「老旦」為主。整體而言，這些短篇楚曲中出現的男性角色：生、小生、外、末、淨、花、丑等行當安排運用的比例，遠比女性角色豐富多樣。

　　而這些男性角色中，又以老生（鬚生、末、外）的角色特別出色。《魚藏劍》中的伍子胥、伍奢、伍尚；《上天臺》的劉秀；《英雄志》、《祭風臺》中

〔註25〕　包公、岳士魁未見角色標示。

〔註26〕　布、按二吏未見角色標示。

〔註27〕　雖然「楚曲」中尚末出現此一名稱，但就劇中二人唱工、武工兼具，所以比較像是後來京劇中的「刀馬旦」。然二劇之源，不知是否為梆子，因梆子中之花旦兼重武工。許志豪、凌善清編著：《劇學全書》（原名《劇學匯考》上海，上海書店，1993）「劇學叢考」卷二，頁8。

的諸葛亮；《祭風臺》中的魯肅、《打金鐲》中的宋士傑、毛蓬、楊春；《回龍閣》王允及十八年後薛貧貴；《龍鳳閣》的楊波；《李密降唐》中的王伯黨；《斬李廣》中的李廣；《新詞臨潼山》中的李淵；《鬧金堦》中的趙匡胤；《洪洋洞》裡的楊六郎；《楊四郎探母》中的楊四郎；《楊令婆辭朝》中的宋仁宗。這些不論是一路或二路角色，「楚曲」所呈現出來的人物形象，皆個性分明、氣韻生動；且大多具有浩然正直的一面。

　　若依《中國京劇史》以道光二十年（1840）左右做為京劇成熟期的開始，那麼見於道光二十五年《都門紀略》中的劇目，《文昭關》、《草船借箭》、《戰樊城》、《斷密澗》、《回龍閣》、《射戟》、《二進宮》《大保國》等劇，都與目前所見的這一批「楚曲」相同。而「楚曲」以生角為主的傾向，正好豐富了原本徽班梆子秦腔以旦角為重的劇目，使得京劇的內容呈現多采多姿的面貌。

　　嘉慶、道光年間，優秀的漢調藝人米應先、余三勝、王洪貴、李六、龍德雲、童德善、譚志道相繼進京，這些名角多是生行演員。其中京劇「老生三傑」中的余三勝，應是將「楚曲」劇目發揚光大，且改良「楚曲」唱腔，直接造成京劇唱腔成熟的重要人物。其所擅演之劇目《魚藏劍》、《戰樊城》、《探母》，都是這批「楚曲」中的劇目。

第二節　分場制的形成

　　「板腔體」戲曲與「曲牌體」戲曲的差別，除了「以聲腔音樂曲文撰寫格律」的根本不同之外，還有著「分齣」至「分場」的結構轉換。京劇成熟期的劇本形式，也以成熟的「分場」制作為京劇成立的標誌之一。目前可見嘉慶間的梆子腔劇本《畫中人》、《刺中山》，還看不到場次更迭的標記；〔註28〕然「楚曲」中分場與分回並行的體製存在於長篇「楚曲」之中。明顯可見楚曲正介於「分齣」到「分場」的轉換過渡時期，且「分場」制日漸成熟。

　　在體製整齊的長篇「楚曲」《上天臺》、《英雄志》、《祭風台》、《辟塵珠》、《龍鳳閣》、《打金鐲》、《烈虎配》中，各劇之分「場」，幾乎與京劇「人物上下為一場」的分場概念相符：

〔註28〕收錄在孟繁樹、周傳家編校：《明清戲曲珍本輯選》，頁 385～498。

《上天臺》

上卷			
一場 　○　金殿封王	二場 　○　遊街劈府	三場 　○　綁子上殿	四場 　○　頂荊倍罪
五場 　○　參宮定計			
下　卷			
六場 　○　綁姚期	七場 　○　法場相會	八場 　○　鄧禹保本	九場 　○　馬武撞宮
十場 　○　劉秀歸天			

《英雄志》

上卷（上冊）			
小引	報場	登場 　○　詔回	二場 　○　回朝
三場 　○　借兵	四場 　○　跑馬	五場 　○　煉牌	六場 　○　遣將
七場 　○　攻城			
二冊 八場 　○　息戰	九場 　○　自退	十場 　○　驚駭	十一場 　○　奏后
十二場 　○　進府			
下　卷			
三冊 十三場 　○　觀魚	十四場 　○　說吳	十五場 　○　答禮	
四冊 十六場 　○　天辯	十七場 　○　議征	十八場 　○　封帥	十九場 　○　接書
二十場 　○　起兵	二十一場 　○　乘舟	二十二場 　○　敗魏	二十三場 　○　火攻

二十四場 ○ 助戰	二十五場 ○ 團圓		

《祭風臺》

一卷（上冊）			
小引	報場	登場	二場 ○ 回朝
三場 ○ 舌戰	四場 ○ 計議	五場 ○ 改陣	六場 ○ 借刀計
二　卷			
七場 ○ 夜逃	八場 ○ 中計	九場 ○ 二用借刀	十場 ○ 裝呆獻技
十一場 ○ 草船借箭 〔註29〕			
三　卷			
十二場 ○ 獻苦肉	十三場 ○ 詐降	十四場〔註30〕	十五場 ○ 押蔣
十六場 ○ 薦龐	十七場 ○ 獻連環	十八場 ○ 裝病	十九場 ○ 逃潼關
二十場 ○ 看病	二十一場 ○ 祭風	二十二場 ○ 過江	
四　卷			
二十三場 ○ 點將	二十四場 ○ 發兵	二十五場 ○ 擋曹	二十六場 ○ 請罪
二十七場 ○ 佔城	二十八場 ○ 團圓		

《辟塵珠》

上　卷			
小引	開場	登場 ○ 歸宅請母	二場 ○ 命查珠寶

〔註29〕此處並未標示場目，但據內容，即「草船借箭」。
〔註30〕原書目錄及內文皆未標注。

三場 ○　下凡賜珠	四場 ○　拾寶上京	五場 ○　定計誆寶	六場 ○　毒酒害春
七場 ○　尋子驚夢	八場 ○　婆媳落庵	九場 ○　奉命選妾	十場 ○　商售荷包
十一場 ○　冒稱親誼	十二場 ○　中計進府	十三場 ○　害苗逼婚	
下　卷			
十四場 ○　逼婚 ○　用計 ○　脫逃 ○　相會	十五場 ○　回京梢風	十六場 ○　金殿鬪曹	十七場 ○　兄妹告狀
十八場 ○　說夢	十九場 ○　詐死	二十場 ○　御祭劈棺	二十一場 ○　洩冤除奸
二十二場 ○　進珠面聖	二十三場 ○　封官團圓		

《打金鐲》

一　卷			
小引	第一冊 報場	登場 　○　別母貿易	二場 　○　祝壽訓蠢
三場 ○　定計	四場 ○　出京		
第二冊 五場 ○　設計服毒	六場 ○　試毒	第三冊 七場 　○　私訪 　○　備辦公館 　○　假扮推命	八場 ○　寫婚
二　卷			
第四冊 九場 ○　投店	十場 ○　哭靈	第五冊 十一場 ○　柳陰結拜	第六冊 十二場 ○　寫狀
第七冊 十三場 ○　拜繼			

三　卷			
第八冊 十四場 ○　進狀	十五場 ○　投文	第九冊 十六場 　○　啓程 　○　提拿	十七場 　○　求書
第十冊 十八場 　○　帝君下凡	十九場 　○　盜書	第十一冊 二十場 　○　受賄賣放	
四　卷			
第十二冊 二十一場 　○　掛掃	二十二場 　○　定計 　○　刺殺	二十三場 　○　贈盞	二十四場 　○　路遇
第十三冊 二十五場 　○　哭監	二十六場 　○　告狀	第十四冊 二十七場 　○　拿下	二十八場 　○　大審正法
二十九場 ○　奏本	三十場 ○　榮封		

《烈虎配》

上卷（上冊）			
小引	登場 　○　辭親	二場 　○　出獵	三場 　○　害主
四場 　○　結拜	五場 　○　假冒	六場 　○　論相選婢	七場 　○　假配
八場 　○　聞信	九場 　○　鬧堂 　○　捉拿	十場 　○　救春	十一場 　○　馬譬
十二場 　○　刮斗	十三場 　○　釋放	十四場 　○　回山	十五場 　○　花園
十六場 　○　殺婢	十七場 　○　二投		
下卷（下冊）			
十八場 　○　替刑	十九場 　○　自悔	二十場 　○　利市	二十一場〔註31〕 　○　再賺

〔註31〕此處內文標爲「念一場」，這是當時的習慣用法，收在《古本戲曲叢刊五集》
　　　　（上海：上海古籍，1985 年）中的鈔本《十美圖》、《文星現》、《風雲會》的
　　　　「二十」幾，皆以此表示。

二十二場	二十三場	二十四場	二十五場
○　二救 ○　劉青奔逃	○　回京	○　寨遇	○　招駙
二十六場	二十七場	二十八場	二十九場
○　考試	○　效奏	○　封官	○　陣會
三十場	三十一場	三十二場	三十三場
○　詔召	○　訴說原由 ○　匹配	○　進貢	○　奏凱
三十四場	三十五場	三十六場	
○　鬧宴	○　剖冤	○　大團圓	

《龍鳳閣》

上卷（上本）			
報場	第一回 ○　楊波上壽 ○　李良詐殿 〔註32〕	第二回 ○　徐楊保國	第三回 徐楊三奏
第四回 ○　徐楊商議 ○　送女入宮 ○　李良封宮 ○　國太密旨			
下卷（下本）			
○　楊波修書 ○　趙飛搬兵上	**趙飛搬兵下** ○　過章義門 ○　送書蒲關 ○　送書陽河 ○　人馬齊聚 ○　搬兵回京	第八回 ○　夜嘆觀兵 〔註33〕	第九回 ○　徐楊進宮
○　進宮登基 **封官團圓**			

說明：原標題以**加黑字體**顯示，○代表符合「人物上下」的分「場」意義，有原題可
　　　用者，皆依原標題，其餘爲筆者依劇情自行命名。由於各劇目錄與內文標目略
　　　有出入，故本文以內文標目爲主。

〔註32〕第一回「楊波上壽」爲一場，接著第一回後半的「李良詐殿」、二回「徐楊保
　　　　國」、三回「徐楊三奏」其實是一場。

〔註33〕第八回「夜嘆觀兵」實則有兩場，八回前半是「夜嘆觀兵」、八回後半是「徐
　　　　楊進宮」和九回是同一場，因此不另行標出。

雖還有少數例外，但在這些「楚曲」中標示為「場」的概念，明顯與傳奇的「齣」不同，是相當成熟的分場概念運用。

　　這些場子因為情節的內容份量並不相等，所以有的場次成為篇幅長、唱段多、用以刻畫劇中主要人物性格或劇情矛盾衝突的「大場子」；有的唱段較少，屬於用來描寫劇中次要人物或情節的「小場」；更有只是以對白交待情節的「過場」。以《辟塵珠》為例，場次的大小安排有很明顯的差異：

場次	標目	角色、唱詞	內　　容
三場	下凡賜珠	四神將 老生：太白金星	神怪情節 無唱詞
四場	拾寶上京	夫（伍母苗氏）： （十字二凢）二、二、二、四、二、二 小生（伍雲春）：二、二、四、四、四 占（王桂英）：二、四、四、二	夫上有引 占上場有兩句詩 註明「鬼暗上」、「過場」 唱詞集中於伍雲春決定上京獻寶後，伍母、伍妻、和伍雲春三個人的各抒看法及交待注意事項 唱詞都是十字句
五場	定計誆寶	四手下 丑（王才）：二句、二句 小生（伍春雲）：四句	雖註明四手下與丑「同下」然後「小生上」唱曲，「四手下同丑上」，但實際演出手下與丑跟本不必下場，所以還是只有一場。 王才見伍雲春懷有寶珠，心生惡計。

這三個場次依序正好是「過場」、「大場」、「小場」，篇幅差異相當大，但都符合京劇分場的概念。再與標示場次的《清車王府藏曲本》所收的《碧塵珠》總講〔註34〕比對，「楚曲」本的《辟塵珠》三、四、五場，正是車本的肆場、陸場、捌場，分場形式完全相同。

　　但在斷定分場制在此時期的「楚曲」中已完全成熟之前，不可忽略另外幾本體製較混亂的長篇楚曲《魚藏劍》、《回龍閣》、《二度梅》。這些劇作的分場，便明顯不是以「人物上下」為準：

〔註34〕收錄在《清車王府藏曲本》第七冊，頁219～261，共八十場。只是「楚曲」的《辟塵珠》是車本的「精簡版」，沒有武線情節，也沒有包公放糧及王子仁征戰等情節。不過「楚曲」本的《辟塵珠》與第一個京劇集子《梨園集成》中所收的《碧塵珠》非常雷同，只是梨本《碧塵珠》去掉「楚曲」本的小引、報場，結尾也略加刪節，且不分場而分回。

《魚藏劍》

上　卷			
報場	一場： 　○　伍奢上壽	二場： 　○　上朝極奏本 　○　申包胥催貢 　○　費無極齊國迎親起惡心	三場 　○　金殿完婚 　○　公主妥協
四場 　○　伍奢罵朝	五場 　○　伍奢修書 　○　太子鎮城文	六場 　○　樊城下書 　○　伍尚行路 　○　惡計又生	七場 　○　逃關反國 　○　圍困伍府 　○　通風報信 　○　捉拿伍云 　○　會申包胥
下　卷			
八回 　○　伍員出走 　○　皇甫納自道 　○　伍員**嘆昭關**	九回 　○　一夜白頭 　○　商議 　○　伍員**混昭關**	十回 　○　過關 　○　救納 　○　渡河	十一回 　○　漁人撲水 　○　浣紗女投河
十二場 　○　伍員訪專珠 　○　姬光自嘆 　○　姬光訪賢	十三場 　○　別母 　○　刺僚	十四場 　○大團圓	

《二度梅》

一　卷			
小引	報場	第一回 　○　**上壽** 　○　朝廷抒志	第二回 　○　蘆府賀壽 　○　斬梅魁 　○　水淹殺場
第三回 　○　屠申報信 　○　搜補無人 　○　**良玉投親**喜童代死	第四回 **良玉疑花** 　○　良玉哭喜童 　○　良玉自盡被救 　○　日升見兄	○　祭梅（上本）	
二卷			

○ 囑梅重開（下本）	○ 奸計再起 ○ 杏元罵相 ○ 挑選民女	○ 杏元和番	○ 重臺分別 **杏元贈釵**
○ 分別 ○ 杏元投崖			
三　卷			
第十一回 ○ 落花園	第十二回 ○ 奉旨捉拿 ○ 黨公私縱 ○ 良玉遇鄒公	○ 春生投水（上本）	○ 搶親
○ 告狀認親 **春生投水（下本）**	二十場 ○ 書房思釵	二十一場 ○ 失釵相思	二十二 ○ 請醫詰問
二十三 ○ 探病究根 ○ 閨房定計			
四　卷			
二十四場 ○ 以假試眞	二十五場 ○ 春香採花	二十六場 ○ 池邊相會	二十七場 ○ 指釵爲聘
二十八場 ○ 朝回妥婚	二十九場 ○ 二生途遇	三十場 ○ 拜府逼婚	三十一場 ○ 午門殿杞
三十二場 ○ 大審蘆杞	三十三場 ○ 東初被赦 ○ 神仙指引 ○ 明冤尋父	三十四場 ○ 征勦番邦 ○ 交鋒擒王	三十五場 ○ 金殿啓奏 ○ 得勝回朝 ○ 蘆黃受誅 ○ 屠申封官
三十六場 ○ 封官團圓			

《回龍閣》

一　卷			
報場	第一回開場 ○ 平貴自嘆 ○ 王允上朝 ○ 皇令招親	第二回 ○ 貧貴進城 ○ 王三姐遊花園	第三回 ○ 王三姐拋打彩毬

第四回 　○　西蓬擊掌	第五回 　○　王允朝告 　○　薛貧貴借糧 　○　途遇 　○　仙救		
二　　卷			
第六回 　○　代戰王進表 　○　朝議	第七回 　○　神送龍駒 　○　告知三姐 　○　貧貴投軍	第八回 　○　貧貴降馬	○　貧貴別窰
第十回 　○　貧貴征西涼 　○　魏虎惡計	○　西涼登殿		
三　　卷			
報場	第一回開場 　○　寄書 　○　接信 　○　搬師回朝	○　盼窰訓女上 　　　盼窰訓女下	第二十回 　○　哭窰修書 　○　得信用計 　○　趕三關
四卷			
第二十一回 　○　貧貴回窰	第二十二回 　○　寶川跑坡	○　進府拜壽上本 　○　進府拜壽下本	○　貧貴算糧
○　貧貴登殿團圓			

其中所用的「場」，實際就與元雜劇的「折」或明清傳奇的「齣」意思相當，只是因爲「楚曲」不用曲牌聯套，故無一齣（折）用一套曲的限制。它們明顯可見雖標示爲「場」，卻包含了數次的人物上下；有的雖是同場，卻因篇幅太長而分爲上下。〔註35〕這種情況的產生，到底是因爲前述的刊刻情形導致的結果？還是因爲「楚曲」正處於分齣制到分場制的過度？目前因証據的不足難以定論。所以雖有七種長篇體製的「楚曲」劇本基本符合「以人物上下」的方式做爲場次安排；但從尚有三本長篇「楚曲」不符合這樣的要求，以及「分場」與「分齣」依然並存的情況看來，只能說明「分場」制度在「楚曲」中已漸趨成熟，卻尚未完全定型。

〔註35〕如《回龍閣》中的「盼窯訓女」。

在目前可見大約同時期的花部劇作中，屬乾隆時期的《綴白裘》收有《藍關雪》(〈途嘆〉、〈問路〉、〈雪擁〉、〈點化〉)、《擒楊么》(〈安營〉、〈點將〉、〈水戰〉、〈擒么〉)、《一匹布》(〈借妻〉、〈回門〉、〈月城〉、〈堂斷〉)、《神州擂》(〈繳令〉、〈遣將〉、〈下山〉、〈擂台〉、〈大戰〉、〈回山〉)、《淤泥河》(〈番釁〉)、〈敗虜〉、〈屈辱〉、〈計陷〉、〈血疏〉、〈亂箭〉、〈哭夫〉、〈顯靈〉)。雖然像《藍關雪》在一折中有兩、三次的人物上下，但除此之外，其他各劇皆用「人物上下」做為分折的標準，可見整個分場概念已逐漸在形成。

由於《綴白裘》所收，並不是完整的劇作；而在目前可見的花部劇作，如收在《明清戲曲珍本輯選》中嘉慶時期的同州梆子《畫中人》、《刺中山》，或是文人劇作家余治做於咸豐期間的《庶幾堂今樂》都不見分場情況，[註36]所以這一批「楚曲」的出現，可以使研究者清楚看到「分齣」到「分場」的發展情形。

第三節　淺白平直的語言風格

「楚曲」除了在音樂上與傳奇曲牌體音樂有所不同外，在唱段的用詞上，也有明顯差異。「楚曲」唱段使用的語詞，不論扮演劇中何種角色，用典踐文的情況都很少見，口語、俗語、日常語皆入唱詞。結合上述特點，如果傳奇用語的特色是「曲折迴環」，那麼「楚曲」便是呈現出「直敘直賦」的面目。

傳奇中的許多抒發「情感高潮」的唱段，常是連唱不同的曲牌，製造音樂聲情的變化，抒發內心的感受；由於需要大量的曲牌鋪陳，常以一整齣十數支的曲子，供演員抒情，有些一唱不可收拾之勢。這些充滿了濃厚的「抒情寫意」風格的大套唱曲，常是文人大展身手的空間，有些典雅詞藻更令人乍聽之下難以理解，對情感表達雖有含蓄之美，卻顯然不夠直接淋漓。《牡丹亭》的〈遊園驚夢〉、《長生殿》〈彈詞〉、《西樓記》〈玩箋〉等有名的折子都是如此。「楚曲」由於音樂的不可復得，目前僅能就書面劇本少數標明板式的部份，理解其情緒的傳達；此時「楚曲」雖已「皮黃合流」，但還未見「反西皮」、「反二黃」的出現；也未如成熟時期的京劇，有一套完整的板式變化：「慢板」、「原板」、「倒板」、「快三眼」、「二六」、「流水」、「搖板」、「回龍」等，

〔註36〕有〔清〕待鶴齋刻本，原藏於北京大學圖書館，收於馬廉「不登大雅文庫」中，後由北京學苑出版社於2003年出版《不登大雅文庫珍本戲曲叢刊》冊23。

以營造聲情；〔註37〕但整體的板式變化已然成立。「楚曲」唱段在用語上的簡單明瞭，使人一聽就懂，雖然缺乏文釆，卻簡潔有力，予人淋漓酣暢之感。

　　以故事情節與「楚曲」《辟塵珠》頗為雷同的《袁文正還魂記》〈托夢〉一齣為例，袁妻韓秀真在曹府祭奠袁文正，連唱了【新水令】、【喬牌兒】、【攪箏琶】、【沉醉東風】、【喬牌兒】、【甜水令】、【折桂令】、【寶鼎兒】、【沽美酒】、【清江引】、【月上海棠】、【折桂令】、【雁兒落】、【得勝令】、【歇拍煞】、【鴛鴦煞】，中間袁文正上場唱了一支【山坡羊】，接著韓秀真再唱三首【駐雲飛】；〔註38〕這個無關故事進展的「思夫抒情」情節，韓素真整整唱了十九支曲子。其中【雁兒落】至【鴛鴦煞】更是一口氣接連唱下來，沒有說白或其他角色穿插在曲與曲的中間。這些曲詞除了運用典故外，用詞都還不算太過典雅。但是對人物情感的描寫，總有些不能對焦的「游離」與不能深究的「跳脫」。以【新水令】、【喬牌兒】二曲為例：

【新水令】

　　碧天秋月向誰明？嘆嫦娥伴人孤另。空懸在明鏡影，不照覆盆情，枉自有何漢盈盈。幾時得把冤洗淨？只見斗柄雲橫。羞看牽牛織女星。秦樓人靜。空彩鳳紫簫聲。那一日莘樓玩月悔同登，綠盃盞兒對月今何興？嘆紅顏多薄命，似金烏棲不定。原來是梧桐葉落飄金井，寒庭風露冷。

【喬牌兒】

　　助人愁的寒蛩相應，譙樓迢迢更漏永。盼家山又被霧雲遮掩，最苦是離鄉背井，悶把欄杆憑。

先從秋月明亮說起，並以嫦娥孤零自況，藉景寓情地將自己天大冤屈「不照覆盆情，枉自有何漢盈盈。幾時得把冤洗淨」融入其中；但接下來卻是用隱喻的手法：「只見斗柄雲橫」，以「烏雲遮月」暗示沉冤難雪，如果此處延續「沉冤難雪」這樣的基調，或是抒發「矢志報仇」的決心，情感就顯得連貫而明暢；但接著卻連用「牽牛織女」、「蕭史弄玉」兩個典故，暗示自己的形

〔註37〕西皮沒有「回龍」，二黃沒有「二六」和「流水」的板式。詳見《戲學彙考》（上海：上海書店，1993），此書即《劇學全書》（原1926上海大東書局出版）卷一〈生角部〉「唱之分類」，頁13

〔註38〕《袁文正還魂記》第十九齣〈托夢〉，收在《全明傳奇》（台北：天一，1983），頁24～32。

單影隻。接下來雖是憶往而興的今昔之感：「那一日萃樓玩月悔同登，綠盃盞兒月今何興」，但接著又是「嘆紅顏多薄命，似金烏棲不定」，又再回到了因孤零而哀怨的路子上。「原來是梧桐葉落飄金井」，有著草木皆兵的緊張，可以算是受迫害後的反應，但作者顯然只是以外界事物烘托劇中人身世飄零的用意。「寒庭風露冷」、「助人愁的寒蛩相應」、「樵樓迢迢更漏永」都是借景託情的用法。「盼家山又被霧雲遮掩」、「最苦是離鄉別井」寫盡思鄉之苦；「悶把欄杆憑」說明無力解決問題，只能無奈憑欄。兩首曲子整體給人的印象，並不是一個蒙受冤屈的女子，面對報仇無日的無力悲歌；【新水令】像是閨中少婦的怨懟之作；【喬牌兒】更像是羈旅遊子，飄零他方，不得歸家的思鄉之詞。特別是【喬牌兒】的那句「悶把欄杆憑」中，無力解決的問題，並不是報仇，而是歸鄉；對於韓素真身負的深仇，似乎焦點被模糊掉。整體而言，十九支曲子中，感嘆抒情的自艾自怨，遠大於昭雪沉冤的緊迫深究。

　　而同樣情節的《辟塵珠》〈脫逃相會〉一場，一樣是祭奠亡夫，伍妻王桂英唱得就少多了，而且中間還有丫環及桂英的說白穿插，不是一大段的唱段唱到底。當中唱句雖簡短，但各有功能：

楚　　曲	唱　句　功　能
二賊子起歹心如同豬狗 論過惡他就該天火來燒 有日裡出羅網把仇來報 那時節管教你命赴陰曹	抒情
花園內精氣飄清風寒令（冷） 又只見高臺上掛了綵燈	寫景
今乃是中秋節家家慶賞	點明時序
想起了老公婆奴的夫君	點出思憶之情
一盃酒祭公婆把孝來盡 二盃酒祭丈夫結髮之情。	表明動作
（二更介） 聽譙樓打二更心事難定 佯粧醉等三更再作計行	說明時間及計畫
今夜晚樂逍遙燈彩齊整 猶如是遊仙府王母蟾宮	描景聯想
想起了我丈夫無有音信 因此上同婆婆奔上京城	憶往、敘事

都只爲繡荷包招災惹禍 中賊子巧計端悞入侯門 起淫心逼奴家狗情不順 定三般巧計兒件件依從	
飲酒時不由我心中焦悶，	心情
顧不得倒席前睡臥沉沉。〔註39〕	動作

　　簡潔的唱詞有著豐富的行動力展現，一開始就點明了負仇雪恨的決心，「豬狗」、「天火」、「陰曹」等用詞簡單易懂，「佯粧醉等三更再作計行」王桂英果斷明快的個性也清楚展現。不論是抒情、寫景、敘事、憶往都是直接明白，不拖泥帶水，不拐彎抹角，針對事件核心。

　　又如孔明舌戰群儒一場，傳奇《鼎峙春秋》〈戰群儒舌吐蓮花〉一齣，孔明唱了【粉孩兒】、【福馬郎】、【紅芍藥】、【耍孩兒】四支曲子，回答張昭、呂蒙、周魴、陸績、薛綜之問；〔註40〕同樣的情節，「楚曲」《祭風臺》〈舌戰〉一場，孔明以唱段回答張昭、呂範、薛綜、陸績的問題。〔註41〕二者的差異便清楚可見：

楚　　曲	傳　　奇
荊襄王晏了駕兵權歸蔡 那劉琮子他本是弱子嬰孩 恨蔡瑁和張允把國盜賣 我要取那荊州有何難哉	【粉孩兒】 這的是前賢誇抱負。因隆中三顧，天潢劉主。深蒙恩德只得辭故廬。展胸中一得之愚。致使那奸雄得志矜張，隨震動東吳防禦。
吾皇祖在沿陽百戰百敗 九里山十埋伏大顯英才 大丈夫失提防何爲犯礙 你本是無知輩勿把口開	【福馬郎】 勝敗兵家非所圖。成大事不顧纖毫錯。不見強梁楚。一似豺狼豹，肆威道途。九里山一戰除。扶劉主定西都。
你東吳長江險兵精糧足 我君臣守夏口以待時來	【紅芍藥】 他能舌辯，定六國訏謨。匡扶著秦國強圖。可嘆東吳，得一班懼刀守株兔。枉自把官箴來污。你這小

〔註39〕「楚曲」《辟塵珠》十四場〈脫逃相會〉。收在《俗文學叢刊》冊110，頁426～428。

〔註40〕《鼎峙春秋》第五本下。收在《古本戲曲叢刊》（北京：中華，1964）第九集，頁5～7。

〔註41〕「楚曲」《祭風臺》三場〈舌戰〉。收在《續修四庫全書》集部戲劇類，冊1782，頁673～674。

誰叫你勸主公向人下拜 你本是無恥徒怎對高才	兒，陸續空懷橘。怎不識大綱節目？尚兀自孝義全無。怎敢來舌調時務。
吾主公他本是漢室後代 獻帝爺宗譜上龍目查來 曹孟德臭名兒留傳萬代 大丈夫好和歹聽天安排	【耍孩兒】 笑巧語花言如簧布。智者爭如默，不自恥章句迂腐。英雄，須佐開基將山河踞，令竹帛標題作千秋序。這纔是匡君術。

「楚曲」的淺白直接：「你是無知輩勿把口開」、「你本是無恥徒怎對高才」、「曹孟德臭名兒流傳萬代」、「誰叫你勸主公向人下拜」；比起傳奇的：「怎不識大綱節目」、「怎敢來舌調時務」、「不自恥章句迂腐」、「得一班懂刀守株兔」的咬文，有著天壤之別。雖說諸葛孔明不該是一個罵起人來不留餘地的市井之徒，但這種直白如話的口語，可令一般觀眾在聽到唱詞的當下，立刻心領神會，發出會心微笑。

這樣的用詞差異，在《蝴蝶夢》中也可看出：同樣是莊子感嘆人生在世的無事營營，到頭來還不是萬事皆休。「楚曲」可以四句道盡，而傳奇不得不唱完一整支曲子：

楚　　　曲	傳　　　奇
空爭名利逞什麼能 人生奔忙幾時閒 榮華好似三更夢 富貴如同風前燭〔註42〕	【折桂令】 　偶行來南北山頭 　見幾種骷髏衢休囚 　想著恁掀天富貴名世文章 　做甚麼公侯 　莫不是貪生忍辱 　莫不是斧鉞誅求 　籌盡春秋 　嘆生前名世驚人 　死後呵免不葬此荒坵〔註43〕

雖然這支【折桂令】已算是很平淺了，卻還是比不上「楚曲」的直接痛快。

《回龍閣》〈西蓬擊掌〉王允責備寶川彩毬招親，竟挑中花郎；與傳奇《綵樓記》〈潭府逐婿〉有雷同之處。兩個父親責備女兒，女兒不只堅持要嫁，還都有一番大道理：

〔註42〕「楚曲」《蝴蝶夢》。收在《俗文學叢刊》冊109，頁142。

〔註43〕這已是場上唱詞，《蝴蝶夢》〈搧墳〉。收在《綴白裘》，《善本戲曲叢刊》（台北，學生，1987）第五輯，頁2590。

楚　　曲	傳　　奇
外 　小裙釵說話全不思量 　氣得我年邁人怒滿胸膛 　你大姐許蘇龍戶部執掌 　你二姐許魏虎兵部侍郎 　天生下小蠢才性情執強 　千金女配花郎怎度時光 　薛平貴他本是花郎模樣 　我相府豈容你匹配花郎	【雁過沙】 （劉懋） 　你看他形骸恁愚魯 　衣衫皆襤褸 　我兒將身認他為丈夫 　如何作得牧花主 　論昭穆怎當家豪富 　卻不道玷辱潭潭相府 【前腔】 （劉夫人） 　擇婿選賢郎 　才貌相兩當 　你怎生與他諧鳳凰 　歸來玷辱芙蓉帳 　不如再往層樓上 　別選風流年少郎
旦 　老爹爹說話不思量 　兒命苦怎配狀元郎 　有輩古人對父講 　女兒言來爹細聽詳 　甘羅十二為丞相 　太公八十遇文王 　休道平貴花郎樣 　貧窮人兒發福強〔註44〕	千金【前腔】 　爹娘相容 　兒甘心與陪奉 　看禹門三汲春雷動 　桃花浪暖魚化龍 　從來將相本無種 　休使他人相斷〔註45〕

同樣的情境，同樣身份地位的人物，同為一事，但在不同類型的劇作中，用詞便有淺白直接與委婉修飾之別。

　　傳奇典雅的語言雖有幽邃婉轉之美，但總令人乍聽之下不知所以，這是傳奇唱段特殊的美感，但表達情感上總是有「隔」。「楚曲」淺白的口語化唱段，雖無文采之美，卻是直入人心。

〔註44〕「楚曲」《回龍閣》第四回〈西蓬擊掌〉。收在《俗文學叢刊》冊109，頁407
　　　　～408。
〔註45〕《綵樓記》第五齣〈潭府逐婿〉。收在《全明傳奇》（台北，天一，1983）114
　　　　冊，頁11。

第四節　新生成的唱詞表現技法

一、運用「對口接唱」鋪陳故事

　　「楚曲」劇作，有很多是以兩個角色，以一句一句或一段一段的對唱方式進行故事鋪陳。但不論是一句一句或是一段一段的對口接唱，都沒有說白摻雜其中，在唱句與唱句的首尾銜接中，由於沒有說白的緩衝，節奏缺少急緩快慢的調劑，所以自然形成一種逼迫緊湊感。

　　《二度梅》〈以假試真〉裡，春香假裝成杏元，測試穆榮是否就是良玉。這是《二度梅》第三波高潮的場次之一。在這一問一答的唱段中，春香句句問在七寸上，良玉則有些百口莫辯：

（良玉）你那裡吟詩句親耳聞聽，梅良玉並非是負心之人。

（春香）你既是梅公子因何到此？可記得在重台和我詩題。

（良玉）鬱火焚心早已焦，華夷誰忍隔明朝。情傷破鏡悲無限，惟　　　　有夢魂度過橋。

（春香）那時節我贈你金鑲玉蟹，到如今可取來小妹認明。

（良玉）那金釵我放在書箱之內，被賊人盜卻了無處找尋。

（春香）既然是失卻了不必追問，爲什麼因何得病改換聲音。

（良玉）自那日失金釵偶得一病，因此上聲音變飄蕩魂靈。

（春香）在邊關我何等叮嚀吩附，爲什麼獨自兒四海飄零？

（良玉）這事兒提起來一言難盡，叫書童掌銀燈細説分明。〔註46〕

唱段營造的是杏元又關心、又責問的口氣；而良玉則把春香當成是杏元，正待一一分解、細說從頭；掌燈一看，卻原來是被春香戲弄了。

　　《青石嶺》卷一最後禾國母與賈翠屏爭執，賈妃誣賴禾國母身懷妖魔，二人打賭畫押時，便是以對唱方式進行：

（禾雲庄）禾雲庄寫畫押三十二歲，

（賈翠屏）賈翠屏立畫押二十一春。

（禾雲庄）我若生下龍太子，

（賈翠屏）願將我人頭掛宮門。你若生下妖魔怪，

（禾雲庄）昭陽正院你爲尊。一張畫押忙寫起，

〔註46〕「楚曲」《二度梅》二十四場〈以假試真〉。收在《俗文學叢刊》冊 110，頁
　　　　157～158。

（賈翠屏）萬歲與妾作証明。

（禾雲庄）辭王出宮領人馬，賊妃你要記在心。〔註47〕

雖然表面上的詞句是畫押的內容，但這個部份卻是賈妃久懷陷害禾后之心的大好機會，也是禾雲庄不得不再上戰場的戲劇衝突所在，二人心結就在畫押的同時表面化。

《東吳招親》裡，劉備在甘露寺內「面試」通過，終於獲得國太首肯，願招爲女婿；然孫權卻命賈華安排兵馬，要殺劉備，趙雲出聲警告，劉備求救於母后：

（趙雲）趙雲抬頭往外視，只見刀鎗擺得齊。走上前來一聲起，甘
　　　　露寺內有奸細。

（劉備）聽說一聲有奸細，劉備撩衣跪酒席。甘露寺外刀兵起，要
　　　　殺劉備做怎的？

（國太）尊聲皇叔你請起，那個大膽把我愛婿欺？

這裡接口對唱的部份不太多，但卻是情節高潮處。所以在京劇中就被加工成：

（劉備）又聽得殺聲起所爲那般？

（趙雲）趙子龍拔寶劍，

（喬國老）我一人廊下觀看，

（趙雲）原來刀斧手埋伏兩邊！

（劉備）遵國太這埋伏是何意見？要害我快說明死在面前。

（國太）甘露寺本是那清淨地，爲什麼吵鬧喧嘩響聲連天？

（趙雲）有埋伏在兩邊，

（劉備）嚇得我膽戰心寒。

（喬國老）請國太把旨傳，

（國太）回頭來我問孫權。

（孫權）娘休要聽他言！

（國太）這時候叫人爲難！〔註48〕

趙子龍警覺、劉備命在旦夕的危機感、國太怒而不能發、喬國老的火上加油、孫權計謀難成的失望，更能清楚的呈現出來。

《龍鳳閣》〈徐楊進宮〉一場，幾乎全以唱段進行，徐延昭、楊波進宮之

〔註47〕「楚曲」《青石嶺》卷一。收在《續修四庫全書》集部，戲劇類，冊1782，頁710。
〔註48〕《龍鳳呈祥》，收在《戲考大全》（台北：宏業，1970），頁12。

前，先討論自古忠臣沒有好下場，二人有很長的唱段對答論辯，接著便是心情的訴說：

（楊波）我好似魚兒闖過了千層網，受了些京慌、著了些忙。

（徐延昭）楊大人且把寬心放，老夫保你兩無傷。

（楊波）千歲爺保學生兩無傷，絆生絆死進昭陽。

（徐延昭）前面走的定國王，

（楊波）後面跟的兵部侍郎。〔註49〕

進宮之後，為討回公道，故意奚落李豔妃：

（徐延昭）龍國太坐昭陽把國事執掌。

（楊波）為什麼怨天怨地、反帶愁腸，所為那椿？

（國太）非是哀家有愁腸，眼前大禍無主張。

（楊波）有什麼大禍從天降？

（徐延昭）接太師進宮來，父女們商量這又何妨？

（國太）太師爺心腸如王莽，要奪皇兒錦家邦。

（徐延昭）太師爺當朝一品為宰相，他是皇王國丈。

（楊波）未必是一旦無情，起下這心腸，他是蓋國的忠良。

（國太）你道他沒有此心腸？斷滅水火反鎖昭陽。

（徐延昭）（楊波）七月十三臣也曾把本奏上，龍國太偏偏要讓。

（徐延昭）你言道不用徐楊二奸黨，他自立為王將我等趕出朝堂。

（國太）徐皇兄你把國事掌，哀家起造一廟堂，飛龍彩鳳修神像，早奉水來晚燒香。

（徐延昭）有一輩古人不好講，說出由恐把君傷。君比虎來臣比羊，虎若發怒羊有傷。太祖爺遊武去降香，指著軍師罵張良。劉伯溫解開其中意，辭官不做轉山崗。也不聽黃昏金雞唱，也不受待漏五更霜，也不管憂國憂民事，也不管那家臣子謀君王。也不管這江山讓與不讓，常言道知命者早脫羅網。落得一個安康臣要告老還鄉。

（國太）徐皇兄年邁如霜降。轉面再叫楊侍郎，你保太子登龍位，忠孝名兒萬古揚。

（楊波）唬得臣不敢抬頭望，臣有一本奏端詳。光武駕下幾員將，

〔註49〕「楚曲」《龍鳳閣》。收在《俗文學叢刊》冊111，頁176～177。

鄧禹姚期馬子章。雲台觀內寡王莽，光武重興坐洛陽。到後來酒醉西宮院，反把姚期斬法場。鄧禹先生三保本，西宮娘娘押本章。宮門撞死馬武將，一黨忠良沒下場。臣的特進宮來辭娘娘，望國太開籠放雀赦臣還鄉。臣是奸黨太師爺他是個忠良。〔註50〕

但真正情節高潮，卻是李豔妃的驚天一跪：

（國太）他二人言語俱一樣，羞得哀家臉無光。無奈何只得跪昭陽！

（徐彥昭）唬壞了定國公、

（楊波）兵部侍郎。

（徐彥昭）自從盤古到我邦，

（楊波）君跪臣來臣不敢當。

（國太）非是哀家來跪你，為的皇兒錦家邦。〔註51〕

徐楊二人之前堅持討回公道，而不欲表明忠心輔國的真正情感，在李豔妃「君跪臣」的行動下，只能趕快結束表面的意氣用事，吐露真實心跡。這裡全部是以對唱的形式展現此時三人的內心世界，徐楊二人忠而被屈的牢騷滿腹、兔死狗烹的深謀遠慮；李豔妃識人不明的矛盾感慨，卻又不得不為家國放下身段的情緒轉折，在這一來一往間，得到充份的渲泄。三個人各有心事，各有立場，在這樣的對唱中，既展現衝突，卻又得到調和。

《李密降唐》〈雙帶箭〉中，李密因酒後吐露欲謀龍台的心思，殺死河陽宮主，逃亡路上，王伯黨問起原因，李密細說從頭：「老弟有所不知詳，昨夜宮中飲瓊漿。夫妻對面說衷腸，提起瓦崗威風壯。稱孤道寡四海揚，一時酒醉心妄想。思想謀位佔龍床，孤把好言對他講。誰知賤婦發顛狂，嫁夫就該隨夫往。反罵孤家是奸黨，大丈夫豈受婦人謗？因此拔劍斬河陽」，於是王勇責其魯莽行事：「聽罷怒沖三千丈，太陽頂上出火光。做事全然不思想，提起瓦崗惱人腸……」，李密的辯解：「賢弟錯把話來講，孤王謀位也無妨。錯事且從錯路走，細聽孤王說比方」，而王伯黨對於李密做錯事還不知悔改的厭惡，便展現在接下來的對唱中：

（李密）昔日韓信謀王位

（王勇）未央宮中刀下亡

〔註50〕「楚曲」《龍鳳閣》。收在《俗文學叢刊》冊111，頁177～180。

〔註51〕「楚曲」《龍鳳閣》。收在《俗文學叢刊》冊111，頁180。

（李密）酒毒平帝是王莽

（王勇）千刀萬剮沒下場

（李密）曹丕逼主把位讓

（王勇）留下罵名天下揚

（李密）劉裕謀位小河北

（王勇）臣篡君位不久長

（李密）李淵也是謀主位

（王勇）他本是眞主下天堂〔註52〕

因對口接唱而產生了一種緊迫感，唱詞的內容又是「針鋒相對」：王伯黨對李密提出話頭完全不留情面的一一反駁，令人充份感受到王勇的火氣、雖忠猶憤的心情，及李密的不可救藥。

又如《日月圖賣畫》，劇中眞正的高潮點發生在湯威送入洞房後，胡鳳鸞發現他是男子，正欲高聲喊叫時，湯威化險爲夷，贏得美人芳心。此處「對口接唱」的唱段安排，是發生在問題已圓滿解決，二人私定終身的「其樂融融」：

（湯子嚴）謝小姐許婚姻多承厚愛

（胡鳳鸞）蒙相公結朱陳方趁心懷

（湯子嚴）我本是黌門秀才子一派

（胡鳳鸞）奴也是千金體女中裙釵

（湯子嚴）我二人若不是風流大債

（胡鳳鸞）怎能得我哥哥引你前來

（湯子嚴）卻怎麼紅鸞運成的任快

（胡鳳鸞）這姻緣五百年早已安排

（湯子嚴）湯子嚴訂藍橋如同山海

（胡鳳鸞）胡鳳鸞結絲羅趁我心懷〔註53〕

其餘如《回龍閣》〈王三姐拋打彩毬〉中眾家公子進入花園的對唱、〈進府拜壽〉蘇龍與金川勉勵寶川；〔註54〕《祭風臺》〈草船借箭〉，魯肅心驚膽顫、孔明胸有成竹一場；〔註55〕《東吳招親》劉備進洞房時，看刀鎗箭戟排列兩

〔註52〕 「楚曲」《李密降唐》。收在《續修四庫全書》集部，戲劇類，冊1782，頁668～669。

〔註53〕 「楚曲」《日月圖賣畫》。收在《俗文學叢刊》冊111，頁77～78。

〔註54〕 「楚曲」《回龍閣》。收在《俗文學叢刊》冊109，頁398、535～536。

〔註55〕 「楚曲」《祭風臺》。收在《續修四庫全書》集部，戲劇類，冊1782，頁683。。

旁，與趙雲的一段對唱；〔註56〕《打金鐲》〈柳陰結拜〉一場，楊素眞得知親兄將其騙賣給楊春，對楊春苦苦哀求等；〔註57〕都是沒有夾雜說白的「對口接唱」方式。

　　「楚曲」的「對口接唱」，除了承襲傳奇以接唱方式安排人物上下場時的引子或尾聲，以利劇情進展的節奏之外，其新變在於藉由板式音樂可無限延伸、節奏可以由緩加快的特性，加上沒有對白緩衝的安排，「對口接唱」多運用在劇中人物面對事件各抒己見而僵持不下的場面，因其節奏急迫的特點，將焦點凝聚，迸發出「針鋒相對」的激烈辯析，情感表現得以一氣呵成。不論是嘲弄、揶揄、悲恨、哀憐、衝突、激昂、承擔或是無奈，都因爲二人的互相應照而無所逃避、一覽無遺，這種當下產生的感染力，使得錯綜微妙的感情成爲具體的直接明快。而這樣的「對口接唱」，在京劇的唱段中也普遍被運用的。

二、有層次的「對口接唱」表達情節高潮

　　「楚曲」在表現情節高潮時，出現了一個特殊現象，是傳奇中不曾出現過的：先安排一段一段的對唱，這時情緒都還不算緊繃；再來兩句兩句的對唱，氣氛就顯得緊張；最後的一句一句對口，緊湊的令人喘不過氣。這種刻意有層次地安排唱段，如果再配合板式「慢板──原板──快板」的變化，自然形成一種急迫的節奏。這種源於板式變化體音樂靈活性的特殊格式，正是「楚曲」將情感高潮與情緒高潮密切結合的利器。

　　《回龍閣》〈西蓬擊掌〉寶川父女有針鋒相對的唱詞，從一段一段的：「（外）小裙釵說話全不思量，氣得我年邁人怒滿胸膛。你大姐許蘇龍戶部執掌，你二姐許魏虎兵部侍郎，天生下小蠢才性情執強，千金女配花郎怎度時光，薛平貴他本是花郎模樣，我相府豈容你匹配花郎」、「（且）老爹爹說話不思量，兒命苦怎配狀元郎，有輩古人對父講，女兒言來爹細聽詳，甘羅十二爲丞相，太公八十遇文王，休道平貴花郎樣，貧窮人兒發福強」；到兩句兩句的：「（且）爹爹說話不思忖，難道文官不喪命」、「（外）句句言語不讓我，聲聲頂對父心疼」；到一句一句的對口：「（外）我兒要悔眞要悔。（且）老爹尊不能萬不能」。這一段唱段中，沒有說白，完全是以對唱方式進行。接著下來的決裂場面，先是寶川被迫脫下衣裙：「上脫日月龍鳳襖，下脫八幅絳羅裙。兩件寶衣俱脫

〔註56〕「楚曲」《東吳招親》。收在《俗文學叢刊》冊109，頁356～357。
〔註57〕「楚曲」《打金鐲》。收在《俗文學叢刊》）冊111，頁239。

下，交與嫌貧老宰相尊。（元板）扯破日月龍鳳襖，腳踏八幅絳羅裙。西蓬不與父說話，上房拜別老娘親」；接著是兩句兩句、一句一句的對唱：

> （旦）老爹尊你把良心昧，全然不怕人道人。手摸胸膛想一想，膝
> 　　　下還有什麼人？
> （外）膝下無兒怨我命，養不老來送不得終。
> （旦）就是爹爹百年後，墳前也要兒哭一聲。
> （外）扎碎麥子挨不得麵。
> （旦）兒死不轉娘家門。
> （外）父死不要你來見。
> （旦）睡牙床不見老爹尊
> （外）倘若你來誰個見
> （旦）雙雙挖去我眼睛

於是逼出了「爹爹不信，與我三擊掌」的結果。這一段唱詞與情節高潮絲縫密合，有醞釀、有鋪墊，以充份的唱段營造戲劇衝突。〔註58〕特別是其中在寶川脫去寶衣之時，還標注了「元板」，可見一開始寶川應是以「慢板」或「搖板」開頭，然後回到「元板」，隨著情緒的轉折，二人對口開始加快節奏，於是在一人一句的接唱中，你一言我一語地把狠話說盡，最後只能斬斷父女情緣、擊掌為誓。

同樣的情況在傳奇《綵樓記》〈潭府逐婿〉裡，劉懋與女兒千金、劉夫人、呂蒙正等人，也有類似的接唱，但一開始是眾人的接唱：

【八聲甘州】
> （劉懋）吾兒不忖量，看此人焉是相府東床！
> （千金）觀他容貌，多應是滿腹文章。
> （蒙正）襄王焉敢勞夢想，辜負巫山窈窕娘。
> （夫人）端詳，這姻緣不必尋常。

【前腔】
> （梅香）非不阻娘行，奈他不肯虛負勞攘。
> （院子）相門榮貴。
> （蒙正）決不玷辱門墻。

〔註58〕「楚曲」《回龍閣》。收在《俗文學叢刊》冊109，頁407～411。

－92－

（千金）讀書人自然歸故鄉。

（夫人）錯認陶潛作阮郎。

（劉懋）慚惶，枉教人空赴高堂。

後面雖是呂蒙正與劉懋二人對唱，但受制於曲牌音樂的固定格式，無法像「楚曲」這樣有序地以「一段一段」──「兩句兩句」──「一句一句」的接唱：

【解三醒】

（蒙正）告大人且休鹵莽，望新人且休悒怏。算從來好事多魔障。

（劉懋）他出語恁張狂！

（蒙正）威嚴凜凜，看來誰敢當？怎待劈破雲鬟雙鳳凰。

（劉懋）空思想，論姻親也要門戶相當。

【前腔】

（劉懋）笑窮酸恁般不忖量，惱得我怒髮沖冠沒計降。

（蒙正）就唬唬得我戰競競小鹿兒心頭撞，大人試聽說端詳。又道
　　　　是朱門生餓殍，試看我胸藏繡與文章。

（劉懋）空思想，論姻親也要門戶相當。〔註59〕

這些唱曲中還夾雜了大量的說白和滾白，並不是一氣呵成式的唱段，所以無法產生因對口接唱造的緊湊效果，整個表現手法與「楚曲」還是有很明顯的不同。〔註60〕

《龍鳳閣》由於前三回劇情直接進入高潮，因此花了很多的唱段在討論「讓國與否」。只是表現的並不是李艷妃讓國的掙扎，而是國太決定的「該讓」，與徐楊二人的「不該讓」的各抒己見；不過由於君臣地位的不平等，甚至是楊波與徐延昭文臣與諸侯地位的不相等，進退之間與說話份量之間的氣勢就不同。在這種情形下產生的衝突：

（淨）花嘟嘟打開了功勞簿，龍國太功勞簿上看分明。

（旦）莫不是老王封你官職大，你把哀家不放在心。

（淨）官大本是功勞掙，非是娘娘賜老臣。

（旦）我的江山由在我，不干徐楊半毫分。

（淨）你的江山由不得你，半由天子半由大臣。

〔註59〕《綵樓記》。收在《全明傳奇》（台北：天一，1983）頁9～11，。

〔註60〕目前所見《綵樓記》，與唱崑腔的傳奇劇作有所不同，其中唱曲多有標注為「滾白」的部份，應為弋陽腔系統的鈔本劇作。

（旦）莫不是江山你要坐？

（淨）徐楊不坐讓不得別人！

（旦）江山要讓實要讓！

（淨）龍國太不能萬不能！

（旦）地欺天來苗根小。

（淨）天欺地來苗不生。

（旦）臣欺君來該問斬。

（淨）君欺臣來別奉君。

（旦）民欺官來該何罪。

（淨）官欺民來官不清。

（旦）子欺父來壽命短。

（淨）父欺子來逃出門。

（旦）弟欺兄來家不順。

（淨）兄欺弟來把家分。

（旦）妻欺夫來人倫敗。

（淨）夫欺妻來算不仁。

（旦）強嘴劣臣拿下斬。

（淨）誰個敢斬定國公？

（旦）金殿上傳旨偏要斬。

（淨）銅鎚一舉往上迎。〔註61〕

從兩句兩句的應對，到一句一句的對口，製造了緊張火爆的氣氛，徐彥昭由於是諸侯身份，可以在大殿上和龍國太「明刀明槍」的以言語對槓，畢竟出於大公無私，且這大明江山他也出過一份力氣，所以說起話來自然「理直氣壯」。這個部份在情節高潮和情感高潮結合得非常自然。〔註62〕

　　由於傳統戲曲唱段上對情感高潮與情節高潮的呼應，一般而言有很大的一段距離。傳奇劇本也注意到這樣的問題，《長生殿》〈驚變〉是「情感高潮」與「情節高潮」呼應較好的部份，洪昇很巧妙地運用南北合套，以不同聲情營造出氣氛的變化，但畢竟得以幾支曲子的聯綴才能有此功效，轉折的力道

〔註61〕「楚曲」《龍鳳閣》。收在《俗文學叢刊》冊111，頁131～133。

〔註62〕此段引文及劇情，出自「楚曲」《龍鳳閣》。收在《俗文學叢刊》冊111，頁178～181。

及時機，都不及「楚曲」板式的靈動及迅捷。〔註63〕「楚曲」運用這種有層次的對唱方式，是以唱段表現「情感高潮」一個很大的突破，也可以說是「楚曲」運用板式變化音樂發展出的一種新的表現方式。

三、細說從頭的唱段抒情敘事

傳奇中常以大段的唱段，抒發內心的感受；由於傳奇大多數的作家都是文人身份，自可大顯身手。「楚曲」也有很多這類型的唱段，只是這些不是文人的劇作家，無法營造出優美典雅的用詞，除用語除平淺直白外，更常常有「細說從頭」的敘事憶往傾向；省卻了傳奇長篇唱段的造景抒情，卻多了故事進行的敘事功能。

《回龍閣》〈王三姐拋打彩毬〉一場，薛貧貴進彩樓時的一大段唱段：「自從那日在花園，小姐心事對我言。他本是相府千女，要與貧貴配良緣。角門裡面把口號，叫我親到彩樓前」便是細數從頭。〈貧貴別窯〉一場，劇情上沒有進展，但寶川、平貴二人卻有大段唱詞。寶川從花園私許說起：「王寶川到花園祝告上天，又只見後腳門火光沖獻。蛇鑽七孔是貴男命，我命丫環將你喚，一心與你結良緣」；說到與父斷絕關係：「我父見你花郎樣，西蓬逼我退姻緣。父女二人爭鬥辨，因此擊掌逃外邊」；破窯安身：「趕至城南才相會，無處安身破窯前」。後面一段再次重覆；說明自已是千金小姐：「我爹爹在朝為首相，所生三女無一男。大姐姓許配蘇長壽，二姐姐許下魏總參。只有寶川命裡苦，拋打彩毬結良緣」；彩樓招親：「二月二日龍發獻，奴家打扮彩樓前，王孫公子有千萬，繡毬打中你身邊」；平貴從軍：「寒窯內不到二月正，一心要去投軍漢」。貧貴則是從三姐下嫁說起：「王三姐你本是千金之體，隨了我住寒窯苦受萬千」，到投軍降馬：「都只為唐主爹榜文出獻，薛貧貴往長安投軍吃糧，曲江河降烈馬天緣有幸」，到封官卻被降官：「唐主爺龍心喜將我封官。封我為後營都督府，征西元帥掌兵權。魏虎上殿把本奏，都督府改為先行官」；出發在即：「元帥上面討一令，特回寒窯別家園」。這樣的唱詞，像是把前幾場發生的故事，做成了大綱

〔註63〕 《長生殿》〈驚變〉一齣，唱曲共有：【北粉蝶兒】生旦同唱、【南泣顏回】旦唱、【北石榴花】生唱、【南泣顏回】旦唱、【北鬥鵪鶉】生唱、【南撲燈蛾】旦唱、【北上小樓】生唱、【南撲燈蛾】生唱、【南尾聲】生唱。【上小樓】以前為歡宴娛樂，之後驚聞變局，氣氛哀愁，故一般崑曲演出折子，稱此齣為〈小宴‧驚變〉，有單獨折出【上小樓】之前為〈小宴〉演出。相關問題，可見曾永義：《長生殿研究》（台北：商務，1969），頁113～114。

摘要。〈寶川跑坡〉一回，貧貴因先前戲弄寶川，真正表明身份，卻得不到寶川信任，只能在窯門前唱一段「前塵往事」，以驗明正身、取信寶川，這裡的「細說從頭」就顯得合情合理。〔註64〕

《魚藏劍》〈會申包胥〉時，伍員有大段唱詞，先從自己的功勞說起：「臨潼會上楚為首，子胥舉鼎押諸侯」，講到平王無道：「父納子媳剛常敗」，講到自己的血海深仇：「吾父奏本反遭害，滿門性命盡皆拋」，最後立誓伐楚：「若不興兵來伐楚，血海冤仇怎罷休」。又如伍子胥過昭關一事，大段的唱詞安排在「五更夜嘆」，一樣從「平王無道綱常亂，父納子妻理不端。吾父諫奏反被斬，可憐滿門過刀懸」，到滿心憂思：「我好比哀哀空中雁，我好比杜鵑夜不眠」，必報血海深仇的決心：「對天發下洪誓願，不殺平王心不甘」。〔註65〕聽完這些唱段，大約知道之前發生過什麼事情，而伍子胥為什麼又要逃國遠走。

《斬李廣》中，李廣在被綁赴法場，即將被斬之際，所抒發的感慨：「漢馬功勞今日休，血戰功勞付水流」說的是落至今日下場的感慨；接著開始細說前因：「只因外國起反寇，要奪吾主九龍樓。萬歲聞言心惱怒，就命三弟勦賊寇。萬馬營中統狼狄，只殺得那賊丟盔走。三弟回朝把本奏，吾主爺封他為列侯。議事庭前排下酒，打了馬南把禍招。他妹子宮中來勸酒，聽信讒言斬老朽」。接著連用十個「再不能」抒發感慨，最後是：「罷罷罷來休休休，這是換刀殺妻下場頭」一種萬事皆休的無奈。〔註66〕

《上天臺》〈綁子上殿〉中，姚期欲辭官，劉秀為挽留姚期所唱的大段唱詞：先說當時的動作：「孤離了龍書案皇兄帶定，將手挽待寡人細說分明」；提起姚剛犯錯之因：「郭太師站一傍心懷不平，因此上他二人結下仇恨，次日裡闖府門兩下相爭，一來是小愛卿年幼情性，二來是郭太師命該歸陰」；回憶：「孤當初走南陽四路逃奔，中途上遇皇兄白水村林，初起首眾皇兄保扶寡人，駕坐在洛陽城把旨傳下，姚不反漢不斬扶保寡人」；再加後面用了八個「孤念你」的鋪敘抒情。這一大段的唱詞，完全無助於戲劇情節的進行，也不是戲劇高潮的部份，卻是最為人稱道的唱段。〔註67〕

《龍鳳閣》〈夜嘆觀兵〉裡，徐彥昭一個人皇靈夜嘆：「聽譙樓打罷了初

〔註64〕此段引文及劇情，出自「楚曲」《回龍閣》。收在《俗文學叢刊》冊 109，頁 398～399、447～453、523～524。

〔註65〕「楚曲」《魚藏劍》。收在《俗文學叢刊》冊109，頁 57～59、68～70。

〔註66〕「楚曲」《斬李廣》。收在《俗文學叢刊》冊109，頁 180～181。

〔註67〕「楚曲」《上天臺》。收在《俗文學叢刊》冊109，頁 211～213。

更時分」點明時間；「開山府閃出了定國公侯」說明行動；「李良賊比明月照住星斗，龍國太好一比雁落孤洲」抒發內心感慨；接著開始細說從頭：「那奸賊在金殿把本啓奏，龍國太無主張推讓龍樓。我徐楊在金殿三本啓奏，他那裡一心心要讓龍樓。兩班中眾文武傍觀袖手，眼睜睜這江山付與東流」、「眾兒郎掌銀燈龍鳳閣口，見皇靈不由人兩淚雙流」說明當下情境；接著再來一段細說從頭「老王爺晏了駕太子年幼，龍國太見太子難坐龍樓。一心心讓太師執掌山河，臣徐楊在金殿苦苦保奏。龍國太反奏臣奸黨一僚，親交與國玉璽坐登大寶。八月中十五日必坐九朝，倘國中無良將江山難保」、「眼睜睜付賊子霸坐九朝，老王爺在陰靈多多保佑，保佑了楊家將早早回朝」說明內心感慨及期望。最後是風聲鶴唳：「耳傍內又聽得人嘶馬吼，想必是李良賊早奪龍樓」；抱著為國捐軀的決心：「先王爺賜銅鎚忙挈在手，為江山喪賊手死也心甘」。〔註68〕

《打金鐲》〈柳陰結拜〉中，楊素眞對著毛蓬說出自己滿腹冤情：

> 楊素眞站柳陰一一訴稟
> 尊先生與客官細聽詳情
> 家住在汝寧府上澤縣內
> 四都里楊家庄有我家門
> 我公公曾做過陝西糧道
> 我父親在朝中職授禮刑
> 遭不幸我公公早年亡過
> 我婆婆陳氏女接奴過門
> 大伯伯姚廷春痴呆顛漢
> 奴的夫姚廷美少年書生
> 田氏女在家中炒鬧過甚
> 朝夕間惹是非才把家分
> 有田氏無故中心生毒計
> 用藥酒害死了奴的夫君
> 我兄長名楊青昧良沃騙
> 他說道母有病哄來柳陰
> 我本待隨客官高堂奉母

〔註68〕「楚曲」《龍鳳閣》。收在《俗文學叢刊》冊111，頁167～169。

－97－

怎奈是小女子三不遂心

一不從婆年老無人侍奉

二不從七歲子無人看承

三不從我丈夫少年喪命

這就是小女子三不從心〔註69〕

這種「前情提要」一般的唱段，讓人從這些唱詞中，就算沒看過前面的幾場戲，都知道楊素眞的家世、生平背景，以及之前發生的種種遭遇。

「楚曲」這種在大段唱段中，安排「細說從頭」的唱詞，對當時折子單齣盛演的劇壇而言，是有其必要的。因爲「楚曲」故事，已不同於才子佳人的悲歡離合那般單純；單齣的演出方式，觀眾對於劇情的頭尾、情節衝突高潮所在、以及劇中人物的作法言行，總是較難直接理解；因此安排這樣的唱段，有助於觀眾了解故事的來龍去脈、前因後果。舞台上當下的表演，雖只是故事片段的停格放大，卻因爲有了這樣的唱段，而使整個故事得以銜接。

四、以排比句型深化情感

「楚曲」因爲唱段擁有板式變化的靈活空間，可以自由加長或縮短，以符合演出時的需要，所以很容易在唱段中出現排比的句型。這種排比句型，多出現在大段唱段中，常常和「細說從頭」的唱段前後接連出現。

《上天臺》〈綁子上殿〉，劉秀爲挽留姚期所唱的大段唱詞中，便接連用了八個「孤念你」的鋪敘抒情：

孤念你老伯母懸樑自盡，三年孝改三月扶保寡人。

孤念你有三子兩子喪命，孤今日將皇侄問罪典刑。

⋯⋯

孤念你保寡人社稷重整，

孤念你保寡人四路掃平

孤念你征南蠻戰場遭困

孤念你兩鬢霜白髮似銀

孤念你保寡人東蕩西除，南征北勦，殺得晝夜馬不停蹄。

到如今，耳聾眼花還是忠心耿耿

〔註69〕「楚曲」《打金鐲》。收在《俗文學叢刊》冊111，頁241～242。

　　孤念你是一個開國元勳。

接下來又用了四句「勸皇兄」：

　　　勸皇兄休得要告老歸林

　　　勸皇兄放寬心扶伴寡人

　　　勸皇兄進西宮去把罪請

　　　勸皇兄你休要臉帶淚痕〔註70〕

這種情況在楚曲中例子頗多。《斬李廣》中，李廣感慨周南王的昏庸之後，也感自己的命運，其中連用了十個「再不能」：

　　　再不能金殿把本奏

　　　再不能午門會公侯

　　　再不能打馬御街走

　　　再不能與民來分憂

　　　再不能與妻同飲酒

　　　再不能訓子讀書文

　　　再不能征戰披甲胄

　　　再不能提鎗定春秋

　　　再不能教場點三軍

　　　再不能與賊做對頭〔註71〕

《新詞臨潼山》中，李淵因受不了楊廣調戲其夫人，便決定罷官辭朝，臨行時望著自己的府第，連唱了四個「捨不得」：

　　　捨不得金鑾殿老王御駕

　　　捨不得滿朝中文武公卿

　　　捨不得長安城花花世界

　　　捨不得滿城中老幼黎民〔註72〕

《魚藏劍》〈嘆昭關〉伍子胥在東皋公家裡，因出關無計，坐困愁城，不免五更夜嘆，其中也連用了四個「我好比」：

　　　我好比風箏斷了線

　　　我好比龍困淺沙灘

〔註70〕 「楚曲」《上天臺》。收在《俗文學叢刊》冊109，頁211～213。

〔註71〕 「楚曲」《斬李廣》。收在《俗文學叢刊》冊109，頁180～181。

〔註72〕 「楚曲」《新詞臨潼山》。收在《俗文學叢刊》冊109，頁364～365。

我好比哀哀空中雁

我好比杜鵑夜不眠〔註73〕

「楚曲」中最有名的排比句型，應是《四郎探母》裡，楊延輝的自嗟自嘆，在「楚曲」劇本中原本是四句「俺好比」、三句「只殺得」：

俺好比籠中鳥有翅難展

俺好比淺水龍久困沙灘

俺好比空中雁失群飛散

俺好比井底蛙難把身翻

想當初沙灘會遼宋大戰

只殺得宋營中悲哀慘然

只殺得楊家將東逃西散

只殺得眾兄郎滾下雕鞍〔註74〕

可是卻因爲胡喜祿的誤場，余三勝臨時加戲，於是這段唱詞就成了十句「我好比」、五個「只殺得」、四個「思老娘」。〔註75〕《清車王府藏曲本》收亂彈劇本，裡頭的唱詞可能還不是余三勝當日唱的全部：

我好比天邊月被雲遮掩

我好比淺水龍久困沙灘

我好比南來雁失群拆散

我好比渾水魚漂流北番

我好比籠中鳥有翅難展

我好比井底蛙難把身翻

我好比紙風箏斷了絲線

我好比長江水一去不還

想當初沙灘會與宋大戰

只殺得宋營中悲哀慘然

只殺得楊家將東逃西散

只殺得眾兄郎滾下雕鞍

〔註73〕 「楚曲」《魚藏劍》。收在《俗文學叢刊》冊109，頁69。

〔註74〕 「楚曲」《楊四郎探母》。收在《俗文學叢刊》冊110，頁308。

〔註75〕 北京市藝術研究所、上海藝術研究所組織編著：《中國京劇史》（北京：中國戲劇，1999），頁155。

　　　　只殺得戰場上愁雲暗淡

　　　　只殺得血成河屍骨如山〔註76〕

這種情況除了說明余三勝有很深厚的藝術修養外，其實更可說明因爲板腔體式的音樂有著很大的彈性空間，才可以這般靈活調整；而且也正因爲這類型的排比句法在「楚曲」中已廣泛的運用，所以臨時捉詞才不顯費力。《楊四郎探母》中除上述排比句型之外，尚有鐵鏡公主一段問話，也是運用了四個「莫不是」：

　　　　莫不是我母親早晚輕慢

　　　　莫不是夫妻們冷淡未歡

　　　　莫不是思遊玩秦樓楚館

　　　　莫不是抱琵琶欲向別彈〔註77〕

〈相會回營〉中，四郎妻訴說自己因四郎失蹤，了無心緒：

　　　　奴爲你懶把鮮花帶

　　　　奴爲紛懶穿紅繡鞋

　　　　奴爲你終日把憂帶

　　　　奴爲你懶上梳粧台

　　　　奴爲你夜夜把月拜

　　　　奴爲你掛斷鳳頭釵〔註78〕

對四郎的掛念，自己懶畫蛾眉的曲折心態，淋漓展現。

　　《二度梅》〈探病究根〉中，梅良玉因失卻陳杏元臨別所贈金釵，相思成病，傷心欲絕，連唱了八個「想姣娥」：

　　　　想姣娥想得我肝腸烈碎

　　　　想姣娥想得我氣緊心疼

　　　　想姣娥想得我茶飯減少

　　　　想姣娥想得我坐臥悲哀

　　　　想姣娥想得我昏迷不醒

　　　　想姣娥想得我光陰寸埃

　　　　想姣娥想得我身染重病

〔註76〕亂彈《四郎探母》。收在《清車王府藏曲本》冊6，頁39。

〔註77〕「楚曲」《楊四郎探母》。收在《俗文學叢刊》冊110，頁310～311。

〔註78〕「楚曲」《楊四郎探母》。收在《俗文學叢刊》冊110，頁333。

　　想姣娥想得我日夜不寧〔註79〕

對杏元的滿腔思念，溢於言表。良玉痴情的與杏元生死相許的形象，從這一段的排比唱詞中展露無疑。

　　《楊令婆辭朝》中，宋仁宗長亭設宴，為太君餞行所唱的一段唱曲，連用九個「願太君」，所有唱詞都只有一個意思，就是祝太君長生不老、多福多壽：

　　願太君此去多安樂

　　願太君此去享太平

　　願太君身體日康健

　　願太君四季保安寧

　　願太君髮白重轉黑

　　願太君齒落又重生

　　願太君壽比南山斗

　　願太君福如東海滄

　　願太君天地老日月同休〔註80〕

《龍鳳閣》〈徐楊進宮〉中，徐彥昭說了辭官之樂，連用了五個「也不」：

　　也不聽黃昏金雞唱

　　也不受待漏五更霜

　　也不管憂國憂民事

　　也不管那家臣子謀君王

　　也不管這江山讓與不讓〔註81〕

　　這種排比句法的運用，有助於劇中人物表達情感時的深化放大。在鋪排時，重覆著詞頭「我好比」、「孤念你」、「捨不得」、「再不能」等，加強了緊跟在後的語詞內容；而這些語詞的內容，往往又只指向一個意旨。在不斷的重覆強調下，很容易展現情感的強度；不論要深化的是愁思、慘傷、悲涼、迷惘、矛盾或失意的情懷，經過這樣反覆再三、連續強調的加重力道，觀眾自然也融入了劇中人物深邃的感情之中。

〔註79〕 「楚曲」《二度梅》。收在《俗文學叢刊》冊110，頁147。
〔註80〕 「楚曲」《楊令婆辭朝》。收在《俗文學叢刊》冊110，頁358～359。
〔註81〕 「楚曲」《龍鳳閣》。收在《俗文學叢刊》冊111，頁179。

第五節　成熟運用曲牌做爲過場音樂

　　所謂「過場音樂」，指的是唱曲之外的伴奏音樂，通常用在人物的上下場或是舞台上有動作卻沒有唱段、說白的地方。京劇運用曲牌音樂做爲過場的情況，是眾所熟知的；只是這些曲牌音樂何時被板腔體戲曲吸收成爲過場音樂，不得而知，在目前可見最早的京劇劇本集《梨園集成》中，已看到有些劇作，運用曲牌作爲過場音樂。多數的劇本中，都以「排子」、「吹介」、「吹打」帶過，並未特別標舉用那種曲牌。以「排子」爲例，在「楚曲」中的運用已非常廣泛，可用於人物的上場、下場、祝壽、慶賀、寫信、看信、飲酒、傷心、追悼、分別、接聖旨等多種情況或情緒轉折時的作表。至於何種場合、運用何種曲牌的細分，似乎是由鼓師、琴師調度，除避免重覆外，也爲了烘托演員的表演。〔註82〕長篇「楚曲」《魚藏劍》、《回龍閣》、《二度梅》中，多用「吹介」、「吹打」、「排子」來表示過場音樂。

　　但在其他的長篇「楚曲」：《祭風臺》、《英雄志》、《烈虎配》、《打金鐲》、《辟塵珠》、《龍鳳閣》出現了以：【香柳娘】、【水仙子】、【風入松】、【點降唇】、【水底魚】、【四邊靜】、【駐雲飛】、【一封書】、【朱奴兒】、【哭相思】、【朝天子】、【一封書】、【急三鎗】、【江流水】、【山花子】、【一秋序】、【節節高】、【泣顏回】、【畫眉序】等曲牌，做爲過場音樂的安排。短篇的「楚曲」《蝴蝶夢》、《探五陽》、《東吳招親》、《青石嶺》，也偶爾出現這樣的曲牌。從這些現象中便可得知：「楚曲」在上下場或沒有唱段說白的行動時，運用曲牌做爲過場音樂的情況已非常普遍，而且各曲牌所運用的場合，有逐漸形成定制的傾向。以下以曲牌爲序，一一例敘：

一、【畫眉序】：固定使用於飲酒的場面。

　　　《蝴蝶夢》〈試妻劈棺〉田氏與王孫成親時：

　　　　（小生占同上拜介）

　　　　（花白）請吃合巹盃。

　　　　【畫眉序】

〔註82〕齊如山在《五十年來的國劇》提到這吹打、牌子是由鼓師、琴師自行變化：「如某戲某場某處，應該怎樣打法，但若演員加一兩句話白，或添有什麼動作，便要改變打法」。收在《齊如山全集》（台北：聯經，1964）冊五，頁40～46，總2712～2718。

（花白）送入洞房。〔註83〕

《祭風臺》〈獻連環〉、〈團圓〉也都是飲酒的場面：

（淨白）先生果好計，老夫把盞三盃。

【畫眉序】

（副白）山人告辭！

（末白）君臣同飲。

（眾白）臣等把盞。

【畫眉序】。〔註84〕

《青石嶺》卷四，周義王祭奠禾雲庄後：

（生白）梓童死後，還爲江山大事。先生，日後孤王崩駕，江山大
事付與二皇執掌。

（末）領旨！臣備得有宴，與主解愁。

（生）君臣同飲。

【畫眉序】。〔註85〕

二、【哭相思】：多用於親人相見場面〔註86〕

《青石嶺》卷四周義王與兒子相見、大兒子與二兒子相見：

（末）忽聽父王宣，上殿叩龍顏。兒臣見駕。父王萬歲！

（生）皇兒吓！

【哭相思】

（生白）你母后今在何處？

（旦）御弟在那裡？

（占）你是皇兄？

（旦）御弟吓！

【哭相思】〔註87〕

〔註83〕「楚曲」《蝴蝶夢》，收在《俗文學叢刊》冊109，頁156。

〔註84〕「楚曲」《祭風臺》，收在《續修四庫全書》集部，戲劇類，冊1782，頁688、
697。

〔註85〕「楚曲」《青石嶺》，收在《續修四庫全書》集部，戲劇類，冊1782，頁724。

〔註86〕京劇中則常用於久別重逢的場面。孟瑤：《中國戲曲史》（台北：傳記文學，
1979），頁764。

〔註87〕「楚曲」《青石嶺》，收在《續修四庫全書》集部，戲劇類，冊1782，頁723、
724。

《辟塵珠》〈脫逃相會〉王桂英與母相見、〈封官團圓〉伍雲春與大舅子、岳母重聚：

> （生白）妹妹來了。
>
> （夫白）桂英在那裡？
>
> （占白）哎呀！母親吓！
>
> 【哭相思】
>
> （夫白）吾兒不必傷悲，一同坐下。
>
> （夫白）你就是賢婿？哎呀！兒吓。
>
> 【哭相思】
>
> （內白）聖旨到。〔註88〕

《烈虎配》〈大團圓〉一場則是許姣春母子重逢、劉子英、劉翠英兄妹重聚：

> （夫白）吾兒在那里？
>
> （小生白）哎呀！母親吓！
>
> 【哭相思】
>
> （花白）伯母在上，姪兒拜揖。
>
> （花白）那位小姐好像妹子翠英。
>
> （占白）你是我哥哥子英麼？
>
> （花白）正是。
>
> （占白）哎呀！兄長吓！
>
> 【夫相思】
>
> （花白）這是許夫人、羅伯父，向前拜見。〔註89〕

這幾處的用法不只相同，連劇中人物的用詞也幾乎一樣。不過有個例外，是《祭風臺》〈祭風〉一場，【哭相思】不是運用在親人相見，卻是用在孔明的消失場面：

> （生白）吩咐眾軍士一個個閉目躬身，待山人畫符拜斗。
>
> （道士白）眾軍士一個個閉目躬身！
>
> （眾白）哦！
>
> 【哭相思】（生下）

〔註88〕「楚曲」《辟塵珠》，收在《俗文學叢刊》冊 110，頁 435、470～471。

〔註89〕「楚曲」《烈虎配》，收在《俗文學叢刊》冊 111，頁 455、456。此處【夫相思】當爲【哭相思】之誤。

（夫上白）呔！孔明哪裡去了？〔註90〕

這應該是個特例吧！

三、【珠奴兒】：用於大臣對國君的啟奏〔註91〕

在這一批【楚曲】中只出現兩次，兩次都用於啟奏的情況，一次在《打金鐲》〈奏本〉：

（末白）臣有本啟。

（老生白）奏來。

（末白）容奏。

【珠奴兒】

（老生白）旨下。朕聞毛卿一本，奏道宋世傑……。〔註92〕

另一個出現在《烈虎配》〈詔召〉：

（小生白）回朝覆聖命，奇事奏明君。許姣春見駕，吾皇萬歲！

（末白）有何本奏？

（小生白）容奏。

【珠奴兒】

（末白）旨下。許卿一本，奏道馬滕云不取山河社稷……。〔註93〕

顯然都是運用在相同的情境與場合。

四、【風入松】：用於看信、看狀或寫軍令狀〔註94〕

【風入松】常常用在看信、看狀。《辟塵珠》〈洩冤除奸〉包拯看狀：

（雜白）有兄妹二人前來告狀。

（末白）呈上來！待老夫一觀。

【風入松】

果中老夫之計。將二賊帶上。〔註95〕

《打金鐲》〈拿下〉毛蓬看著宋世傑套印在衣衿內的田蓬書信：

〔註90〕「楚曲」《祭風臺》，收在《續修四庫全書》集部，戲劇類，冊1782，頁690。

〔註91〕京劇中一般作【朱奴兒】，多用於發兵的場合。孟瑤：《中國戲曲史》（台北：傳記文學，1979），頁786。

〔註92〕「楚曲」《打金鐲》，收在《俗文學叢刊》冊111，頁327。

〔註93〕「楚曲」《烈虎配》，收在《俗文學叢刊》冊111，頁440。

〔註94〕京劇中多用於發兵、回操、回山、行軍之時。孟瑤：《中國戲曲史》（台北：傳記文學，1979），頁785。

〔註95〕「楚曲」《辟塵珠》，收在《俗文學叢刊》冊110，頁462。

（外白）内有書信一封，是田大人修書到顧大人那講情。小人將衣
　　　　衿噴濕，一字套一字，寫在衣衿。大人龍目觀看。

（末白）呈上。

【風入松】

上寫家書安康安康。

（外白）大人參詳參詳。〔註96〕

《祭風臺》第十四場，曹操看著闞澤獻上的書信：

（老生白）有書在懷，不能呈上。

（淨白）鬆綁。

（老生白）書信呈上。

（淨白）待老夫一觀。

【風入松】

吓！這還了得？推出去斬首。〔註97〕

除此之外，《辟塵珠》〈金殿鬥曹〉，包文正金殿之上立下軍令狀、《祭風臺》〈二用借刀〉孔明立下軍令狀，用的都是【風入松】。【風入松】有時亦可用於奏稟事情的情況，但不同於【珠奴兒】是劇中較重要的角色向皇上啓奏事情，【風入松】多是劇中無足輕重的角色報告事情時用的曲牌：《烈虎配》〈馬驛〉嘍囉向馬洪英奏稟劉子英事、《英雄志》〈驚駭〉報子將軍情奏與劉禪知曉。【風入松】還常常用在人物上場：《青石嶺》卷二王洪孟禧上場、《打金鐲》〈告狀〉毛蓬上場，吹奏的都是這個曲牌。

五、【四邊靜】：用於略具武藝的人物行動時

【四邊靜】常寫作【四邊青】，多用於劇中配搭角色行動時，《烈虎配》一劇中多次使用。〈刧斗〉中棋盤山的強人、捕快行動時，都用此一曲牌：

（小花雜上白）刧掠生辰扛，特來酹願星。我乃棋盤山、五虎強人是也。刧了河南生辰扛，特來酹願，須速一走。

【四邊靜】

來此白馬三王廟。神聖在上……

（合白）只因河南失了皇扛，上司遣文蘭海縣，要捕眞賍實犯，並無下落，三日一比，五日一比。聞知白馬三王甚是靈驗，不免前去

〔註96〕「楚曲」《打金鐲》，收在《俗文學叢刊》冊111，頁320～321。
〔註97〕「楚曲」《祭風臺》，收在《續修四庫全書》集部，戲劇類，冊1782，頁686。

許下心願。

（介白）言之有禮一同前去

【四邊青】

來此已是。白馬尊神在上，弟子是蘭海縣差役⋯⋯

〈利市〉：

（雜丑同上）

（雜白）霸佔棋盤山，

（丑白）五虎誰敢當。

（雜白）俺扒山虎。

（丑白）俺巡山虎。

（雜白）兄弟你我奉了大哥之命，下山擄掠。須速一走。

【四邊青】

來此三岔口，那傍有一漢子，發回利市。

〈寨遇〉：

（雜丑同上）

（雜白）虎踞棋盤寨，

（丑白）刮搶客商財。

（合白）五乃李大王帳下頭目是也。奉了寨王之命掠搶。須速下山。

【四邊青】

來此山口，那傍有一漢子來了，閃在一傍。〔註98〕

六、【點降唇】：用於劇中人物上場

一般有官職在身的人物，上場多用【點絳唇】，如：《辟塵珠》〈命查珠寶〉郭槐等人上場、《青石嶺》禾雲庄、張任上場；《祭風臺》〈借刀計〉周瑜上場、〈祭風〉孔明上場；《英雄志》〈起兵〉徐盛上場；《烈虎配》〈陣會〉許姣春上場；《回龍閣》〈西涼登殿〉四朝臣上場。

不過天子上場似乎另有慣用曲牌。如《辟塵珠》〈命查珠寶〉中的宋仁宗上場用【朝天子】；《青石嶺》卷四的周義王用【步步高】。神怪角色上場也另有適用曲牌：《打金鐲》〈帝君下凡〉中魁星上場用【香柳娘】；〔註99〕《辟塵

〔註98〕「楚曲」《烈虎配》，收在《俗文學叢刊》冊111，頁381、383、416、427。
〔註99〕京劇中多用天子或行政官員上場時。孟瑤：《中國戲曲史》（台北：傳記文學，1979），頁771。

珠》〈下凡賜珠〉太白金星上場用【出隊子】；〔註100〕《青石嶺》中位歸仙班
的禾雲庄眾神，上場時用【粉蝶兒】；《辟塵珠》〈替刑〉中有法術的六眼道人
上場，則用的是【駐雲飛】。

七、【水底魚】：用於劇中人物下場

　　【水底魚】多用在人物下場，《辟塵珠》〈冒稱親誼〉王才下場、〈脫逃相
會〉家丁下場、〈回京梢風〉家人下場、《打金鐲》〈告狀〉楊春下場，用的都
是【水底魚】。不過在《祭風臺》一劇中，〈發兵〉、〈占城〉二場，所有過場
音樂完全用【水底魚】，以〈占城〉一場為例：

　　　　（四手下，小生上白）【水底魚】俺趙雲奉令攻取南郡，眾將！

　　　　（手下白）有！

　　　　（小生白）兵抵南郡城樓！

　　　　【水底魚】（四手下，正旦上）

　　　　【水底魚】（小生上桌介）

　　　　（正旦上白）呔！南郡開城！

　　　　（小生白）趙雲奉令，占了南郡，都督休怪。（下）

　　　　（正旦白）眾將！

　　　　（手下白）有！

　　　　（正旦白）攻打荊州！

　　　　（淨下白）哦！

　　　　【水底魚】（下）

　　　　（四手下，付上）俺張飛奉令攻取荊州，來！將人馬扯往荊州。

　　　　【水底魚】（付上桌介）

　　　　（四手下，正旦上白）【水底魚】呔！荊州軍士開城！

　　　　（付白）俺張飛奉令占了荊州，都督休怪。（下）

　　　　（正旦白）眾將！

　　　　（手下白）有！

　　　　（正旦白）攻打荊州！

　　　　（淨下白）哦！

　　　　【水底魚】（下）

〔註100〕京劇中多用於三公之位的人上場時。孟瑤：《中國戲曲史》（台北：傳記文學，
　　　　1979），頁778。

（四手下，外上）某關羽奉令取了襄陽，來！

（手下白）有！

（外白）轉過城樓。【水底魚】

（四手下，正旦上白）【水底魚】呔！襄陽軍士開城！

（外白）某家在此占了襄陽，都督休怪。（下）〔註101〕

人物的上下、大隊人馬的行動，都用【水底魚】這個曲牌來表現。

八、【六毛令】：用於人馬調動〔註102〕

【六毛令】多用在人馬調動時，《龍鳳閣》〈趙飛頒兵〉，中多次運用：

（小生白）將人馬扯往章義門

（眾白）哦！

【六毛令】

（眾白）來此章義門。

（小生白）須要小心。

……

（小生白）將人馬扯往羅口橋。

（眾白）哦！

【六毛令】

（小生白）趙飛轉來。

（丑白）有何話說？

……

（小生白）眾將！將人馬扯回大營。

（眾白）哦！

【六毛令】（同下）

……

（花白）眾將！將人馬扯往京地。

（手下白）哦！

【六毛令】（同下）

……

〔註101〕「楚曲」《祭風臺》，收在《續修四庫全書》集部，戲劇類，冊1782，頁696。

〔註102〕京劇中作【六么令】。多用於文官回府上朝。孟瑤：《中國戲曲史》（台北：傳記文學，1979），頁777。

　　　　（生白）將人馬扯回京中。

　　　　（眾白）哦！

　　　　【六毛令】（同下）

　　　　……

　　　　（同上）（付白）人馬扯回京師。

　　　　（眾白）哦！

　　　　【六毛令】（同下）〔註103〕

同樣的情形在《烈虎配》中也一再運用，也是大隊人馬的下場曲牌，如〈馬
孿〉中馬洪英派兵：「（淨白）將人馬扯往界牌關。（眾白）哦！【六毛令】（下）」、
〈陣會〉中馬滕雲得知許姣春領兵出征：「（正旦白）眾蠻兒！洒動人馬。（蠻
白）哦！【六毛令】（同下）」、馬滕雲對許姣春說明爲尋劉子英後的收兵：「（正
旦白）姑娘不忍殺你，各自收兵罷戰。（小生）同傳一令。（合白）眾將！蠻
兒！各自收兵。【六毛令】（下）」、〈進貢〉中馬洪英聽從劉子英之議歸降：「（淨
白）好吓！將山寨殺毀，一同歸降天朝。（嘍囉白）哦！【六毛令】（同下）」。
〔註104〕

　　　【六毛令】除了常用於人馬行動時的下場音樂，一般劇中人物的下場也
可用。《打金鐲》〈告狀〉、〈大審正法〉中毛蓬下場、〈奏本〉中姚母陳氏等人
下場，用的都是【六毛令】。行動過場也可用【六毛令】，如《打金鐲》〈盜書〉
中公差投遞提調文書：「奉了家爺之命，往信楊州下文書，馬上加鞭。【六毛
令】來此有一酒店」〔註105〕、《烈虎配》〈匹配〉中劉子英被擒：「（蠻白）南
將被擒。（正旦）綁回山寨。（蠻白）哦！（原場）【六毛令】（正旦）有請大
王」〔註106〕、《祭風臺》〈獻苦肉〉周瑜設宴請孔明：「（正旦白）備有酒宴與
先生賀功。（生白）山人叨擾。（正旦白）看宴！先生請！（生白）！【六毛
令】」。〔註107〕

　　　《祭風臺》〈過江〉對【六毛令】的運用，正是結合了行動過場及人馬調
動的典型：

　　　　（小生白）將人馬扯至江邊！

〔註103〕「楚曲」《龍鳳閣》，收在《俗文學叢刊》冊111，頁158、159、161、163。

〔註104〕「楚曲」《烈虎配》，收在《俗文學叢刊》冊111，頁378、438、439、448。

〔註105〕「楚曲」《打金鐲》，收在《俗文學叢刊》冊111，頁285。

〔註106〕「楚曲」《烈虎配》，收在《俗文學叢刊》冊111，頁444。

〔註107〕「楚曲」《祭風臺》，收在《續修四庫全書》集部，戲劇類，冊1782，頁685。

【六毛令】（下）

（生上）【六毛令】

（圍手上、搖舟上）【六毛令】（下）

（手下夫上）【六毛令】

（小生、正生上）〔註108〕

　　從「楚曲」對曲牌音樂成熟的運用看來，京劇發展成熟之後，對曲牌的
運用漸趨定型，顯然是其來有自。只可惜除陳彥衡在《舊劇叢談》中提及少
數演劇情況，〔註109〕齊如山曾舉出京劇中許多上下場時慣用的曲牌，〔註110〕
孟瑤在《中國戲曲史》提及皮黃的伴奏曲牌外，〔註111〕對此部份的研究頗為
欠缺。而「楚曲」劇作中出現的曲牌運用，雖與後來京劇慣用方式存在若干
差異，但仍為治學者提供了很好的研究資料。

　　「楚曲」在運用這些曲牌時，往往是以動作取代唱段或說白來推進劇情，
這種以精簡的曲牌過場來處理情節的方式，可以通過「楚曲」與劇情雷同的
傳奇、京劇，處理手法的比較，了解其中差異：

楚曲祭風臺	傳奇鼎崎春秋
祭風	壇中可望不可攀
（生白）身登壇臺祭東風，披髮綸巾笑談中。一陣燒破曹瞞膽，初出茅蘆第一功。山人諸葛亮，與周郎合志破曹，許他三日三晚東風。今乃甲子日期，山人沐浴齋戒，登壇禳斗。眾軍士！ （眾白）有！ （生白）站立兩旁，聽我吩咐！執五色旗旛，各按一方。左按青龍之勢，右按白虎之威，前按朱雀之狀，後按玄武之形。一不許	（孔明唱） 【鬥鵪鶉】 　暫時間除下了鶴氅綸巾 　特地把神通大顯 　身披著八卦天衣 　爐化著千行龍篆 　則見那陰陽攢聚 　費了些水火陶甄 　要把那凜凜烈烈的朔風來遣 　習習融融的吹花來變

〔註108〕「楚曲」《祭風臺》，收在《續修四庫全書》集部，戲劇類，冊1782，頁690。

〔註109〕陳彥衡：《舊劇叢談》中認為京劇運用曲牌音樂，是直接承襲自崑曲，完全忽
　　　　略了「楚曲」已開始固定使用某些曲牌於特殊情境的事實。收在《清代燕都
　　　　梨園史料》正續編（北京：中國戲劇，1988），頁849、853。。

〔註110〕齊如山：《上下場》一書，對京劇中人物上下場慣常使用的方式有所說明，但
　　　　其中並非專談曲牌，還包括了動作、鑼鼓。收在《齊如山全集》（台北：聯經，
　　　　1964）第一冊，頁291～346。

〔註111〕孟瑤：《中國戲曲史》（台北：傳記文學，1979），頁483～484。

交頭接耳，二不許語笑喧嘩，如不遵者，立時斬首！

（眾白）哦！

（生白）一朝權在手，且把令來行。

【？】〔註112〕

（夫走一場下）

（生白）吓，方纔東風一起，猛一陣殺氣湧上壇臺，是何故也？哦，是了！想是周瑜差人前來刺殺與我。趁此機會，不免逃回江夏去吧！來！

（道士白）有！

（生白）吩咐眾軍士一個個閉目躬身，待山人畫符拜斗。

（道士白）眾軍士一個個閉目躬身！

（眾白）哦！

【哭相思】（生下）

（夫上白）呔！孔明哪裡去了？

（道士白）不見了，想是走了！

（夫白）待我趕上！（下）

（道士白）呀呸！你們在此做什麼？

（眾白）閉目躬身！

（道士白）你們來看，東風也起了，軍士也去了，我們肚裡也餓了，要回家去吃飯了，看你們怎麼得了！〔註113〕

雖則是建黃旄颭繡旂

壇場咫尺

卻可也揮黑帝迓東皇

道里由延

（白）祭風台上建奇功，力免東南震旦風。萬里煙雲皆掃盡，周郎從此振江東。山人奉周都督之命來借東風，今乃仲冬甲子，數定丙寅日起風。凌將軍（凌統暗上應科）

（孔明白）著你傳齊眾將，按方佈立，可曾齊備否？

（凌統白）俱已齊備。就請軍師登壇。

（孔明白）你且迴避了。（凌統下）

（孔明唱）

【紫花兒序】

但則見象包太極

虛空闢建

羅列著周天度日月星辰

統領著閻浮界岳瀆山川

配合了坎離卯酉

佈定著子午坤乾

這眞詮

只看俺羽葆鸞旌翠蓋翻

香凝了寶篆

道洽了先天

術奪了人權

（白）待我踏罡步斗者。（唱）

【天淨沙】

須索要珮珊珊

恭擎象簡朝元

意澄澄瞻天法力精虔

向中央雙引鸞旌步斗

趨天風指揮如願

好看著霧騰騰東風在空際盤旋

〔註112〕原劇本模糊不清，難以辨認，但可確認的是此為吸收自曲牌的過場音樂，故周傳家、孟繁樹以【□□□】表示，收在《明清戲曲珍本輯選》，頁615。

〔註113〕「楚曲」《祭風臺》，收在《續修四庫全書》集部，戲劇類，冊1782，頁690。

（雜扮青帝天將風神十八姨眾上唱）

【寨兒令】

　　駕颼輪躡紫煙

　　蒼龍扶馭掣雷鞭

　　只為著借令司權

　　因此上符使周旋

　　總只聽號召莫俄延

　　須則是憑噫氣廣漠無邊

　　用不著激怒濤吼日掀天

　　限三朝能足用

　　待一舉顯英賢

　　憐把那曹兵千百萬喪黃泉

（青帝天將風神十八姨眾轉下）

（孔明唱）

【禿廝兒】

　　只見那旂旛影顫

　　分明是青帝秉權

　　這的是天助英雄把逆寇殲

　　笑奸曹頃刻裡喪烽煙

　　方顯得巧計回天

（白）你看東風將起，不免下壇去者。凌
　　　將軍（凌統暗上應科）

（孔明白）這是都督令箭在此，不可亂
　　　　　動，待等都督令到，方可下
　　　　　壇。

（凌統應科照前白）

（孔明白）迴避。（凌統下）

（孔明唱）

【尾聲】

　　今日裡借東風助周郎便

　　只恐他害吾行旋生機變

　　傳語他把百萬曹兵各保全

（白）周郎周郎

（唱）空用爾妒賢毒計枉徒然（下）

（雜扮小軍引雜扮丁奉徐盛上唱）

【縷縷金】

奉都督密令宣

要把諸葛害莫矜憐

遙望壇台近

殺伊快便

（丁奉白）孔明力借東南風，擅奪天地之權。今不殺孔明，為禍不小。為此奉周都督之命，上台殺之。來此壇中，怎麼寂寂無聲？凌將軍！

（凌統上白）這是都督令箭，為何拋棄在地？二位請了！

（丁奉徐盛白）眾將怎麼，為何不動？

（凌統白）孔明有令，眾將按方播定，不許擅動。

（丁奉白）孔明在那裡？

（凌統白）方纔下壇去了。

（丁奉白）不好了！凌將軍，孔明是逃走了。看東南風大起，你們還不下壇？在此作什麼！

（凌統白）眾將官就此下壇去。

（眾白）是！（眾下）

（徐盛白）嗄，有了！不免駕舟趕去擒他便了。

（唱）江邊不見費俄延

　　　登舟去如箭登舟去如箭〔註114〕

「楚曲」以說白交待祭風時的布陣，傳奇卻是以唱詞表現天象的變化。在傳奇裡，諸葛亮祭風，唱了【鬥鵪鶉】、【紫花兒序】、【天淨沙】三支曲子，以表現祭風時的各種身段，接著又安排了神怪情節，以青帝風姨唱【寨兒令】，表現神鬼之助，重點放在祭風時的「邊唱邊做」。「楚曲」此場中完全沒有唱曲，祭風的種種身段是「只作不唱」，在過場音樂中表現。二劇中的孔明，都是在命令士兵不可亂動時逃走，不過在傳奇中，孔明得唱【尾聲】以交待周瑜的妒賢，如此方能利用依附在唱曲中的「作表」下場；而「楚曲」卻利用另一個過場音樂【哭相思】，取代了傳奇的大段唱詞，不用再有其他唱段的交待，就從祭壇上消失。由於傳奇必須依賴唱段才能表現情節，卻因「曲」的

〔註114〕清宮大戲《鼎峙春秋》第五本下。收在《古本戲曲叢刊》（上海：上海古籍，1964）第九集，頁50～53。

抒情特質，常把表現重心由「情節高潮」模糊轉移成「情感高潮」，而「楚曲」在表達「情節高潮」時，不一定得靠唱段表現，因此多了許多選擇迴環的餘地。〔註115〕

　　不過這樣精簡的情節處理，有時又掩蓋了傳統戲曲中的特質，使得「情感高潮」難以盡情表現，所以京劇又反過頭來，在這些過場中加工，以表現劇中人物在特殊情境下的心理狀態及感受。如「楚曲」《辟塵珠》〈金殿鬧曹〉包拯在金殿之上與曹真立下軍令狀一事，是以曲牌【風入松】過場，演員就在舞台上模擬寫軍令狀的形態，比畫兩下就交待過去了；《梨園集成》中的京劇則多所發揮：

楚曲辟塵珠	梨園集成碧塵珠
回京梢風	第四回
（淨白）立下軍令狀！ （末白）你敢寫 （淨白）我就寫 【風入松】〔註116〕	（宗白）二卿就此立下文約。 （包白）國舅大人請。 （眞白）讓你先寫。 （包白）有荐了！ （唱）　怒氣不息包血淋 　　　生死文約定輸贏 　　　龍書案前領王命 （眾白）請！ （包唱）手執羊毫寫分明。 （才白）大人，他們奸臣保奸臣，我們忠臣保忠臣。 （包唱）上寫南衙包文整 　　　下寫皇親名曹眞 　　　若是謀財害人命 　　　請主聖問典刑 　　　搜洗若還平安 　　　淨立斬人頭見明君 　　　當今天子不敢寫

〔註115〕只是這樣的表現，光看劇本，看不見任何的演出指導，有時會令人難以捉摸，不知道此處劇情該如何銜接。如前所舉《祭風臺》〈過江〉的例子，在人物的上下或在場上時，應有很多身段作表的配合，只是在「楚曲」劇作中，看不出任何的動作指導，只能從一般慣常理解的表演程式上著手。

〔註116〕「楚曲」《辟塵珠》，收在《俗文學叢刊》冊110，頁442。

	（白）　　烈位大人！
	（眾白）包相！
	（包唱）伏儲尊諱作証明
	（白）　　國舅大人，你也寫。
	（眞唱）自悔出大太太烈性
	包文整他是鐵面無情
	害人害自命
	天理循環報分明
	金殿施禮烈公請
	（才白）請吓！請吓！
	（眞唱）未提羊毫先戰競
	誰輸誰贏定未知〔註117〕
	（大夫）文卷借尊名。
	（宗白）妙吓！
	（宗唱）二卿精忠王有倖
	海晏河清昇平

京劇《碧塵珠》在這個部份，增加包文整及曹眞的唱段，一個是怒氣不息、生死置之度外的直道而行；一個是心中有鬼，卻又不能不硬著頭皮撐著場面；而宋仁宗則是一副看熱鬧的心態。這樣的安排，顯得比較豐滿有致。

　　同樣的情節，傳奇與京劇多所發揮，「楚曲」卻以最精簡的過場音樂加上作表處理；雖繁簡有異，但「楚曲」無疑開創出了一種特殊的表演方式，這在戲劇的進行上，自有其特色。

〔註117〕京劇《新著碧塵珠》，收在《續修四庫全書》集部，戲劇類，冊1782，頁533。

第三章　長篇楚曲敘事結構分析

　　雖然中國戲曲是一種綜合的表演藝術，但在未搬上舞台前，依然只是文本形式的劇本。對於如何寫好一個演出的劇本，換言之，即是如何「說」一個故事？是用說的、唱的、演的？怎麼說？自道家門、他人陳述、二人對話？是誰去說？是那一個角色去說？生、旦、淨、末、丑？在在都有著許多的問題。這種針對戲曲故事如何鋪陳、開展的各種方法及型態，便是本文所稱之「戲曲敘事」。〔註1〕

　　傳統「戲曲敘事」不同於小說可以有倒敘、插敘的寫法，都是沿著「事隨人走」的順敘敘述。〔註2〕明清傳奇的戲曲敘事是以「折」（齣）為結構單元，受制於戲曲角色的類型、固定的性格特徵，〔註3〕以及表演時各角色之間的勞逸及場面冷熱、〔註4〕甚至劇團人數不足時一人需換裝改扮以飾數角。且

〔註1〕 傳統上皆將古典戲曲理論分為曲論、劇論兩部份。然譚帆、陸煒：《中國古典戲劇理論史》（北京：中國社科，1993）則分為曲學體系、劇學體系、敘事體系。其實這樣的分類恐怕還有問題，特別是劇論體系和敘事體系如何區隔？吾意以為，三者間有太多難以畫分的界線，故三者關係應為三個交疊的圓圈，各有重覆之處。本文沿用學界慣用曲論、劇論二類畫分，本文所言「敘事理論」，亦依古典劇學中的劇論為主，有關戲曲音樂的問題，本文暫不討論。

〔註2〕 相關問題可參見林鶴宜：《規律與變異：明清戲曲學辨疑》（台北：里仁，2003），及李曉：《比較研究：古劇結構原理》（北京，中國戲劇，1989）。

〔註3〕 〔明〕馮夢龍：《墨憨齋重定新灌園傳奇》總評：「舊記丑淨不能發科，新劇較之，冷熱懸殊」。此評於《古本戲曲叢刊》及上海古籍出版之《墨憨齋定本傳奇》皆未見，引自《中國古典戲曲序跋編》（山東：齊魯書社，1989），頁1341。

〔註4〕 〔明〕祁彪佳：《遠山堂曲品》，評高濂《節孝記》：「《賦歸》十六折，而陶凡十五出：《陳情》十六折，而李凡十三出：不識場上勞逸之節」，收在《中國古典戲曲論著集成》（北京：中國戲劇，1959）第六冊，頁50。馮夢龍《墨憨齋新定

傳奇多以生旦爲故事主角，故生旦對位發展的敘述，爲主線情節；分開的時候是花開兩朵，各表一枝；但終究交會貫穿全劇。其他腳色則產生副情節線、輔佐故事進行，也交錯穿插其間，幫忙製造劇情的高潮起伏。因應傳奇寫作的特殊情況，因此產生戲曲「敘事程式」。而這樣的「程式」，是「人物的表演節奏、感情節奏和相應的音樂節奏、舞台節奏的綜合體」。〔註5〕林鶴宜更清楚地將「傳奇敘事程式」區分爲「結構性程式」：傳奇結構上所必有的情節段落，如生腳上場、旦腳上場、生旦分合、團圓旌獎；「環節性程式」：指非結構上所必須，但卻是傳奇敘事環節所常見的情節段落，如求取功名、平亂立功、思念自嘆、遊賞、訓女、幽會歡愛、神怪或夢境等；「修飾性程式」：指由曲或白組成的「敘事段落」，規模比「結構性程式」和「環節性程式」小，如上場詩、詞、古風、數板等。〔註6〕

傳奇體製定型及規範化後，〔註7〕由於劇作長達數十齣，劇作家又受制於敘事時的種種限制，於是在傳奇敘事中，難免出現了一些雷同的情節，如求取功名、平亂立功、思念自嘆、敘志、送別、遊賞、訓女、幽會歡愛、神怪或夢境、打諢過場、生旦分合、錯認誤會、驛館相逢、團圓旌獎等。在上、下兩卷結束時的「小收煞」、「大收煞」，也可以算是一種套式的安排。劇作家可以運用這些已有的套式，盡情的以優美的文詞，以深化渲染、獨白詠嘆等方式，抒寫劇中人物的情懷抱負，刻畫內心感受；這便是因應傳奇體製而產生的敘事方式。

許子漢整理明代二百零七部傳奇後，得出了六十種在明代傳奇中最少出

瀲雪堂傳奇》總評：「是記情節關鎖緊密無痕，插科亦俱雅致，惟腳色似偏累生旦」。收在《馮夢龍全集》《墨憨齋定本傳奇》（上海，上海古籍，1993），頁1587。

〔註5〕 這是范鈞宏對「程式」的定義。同文中還提到：「落筆於劇本的是文字語言，意在筆先的卻是表演程式」、「如果說，劇曲劇本離不開結構和語言，那麼同樣也不能離開程式」。〈程式——編劇的基本功〉一文，收在《戲劇編劇論集》（上海，上海文藝，1982），頁71、74。

〔註6〕 詳見氏著：《規律與變異：明清戲曲學辨疑》（台北：里仁，2003），頁63～125。

〔註7〕 明清傳奇劇本體製的問題，李漁提到的「家門」、「沖場」、「出腳色」、「小收煞」、「大收煞」，郭英德在錢南揚的研究基礎上，提出「題目」、「分齣標目」、「分卷」、「齣數」、「開場」、「生旦家門」、「下場詩」七個部份，作爲傳奇體製的特點。本文就其與結構有關的「家門」、「沖場」、「出腳色」、「大收煞」（封官團圓）等部份，作爲傳奇體製的特點。郭氏：《明清傳奇史》（南京：江蘇古籍，2001），頁52～58。這個論點在郭氏：《明清傳奇戲曲文體研究》（北京：商務，2004）第二章亦有同樣且更詳細的説明。

現過三次以上的「敘事套式」：送別、感嘆思憶、拜月燒香、製寒衣、祭奠、慶壽、酒宴、遊覽、觀燈賽社、驛館重逢、婚禮、團圓旌獎、行路（舟）、逃難、途中相會、追趕、打圍、起兵、演陣、交戰、奏朝、御試、審案、冥判、進諫、探報、琴挑、傳情、寫眞、玩眞、邂逅、窺探、夢遇、幽媾、魂遊、索物責問、辭婚、拒嫁、商議託付、設陷謀害、請媒、圓夢、相命、道場法事、鬧醫、試場、鬧廚、講學、勸農、訓戒、敘志、逼試、投庵、神示、探獄、割股、閱卷、說法、船難、投江，便是因爲傳奇敘事的固定模式而產生。〔註8〕

　　林鶴宜在《規律與變異：明清戲曲學辨疑》貳、〈論明清傳奇敘事的程式性〉，提出：

　　　一部傳奇的情節線包括生、旦相互對稱、配合的兩條「主情節線」；

　　　加上一條用來調劑排場文武鬧靜或誇逞生腳韜略的「武戲情節線」；

　　　視故事的不同，又可搭配一條鋪陳反面人物行動的「對立情節線」；

　　　或是一條正面人物幫助生旦的「輔助情節線」。這五條情節線的組

　　　合，可以說是傳奇敘事程式的基架。〔註9〕

　　由於傳奇的「敘事程式」與「敘事套式」，都是結合「排場」及「音樂」共同形成，但「楚曲」唱板腔體的音樂結構，已與傳奇唱曲牌的音樂有明顯差異，故本文無法運用「程式理論」，僅能就結構部份分析「楚曲」與傳奇之間的變異情況。且本文所指「敘事套式」——僅指中國戲曲中常見的「情節安排」，做為分析。本文借用林鶴宜提出的「主情節線」、「武戲情節線」「對立情節線」、「輔助情節線」概念，分析「楚曲」內在敘事結構的情況及變化。長篇「楚曲」的體製表面上看似與傳奇相同，但內容結構卻有所不同，也就是擺脫了因傳奇體製帶來的敘事方式，而有屬於「楚曲」的敘事方法。這種體製的繼承與變化，更可突顯清代戲曲發展史上，「花雅」戲曲的交流與互動關係。〔註10〕

　　「楚曲」在沿用傳奇體製的同時，由於音樂的變化，使得戲劇結構也連

〔註8〕不過許子漢是以「襲用關目」命名，本文爲避免陷入傳統戲曲名詞多有歧義的情況，故不稱「關目」。以上套式，詳見氏著：《明傳奇排場三要素發展歷程之研究》研究資料甲編〈襲用關目〉（台北：國立台灣大學，1999），頁247～337。

〔註9〕詳見氏著：〈論明清傳奇敘事的程式性〉《規律與變異：明清戲曲學辨疑》（台北：里仁，2003），頁76。

〔註10〕由於目前可見同時期的梆子腔劇作《刺中山》、《畫中人》，完全不具有傳奇體製的外貌，光在形式上便有天壤之別，但是那樣的比對，反不能突顯板腔體戲曲敘事的特殊性，因此本文並不將之列入討論，而以十個長篇「楚曲」爲主。

帶產生變化；由傳奇曲牌聯套的「分齣」制，變爲以「人物上下」爲主的「分場」制。這樣的轉變有助於音樂與戲情的緊密結合，更自由靈活地運用唱段鋪展劇情、刻畫人物、描寫心情、表現衝突，更進而造成戲劇整體表現的差異。所以在運用傳奇「主情節線」、「輔助情節線」等概念之前，先得說明「楚曲」劇中，由於不必然只運用傳奇以「生」、「旦」爲主角的定制，也就是打破了「角色定制」而帶來的「結構制約」；因此「主情節線」所指，也就不一定僅適用於劇中生旦所發展出的線索，而是依「事隨人走」的安排，以劇中故事情節圍繞的角色，作爲判斷主角的依歸。在傳統戲曲「事隨人走」的情況下，不以生旦爲劇作主角的劇本，就不會出現「生旦分合」的情況等傳奇必備的情節段落，連帶的影響到整個敘事情節脈絡的發展。不過，爲說明「楚曲」與傳奇之間繼承與變異的種種形態，本文還是依「生」、「旦」作爲區別情節線的參考依據，若有「生」、「旦」角色貫穿全劇的安排，〔註11〕仍視之爲主情節線。

目前可見的十個長篇「楚曲」中，依主情節線的的安排，大致可分爲二類：第一類是依生旦對位結構安排的劇作，《回龍閣》、《二度梅》、《辟塵珠》、《打金鐲》、《烈虎配》、《祭風臺》即屬此類；第二類則是擺脫生旦對位結構的劇作，《魚藏劍》、《上天臺》、《龍鳳閣》、《英雄志》屬之。

以下「結構線」的標記，「生」：表示以生爲主的情節線；「旦」：表示以旦爲主的情節線；「對立」表對立情節線，通常是迫害劇中主角的情節發展；「輔助」表輔助情節線，通常是幫助主角的情節發展，或是與主角有關的情節線；「武戲」指武戲情節線，通常指武打、對陣、交戰情節，若武戲情節與其他情節線等融合，便歸之於其他情節線中，不另外列出。

第一節　生旦對位及其變形結構布局的長篇楚曲

這一類有「生」、「旦」角色貫穿全劇的「楚曲」劇作，最接近傳奇的「生旦對位情節發展」。然而由於「楚曲」題材的選取與表現方式，與「十部九相思」的傳奇表現方式有異，因此看似「生旦對位」，但在內容、實質上卻產生

〔註11〕「楚曲」中的「生旦」並不完全等同於傳奇中以第一男女主角爲正生、正旦，次於主角的第二主角爲小生、小旦的情形；而是依劇中人物年齡及性格區分爲正生、小生、正旦、小旦、貼。因此在分析長篇「楚曲」敘事結構時，「生旦對位發展」也包含了主角爲「小生」、「小旦」、「占」的類型。

了變化。本節將類似傳奇以生旦為主的劇作，稱為「生旦對位情節發展」。至於劇作中雖有生旦角色安排，但旦角的戲份，被另一條主線的「生」角吃掉；或雖以生旦為主角，但因生旦關係不同於傳奇的情人或夫妻，因此劇情結構產生變化的一類，稱為「生旦對位情節發展的變形」。

一、生旦對位情節發展類型

（一）回龍閣

《回龍閣》內容情節、結構線、體製與敘事套式分析：

回　目	內　　容	結構線	體製與敘事套式
報場	劇作大要		副末開場
1 開場	貧貴自嘆。王允奉旨，為寶川彩樓招親。	生	出角色
2 王三姐遊花園	寶川夜夢，後花園遇貧貴，見貧貴身罩紅光，得知神示將應在此人之身，故與之私定終身，告知彩樓招親之事。	生、旦	出角色、邂逅、鬼神情節
3 王三姐拋打彩毬	寶川彩樓招親，因神明之助，貧貴接獲彩毬。	生、旦	打諢情節、鬼神情節
4 西蓬擊掌	王允逼寶川另嫁，寶川不肯與父擊掌為誓，寧嫁貧郎，且不回娘求援。	旦	拒嫁
5 薛貧貴借糧	貧貴向岳母借糧，回程途中遇到王允，被打氣絕，賴神仙所救。	生、旦	鬼神情節
6 代戰王進表	代戰王欲興兵攻打中原，唐天子掛招軍榜，以平賊寇。	輔助	起兵情節
7 貧貴投軍	金甲神奉旨下凡，將紅騌馬送至紅沙澗與貧貴立功。貧貴見招軍榜，欲從軍立功，與寶川話別。貧貴投軍，連射三箭，皆中紅心。	生	鬼神情節、生旦分離、演陣
8 貧貴降馬	貧貴奉命降妖，得紅騌馬。皇帝封官，被王允阻攔，僅得先鋒一職。	生	鬼神情節
貧貴別窯	貧貴與寶川話別，二人難分難捨。	生、旦	生旦分離
10 貧貴征西涼	貧貴與西涼軍對陣獲勝。魏虎假意與貧貴慶功，將其灌醉，綁在馬上送至番營，欲置貧貴於死地。	生	會陣、設計陷害
西涼登殿	代戰公主巡營時查獲貧貴，被代戰王收為半子女婿。成親之時，代戰王駕崩，貧貴登基為西涼王。	生	婚禮慶賀

報場	劇作大要		副末開場
開場	蘇龍、魏虎二人商議搬師回朝	對立	
盼窯訓女	王允探寒窯，勸寶川回相府。寶川歷數舊事，堅不從命。	旦	訓女、敘志
20 哭窯修書	寶川寒窯修書，鴻雁傳信，貧貴接信，欲回窯探視。貧貴難以向公主解釋來龍去脈，故設計灌醉代戰公主，連趕三關，代戰公主追趕。	生、旦	鬼神情節
21 貧貴回窯	貧貴回吳家坡，遇寶川，假意試妻。	生、旦	相逢前的挫折
寶川跑坡	寶川回窯，將貧貴關在窯外。誤會解開，寒窯相見。	生、旦	重逢
回龍閣進府拜壽	王允生日，寶川因貧貴還鄉，打破誓言，回到相府拜壽。王允、魏虎、銀川皆勸寶川改嫁。寶川回窯，帶著貧貴至相府，欲與魏虎算清十八年糧餉。	生、旦	慶壽、責問、敘志
回龍閣貧貴算糧	貧貴、魏虎登殿算糧，王允奏稟代戰公主造反，皇帝命平出征，王允派高士繼暗殺貧貴。士繼發現貧貴有金龍罩身，知其為真命天子，助貧貴與代戰公主反長安，此時唐天子駕崩。	生	鬼神情節
貧貴登殿團圓	貧貴得了大唐江山，獎善懲惡。王允雖為惡不小，但念在寶川情面，封個閒官；寶川、代戰公主二女共掌後宮，一家團聚。	生、旦	團圓旌獎

本劇屬「生旦對位」的情節布局，「主情節線」有：「生角上場」——〈開場〉的自嘆敘志、「旦角上場」——〈王三姐遊花園〉、「生旦分離」——〈貧貴別窯〉、「相逢前的挫折」——〈貧貴回窯〉、「生旦重逢」——〈寶川跑坡〉、「團圓旌獎」——〈貧貴登殿團圓〉。由於是二女配一男的情節安排，照傳奇慣例，當另有代戰公主一線，但本劇代戰公主這部份，並未另成一線，也沒有和「武戲情節線」結合，而是與生扮貧貴的主情節線合而為一，因此本劇主要還是以「生、旦對位」為主的兩條「主情節線」發展。〈代戰王進表〉是「武戲情節線」與「輔助情節線」合而為一的一場，第三卷的〈開場〉勉強稱得上是「對立情節線」，除此之外，全為生旦的場次。

本劇情節的進展與安排，與傳奇已大不相同：相較於傳奇旦角上場，多借遊園、觀花，抒發內心情懷，為抒情寫志的安排；此處的花園，只是一個

男女主角相遇的場景，重點不在寶川的內心情懷抒發，而在神示的印證及寶川的私訂終身，直接進入劇情發展。本劇雖是依生旦對位的情節布局展開故事，但以生、旦為「主情節線」交錯發展的部份〈王三姐遊花園〉、〈王三姐拋打彩毬〉、〈薛貧貴借糧〉、〈貧貴別窯〉、〈哭窯修書〉、〈貧貴回窯〉、〈寶川跑坡〉、〈進府拜壽〉、〈登殿團圓〉，多過於生、旦各自分離的的情節線，生旦關係非常緊密。

在雙線結構的劇作中，兩條「主情節線」各自有高潮的起伏與發展。寶川一線的衝突點爆發在〈西蓬擊掌〉，〈盼窯訓女〉是第二次的衝突；只是兩場中間夾雜了許多其他的場次，在衝突的攀升推進過程，受到阻隔，無法一氣呵成。貧貴一線的情況稍好一些，從〈薛貧貴借糧〉的「發展」，到〈貧貴投軍〉的「逆轉」，到「貧貴征西涼」的第一個高潮，劇情安排算是比較集中的。兩線交會後的跑坡、拜壽、算糧，高潮不斷，營造出最後的〈登殿團圓〉。

全劇在體製上與傳奇及其他長篇「楚曲」不太相同的地方，是有兩個〈報場〉與〈開場〉，不知是否與貧貴出征十八年有關；因為在一、二卷貧貴、寶川由小生、小旦扮，到了三、四卷卻都成了正生、正旦扮，貧貴由小生換成戴髯口的生角；兩個報場的區隔條件，正是以十八年前、十八年後為基準。〔註12〕不過全劇最後的「團圓旌獎」，卻是與傳奇敘事模式並無二致。

《回龍閣》運用了非常多傳奇常見的「敘事套式」，如：鬼神情節、邂逅、拒嫁、起兵、生旦分離、演陣、會陣、設計陷害、婚禮慶賀、訓女、敘志、相逢前的挫折、重逢、慶壽、責問等；但與傳奇慣用的方式略有不同，屬於「敘事套式」的變形運用。如傳奇一般以「打諢過場」作為劇情冷熱的調劑之用，或以其他輔助情節線安排，給予主角有休息緩衝的餘地，但在《回龍閣》中除了〈代戰王進表〉及三、四卷的〈開場〉外，幾乎不太運用。從整體布局而言，幾乎是只存在生旦為主的主情節一線，其餘輔助情節線、對立情節線都交融於主情節線之中，不若傳奇的各條線索判然分明，時而交錯、時而分離。這樣的作法使劇情集中、進展快速；但所有戲份過度集中在生旦身上，飾演貧貴的演員尤其辛苦，除了前述兩場調劑緩衝的場子，以及以旦為主的〈西蓬擊掌〉、〈盼窯訓女〉二場之外，幾他乎是從頭演到尾。

〔註12〕「楚曲」《回龍閣》，當寶川打開窯門，見到貧貴時，唱了一句：「我丈夫那有項下五柳髯」，此處演員的裝扮必定得和唱詞相應才是。收在《俗文學叢刊》冊 109，頁 525。

在種種的「敘事套式」中，本劇又過份依賴「鬼神情節」，幾個劇情重要轉折之處，都與「鬼神」有關：

> 寶川夜夢，後花園遇貧貴，見貧貴身罩紅光，得知神示將應在此人之身，故與之私定終身，告知彩樓招親之事。（王三姐遊花園）

> 寶川彩樓招親，因神明之助，貧貴接獲彩毬。（王三姐拋打彩毬）

> 貧貴向岳母借糧，回程途中遇到王允，被打氣絕，賴神仙所救。（薛貧貴借糧）

> 金甲神奉旨下凡，將紅騍馬送至紅沙澗與貧貴立功。（貧貴投軍）

> 貧貴奉命降妖，得紅騍馬。（貧貴降馬）

> 寶川寒窰修書，鴻雁傳信，貧貴接信，欲回窰探視。（哭窰修書）

> 貧貴、魏虎登殿算糧，王允奏稟代戰公主造反，皇帝命平出征，王允派高士繼暗殺貧貴。士繼發現貧貴有金龍罩身，知其為真命天子，助貧貴與代戰公主反長安。（貧貴算糧）

由於劇中主角薛平（貧）貴為帝王的身份，中國自古便有「真命天子」「鬼神庇祐」的傳統，所以劇中多處以「神鬼情節」來鋪展劇情，其實有烘托「天命不凡」的意義存在；但從另一角度思考，當劇情鋪敘動不動就以鬼神靈應為轉折契機，也顯出作劇者的編劇技法不佳，無法用其他更好的方式來鋪展劇情。

（二）二度梅

《二度梅》內容情節、結構線、體製與敘事套式分析：

回　目	內　　容	結構線	體製與敘事套式
報場	劇情大要		副末開場
1 上壽	梅良玉為母祝壽，梅魁陞任內閣官員，立志要除卻奸黨、整理朝綱。 梅魁至京，與陳日升、黨茂修敘志。	生	出角色、慶壽、敘志
2 斬梅魁	梅魁奉旨至盧杞府祝壽，言語間得罪盧之乾兒黃嵩。盧杞上殿誣陷梅魁私通番邦，皇帝下詔陳日升北征，梅魁正法。	對立	慶壽、設計陷害
水淹殺場	梅魁綁赴法場，為神所救，飄至蒼松處。蒼松與之結拜。	輔助	鬼神情節

3 良玉投親	屠申報信，告知梅魁斬首，梅家全家將被捉拿進京。梅夫人得信，與良玉分頭逃走。良玉投奔岳家，喜童假扮良玉，先探口風。豈知侯鸞乃奸賊一黨，欲押解喜童進京，喜童爲絕後患，服毒自盡。	生	設計陷害、逃難、忠僕替死
4 梅良玉疑花	良玉得知喜童替死，前途茫茫上吊自盡，被僧人所救，在壽菴寺當花童。陳日升削職還鄉，至壽菴寺見兄，將花童領去。	生	自盡、投菴
祭梅	良玉對景自嘆。陳日升以梅花開放，且爲梅魁祭日，特備祭禮祭奠，引動良玉孝思。不料天降冰雹，打落滿園梅花，陳日升因而絕望，欲訪道求仙。杏元、春生阻之，以三日爲期，若梅開二度，陳日升便不修行。	生、旦	旦角上場、自嘆、祭奠、鬼神情節
囑梅重開	杏元花園祝告，玉帝令梅花重開，以示梅氏重興之兆。良玉心喜，於壁上題詩，被陳日升詰問，只能表明身份。日升將其收在門下，與春生共攻書，並將杏元許配良玉。	生、旦	鬼神情節
杏元罵相	盧杞上奏，皇帝令杏元和番。日升書房考覽良玉、春生課業。盧杞帶聖旨至陳府，杏元罵相。	旦	考文
杏元和番	良玉、春生奉命護送杏元上路。母女分離。	生、旦	送別
重臺分別杏元贈釵	盧杞爲回京繳旨，命黨茂修爲押送官。良玉、杏元重台話別，杏元贈良玉金釵一枝，二人各贈詩留念。	生、旦	生旦分別
杏元投崖	昭君廟前眾人分手。昭君神示，要杏元投崖。杏元依示，投崖自盡，爲力士所救。翠環假扮杏元，代爲和番。	旦	神示，自盡、鬼神情節
11 杏元落花園	鄒雲英花園降香祈福，杏元被力士送至鄒家花園。鄒夫人念其孤苦，收爲義女，並與雲英姐妹相稱。	旦	鬼神情節
12 良玉遇鄒公	因杏元罵相，得罪盧杞，日升被押入天牢，軍士奉旨捉拿良玉、春生。黨茂修代爲遮掩，助二人脫逃，二人黑夜中走散。良玉被當成賊人送至鄒伯符處，鄒伯符考其文才，收在門下使用。	生	追趕、行路
春生投水（上）	春生與良玉走散，無以爲生，投江自盡，爲周氏母女所救，周母並將玉姐許配春生。	生（二線）	投江
搶親	江魁見玉姐美色，欲搶玉姐爲偏房。春生賣魚，回來不見玉姐，至按院告狀。	對立	

春生投水（下）	春生府院告狀，邱仰占審案，將江魁收監。邱仰佔二堂審案，得知春生真實身份，收為義子，並與梅母見面。	生（二線）	審案、相會
20 書房思釵	良玉改名為穆榮，奉命至鄒家住下。無事之時，賞釵憐念，感傷流涕，被丫環發現此一情況。	生	玩真（變形）
21 失釵相思	春香至穆榮書房探究，將金釵拿走。良玉回房後，發現金釵不見，氣急攻心而病倒。春香將金釵交給雲英，正巧被杏元所見，杏元誤以為良玉不在人世，也氣急攻心昏倒。	生、旦	重逢前的阻隔
22 請醫問詰	鄒夫人延醫為二人看病，卻不知其病之由。穆榮要夫人賜棺朝北埋葬，杏元要夫人買棺朝南埋葬。杏元於病重之時，終於將身世和盤托出，並出金釵來歷。鄒夫人懷疑穆榮即是梅郎。	生、旦	請醫
23 探病究根	鄒夫人探病，穆榮卻不吐實情。杏元說出二人贈詩，鄒夫人讓春香在書房門外以詩試穆榮。	生、旦	
24 以假試真	春香書房外假扮杏元，以詩試探穆榮，得知穆榮即是良玉，卻被良玉發現是春香而非杏元。鄒夫人探望良玉，告知金釵仍歸舊主。	生	
25 春香探花	春香奉命探病，遇良玉花園散步。良玉苦苦求問，並至中堂拜見鄒夫人，得知真象。	生	
26 池邊相會	杏元打扮停當，至池邊等待良玉。鄒夫人花亭擺宴，邀梅良玉共飲。良玉花園散步，與杏元相會。二人互訴別後種種，夫妻重圓。	生、旦	相會
27 指釵為聘	雲英與杏元因先前曾立「同房同穴」之誓，故杏元設計，以釵為聘，二人同許良玉。	生、旦	
28 朝回妥婚	鄒伯符返家，鄒夫人告知前因後果，及杏元巧計，大小女兒同許良玉之事。	生、旦	
29 二生途遇	良玉、春生皆進京趕考，二人途中相會，歷數過往種種遭遇。 二人同榜及第。	生、生（二線）	途中相會、試場
30 拜府逼婚	新科進士至相府拜見，春生被黃嵩逼婚，要春生停妻，另娶盧杞之女。春生掛冠逃走，盧杞派人馬追趕。	生（二線）	追趕
31 午門毆杞	盧黃此舉引起公憤，眾舉子午門毆打盧黃二人。二人御前告狀，皇帝召來主考官問明因由。馮樂天建議聖上直接審問下第舉子，皇帝將二人下獄令三司詳審。	輔助	奏朝

32 大審盧杞	三司會審盧黃二人。沙陀國起兵，皇帝命盧杞女和番。盧杞受刑不過，供出害梅魁、陳東初二家實情。	輔助	審案
33 明冤尋父	眞象大白，良玉、春生復姓歸宗，盧黃二人打入天牢等待秋決。良玉依神示找到父親，蒼松要良玉揭榜領兵出征。	生 、 生（二線）	神示
34 征勦番邦	良玉春生率兵出征，與沙陀國兵馬交戰。良玉派兵偷營，殺得番兵大敗，翠環趁機逃出，並帶有盧黃二人私通敵國之書信。搬師奏凱，遇儀徵縣令侯鸞，良玉令人將之斬首。	生 、 生（二線）	交戰
35 盧黃受誅	鄒伯符與邱仰佔將梅陳二家之事奏明皇帝。良玉、春生平番回朝，二人封爲忠勇王、忠義公，並賜當殿完婚。盧黃二賊被亂箭射死，屠申署理徵縣務。	生 、 生（二線）	榮封
36 封官團圓	一門榮封，金殿完婚。	生 、 生（二線）	團圓旌獎

本劇採用「雙生雙旦」爲劇作主角，照理說應有四條「主情節線」，但是二線生旦的部份，僅發展出〈春生投水〉、〈搶親〉二場，一線生旦對位發展的情節脈絡卻非常清晰。「主情節線」的「生腳上場」──〈上壽〉、「旦腳上場」──〈祭梅〉、「生旦分離」──〈重臺分別、杏元贈釵〉、「重逢前的挫折」──〈失釵相思〉、「生旦重逢」──〈池邊相會〉、「團圓旌獎」──〈封官團圓〉的安排與傳奇相同。以生爲主的「情節線」：〈良玉投親〉、〈梅良玉疑花〉、〈良玉遇鄒公〉、〈書房思釵〉、〈以假試眞〉、〈春香採花〉；以旦爲主的「情節線」：〈杏元罵相〉、〈杏元投崖〉、〈杏元落花園〉也都安排得當，有「區塊集中」的趨勢。〈杏元罵相〉、〈杏元投崖〉雖是生旦二條線索交會的部份，由於整體表現以旦爲主，故列於以旦爲主的情節線中。負面人物的「對立情節線」：〈斬梅魁〉、〈拜府逼婚〉、〈午門毆杞〉、〈大審盧杞〉、〈盧黃受誅〉在劇中也佔有相當重要地位，佔去不少篇幅。「輔助情節線」的部份則包括：〈水淹殺場〉、〈春生投水〉、〈明冤尋父〉，「武戲情節線」則有〈征勦番邦〉。這是一個很像傳奇劇作結構布局的「楚曲」劇本。不過《二度梅》的情節布局有條不紊，穿插有致，倒不見得是「楚曲」編劇者的功勞，因爲「楚曲」劇本的故事情節，完全是依照小說情節的安排布局。

劇中使用到的「敘事套式」不少：慶壽、敘志、設計陷害、自嘆、自盡、投江、追趕、行路、審案、相會、玩眞（變形）、請醫、途中相會、試場、追

趕、奏朝、神示、交戰、團圓旌獎。然而這些「敘事套式」運用，由於不必受制於音樂程式的限制，所以多有變化，而能成為特殊情節，如〈祭梅〉雖使用了「自嘆」、「祭奠」、「鬼神情節」三種「敘事套式」，卻因為有「梅開二度」的安排，而不落俗套。

「鬼神情節」在劇中也多次使用，〈水淹殺場〉、〈祭梅〉、〈囑梅重開〉、〈杏元投崖〉、〈杏元落花園〉、〈明冤尋父〉等回（場），都得依賴神示或神力，方使劇情得以進展下去。劇中缺少插科打諢的冷熱情緒緩衝，唯一丑扮人物為〈搶親〉的江魁，卻沒有什麼突梯滑稽的表演。

（三）辟塵珠

《辟塵珠》內容情節、結構線、體製與敘事套式分析：

回　目	內　容	結構線	體製與敘事套式
開場	劇作大要		副末開場
1 歸宅請母	伍雲春上場敘志。	生	出角色、敘志
2 命查珠寶	皇帝辟塵珠被怪風吹去，命大臣巡查珠寶。	對立	過場
3 下凡賜珠	太白金星奉玉旨將辟塵珠送給伍雲春。	輔助	鬼神情節、過場
4 拾寶上京	伍家三口上墳祭掃，拾獲辟塵珠，伍雲春決意進京獻寶，伍母、王氏再三叮囑。	生、占	祭奠、鬼神情節
5 定計誆寶	伍雲春進京，途遇王才，王才得知雲春身懷寶珠，頓起惡念。	生	途中相會
6 毒酒害春	曹貞上場。王才將惡計告訴曹貞，兩人依計而行，毒死伍雲春，將屍首丟在後花園流沙井內。	生	設計陷害
7 尋子驚夢	伍氏婆媳二人，因久無雲春消息，進京尋子（夫）。夜半雲春托夢，告知遭遇。	生、占	夢遇
8 婆媳落菴	婆媳二人至菴堂安歇，被月英收留。	占	落菴
9 奉命選妾	曹貞欲選一女為妾，王才奉命尋探。	對立	過場
10 商售荷包	婆媳二人居於菴中無以為生，王氏繡一荷包，要婆婆上街變賣。尼月英見荷包如同王氏一般精巧，預言將招禍事。	占	
11 冒稱親誼	王才買荷包，並盤問苗氏家世，苗氏不明究理，和盤托出。王才得知竟是仇家，謊稱與伍萬洪有八拜之交，再誆苗氏入府。	對立	

12 中計進府	苗氏與王才回尼菴接王氏進府，尼月英心知二人誤中奸計。	占	
13 害苗逼婚	王才接二人進國舅府，曹貞見王氏美貌，欲娶爲第九房夫人，向苗氏提親，苗氏想起夢中雲春托夢事，得知曹王二賊，正是謀害雲春之人。曹貞大怒，將苗氏殺死。	占	謀害、重逢前的挫折
14 脫逃相會	王才勸王氏嫁給曹貞當妾，並告知苗氏被曹貞一劍劈死之事，王氏本要自盡，後經丫環勸解，要曹貞依從三事，便願改嫁。後趁眾人酒醉，逃出國舅府，並躲過追拿。卻不知可去何從，欲自盡以謝公婆，被更夫救下，帶回府衙問清緣由，巧遇其兄。	占	拒嫁、自盡、途中相遇
15 回京梢風	包拯陳州放糧，回京路上遇雲春刮起的怪風，並得知此風落在曹府，爲調查清楚，故以鳴鑼開道方式，驚擾曹家，使曹貞出來尋釁。	輔助（末）	鬼神情節
16 金殿鬥曹	二人金殿論理，包拯說明嗎鑼開道的原因，並立下軍令狀。然曹府之中搜不出犯罪事證，皇帝依狀，欲斬包拯，李貴求情不允，辭官而去。包拯在太后求情下，死罪得免。包拯裝病詐死，以查明怪風之事。	輔助（末）	奏朝
17 兄妹告狀	王貴與王氏二人欲至包拯處告狀。	占	過場
18 說夢	曹王二人商議至府吊喪時要劈棺之事，曹貞並言及夢兆。	對立	
19 詐死	王氏兄妹至包府告狀，見府中掛孝。卻被要求呈上狀紙、藏在府內，得知包拯應爲詐死。	占	
20 御祭劈棺	皇帝親臨包府祭奠，曹王二人假意守靈，在靈前說起謀害伍雲春、苗氏之事，並於三更劈棺。包拯還陽，唬得二人不知所措，包拯趁機將二人拿下。	輔助（末）	
21 洩冤除奸	包拯審案，鍘死二人，並至曹府找到屍首，放至養屍床上招魂，雲春還陽，並在曹府找到寶珠。	末、生、占	審案、鬼神情節、生旦重逢
22 進珠面聖	包拯上殿告罪，並帶雲春及寶珠面聖。	末、生	
23 封官團圓	雲春封官，一家團圓。	末、生、占	團圓旌獎

《辟塵珠》也是以生旦對位的的結構布局，以生扮伍雲春，及占扮王氏爲主情節線〔註13〕：「生腳上場」——〈歸宅請母〉、「旦腳上場」——〈拾寶

〔註13〕本劇中「正旦」飾「尼月英」，王氏爲「占」扮，雖在漢劇應工中，「八貼」

上京〉、「相逢前的挫折」——「害苗逼婚」、「生旦重逢」——「洩冤除奸」、「團圓旌獎」——〈封官團圓〉。以生為主的情節線:〈定計詐寶〉、〈毒酒害春〉;以旦為主的情節線:〈婆媳落菴〉、〈商售荷包〉、〈中計進府〉、〈害苗逼婚〉、〈脫逃相會〉、〈兄妹告狀〉、〈詐死〉。以曹貞、王才為主的「對立情節線」:〈命查珠寶〉、〈奉命選妾〉、〈冒稱親誼〉、〈說夢〉則交織錯落、平均分布各場之間。「輔助情節線」:〈下凡賜珠〉、〈回京梢風〉、〈金殿聞曹〉、〈御祭劈棺〉、〈洩冤除奸〉、〈進珠面聖〉。

就戲份分布而言,以旦為主情節線的場次雖多,但〈兄妹告狀〉、〈詐死〉其實是過場戲,真正屬於旦的正場也不多;生扮伍雲春被毒死後,除了緊接著的〈尋子驚夢〉還出場,就一路缺席到最後。反而是末扮包拯的場次:〈回京梢風〉、〈金殿聞曹〉、〈御祭劈棺〉、〈洩冤除奸〉、〈進珠面聖〉,在後半部凌駕了生旦的份量,成為主要劇情發展的重點。以〈洩冤除奸〉一場為例,既是「生旦重逢」的主結構線,照傳奇慣例,應該是生旦二人相見的大段抒情唱段,而此處卻是與包拯審案平分生旦重逢的戲份。所以此劇的敘事結構,嚴格來說,應是生、旦、末「三足鼎立」的情節安排,不完全是生旦對位的情節發展,而且三條主情節線各成區塊集中的方式分布:前生、中旦、後末,最後才交錯結合為一。這種情節布局的方式,已經不同於傳奇的敘事模式。

在各種「敘事套式」的使用上,本劇也運用了:敘志、祭奠、途中相會、設計陷害、夢遇、落菴、謀害、拒嫁、自盡、奏朝、審案等傳奇慣用的手法,這些套式的運用也沒有太多突破變化。劇中「鬼神情節」具有「扭轉劇情」的關鍵性質,主導著故事的發展:沒有上界賜珠給伍雲春,便沒有整個事件;沒有怪風落至曹家,便不會引起包拯調查的興趣;沒有天降大雨,雲春的屍首便不會出現,也就不能還陽與王氏重逢。劇中伍雲春遇到的種種災難,並不是自身引發,反而是「從天而降」的莫名,與一般運用「神示」、「神救」的「鬼神情節」不太相同。這樣的故事選材安排,顯然與傳統戲曲因人物自身因素(如性格、處事態度、才華、交友等),而造成的情節波瀾,有非常大的差異。

的行當相當於京劇的「花旦」,以作工為主,但有時也與「四旦」扮同樣人物。《中國戲曲志·湖北卷》(北京,文化藝術,1993) 故此處不再特別區分,將王氏視為如同「旦」角,頁326。

二、生旦對位情節布局的變形

（一）打金鐲

《打金鐲》內容情節、結構線、體製與敘事套式分析：

回　目	內　　　容	結構線	體製與敘事套式
報場	劇情大要		副末開場
1 別母貿易	楊春上場，離家去做生意。	生	出角色
2 祝壽訓蠢	廷美備酒宴為母祝壽	旦	出角色、慶壽
3 定計	田氏因婆婆席前責罵而心生不滿，遷怒廷美，故設毒計想將其害死。	對立	設計陷害
4 出京	毛蓬敘述為官的抱負。	末（輔）	出角色？
5 設計服毒	田氏擺宴，酒內暗藏毒藥及砒霜，廷美喝下一命嗚呼。	對立	酒宴、設計陷害
6 試毒	楊氏請出婆婆與田氏論理，以金釵試毒，欲將田氏扯上公堂。田氏搬出自家兄弟為江西巡按，姚母無奈，只能勸楊素真算了，而以「天理昭彰」自我安慰。	旦	責問
7 私訪	毛蓬改扮為刑房模樣，私行訪查民瘼。	末（輔）	過場
8 寫婚	田氏嫌楊素真吵鬧，找來楊氏兄長楊青，以婆婆之名，作主將楊素真改嫁，並立下婚書。	對立	設計陷害
9 投店	楊春住店，說明要討妻房，經店家介紹，楊青約其至柳陰相會。	生	
10 哭靈	楊素真哭靈。楊青假借母親思念名義，騙楊氏回家。	旦	
11 柳陰結拜	楊青將素真賣與楊春，素真知為兄所騙，不從。楊春被言語激怒，責打素真。毛蓬路過折衝兩頭。素真無奈，只能跟著楊春離開。	生、旦、末	
12 寫狀	楊素真道出手鐲來歷，感動楊春，楊春決心代素真告狀，二人結拜。毛蓬代為寫狀。	生、旦、末	
13 拜繼	宋世傑信楊州開飯店，因無賴調戲楊素真，出手搭救，並收素真為乾女兒，代為告狀。	旦、外	
14 進狀	衙役丁彈有公事請教宋世傑。	外（輔）	過場
15 投文	宋世傑與丁彈喝酒，沒趕上陞堂時間，只能和素真擊鼓鳴冤遞狀，縣令收下狀紙，令丁彈往河南上澤提拿姚楊二家聽審。	外（輔）	

16 提拿	丁彈至宋世傑店中領「茶敬」，卻被宋嚇得不敢拿。上澤縣令派人提拿姚楊二家，田氏回家求救。	外（輔）	
17 求書	田氏回家求弟弟田能修書被拒，田氏搬出母親，跪倒在地，田能只好寫信。	對立	
18 帝君下凡	魁星摘去田能官星。田能寫信給顧讀，顛倒事實希望姐姐官司能贏，並附上押書銀三百兩。	對立	鬼神情節
19 盜書	田能所派信差在宋世傑開設飯店歇息，宋世傑半夜盜書，並套印下來，留為證據。並得知有三百兩押信銀。	外（輔）	
20 受賄賣放	顧讀接信惱火，師爺卻將三百兩押信銀帶走。顧讀審案之時，不得不私心偏坦田氏，並對素真嚴刑拷問，宋世傑亦被顧讀責打二十大板。	旦	審案
21 掛掃	姚母至廷美墓掛掃。	輔助	過場
22 刺殺	田氏回上澤縣，欲斬草除根，持利刃欲殺寶童，被土地所阻。田氏命天才殺寶童，天才不願意，與寶童一起前往信楊州尋母。	對立	鬼神情節
23 贈盞	姚母掃墓，至廟中訴冤，關帝顯靈，賜下溫涼盞，且告知素真在信楊州。一出廟門便見天才與寶童，三人結伴同往信楊州尋找素真。	輔助	鬼神情節、途中相遇
24 路遇	萬氏欲往監中探望素真，途中遇到姚母陳氏三人，兩方認親。天才因母之故，被萬氏、宋世傑誤會，後經解說，方才得知實為誤會。	外（輔）	途中相遇
25 哭監	素真在監中因無錢收買禁婆，故受百般虐待。萬氏、陳氏、寶童、天才探監。	旦	探獄
26 告狀	楊春、宋世傑二人聞知五台大人到此，不約而同前去攔馬告狀，二人相認。宋世傑要楊春告田能、顧讀。楊春告狀，未被責打四十大板，宋世傑依此判斷官司券在握。	生、外	途中相遇、審案
27 拿下	毛蓬將三位同年一起請來，說明宋世傑狀告田能顧讀二人。宋世傑並將套印的證據——田能給顧讀的書信提出。	外、末	審案
28 大審正法	毛蓬斷案，將田能、顧讀斬首，楊青砍手挖目發外充軍，廷蟊、田氏腰斬。並令楊素真楊春拜在宋世傑名下，侍奉甘旨。	生、旦、外、末	審案
29 奏本	一門封官。	生、旦、外、末	旌獎
30 榮封	毛蓬說出自己便是那柳陰狀之人，楊春感謝，一家團圓。	生、旦、外、末	團圓旌獎

　　由於本劇雖有生旦角色的安排，但生扮楊春與旦扮楊素眞之間的關係不是傳奇中慣例安排的情人或夫妻，而是義兄妹，在劇中人物的關係上已產生變化，因此將之視爲「生旦對位情節布局的變形」。屬於生角的情節線爲：〈別母貿易〉、〈投店〉、〈告狀〉，屬於旦角的情節線爲：〈祝壽訓蠢〉、〈試毒〉、〈哭靈〉、〈拜繼〉、〈受賄賣放〉、〈哭監〉，生旦會合的情節線爲〈柳陰結拜〉、〈寫狀〉、〈奏本〉、〈榮封〉。由於二人不是夫婦，因此劇中並沒有離合重逢之類的傳統傳奇結構情節安排，故事也不完全是生旦對位發展方式進行。全劇「輔助情節線」幾乎超過「主情節線」，由末扮毛蓬的一線：〈出京〉、〈私訪〉，外扮宋世傑一線：〈進狀〉、〈投文〉、〈提拿〉、〈盜書〉，姚母、寶童一線的：〈掛掃〉、〈贈盞〉。「對立情節線」以田氏爲主導角色，有：〈設計服毒〉、〈寫婚〉、〈求書〉、〈帝君下凡〉、〈刺殺〉。

　　劇中屬於毛蓬的場次雖然不多，但毛蓬一線情節，在背後卻有一個令其不能官官相護的重要理由。宋世傑的角色更是特殊，外扮宋世傑雖要到十三場〈拜繼〉才出現，但接下來的〈進狀〉、〈投文〉、〈提拿〉、〈盜書〉都以宋世傑爲主，是角色晚出，但戲份集中的布局。而且宋世傑的出現，打亂了原先還有點「生旦對位」感覺的布局，全劇在後半段，戲份明顯往宋世傑身上移動，情節也隨之起舞，幾乎「吃」掉了生旦的「主情節線」。〈大審正法〉裡，毛蓬要楊春、楊素眞拜在宋世傑名下，爲其養老送終，其實有些多此一舉，因爲早在「拜繼」一場，楊素眞已經是宋的乾女兒，〈告狀〉一場，楊春也認了乾爹；但劇情還要特別再由毛蓬代表的官方，正式下達命令，這種作法正如最後〈奏本〉、〈榮封〉中，將宋世傑特地標舉出來一樣，是以宋爲主的「團圓旌獎」的安排。此時，外扮宋世傑以「輔助情節線」凌駕「主情節線」的姿態就更加明顯了。

　　本劇與《辟塵珠》有相同的情況，表面上故事似乎依「生旦對位發展」，但毛蓬、宋士傑的輔助情節線，卻各自有線索串連。仔細分析，「輔助情節線」在戲份與情節份量，足以與「主情節線」等量齊觀。將本劇視爲多線情節安排：生扮楊春一線、旦扮楊素眞一線、末扮毛蓬一線，與外扮宋世傑一線，發展交織而成的結構布局，似乎更顯合理。生、旦、末，在前三場一一出現，外扮宋世傑在第十三場出現，雖然有些晚出，但還是符合傳奇體製的「出角色」，最後的〈奏本〉、〈榮封〉也是四條情節線交融在一起的安排。

　　劇中使用的「敘事套式」有：慶壽、設計陷害、酒宴、責問、審案、途

中相遇、探獄、旌獎團圓，鬼神情節也運用了好幾次。不過就整個篇幅所佔比例而言，「敘事套式」運用得還不算太多，特別是因為全劇結構布局有重大變化，外、末輔助線情節的重要性大幅提高，因生旦對位發展而產生的「敘事套式」自然不適用，於是有很多新的情節產生。

（二）烈虎配

《烈虎配》內容情節、結構線、體製與敘事套式分析：

回　目	內　　　容	結構線	體製與敘事套式
報場	劇情大要		副末開場
1 辭親	許姣春上場，許母命劉青護送姣春至廣東娶親。	生	出角色
2 出獵	劉子英上場自道身世。	花	出角色
3 害主	僕人劉青，途中生惡計，害死姣春，奪取寶物書信。	對立	設計陷害
4 結拜	太白金星下凡，救護姣春，並引出子英前來搭救姣春，姣春獲救後，說出來龍去脈，二人結拜。	生、花	鬼神情節、途中相會
5 假冒	劉青冒名至廣東蔡家，蔡雲龍不察，令劉青暫住書房，擇日完婚。	對立	冒認
6 論相選婢	劉青拜見岳母張氏，春香試其才學，力勸夫人不可輕信，並告知小姐其中有詐。張氏責其多事，春香忍不住出身世，實為劉翠蓮，並與蔡蘭英結拜。並商議選一美婢為替，嫁與劉青。	旦	
7 假配	多香代嫁。	對立	婚禮
8 聞信	姣春休養二個月後，要動身前往廣東，劉子英身有飛毛，護送姣春。姣春聞知劉青已招親，心灰意冷，子英勸其眼見為憑。	生、花	
9 鬧堂	姣春至蔡府認親。蔡雲龍認珠寶不認人，令人將姣春重刑拷問，子英進府搶救，更坐實姣春強盜罪名。	生、花	
10 救春	子英救出姣春，暫住客店，不料姣春氣絕。	生、花	重逢前的挫折
11 馬驚	馬洪英視子英為女婿人選，聽聞子英大鬧廣東，故前往助力。	武戲	起兵
12 刮斗	吳忠盜墓，將姣春從棺木抬出，剝去衣物，姣春甦醒，無可奈何，只得到廟中躲避。並穿上還願的龍袍，卻被差人發現，當成劫皇扛之人捉住。	生	

13 釋放	周聖卿問明案由，抓到劫墓人吳忠，還姣春清白。	生	審案
14 回山	子英救姣春後，染病在身，休養多日後回芒碭山。	花	過場
15 花園	姣春誤入蔡府花園。	生	
16 殺婢	劉青在後花園瞥見姣春，擔心事跡敗露，回房告訴妻子實情，多香責其不義，被劉青殺死。劉青逃走。	對立	
17 二投	家院稟明姣春二次投親，蔡雲龍寧可錯殺不願認親。	生	
18 替刑	周勝卿被派監斬姣春，周勝卿只得捨子替刑。雲夢山六眼道人搭救周公子。	生	鬼神情節
19 自悔	蔡雲龍得知錯認劉青，以為小姐、姣春俱死，心生悔恨。張氏告知女兒未死，及翠蓮識破劉青為假冒、多香代嫁、蘭英、翠蓮結拜之事。蘭英聞知姣春已死，欲自盡。	旦	
20 利市	子英欲下山劫掠，遇到棋盤山二虎，邀子英上山被拒。	花	
21 再賺	劉青回京，謊稱姣春成婚後，思念母親，故派他回京接人。	對立	
22 二救	劉青在夫人欲將夫人殺害，被子英救下，並說明與姣春結拜、大鬧廣東之事，並送許母至羅家寨安身。劉青逃走。	花	途中相會
23 回京	周勝卿令許姣春進京考試，並與母相會。	生	赴試
24 寨遇	姣春進京，因拿不出買路錢，被棋盤山賊寇捉到山寨中。子英本欲護送許母至羅家寨，卻因羅白龍事敗，故無處可去，也來到棋盤山，被舉為大王，巧遇姣春。	生、花	重逢
25 招駙	劉青逃至黑水國，因獻寶珠，被招為駙馬。	對立	過場
26 考試	姣春考試。	生	試場
27 效奏	嚴嵩以姣春之父素有嫌隙，故借刀殺人，假意薦舉姣春掛帥平亂。	對立	過場
28 封官	嘉靖聽從嚴嵩建議，派姣春平亂。	生	奏朝
29 陣會	姣春出征，馬滕雲說明為求婚而來。	生	演陣
30 詔召	姣春回朝見駕，說明馬滕雲目的，皇帝急詔子英。	生	奏朝
31 匹配	子英出征，不敵被擒，只好與馬滕雲成婚。	花	交戰、婚禮

32 進貢	劉青押送珠寶進貢。子英說服馬氏歸順天朝。	花	過場
33 奏凱	馬氏降表至朝。劉青進貢，被封爲進寶狀元。	生、花	奏朝
34 鬧宴	皇帝在麒麟閣排筵，爲姣春、子英賀功。席間遇見劉青，被子英打死。	生、花	酒宴
35 剖冤	聖上問罪，姣春奏明原因，赦罪加封。	生、花	奏朝
36 大團圓	一家團圓，俱有封贈，姣春與蘭英、翠蓮（英）拜堂完婚。	生、花	旌獎團圓

此劇本該屬於「雙生雙旦」的情節布局，主情節線本該有四條：生扮許姣春一線、旦扮蔡蘭英一線、花扮劉子英一線、旦扮馬滕雲一線。但實際上的安排，蔡蘭英雖具有傳奇劇作「才子配佳人」的「佳人」身份，但旦扮的蔡春蘭戲份、人物個性甚至還不及占扮劉翠蓮，且以蔡蘭英爲主的場次，也只有第六場〈論相選婢〉和第十九場〈自悔〉；馬滕雲這一線的發展是隨著武戲情節而來，在第十一場〈馬釁〉才出場。眞正兩條主情節線，是依照小生扮許姣春，及花扮劉子英對位發展，與其說是「雙生雙旦」結構布局，還不如說是「二生」主線的情節布局，但是還算是與傳奇「生旦對位」的情節布局雷同，只是「生花對位」，因此視爲「生旦對位情節布局的變形」。第一、二場爲「出角色」的「生腳上場」──〈辭親〉、「花腳上場」──〈出獵〉；兩人雖同爲男腳色，但依舊有「重逢前的挫折」──〈救春〉、「重逢」──〈寨遇〉的情節配搭；最後也有「團圓旌獎」──〈大團圓〉。以生爲主的情節線爲：〈刮斗〉、〈釋放〉、〈花園〉、〈二投〉、〈替刑〉、〈回京〉、〈考試〉、〈封官〉、〈陣會〉、〈詔召〉；以花爲主的情節線包括：〈回山〉、〈利市〉、〈二救〉、〈匹配〉、〈進貢〉。本劇中以劉青爲主的對立情節線包括：〈害主〉、〈假冒〉、〈殺婢〉、〈再賺〉、〈招駙〉、〈效奏〉。以劉青爲主的對立情節線，份量可與生、花的「主情節線」等量齊觀，由於劉青的害主，是本劇種種情節得以敷衍的重要關鍵，在劇中佔有重要地位，所以本劇雖以生、花爲主情節線，但劉青這條對立情節線，也絲毫疏忽不得。武戲情節除〈馬釁〉外，〈陣會〉與〈匹配〉都可歸於主情節線之中。且、占兩場〈論相選婢〉、〈自悔〉可視爲輔助情節線。本劇兩條主情節線的關係非常密切，全劇的前後兩部份，都是生、花二角合一的場次：〈結拜〉、〈聞信〉、〈鬧堂〉、〈救春〉、〈寨遇〉、〈奏凱〉、〈鬧宴〉、〈剖冤〉。

本劇運用的「敘事套式」較少，有：設計陷害、途中相會、冒認、婚禮、起兵、審案、途中相會、赴試、考試、奏朝、演陣、交戰、酒宴等，鬼神情

節的使用並不多。不過「敘事套式」在劇中雖然不是一直出現，但使用時卻是更接近傳奇的典型用法。如〈考試〉一場，便是主考官上場念引，然後考生各自上場見禮、下場，主考官念下場詩，便結束此場：

（外上）（引）桃花開放舉子忙，丹桂飄香入選場。

（外白）本院翰林學士吳中桂，奉旨考選天下奇才。左右開門。

（手下）開門。

（吹打）

（眾生員同上）（見禮介）

（外白）本院出有題目，各分字號作文。

（眾白）領命！

（吹打）

（眾兩邊同下）

（外白）掩門。一朝皇榜，步步喘金階（下）。〔註14〕

是傳奇中常出現的「考試照常科」。又如〈會陣〉一場：「四軍、小生同上」、「眾、蠻正旦同上」、「兩邊殺介」，〔註15〕也是傳奇中常出現的會陣場面運用。

（三）祭風臺

《祭風臺》內容情節、結構線、體製與敘事套式分析

回　　目	內　　容	結構線	體製與敘事套式
報場	劇情大要		副末開場
登場	魯肅因曹操統領八十三萬大軍，欲奪江南，故過江請問曹軍虛實，邀諸葛孔明至吳，遊說吳侯，協力破曹。	生	出角色
2 回朝	周瑜搬師回朝	旦	出角色
3 舌戰	孔明過江，張昭、呂範、薛琮、陸績等人以言語相難。	生	
4 計議	孔明與孫權討論應戰之策。周瑜回朝，也力主對抗曹軍。	生、旦	
5 改陣	曹操見水軍布陣，自以為內行，擅自改陣。蔣幹得知周瑜不欲降，請命至江東遊說周瑜。	對立	

〔註14〕《俗文學叢刊》冊110，頁434。不過最後的下場詩，其中「喘」字不太清楚，且上下詞義不通，因形似，故暫以此字代替。
〔註15〕《俗文學叢刊》冊110，頁438。

6 借刀計	周瑜忌孔明之才，要孔明去烏巢劫糧草。蔣幹過江，周瑜知其爲說客，令太史慈執寶劍執法，只要提起孫曹就斬首，蔣幹無計可施。周瑜邀蔣幹飲酒、抵足而眠。	生、旦	
7 夜逃	周瑜假意酒醉，並將蔡瑁、張允與之暗通消息的假書信放在桌上，蔣幹盜書而去。	旦	
8 中計	曹操誤中周瑜之計，將蔡、張二人斬首，然悔之不及。	對	
9 二用借刀	周瑜找孔明議事，二人具以爲攻曹之計須用火攻，並由孔明立下軍令狀，三日之中造箭十萬。周瑜與黃蓋定下詐降之計。	生、旦	
10 裝呆獻計	孔明假裝死期將至，魯肅卻無計可施。孔明向魯肅借戰船等物。	生	
11 草船借箭	孔明趁大霧至曹營借箭。	生	
12 獻苦肉	孔明交箭，黃蓋假意冒犯周瑜，被責打，孔明早已識破此爲苦肉計。	生、旦	
13 詐降	闞澤知黃蓋此爲苦肉計，自願做獻降書之人。	輔助	
14（闞澤獻書）〔註16〕	闞澤至曹營獻書，曹操以爲詐降，欲斬。後蔡中、張和信至，故相信二人爲眞降。蔣幹再次過江打探虛實。	對立	
15 押蔣	蔣幹二次過江，周瑜假意計較前番盜書事。	旦	
16 薦龐	蔣幹夜遇龐統，薦龐統往曹營高就。	輔助	
17 獻連環	蔣幹爲龐統引薦，曹操問及軍士暈船之症，龐統獻連環船之計。途遇徐庶，爲其設計以脫身。	對立	
18 裝病	周瑜得知龐統計成，但爲十一月欠缺東風而裝病。	旦	
19 逃潼關	徐庶詐言馬超犯界，領兵鎮守潼關。	輔助	過場
20 看病	周瑜生病，魯肅心憂，孔明知其裝病，前往探病。並開出藥方，要去南屏山祭風。周瑜令丁奉埋伏，欲殺孔明。	生、旦	
21 祭風	孔明於南屏山祭風，趁機逃走。	生	
22 過江	趙子龍依錦囊指示，小舟在江邊等候孔明。	生	
23 點將	孔明分派各將，把守埋伏。並與關羽立下軍令狀，令其把守華容道，不可縱放曹操。	生	

〔註16〕本場原無標目，此處爲筆者依劇情自定。

24 發兵	周瑜將蔡中、張和二人斬首。黃蓋藏著硫黃、火炮的獻糧船，放火燒曹營，曹操僅餘一十八騎人馬。	旦	
25 擋曹	曹操敗走華容道，遇關羽把守，提起往日恩情，關羽重義，擺一字長蛇陣，放曹操逃走。	對立	
26 請罪	關羽縱放曹操，回營請罪，孔明令其帶領三帶人馬攻取襄陽，將功折罪。	生	
27 占城	孔明派兵攻取南郡、荊州、襄陽，周瑜無功而返。	旦	
28 團圓	眾臣擺宴，君臣同飲。	生	酒宴

　　本劇是一個非常特殊的劇本，主要人物雖也是以生旦爲主，但生旦所飾演的劇中角色，卻不代表劇作中的男女主角。生扮孔明與旦扮周瑜，是本劇的兩條主情節線，只不過這兩個各屬不同陣營的男角色，所構成的結構布局雖也互相交錯縱橫，最後卻無法運用「封官團圓」、「一門旌獎」將二人縮合在一起。所以明明是男角色的周瑜，佔了正旦的行當，故事基本上也依「生旦對位發展」的情況安排結構布局，但實際在概念和意義上，已不同於傳奇的「生旦對位」了，因此稱之爲「生旦對位結構布局的變形」。

　　如果依照傳奇傳統以生旦爲「主情節線」的安排，第一、二場是「生角上場」——〈登場〉、「旦角上場」——〈回朝〉的出角色安排，但生旦之間並非傳統情人、夫妻的關係，因此也就無所謂「生旦分合」之類的情節安排，這個部份與前述《打金鐲》有點相似。生扮孔明所發展出的主情節線爲：〈舌戰〉、〈裝呆獻計〉、〈草船借箭〉、〈祭風〉、〈過江〉、〈點將〉、〈請罪〉，最後的〈團圓〉一場，也歸於生的主情節線中。旦扮周瑜這一線的情節是：〈夜逃〉、〈押蔣〉、〈裝病〉、〈發兵〉、〈占城〉。生旦交錯的情節線是：〈計議〉、〈借刀計〉、〈二用借刀〉、〈獻苦肉〉、〈看病〉；其中〈計議〉一場，二人是先後上下場，所以並非同時在場，沒有對手戲，因此並沒有交集。「輔助情節線」則是：〈詐降〉、〈薦龐〉、〈逃潼關〉。不過，以曹操爲主的幾場戲：〈改陣〉、〈中計〉、〈闞澤獻書〉、〈獻連環〉、〈擋曹〉；到底該歸於「對立情節線」或是「輔助情節線」，卻是還有再探討的空間。〈改陣〉與〈中計〉很明顯屬於「對立情節線」，爭議不大；但〈闞澤獻書〉、〈獻連環〉、〈擋曹〉似乎也算是「輔助情節線」，這樣的模糊空間，帶來的思考是：本劇到底是不是「雙線結構」情節布局的劇作？如果把「主情節線」定爲三條：生扮孔明一線、旦扮周瑜一線、淨扮曹操一線，是不是更見清晰？

只是劇本為何還要使用「生旦」的角色安排？

　　這種以歷史為主要內容的劇作，在傳奇中較為少見。大多數傳奇劇作著力於生旦個人的命運，時代的風雲變化只是造成男女主角悲歡離合的因素之一，著力於人的故事，而非時代。即使是《長生殿》、《桃花扇》這樣與歷史息息相關的劇作，都是將人放在時代之前。但「楚曲」的《祭風台》不同，更多的是著力描寫歷史背景下引發的人物活動；與《千忠錄》、《一捧雪》的情況較為雷同。所以在敘事套式的運用上，幾乎無法套用。

第二節　擺脫生旦對位結構布局的長篇楚曲

　　本節是指與傳奇中生旦為主情節線完全不同的結構布局。由於主角的改變，劇作有時只有一條主情節線，有情節都緊扣主角一人進行，沒有其他頭緒歧出，劇情直貫而下；有時劇作又無所謂主、輔線之分，劇作由多條線索交錯而成，情節線各自發展形成脈絡。

（一）魚藏劍

《魚藏劍》內容情節、結構線、體製與敘事套式分析：

回（場）目	內　　　　容	結構線	體製與敘事套式
報場	劇作大要		副末開場
1 伍奢上壽	伍云兄弟為父祝壽。伍氏兄弟奉旨鎮守樊城。	生	出角色、慶壽
2 上朝奏本	平王令申包胥至各國催貢，令費無吉至秦國迎接吳祥公主回國與太子成親。豈料費無吉見公主貌美，心生一計，欲將陪嫁宮人嫁給太子，將公主嫁給平王。	對立	奏朝
3 金殿完婚	費無吉力勸平王納吳祥公主為西宮，平王心動，接受此議，令太子建與馬融之女金殿完婚。平王告訴吳祥公主太子建已成婚，公主不得不嫁與平王。	對立	婚禮
4 伍奢罵朝	伍奢得知實情，上朝奏本，與費無吉激辯，並以相簡擊費。二人當殿面聖。	輔助	奏朝
5 伍奢修書	費惡人先告狀，平王因醜事外洩，欲斬伍奢，費勸平王斬草除根，要伍奢將二子召回。伍奢寫明實情，被平王怒斥，只好重寫，並於書中隱筆，要二人逃走。費無吉派鄢獎士前去下書。平王遣太子鎮守城文。	輔助	設計陷害

樊城下書上本	伍尚伍云二人接信，伍云覺得書中有詐，伍尚為全忠孝，決心回京探望，伍云鎮守樊城。伍云為兄餞行，二人似有預感家門將遭不幸。伍尚回京，被指為「私離守地」，與伍奢一起綁上金殿。	生	
逃關返國下本會申包胥	伍奢、伍尚被斬。平王派武成黑領兵捉拿伍云，並派人將伍府滿門斬盡殺絕。家將趕回樊城，告知伍云事情真象，伍云與武成黑對戰，逃出樊城。途中遇申包胥，告知平王無道、一家慘遭殺害，以及此仇必報的決心。申包胥苦勸無效，二人分手。	生	交戰、途中相遇
8 伍員嘆昭關	隱居麗陽山下的東皋公收留伍子胥，並請皇甫納過府商議對策。伍員過不了昭關，心中抑鬱，深夜自嘆。	生	
9 伍員混昭關	伍員五更夜嘆時，東皋公敲門，卻見伍員一夜白頭，因而說出皇甫納與伍員形容相同之事，過關之事有望。皇甫納來到，換上伍員衣巾，先進昭關。	生	
10 漁人撲水	伍員趁亂過昭關。皇甫納被誤拿，東皋公營救。伍子胥到了江邊，求老漁翁渡其過河，並解下寶劍為船資，二人以蘆中人、漁中人相稱。	生	投江
11 浣紗女投河	伍員去而復返，囑漁翁不可洩漏其行跡，漁翁以死明志。伍員饑餓難忍，向浣紗女求飯，飽食後離去。卻去而復返，問浣紗女名姓日後報答及交待勿洩行縱，浣紗女以為失節，亦投河自盡。	生	投江
12 姬光訪賢	王小二討債，專珠因母親喊叫，故不與王小二打鬥。伍員得知專珠乃英雄，故與之結拜。姬光為王僚強佔王位，欲尋能者刺僚，途遇伍員。姬光欲得子胥刺僚，子胥欲借吳國兵馬。子胥引專珠見姬光，定下刺僚之計。	生	
13 別母刺僚	專珠知刺僚事，有去無回，難捨高堂。專母為絕專珠後顧之憂，上吊自盡。專珠以魚腸劍刺僚。	輔助	
14 大團圓	姬光即位，各有封賞。	生	旌獎

本劇第一場雖以傳奇「出角色」的方式安排生扮伍員（云）為父母慶壽上場，最後一場是刺僚成功後的「封官團圓」；但劇中並未出現伍員夫人與伍員各自展開線索的對位發展，〔註17〕所以並不是以傳奇「生旦對位」的方式

〔註17〕 此處所指有關伍子胥故事的傳奇《舉鼎記》，為孫柚所作，今未見，又稱《昭關記》。不是收錄在《全明傳奇》中邱濬所作的《舉鼎記》。但在《群音類選》中選有五折：〈臨潼鬥寶〉、〈一夜白頭〉、〈私過昭關〉、〈浣紗女投江〉、〈夫妻重會〉，最後一折〈夫妻重會〉明顯可見劇中伍員夫人不只出現，而且唱了很

鋪排劇情，因此也就沒有生旦分離、阻隔、重逢的情況。劇中雖有吳祥公主、浣紗女爲旦扮，但與吳祥公主對位的是丑扮楚平王；浣紗女更是只佔一場的一部份，僅能視爲輔助線的人物之一。本劇主情節線只有一條，緊扣著伍員一人發展，圍繞著伍員的有費無極（吉）爲主的「對立情節線」：〈上朝奏本〉、〈金殿完婚〉，及以伍奢爲主的「輔助情節線」：〈伍奢罵朝〉、〈伍奢修書〉，專珠爲主的〈別母刺寮〉。除了上述的兩條情節線各有獨立場次，與傳奇的安排相近，其餘的輔助情節線幾乎都和主情節線合而爲一。不論是申包胥的縱放、東皋公的收留、皇甫納的假扮、老漁翁的渡河、浣紗女的投江，都結合在伍員的主情節線之中，沒有另闢線索。但也正因爲只有一條主情節線，其他的情節線都附屬在主情節線中，因此劇作場次極爲精簡，篇幅不長，劇情高度集中於伍員身上，沒有旁逸的閒場部份。

　　以生爲主的單線情節發展，正符合李漁所說「一人一事」，因此全劇緊扣伍員一人，借兵伐楚一事。在情節高潮的營造上，〈伍奢上壽〉、〈上朝奏本〉、〈金殿完婚〉屬故事開端；〈伍奢罵朝〉到〈樊城下書上本〉是故事發展部份；〈逃關返國下本〉（會申包胥）一場開始，是故事的高潮起點，〈伍員嘆昭關〉、〈伍員混昭關〉、〈漁人撲水〉、〈浣紗女投河〉是高潮的累積；〈大團圓〉則是故事的結束。〈逃關返國〉、〈漁人撲水〉、〈浣紗女投江〉運用的是「衝突」，〈伍員嘆昭關〉、〈伍員混昭關〉運用的是「因危機產生的轉捩點」。〔註18〕全劇情節高潮的呈現，是像拋物線一樣的表現方式。其實就〈姬光訪賢〉、〈別母刺寮〉二場而言，似乎有些焦點歧出之感，暫時將故事重心轉移到刺寮的專珠身上，這樣的安排其實是會影響情節高潮的累積。只是在伍員借兵之前，得先幫吳國姬光公子解決王位繼承一事，否則子胥即使得到沒有實權的姬光的賞識，也是無濟於事，於是只能安插這天外飛來的一筆，所以〈別母刺寮〉雖也是情節高潮部份，但卻不能算是扣緊伍員故事的高潮累積。這種臨去秋波的安排，其實影響了故事的結局，在〈大團圓〉一場中，便成了未完的結局——子胥借到了兵，但沒有伐楚的行動。這樣的〈大團圓〉，反而成爲另一個故事的開端。

多唱段，唱詞中有明顯「夫妻分離」的過往，由此可知此劇應是依照傳奇「生旦對位」的方式安排情節。

〔註18〕有關「戲劇本質」、「戲劇性」等相關問題，可參見林鶴宜〈清初傳奇「戲劇本質」知的移轉和「敘事程式」的變形〉《規律與變異：明清戲曲學辨疑》（台北，里仁，2003），頁132～135。整理過至今最爲人熟知的戲劇本質特性。譚霈生《論戲劇性》（北京，北京大學，1981）亦可參考。

　　本劇使用的「敘事套式」有：慶壽、奏朝、設計陷害、交戰、途中相遇、投江、旌獎等，就本劇不太長的篇幅而言，算是運用了頗多的「敘事套式」。不過在這些常見的「敘事套式」中，伍員途中與申包胥相遇的情節，有著「各為其主」的重要意義；漁人及浣紗女的投江自盡，是自我犧牲，不同於傳奇常用的被逼迫而投江，然後被救的方式，所以雖是用了戲曲慣用的情節，卻是突破、變化的安排。

（二）上天臺

《上天臺》內容情節、結構線、體製與敘事套式分析：

回（場）目	內　　容	結構線	體製與敘事套式
報場	劇情大要		副末開場
1 金殿封王	劉秀因姚剛南蠻救父，封其為平蠻王，郭榮屢阻，引起姚剛不快。	生	出角色
2 遊街劈府	姚剛遊街，故意鳴鑼開道往太師府前過。太師怒與論理，被姚剛劈死。管家將此事奏知郭妃。姚期得知姚剛劍劈府門，叫人綁子，上金殿請罪。	生	
綁子上殿	郭妃奏本，要劉秀為姚剛劈死太師事作主。此時姚期綁子上殿請罪，劉秀憶及前盟，僅貶姚剛鎮守河北。父子分別，姚剛要父親辭官回鄉。劉秀極力挽回，並回憶姚期保王之事，要姚期放心在朝。	生	
4 頂荊倍罪	劉秀回到後宮，郭妃表面上稱劉秀處理妥當，內心卻不滿，借酒宴令劉秀破了戒酒之誓，並趁姚期陪罪之際，誣其調戲。劉秀酒醉，要斬姚期。	生	設計陷害
5 參宮定計	姚期請見國太，說明郭妃毒計。郭妃至招陽宮見國太，要國太作主，國太以其出言不遜，令人責打。	對立	
6 綁姚期	郭妃被國母羞辱，扯破衣物，誣指姚期調戲，要劉秀將姚期綁趁法場斬首。	生	設計陷害
7 法場相會	鄧禹得知姚期綁趁法場，趕到法場上，得知姚期被誣陷事。	輔助	
8 鄧禹保本	鄧禹上殿欲保姚期，豈知劉秀酒醉，郭妃將三道本章押下，並以火焚之。只好搬馬武出來營救姚期。	輔助	

9 馬武撞宮	馬武得知姚期被陷害，且鄧禹三本奏章都被郭妃所擋，憤而至金殿與劉秀論理。劉秀發下赦令，豈知姚期已斬首。劉秀怪罪鄧禹，鄧禹難忍昏君強加之罪，一頭撞死。劉秀又怪罪其餘臣子，將二十八宿一齊斬了。馬武宮門外奏本，越想越傷心，也一頭撞死。	生	
10 劉秀歸天團圓	岑彭得知姚期事，竟笑死。郭妃自知難以存身，懸樑自盡。眾人在南天門外，等待劉秀歸天。劉秀為紫微大帝降生，歸天後帶領二十八宿朝見玉帝。	生	神鬼情節

　　本劇表面上以生扮劉秀、占扮郭妃的角色安排，是符合傳奇「才子佳人」——以生旦為主角的模式，但實際內容劇情發展卻有很大的變化。由於本劇場次非常精簡，生扮劉秀與占扮郭妃兩條情節線，幾乎是合而為一，除了第五場〈參宮定計〉是占單獨出現的場次外，其餘占都與生同場出現，顯然不是以傳奇的生旦對位情節展開。故事的安排鋪衍，並沒有各自分成幾個線索，而是始終扣著劉秀一人發展，最後眾將上天臺，都還得等著劉秀歸天，才有領班之人，也才能朝見玉帝，因此嚴格說起來，本劇應屬以生為主的單線情節進行的結構布局安排。郭妃一線的情節，不是主情節，而是對立情節線，並且都交融在主情節線之中。輔助情節線的場次是〈法場相會〉、〈鄧禹保本〉，以雲台眾將為主。姚期一線的劇情發展，雖具有震撼力，且在劇中居於劇情轉折的關鍵地位，但姚期一線並未另行發展出線索，再加上劇情發展都與劉秀的主情節線緊密扣合，因此在結構上來看，並未發展成另一條主情節線。

　　全劇的一人一事，在於劉秀代表的「漢」（王朝），一事便是「斬姚與否」。整個故事便在「姚不反漢、漢不斬姚」上打轉，因此姚期是「指標性人物」，劉秀對待他的態度，就是對待雲台眾臣的指標，因為當姚期可斬時，雲台眾臣大約也可以預知自己未來的命運。就情節的安排而言，〈金殿封王〉不只是故事的開端，更已進入發展；〈遊街劈府〉還在故事的發展期；但緊接著就是一連串的高潮：〈綁子上殿〉、〈頂荊陪罪〉、〈參宮定計〉、〈綁姚期〉、〈法場相會〉、〈鄧禹保本〉、〈馬武撞宮〉，一波一波的高潮營造及累積；直到最後的〈劉秀歸天團圓〉才算結束。

　　本劇使用的敘事套式並不多，只用了設計陷害，最後的鬼神情節，並不是安排在劇情的起承轉合，反而是此劇特殊情節的部份，所以不同於其他劇作的「鬼神情節」。本劇使用的「敘事套式」不多，應該是因為篇較短，且為

單線結構，相形之下，比起多條主情節線的劇作，劇情要來得更集中，因此無須安排這些套式來布局。

（三）龍鳳閣

《龍鳳閣》內容情節、結構線、體製與敘事套式分析：

回（場）目	內　　　容	結構線	體製與敘事套式
報場	劇情大要		副末開場
1 楊波上壽	楊俊明為父母祝壽。接獲聖旨，鎮守陽河。李豔妃讓國與太師李良，要求滿朝文武畫押，楊波、徐延昭不肯。	生、旦、淨	出角色、慶壽
2 徐楊保國	徐楊二上殿，說明得天下不易，勸李豔妃勿將江山讓人。	生、旦、淨	進諫
3 徐楊三奏	徐楊勸諫，李豔妃不聽。徐延昭以御賜銅鎚打奸臣，李豔妃動怒，與徐激辯，不改初衷，讓定江山。李良決定登基後，必殺徐楊二人。	生、旦、淨	進諫
4 李良封宮	徐楊二人無奈，只得各將女兒送進宮中，保護李豔妃。李良將宮門封鎖，準備囚禁娘娘、餓死太子。國太得知，在徐小姐的建議下，寫了求救密旨，射出宮門外。	生、旦、淨	
趙飛頒兵上	趙飛打探軍情，拾得國太密旨。楊波修書，令楊俊明等人發兵救援。	生	
趙飛頒兵下	趙飛過章義門，通知楊俊卿、楊俊明、馬方等發兵回朝。四路人馬會齊，趙飛假裝酒醉，回報楊波，被楊波痛打，趙飛才告知人馬皆已調回。	生	行路
8 夜嘆觀兵	徐延昭龍鳳閣對皇靈哭訴，聽得人馬之聲，方知楊波搬兵回京；見過各將之後，眾人進宮保駕，並將封鎖之宮門擊開。	生、淨	敘志
9 徐楊進宮	徐楊進宮，爭回原來的公道後，力保太子登上皇位。	生、旦、淨	
進宮登基封官團圓	楊波抱幼主登基，令眾軍嚴守朝門，李良欲爭皇位，不敵被擒。眾有功人員一一封賞。	生、旦、淨	旌獎團圓

本劇也是單線情節進行的劇作，以楊波為主要情節發展的主情節線貫串全劇，不過生扮楊波與旦扮李豔妃、淨扮徐延昭，三個人關係密切，多數時候，三個人同場出現，並像綁蔴花瓣一般緊密結合。李良一線的「對立情節線」，完全合併在主情節線之中，沒有另外發展出脈絡。既是武戲也是輔助情

節線的〈趙飛頒兵〉、〈夜嘆觀兵〉，都交融於主線情節之中，丑扮趙飛雖在這兩場戲中有調劑冷熱之用，而且有可發揮的戲份，只不過同場出現人物尚有楊波，因此只能歸於主情節線的一部份。本劇特殊之處在於完全沒有主情節線之外的場次，不只是劇情單線發展，連其他各情節線也都與主情節線合而為一，完全的精簡場次、劇情集中。最後一場〈進宮登基封官團圓〉，也不像傳統的只是眾人封賞，一家團聚；本劇此處還交待李良爭王位等情節，明顯的不同於一般「大團圓」的徒具形式意義，而沒有劇情意義的場子。

全劇以楊波一人為重心，扣緊「讓國」一事，顯示楊波的忠心為國，為本劇全部故事重點。就情節高潮營造節奏而言，本劇一開場就進入高潮。〈楊波上壽〉的後半，與〈徐楊保國〉、〈徐楊三奏〉是三齣一體、不能分割的同一部份；〈夜嘆觀兵〉是另一波的情節高潮；〈進宮登基封官團圓〉則是故事的結局。

在「敘事套式」的運用情況，本劇使用了慶壽、進諫、行路、敘志、旌獎團圓。由於全劇的劇情脈絡簡單且集中，「進諫」的情節幾乎佔了全劇三分之一的篇幅（〈楊波上壽〉後半、〈徐楊保國〉、〈徐楊三奏〉），可稱得上是全劇的重心所在。而這樣的「進諫」情節，也因為「楚曲」板腔體製音樂的特性，在結構布局上能以三個回次接連，安排同一個情節，而能發揮得淋漓盡致。「楚曲」在編排上大約是為了照顧篇幅的均等，所以分成了三回，實際上這個「進諫」的情節，都是同一場戲，其中並沒有人物上下。

（四）英雄志

《英雄志》內容情節、結構線、體製與敘事套式分析：

回　目	內　　　　容	結構線	體製與敘事套式
報場	劇情大要		副末開場
1 詔回	諸葛亮奉劉禪旨意，將各路兵馬詔回。	外	出角色
2 回朝	東吳大將陸遜亦被吳侯召回。	輔助	過場
3 借兵	曹丕以劉備新亡，接受司馬懿的建議，五路攻蜀。	對立	
4 跑馬	遼東柯能比接獲曹丕書信，操練兵馬。	對立	演陣
5 練牌	南蠻孟獲接到曹丕書信，心中暗懷席捲三國之意，操兵練陣。	對立	演陣
6 遣將	孔明得知曹丕五路犯蜀，以魏延、趙子龍、馬超，及假作李嚴書信平去四路，唯東吳一路無人能去求和，故託病在相府籌畫良計。	外	

7 攻城	曹貞攻陽平關,被趙子龍打個大敗。	輔助	交戰
8 息戰	馬超守西平關,與柯能比說「假道滅虞」故事,柯能比擔心首尾不能相應,搬師回國。	輔助	演陣
9 自退	孟獲北進,魏延奉命守武陵、張苞奉命守貴陽,孟獲無功而返。	輔助	交戰
10 驚駭	劉禪知曹丕五路發兵,嚇得膽戰心驚,派人請孔明議事,但孔明託病,二請不到。賈允、鄧芝建議後主親訪相府。	小生、正生	
11 奏后	劉禪見母,疑心孔明不願效力,故爾託病。太后令劉禪親駕相府,親問退兵之策。	小生	
12 進府	劉禪親臨相府。	小生	
13 觀魚	孔明相府內觀魚,自述心曲。劉禪來到,責問孔明,孔明告知並非觀魚,乃苦思良謀。報子傳來四路兵馬皆退,孔明說明東吳一路無人可用之事,劉禪知孔明神機,故安心回宮。孔明見鄧芝有才能,與之長談,鄧芝自願使吳。	小生、正生、外	
14 說吳	鄧芝使吳。孫權知鄧為說客,依陸遜建議,設油鍋以難之。鄧芝笑孫權器量淺短,孫權折服,以禮相待,答應與蜀聯合,並派張溫過蜀答禮。	正生	
15 答禮	鄧芝不負使命回到蜀國,並介紹張溫為吳王特使。	正生	
16 天辯	蜀國宴請張溫,秦宓裝醉問難。張溫被問得滿臉羞愧。	輔助	
17 議征	曹丕得知各路兵馬皆敗,吳蜀又聯軍攻魏,司馬懿建議造龍舟攻吳。	對立	
18 掛帥	東吳得知曹丕乘龍舟來範,修書往蜀國搬救兵,並派徐盛迎敵。	輔助	
19 接書	孔明接獲東吳求救信函,令趙雲帶兵阻劫。	外	起兵
20 起兵	徐盛發兵。	輔助	
21 乘舟	曹丕親征,來到廣陵地界,卻未見岸下有營寨或兵馬。	對立	
22 敗魏	徐盛趁大霧將曹軍打個大敗。	輔助	交戰
23 火攻	東吳軍隊追殺曹軍,火焚龍舟。曹丕只能登岸,駐紮陽平。	輔助	
24 助戰	趙子龍助戰,攻破陽平,曹魏君臣落敗而走。	輔助	交戰
25 團圓	劉禪擺宴獎勵眾卿。	小生、正生、外	酒宴

本劇中有正生、正旦的角色安排，但正旦陸遜一角僅出現在〈回朝〉一場，稱不上是貫穿全劇的角色。以正生安排的角色有兩個，一為馬超，一為鄧芝，但二人並未貫穿全劇。小生扮的劉禪，稍微接近「主情節線」的安排要求，最後的〈團圓〉也是以劉禪為主；但除了出場太晚（第十齣〈驚駭〉）外，戲份上也遜於外扮孔明的場次，故稱小生扮劉禪為「主情節線」，似乎也不夠妥當。縱觀全劇，幾條線索大約是以外扮孔明、小生扮劉禪、正生扮鄧芝為主要情節布局，並參雜其他「對立情節線」、「輔助情節線」；由於不符傳奇定制的「生旦」為主，因此稱為「多線情節」的結構布局。

以外扮孔明為主的一線是：〈詔回〉、〈遣將〉、〈接書〉；小生扮劉禪的一線是：〈奏后〉、〈進府〉；以正生扮鄧芝的一線是：〈說吳〉、〈答禮〉；劉禪與鄧芝交會的一場是〈驚駭〉；三人交會的部份則是〈觀魚〉，與最後的〈團圓〉。由於三個主要角色都屬蜀漢，因此也是在以蜀漢為主的線索發展安排。「對立情節線」便將之歸於發動戰事的曹魏陣營發生的幾場故事：〈借兵〉、〈跑馬〉、〈練牌〉、〈議征〉、〈乘舟〉；「輔助情節線」便是與蜀漢同盟的東吳陣營，及有助於蜀漢陣營的幾場：〈回朝〉、〈攻城〉、〈息戰〉、〈自退〉、〈天辯〉、〈掛帥〉、〈起兵〉、〈敗魏〉、〈火攻〉、〈助戰〉。本劇由於是戰爭故事，起兵、交戰等武戲情節特別多，由於大部份的武戲情節都與「輔助情節線」和「對立情節線」合而為一，所以不再另行列出。

本劇由於並沒有一主情節線貫穿全劇，且各主線之間交錯的部份不多，反而有「區塊集中」的傾向：十、十一、十二、十三場是小生劉禪的主場；十四、十五是鄧芝發揮的主場；給人一種「分段式」故事組合的感覺，而不像是一個完整的故事。所以整體故事結構似乎不夠嚴密，沒有劇情起承轉合的統一感；不知是否是這個緣故，所以在《清車王府藏曲本》中所收的亂彈《安五路》，以及《戲考》所收的《安五路》都沒有沿用這個劇本的結構與劇情安排。〔註19〕

第三節　結構布局與情節高潮

「楚曲」在發展過程中，相當程度上沿用了明清盛行的傳奇體製結構。從外在的分卷、分場（回）、開場、出角色、大收煞，到內在情節結構的生旦

〔註19〕詳見第五章〈楚曲對單齣京劇的影響〉（一）。

對位等情節布局。然而「楚曲」畢竟不是傳奇，這樣的沿用在繼承與新變之間有很大的差異空間，且能不受拘束的發展出不同於傳奇的結構布局。

一、結構布局的變化

《回龍閣》、《二度梅》、《辟塵珠》是現存十種長篇「楚曲」中，最接近傳奇生旦對位發展結構布局的劇作。在這三個劇作中，沿用傳奇以生旦對位的主情節線，不論是生旦出場、生旦分離、重逢前的挫折、大團圓等情節的安排，都與傳奇大同小異。它與傳奇最大的差異只在於「生旦上場」的「出角色」一場，已進入正式劇情發展，不再只是為符合體製、徒具形式意義的場次。所以主角上場時雖然也有慶壽、敘志、自嘆、遊園之類的安排，但只佔第一場的一小部份，更多的時候，出角色的下一步就立刻進入故事發展。由於故事是採「生旦對位」發展布局，因此「花開兩朵、單表一枝」，兩條主情節線時而分離各自發展，時而交織會合，由各個點串成的故事的「串珠式」安排，〔註20〕與傳奇並無二致。不過在這三個劇作中，共通的特點，都是傳奇中作為調劑冷熱的「打諢過場」等玩笑情節的空場，幾乎是不存在；劇情的穿插多是以輔助情節線代替，給予主角有喘息緩衝的餘裕。在最後的「大團圓」的處理方式上，依舊不脫「一門旌獎」、「封官團圓」這樣的結局。但也因為此類「楚曲」結構布局最接近傳奇，所以運用傳奇「敘事套式」的部份也最多。有意思的是這三個劇本都運用了大量的「鬼神情節」做為敘事技巧，使得劇情轉折處多賴「鬼神之力」。

《烈虎配》其實也是以「生旦對位」發展布局的劇作，只是原本應該是與《二度梅》一樣的「雙生雙旦」布局，卻演變成「二生」的對位發展，而且沿用了「生旦對位」的概念，第一男主角和第二男主角的兩條情節線發展，完全符合出角色、分離、重逢前的挫折、重逢、一門旌獎這樣的傳奇慣例。值得注意的是第二男主角的行當，並不是運用傳奇中常見的「小生」，而是「花」。《打金鐲》、《祭風臺》則是維持傳奇體製中以「生旦」為主要角色的安排，只是二劇中生旦關係都不是傳統的情人或夫妻，因此在布局上就有不一樣的安排。《打金鐲》中的末與外產生的輔助情節線與兩條主情節線，在份

〔註20〕此概念為目前討論傳奇時的共識。源頭不知是否來自劉熙載《藝概》（台北，華正，1988）卷四〈詞曲概〉：「『纍纍乎端如貫珠』，歌法以之，蓋取分明而聯絡也。曲之章法，所尚亦不外此」，頁127。

量上可等量齊觀，且各自有線索發展的情況，使全劇成爲四線交錯的劇情安排，但卻不是傳奇「雙生雙旦」的四線結構。《祭風臺》中男角色的周瑜，被安排成「旦扮」，成爲與生扮孔明的對位發展角色，但由於二者關係不同於傳奇傳統，所以有些不分不合的尷尬，特別是最後的「大團圓」，缺少了「故事完結」的落幕效果，只像是勉強給故事告一段落，至於未來發展如何，並無交待。其實，如果徹底擺脫傳奇「生旦主角」概念，不要堅持這種傳奇體製，《祭風臺》一劇便清楚可區分爲「魏、蜀、吳」三條主要結構交錯構成，也就無須給個莫名其妙「團圓」結局。

這些在「生旦對位發展結構布局變形」的劇作裡，可以觀察到的情況，正說明傳奇以生旦爲主角的概念，在「楚曲」中已產生變化，有時堅持運用傳奇慣例，有時又掙脫束縛。於是產生了除傳奇中常見的「生」行可做爲劇中主角之外，其餘如「花面人物」、外、末角色也都可挑樑做爲主角的一種傾向。這與蘇州派劇作家有異曲同工之處，考慮到「楚曲」時代較蘇州派劇作爲晚，所以這樣的情形，恐怕是當時劇作的一種普遍現象，只是屬於花部劇作的「楚曲」這種傾向更加明顯。〔註21〕但是「楚曲」不同於蘇州派劇作的地方，在於「生旦」不必然是劇作中的主角，主角概念的模糊，主結構線就不再只有兩條，可能一條，更可能多條。

不過「楚曲」在沿用傳奇體製結構的同時，有許多劇作卻能完全掙開這種體製結構帶來的角色制約，發展出不同於傳奇的結構布局，《魚藏劍》、《上天臺》、《龍鳳閣》、《英雄志》即屬此類。這幾個劇作共同的特色都是有著傳奇體製的外衣，保留了「報場」及最後的「團圓」結局。然而除了「報場」與傳奇相同，還具有「副末開場」的家門大意性質外；其他的部份，包括「團圓」的方式，都與傳奇有很大的出入。《魚藏劍》、《上天臺》都是以生爲唯一「主情節線」，故事圍繞著主角一人發展，包括旦角在內的其他角色，像是走馬燈般，只做爲點綴性質出現。《龍鳳閣》也是以生爲主的單線結構，但劇情的安排卻是生與淨、旦密不可分的共同組成大多數的場次。這三個劇本的輔助情節線與對立情節線都不太明顯，甚至從缺，沒有調劑冷熱的空場，每一個場次都與劇情發展息息相關，因此劇情直貫而下，比較接近鎖練般的勾環，

〔註21〕「楚曲」與蘇州派劇作還有一個相同的地方，那就是戲曲的「場上性」。「楚曲」根本就是當時場上演出的刊印本，而蘇州派劇作家也特別重視場上演出效果，更重要的是，目前有很多蘇州派的劇作，僅有演出本留存。

一個緊接著一個。由於缺少了其他情節線的互相穿插，所以這幾個劇本結構簡單、篇幅都比較簡短，劇情相形也較為緊湊。

《英雄志》則是外扮諸葛亮、正生扮鄧芝、小生扮劉禪三人很難分出主從的多線結構。這個長篇「楚曲」劇作，因為不像《祭風臺》那樣勉強的生旦對位，又不屬於以生為唯一情節發展結構的劇作，再加上「楚曲」中又僅有一個這樣的長篇，所以很難就此下任何斷語。

二、結構線與情節高潮

對「楚曲」劇作結構線的分析，只是有助於了解全劇情節的布局，但主結構線與情節高潮的部份並不一定完全相應，換而言之，即情節高潮不一定只出現在主結構線上，其他的情節線也會出現戲劇高潮，最主要的因素，便在於「楚曲」的結構布局方式已不完全等同於傳奇。

（一）拋物線式情節發展

單線結構布局的劇作，由於只有一線情節，所以情節高潮一定出現在結構線上。其情節的安排，呈現拋物線的形狀，從開始、發展、高潮到結果，井然有序的一一呈現。雖然從波峰到波谷的距離可能因劇而異，但情節布局卻是緊密承接。如《魚藏劍》在情節高潮的營造上，〈伍奢上壽〉、〈上朝奏本〉、〈金殿完婚〉屬故事開端；〈伍奢罵朝〉到〈樊城下書上本〉是故事發展部份；〈逃關返國下本〉（會申包胥）一場開始，是故事的高潮起點，〈伍員嘆昭關〉、〈伍員混昭關〉、〈漁人撲水〉、〈浣紗女投河〉是高潮的累積；〈大團圓〉則是故事的結束。《上天臺》〈金殿封王〉、〈遊街劈府〉還在故事的發展期；但緊接著就是一連串的高潮：〈綁子上殿〉、〈頂荊陪罪〉、〈參宮定計〉、〈綁姚期〉、〈法場相會〉、〈鄧禹保本〉、〈馬武撞宮〉，一場場的高潮營造及累積；直到最後的〈劉秀歸天團圓〉才算結束。《龍鳳閣》一開場就進入高潮。〈楊波上壽〉的後半，與〈徐楊保國〉、〈徐楊三奏〉是三齣一體、不能分割的同一部份；〈夜嘆觀兵〉持續著這樣的情節高潮；〈進宮登基封官團圓〉則是故事的結局。

《英雄志》雖是多線結構劇作，但情節高潮出現在〈驚駭〉、〈觀魚〉、〈說吳〉，正好是依小生、外、正生三條主情節線產生。特別的是此劇並不因為主結構線有多條，而在戲劇高潮時呈波浪式的表現方式，反而因為三個高潮點的接近，產生了如單線結構似的高潮集中的拋物線波峰。

（二）波浪形的情節發展

有兩條主情節線以上的劇作，戲劇高潮就未必一定在主結構線上。由於受到多條結構線的影響，戲劇高潮往往以波浪的方式出現，時而高低起伏，時而如錢塘潮般，匯成一個更大的波浪，但有時卻只是一個又一個浪頭接續，未必有匯合的時候。

《二度梅》〈良玉投親〉是第一波高潮；〈囑梅重開〉正是本劇名之為《二度梅》的原因，接連著〈杏元罵相〉、〈杏元投崖〉是第二波高潮的波峰；第三波的高潮出現在〈失釵相思〉至〈池邊相會〉；第四波的高潮出現在〈午門毆杞〉。主導這四波高潮的人物，很奇特的是由「喜童──旦──生──群眾」共同完成。不過這四波高潮的組構方式還是各有不同。生的一線高潮，先是投親時遇到了勢利眼的侯鸞，喜童的代死讓良玉孤苦無依，進而投環自盡；只是這樣的情節高潮並未持續營造，因為劇作重心轉到了杏元一線情節。良玉一線的下一波高潮是在睹物思人中發展，當賴以生存的支撐──「定情金釵」失蹤時，結果是氣急攻心、病入膏肓。不過這一線原本真正的高潮應是〈池邊相會〉與杏元見面一場，只是前面〈以假試真〉、〈春香探花〉幾乎都已經預告了杏元在鄒府的種種線索，由於鋪墊太過，因此戲劇張力便有些降低。至於杏元這一波高潮的幾場戲，是以不斷推進攀升的方式來營造戲劇張力，梅開二度之後，本該是無限美好，可以安排「王子與公主從此過著幸福快樂的日子」，豈料風波驟起，情節突然逆轉，杏元被迫和番，主人翁可期待的美好未來立刻變成泡影，杏元只能以「罵相」的方式，來面對破壞她幸福的兇手，而且最後只能以投崖來展現出她的「忠烈」。最後一波的高潮則是劇情最大的轉折所在，當春生考取功名，一般而言，就能奏明聖上、前冤盡雪，但此處卻非如此；盧黃二人依舊仗勢欺人，春生依經驗法則，選擇掛冠逃走，但盧黃二人引發的「眾怒」，卻成了制裁二人的最佳利器，也因為「眾怒難犯」，才使二人在作威作福了這麼久之後，接受審判，劇情也才出現逆轉。

《辟塵珠》中〈下凡賜珠〉是全劇情節高潮的開端，如同《二度梅》一樣，情節高潮呈現波浪狀分布，隨著生旦主情節線的變化展開，生的一線是在〈毒酒害春〉一場；旦的一線在〈尋子驚夢〉、〈脫逃相會〉。但以末為主的〈金殿鬧曹〉、〈御祭劈棺〉卻更具震撼力。所以真正的情節高潮，必得在「生──旦──末」三人共組的情況下才能完成。而這個劇作的特色，是生、旦、末三條結構線安排，已產生明顯的變化，不只是末角一線的輔助情節線佔有

重要地位，在各角色上場的場次安排，有明顯「區塊集中」的走向，全劇由前生、中旦、後末的方式集中各角色的演出場次。這種「區塊集中」的安排，與傳奇串珠式情節布局有明顯的差異。

《打金鐲》的情節高潮一樣因為結構線的關係，呈波浪形出現。首先是出現在〈設計服毒〉一場，小生扮的姚廷美雖不在主情節線中，但因廷美被害，才有後來的種種波折。〈寫狀〉是生扮揚青、旦扮楊素真這一線的高潮所在，〈柳陰結拜〉雖有毛蓬從中協調的部份逆轉，但未成功；真正的結拜是在得知手鐲來歷之後；所以〈柳陰結拜〉只能和〈寫婚〉、〈投店〉、〈哭靈〉同列為此一高潮的發展部份。〈受賄賣放〉是劇情逆轉處，〈拿下〉是宋世傑這一線的高潮所在，但距離〈盜書〉一場的醞釀，又隔了好多場次。全劇的高潮也不只是依附在生旦主結構線上，「小生──生、旦、末──末──外」才是共構情節高潮的角色。

《祭風臺》的情節高潮，以旦為主的一線，落在跨越了〈借刀計〉、〈夜逃〉兩場的「蔣幹盜書」，〈獻苦肉〉是旦這條結構線的另一個情節高潮處。生一線的情節高潮安排在〈草船借箭〉及〈祭風〉二場。本劇另一個高潮處，並非依附主情節線，而是出現在〈擋曹〉一場，外扮關羽與淨扮曹操，華容道的相遇，是戲劇的轉折處。全劇的情節高潮是由「旦──生──旦──外、淨」共組而成。

從以上的分析可見，單一結構線的劇作因為沒有旁枝，劇作全部重心都在主要角色身上，所有情節高潮當然都緊扣著唯一的結構線，也緊扣著劇中的主角。但多線結構布局的劇作就不然，由於生旦對位情節結構的變形，戲劇高潮隨之改變，劇中的主結構線不再只是生旦二線時，戲劇高潮便可能四處遊走，於是可能出現主結構線與戲劇高潮的不相應情況。

另一個值得注意的現象，是結構布局的變化，這些場次因為接連在一起，導致串珠式情節布局逐漸向區塊靠攏，以便累積更多的戲劇能量及情節高潮。這些區塊，自己形成一個像單線結構情節布局的拋物線情節高潮，同一角色得以在接連的幾場戲中盡情揮灑，成為此一區塊的主角。這樣的劇情安排，在「楚曲」中有越來越有明顯的趨勢，《辟塵珠》、《打金鐲》、《英雄志》都出現這樣的情況。《辟塵珠》全劇從一開始的〈拾寶上京〉、〈定計誆寶〉、〈毒酒害春〉以生為主；轉到劇作中段的以旦為主：〈商售荷包〉、〈中計進府〉、〈害苗逼婚〉、〈脫逃相會〉；最後轉到以末為主的審案劇情：〈回京梢風〉、〈金殿

閨曹〉、〈御祭劈棺〉、〈洩冤除奸〉。《打金鐲》中〈拜繼〉、〈進狀〉、〈投文〉、〈提拿〉劇情重心都集中在外扮宋世傑的身上；〈告狀〉、〈拿下〉、〈正法〉則是以末扮毛蓬，為主導劇情發展的關鍵性人物。《英雄志》〈驚駭〉、〈奏后〉、〈進府〉、〈觀魚〉四個接連的場次，小生扮劉禪可以有很好的發揮；〈說吳〉、〈答禮〉則是正生扮鄧芝的主場。這種「區塊集中」的劇情安排，使得多線結構的劇作，變成了多個單線結構劇作的組合，而任取其中一個角色的片段，也就可以在不用大幅刪改的情況下，成為某個角色的「折子戲」。

第四章　長篇楚曲對京劇的影響

　　京劇是從徽班中脫胎而來，其前身劇種包括了秦腔、梆子、崑腔、徽戲、漢調等，這些前身劇種的劇作對京劇如何產生影響？其承襲及改變的情況又爲何？由於早期劇本的難以取得，故無法釐清其中的演變過程。

　　徽班在進京之初，演唱的劇作還能從《綴白裘》、《納書楹曲譜》所收的花部劇作、時劇中找到劇本，稍後有關徽班劇目，僅有劇目著錄，卻無法找到劇本內容做爲比對。由於「楚曲」劇本的發現，使得這一段徽班到京劇的發展過程，得以有了考察的憑據，本文即以現存「楚曲」劇本，與《梨園集成》、《戲考》劇本，這兩種屬於京劇成熟期的劇本加以比對，以明其發展脈絡。《梨園集成》爲李世忠於光緒四年（1878）輯纂，目前可見爲光緒六年（1880）刻印本（以下簡稱「梨本」）。王大錯述考、鈍根編次的《戲考》，則於民初開始編輯，約於民國十三年出齊。這兩本劇作集所代表的意義，在於所收劇目爲京劇發展至高峰的演出本，且是目前所見收錄京劇劇作較齊全的本子，故本文用以做爲比對的依據。〔註1〕另以時代較晚胡菊人所編《戲考大全》、柳香館主人編《京戲考》二書所收劇本爲輔助依據。〔註2〕此外，由於車王府亂彈劇本代表的「京劇初期劇本」與其「前身劇種」劇本之間的關係，它可以

〔註1〕　有關《戲考》（台北：里仁，1980）出版年代等相關問題，可參見王秋桂在台灣里仁書局重印《戲考》，撰寫的《出版說明》，收在「名伶小影、總目索引」冊，頁1～4。另可參見北京市藝術研究所、上海藝術研究所組織編著：《中國京劇史》（北京：中國戲劇，1999）上卷，頁160。

〔註2〕　胡菊人編《戲考大全》原爲1937年上海圖書公司印行，上下冊。宏業書局於1970重印，其後多次再版，筆者所用爲1986年再版。柳香館主人《京戲考》亦名《京戲大觀》，上下冊，1966由台北正文出版社印行。

使「楚曲」與京劇劇本之間的關係得到更明確的聯繫。但由於《清車王府藏曲本》（以下簡稱為「車本」）所收劇作時間跨度非常長，有 有源自於乾隆時期就存在的「百本張」鈔本；但具體可見的抄錄時間為咸豐五年（1855），到光緒十九年（1893）。由於確實的劇本版本年代頗難確定，因而其中劇作的變化，也難以從劇本中得到資料釐清，故本文僅將車本列為參考對象。〔註3〕

目前可見的十個長篇「楚曲」，在京劇劇本集中收錄的情況各不相同。本文針對這種不一致的情況，分為「全本沿用」、「集折串演本」、「連台本戲」三個部份分別論述。收錄在《梨園集成》中的《魚藏劍》、《祭風臺》，收在《清車王府藏曲本》亂彈部份及《戲考大全》中的《四進士》（即「楚曲」《打金鐲》），是京劇對「楚曲」「全本沿用」的部份。京劇《伍子胥》、《龍鳳閣》則是「楚曲」《魚藏劍》、《龍鳳閣》的「集折串演本」。《梨園集成》本中的《碧塵珠》，則是源於「楚曲」《辟塵珠》的新編「連台本戲」。

第一節　全本沿用楚曲的京劇劇作

所謂「全本沿用」，是指京劇對「楚曲」的劇作不論是劇作結構、人物、情節鋪陳、唱詞幾乎都完全繼承沿襲的劇作。目前明顯可知京劇出於楚曲的劇作有《魚藏劍》、《祭風臺》、《四進士》。由於長篇「楚曲」篇幅較大，故採「情節單元」比對，以說明「楚曲」到京劇的變化。所謂「情節單元」是依據「人物上下」的「分場」所造成的情節段落，而非運用傳奇體製因為曲牌聯套音樂造成的「折」或「齣」為一單元。〔註4〕

以下為各本因「人物上下」的分場概念，所造成的「情節單元」，表列二者之異同：（○表示「情節單元」）

▲魚藏劍

楚　　曲	梨　園　集　成
報場	

〔註3〕 有關《清車王府藏藏曲本》所收戲曲年代及相關考證，可參見關德棟《原石印《清蒙古車王府曲本》序》、金沛霖《原《清蒙古車王府藏曲本》前言》，收在《清車王府藏曲本》（北京：學苑，2001），頁15～25，。

〔註4〕 《梨園集成》本所收《魚藏劍》、《祭風臺》並未分場，車本《四進士》明白標示分場。

一場： 　○　伍奢上壽	○　伍奢上壽
二場： 　○　上朝奏本 　○　申包胥催貢 　○　費無極齊國迎親起惡心	○　上朝奏本 　○　申包胥催貢 　○　費無極齊國迎親起惡心
三場 　○　金殿完婚 　○　公主妥協	○　金殿完婚 　○　公主妥協
四場 　○　伍奢罵朝	○　伍奢罵朝
五場 　○　伍奢修書 　○　太子鎮城文	○　伍奢修書 　○　太子鎮城文
六 　○　樊城下書 　○　伍尚行路 　○　惡計又生	○　樊城下書 　○　伍尚行路 　○　惡計又生
七 　○　伍奢被斬 　○　圍困伍府 　○　通風報信 　○　捉拿伍云 　○　會申包胥	○　伍奢被斬 　○　圍困伍府 　○　通風報信 　○　捉拿伍云 　○　會申包胥
八回 　○　伍員出走 　○　皇甫納自道 　○　伍員夜嘆	
九回 　○　一夜白頭 　○　商議 　○　伍員混昭關	
十回 　○　過關 　○　救皇甫納 　○　渡河	○　渡河
十一回 　○　漁人撲水 　○　浣紗女投河	○　漁人撲水 　○　浣紗女投河

十二場	十二場
○ 伍員訪專珠	○ 伍員訪專珠
○ 姬光自嘆	○ 姬光自嘆
○ 姬光訪賢	○ 姬光訪賢
十三場	十三場
○ 別母	○ 別母
○ 刺僚	○ 刺僚
十四場	
○ 大團圓	○ 大團圓

　　梨本與「楚曲」本最大的不同在刪去了《報場》及《文昭關》（即「楚曲」本的第八、九回、第十回的前半）及最後《大團圓》的後半部份。增加的是一些局部較細緻的處理，如武成黑圍攻樊城這一段：

楚　　曲	梨　園　集　成
（生唱）玲瓏愷甲響叮噹 　　　　三軍與爺把城獻 　　　　會會賊子把話言	（生唱）玲瓏愷甲響叮噹 　　　　三軍開城齊擁上 　　　　看是誰弱那個強
	（會陣）
（生白）呔！武成黑帶兵何往？	（生白）我當是誰？原來是伍成黑，領兵何往？
（花白）奉了平王旨意，拿你問罪。	（雜白）奉王旨意，前來拿你。
（生白）一派胡言，放馬過來。	（生白）休得胡言，三軍攻打頭陣。
（雜下）	（殺下）（打介）（下）（上殺）（雜敗下）（生追下）
	（雜上） （白）　吓！子胥殺法利害，倘若追來，回馬鎗擒他便了。
	（付上）（死）（生接殺）（敗下）（雜追）
（生白）吓！這廝殺法利害，他若追來，代俺放他一箭。呔！招箭。	（生上）（白）賊子殺法利害，再若追來，傷他一箭。
	（雜上）（死下）
（生唱）未曾開弓刁鈴放 　　　　無志匹夫把命喪 　　　　本帥逃出天羅網 　　　　可嘆家將一命亡	（生唱）搭上彎弓把刁翎放 　　　　無志匹夫上戰場 　　　　本帥逃出天羅網 　　　　可嘆家將一命亡

梨本清楚的標明武打場面的處理，不似「楚曲」本那般簡略。由於《文昭關》
被刪除，所以東皋公和皇甫訥兩個人物就不必出現。其餘人物、情節都沒有
重大變化。《文昭關》這個伍子胥「五更夜嘆」的大段唱詞也就被捨去，就戲
曲的節奏進展的確快速許多，但對「一夜白頭」才得以矇混過關的情節，以
及在夜嘆時，不斷加強深旋的內心感受，就完全被省略掉。京劇就全本戲在
敘事與抒情之間的選取角度清晰可見——捨抒情而就敘事，以利劇情推展。
不過這個情節，在折子部份卻是被保留下來的，〔註5〕由此可見整本戲與折子
戲不同的選取角度。

特別值得注意的是「圍困伍府」的這一個情節處理，在《清車王府藏曲
本》及《戲考》本中，都省略伍母出現的一場，而以家將交待伍家被斬盡殺
絕一事。但是梨本卻保留了這個部份，且唱詞大致相同：

楚　　　曲	梨　園　集　成
夫（伍母） 　　聽一言來心內驚 　　好似剛刀刺我心	夫（伍母） 　　三魂渺渺歸泉下 　　七魂茫茫到天台 　　可憐他父子功勞大 　　只得壹命染黃沙
聽一言來怒氣發 　　狼心狗肺井內蛙 　　可嘆兒夫歸泉下 　　二次又殺我全家 　　等只等伍云興人馬 　　殺得君臣碎尸塔	手指奸賊高聲罵 　　狼心狗肺井內娃 　　屈殺忠良裘泉下 　　二次又殺我全家 　　只得伍員興人馬 　　管叫兒尸首用馬踏
淨（費無極） 　　聽一言來怒氣發 　　膽大賊婆把口誇 　　三尺青銅出了鞘 　　管叫你一命染黃沙	淨（費無極） 　　聽一言來怒氣發 　　膽大婆賤把嘴誇 　　三尺龍泉出了鞘 　　叫你鮮血染黃沙

唱詞幾乎一模一樣，未見更動，從這個地方便清楚看出京劇劇本沿用「楚曲」
劇本的痕跡。

〔註5〕　有關此一部份分析，詳見下一節。

▲祭風臺

　　《祭風臺》的情況與《魚藏劍》頗為類似，整體而言，從「楚曲」到梨本的改動並不大。梨本在角色行當上，較「楚曲」略加調整，加黑字體表示變化的部份：

楚　　　曲	梨　園　集　成
末：劉備	外：劉備
生：孔明	生：孔明
外：魯肅	末：魯肅
正旦：周瑜	小生：周瑜
末：張昭	末：張昭
淨：孫權	淨：孫權
丑：蔣幹	丑：蔣幹
雜：張遼	外：張遼
夫：丁奉	正：丁奉
小生：趙子龍	武小生：趙子龍
付：張飛	副：張飛
占：劉封	占：劉封
外：關雲長	末：關雲長
小生：陸績	正：陸績
末：張昭	外：張昭
付：呂文範	付：呂範
丑：薛琮	丑：薛宗
生：蔡瑁	付：蔡瑁
付：張允	老：張允
夫：文聘	正：文平
淨：曹操	淨：曹操
末：黃蓋	花（淨）：黃蓋〔註6〕
外：甘寧	武小生：甘寧
淨：太史慈	淨：太史慈
小旦：蔡中	小旦：蔡中
占：張和	占：張和
老生：闞澤	外：闞澤
付：龐統	花：龐統
老生：徐庶	雜：徐庶

〔註6〕 在「二用借刀」的後面部份，梨本黃蓋突然又變成了「武生」，不知是否與甘寧一角混淆？今京劇所演，黃蓋為淨扮，甘寧為武生扮。

　　「楚曲」《祭風臺》從有名有姓的角色到龍套、青袍共有四十二人，由於此劇男行當角色人數過多，因此以統扮演女性劇中人物的角色行當：「正旦」扮周瑜。「楚曲」反映的是當時戲場上的演出實況，因爲戲班有所謂的「江湖十八筒網子」之說，即指江湖班有十八個演員就能演出大戲。〔註7〕而京劇本並無此顧慮，因此把原爲「正旦」扮的周瑜改爲「小生」，徹底地拉回男角色的行列。「末」與「外」在梨本中的用法正與「楚曲」相反，但仔細觀察「楚曲」中的角色分類，概念上「正生」、「外」、「末」都屬於男角色「生」的大分類中，除了和用小嗓的「小生」有明顯區別外，因都用本嗓，也都掛髯，是極易相混，這三類角色全看劇中人的身份安排搭配，〔註8〕後來才形成定制，各有應工戲。趙子龍由「楚曲」的「小生」，到京劇「武小生」扮，可見此時京劇文武生角的部份有較明確的分別。除此之外，陪襯性人物也有少許變化。

　　不過在《中國戲曲志・湖北卷》提到江湖班十八人演出《祭風臺》的行當表爲：

　　　　一末，諸葛亮。

　　　　二淨，曹操

　　　　三生，前劉備、中黃蓋、後劉備。

　　　　四旦，周瑜（小生兼演武生扮趙雲）。

　　　　五丑，薛綜、蔣幹、道童。

　　　　六外，前魯肅、中文聘、後魯肅、關公

　　　　七小，趙雲。

　　　　八貼，太監、蔡和、旗牌、刀斧手、劉封。

　　　　十雜，虞翻、孫權、太史慈、龐統、張飛。〔註9〕

〔註7〕　所謂「江湖十八筒網子」，是在當時爲因應戲班演員人數而做的變革。江湖班除一末到十雜的正行外，每個正行還有副行。一末的副行爲二老生，二淨：粉彩；三生：坨羅帽；四旦：二小姐；五丑：扎頭將；六外：六六外；七小：宗太保；八貼：蹻旦；九夫：婆老旦；十雜：四七郎。而且十八個演員都還要兼龍套，所以大小劇目都能適應。《中國戲曲志・湖北卷》（北京：文化藝術，1993），頁327～328。

〔註8〕　漢劇的角色家門分爲十色：一末、二淨、三生、四旦、五丑、六外、七小、八貼、九夫、十雜。其所角色應工及相關分析，可參見周貽白：《周貽白戲劇論文選》（湖南：人民，1982），頁469～473、《中國戲曲志・湖北卷》（北京：文化藝術，1993），頁325～328。

〔註9〕　《中國戲曲志・湖北卷》（北京：文化藝術，1993），頁328。

卻與今日所見「楚曲」本還是略有差異，「生」與「末」換了過來，不知所據
為何？

　　「楚曲」《祭風臺》與梨本所收劇本，在情節的安排次序上也有些許不同：

楚　　曲　　本	梨　園　集　成
小引	
報場	
登場	登場
二場 　○　回朝	○　回朝
三場 　○　舌戰	○　舌戰
四場 　○　計議	○　計議
五場 　○　改陣	○　改陣
六場 　○　借刀計	○　借刀計
七場 　○　夜逃	○　夜逃
八場 　○　中計	○　中計
九場 　○　二用借刀	○　二用借刀
十場 　○　裝呆獻技	○　裝呆獻技
十一場 　○　草船借箭	○　草船借箭
十二場 　○　獻苦肉	○　獻苦肉
十三場 　○　詐降	○　詐降
十四場 　○　闞澤投魏	○　闞澤投魏
十五場 　○　押蔣	○　押蔣

十六場 ○ 薦龐	○ 薦龐
十七場 ○ 獻連環	○ 獻連環 ○ 擺陣
十八場 ○ 裝病	○ 裝病
十九場 ○ 逃潼關	○ 看病
二十場 ○ 看病	○ 逃潼關
二十一場 ○ 祭風	○ 趙雲開錦囊 ○ 祭風
二十二場 ○ 過江	○ 過江
二十三場 ○ 點將	○ 點將
二十四場 ○ 發兵	○ 發兵
二十五場 ○ 擋曹	
二十六場 ○ 請罪	○ 請罪
二十七場 ○ 佔城	○ 佔城
二十八場 ○ 團圓	○ 團圓

梨本最大的改變是刪除了「楚曲」第二十五場的《擋曹》，在車本亂彈中，與「楚曲」《祭風臺》故事相對應劇情的這一個部份，也未見收錄。而在「慶昇平班劇」中已有《華容道》這個劇目，雖然梨本不知何故少了這一場戲，〔註10〕但經比

〔註10〕楊恩壽：《詞餘叢話》卷二，曾提及「關帝升列中祀，典禮綦隆，自不許梨
　　　　園子弟登場搬。京師戲館，早已禁革」，推其年代，當在道咸年間，曾有禁
　　　　演關公戲的禁令。雖然《梨園集成》是在光緒年間編成，不知否受此影響？
　　　　收在《中國古典戲曲論著集成》（北京，中國戲劇，1959）第九冊，頁264。

對後，「楚曲」爲京劇《華容道》的祖本則毫無疑問。〔註11〕

「楚曲」在曹操帶龐統觀軍擺陣的部份只是以過場帶過，梨本有較詳細的描寫，而且由此可看出曹操誇耀軍隊精良、龐統故獻諛詞的意味：

楚　曲　本	梨　園　集　成
（吹打同上桌介）	（吹打）
	（丑引花淨上將台看介）
（淨白）吩咐眾將，陣勢擺開。	（淨白）子翼！吩咐眾將，擺開陣勢。
（丑白）丞相有令，將陣勢擺開。	（丑白）眾將擺開陣勢。
（鑼鼓擺陣過場）	（眾將擺陣介）
	（淨白）先生陣勢如何？
	（花白）看此陣前顧後躬，進退有門，當初孫武子擺的也不過如此。
	（淨白）先生誇獎了。子翼！吩咐收了。
	（丑白）眾將收了。
	（眾將收介）
	（淨白）吩咐水軍，陣勢擺開。
	（丑白）丞相有令，水軍陣勢擺開。
	（水軍同上擺陣介）
	（合頭介）
	（一開一合）（同下）
（淨白）轉回營盤。	（淨白）子翼！回營擺宴
	（丑白）是！
（吹打下桌介）	（過場介）
	（擺宴介）

說明：淨：曹操，丑：蔣幹，花：龐統

這個部份的增加，曹操志得意滿的奸雄形象就更加飽滿了。

梨本還改動了「楚曲」《祭風臺》的十九「逃潼關」、二十「看病」、二十一「祭風」、二十二「過江」這四場戲的次序。在十八場周瑜得知龐統薦連環船的計謀成功之後，卻爲了「欠東風」而裝病，「楚曲」的安排是接著十九場的徐庶逃潼關的過場、二十場的諸葛孔明探病，開出「智破曹公，須用火攻、

〔註11〕此一部份將於下文及下一章有所說明及分析比對。

萬事俱備，缺乏東風」的藥方，〔註12〕二十一場孔明登臺祭風、逃回江夏，二十二場趙雲開錦囊、江邊接孔明。「楚曲」安排雖已是人物上下的分場，但情節的布置卻還有傳奇分齣的感覺。而梨本改動了次序，先演諸葛探病，才接徐庶兵發潼關，並將「楚曲」的二十二場分為兩半，先演趙雲開錦囊，然後接演孔明祭風，趁機逃走，再接趙雲江邊接孔明。這樣的安排使得情節更加集中，是把散落各處的「點」，集中為「區塊」。〔註13〕故周瑜裝病，孔明立刻就來探病，但徐庶的線索也得交待，所以探完病再說；先演趙雲拆了錦囊，布置好小舟江邊等候，再演祭風臺上孔明感到殺氣故趁亂逃走，以顯孔明的神機妙算；這種「區塊」式的情節安排，使前後劇情銜接更為緊湊，張弛之間錯落有序，不同於「楚曲」的傳奇體製情節安排，一個個事件分頭交待，缺少了懸念的累積。

▲打金鐲

由於梨本並未收錄，但車本收有四本《四進士》，故以車本為主要比對依據：

楚　　曲	車　　本	戲考大全〔註14〕
打金鐲	四進士	四進士
小引		
報場		
	頭本 ○　文昌監查 ○　四進士盟誓 ○　文昌監誓	○　文昌監查 ○　四進士盟誓 ○　文昌監誓
登場 ○　別母貿易		

〔註12〕 「楚曲」《祭風臺》，收在《續修四庫全書》集部，戲劇類 1782 冊，頁 689。

〔註13〕 有關傳奇劇作的情節結構，可見李曉《比較研究：古劇結構原理》（北京：中國戲劇，1989）。林鶴宜〈論明清傳奇敘事的程式性〉《規律與變異：明清戲曲學辨疑》（台北，里仁，2003）中，亦有清楚整理與分析。不過二者所論，應是以傳奇體製為主。此處京劇的敘事方法似乎已開始擺脫「點線結構」，而有「區塊」意識的產生。

〔註14〕 《戲考》中亦收有《四進士》，但非全本，只從〈柳陰結拜〉到〈寫狀〉、〈拜繼〉、〈進狀〉、〈投文〉、〈提拿〉、〈求書〉、〈帝君下凡〉、〈盜書〉、〈受賄賣放〉、〈告狀〉、〈拿下〉、〈大審正法〉。冊一，頁 532～564。

二場	二場	二場
○ 祝壽訓蠢	○ 祝壽訓蠢	○ 祝壽訓蠢
三場		
○ 定計	○ 定計	○ 定計
四場		
○ 出京		
五場		
○ 設計服毒	○ 設計服毒	○ 設計服毒
六場		
○ 試毒	○ 試毒〔註15〕	○ 試毒
	○ 別母貿易	○ 別母貿易
七場		
○ 私訪		
八場		
○ 寫婚	○ 寫婚	○ 寫婚
九場		
○ 投店	○ 投店	○ 投店
十場		
○ 哭靈	○ 哭靈	○ 哭靈
	○ 私訪	○ 私訪
十一場		
○ 柳陰結拜	○ 柳陰結拜	○ 柳陰結拜
十二場		
○ 寫狀	○ 寫狀〔註16〕	○ 寫狀
十三場		
○ 拜繼	○ 拜繼	○ 拜繼
十四場		
○ 進狀	○ 進狀	○ 進狀
十五場		
○ 投文	○ 投文	○ 投文
十六場	二本	
○ 丁彈提拿	○ 丁彈提拿	
○ 上澤縣提拿	○ 上澤縣提拿	○ 上澤縣提拿

〔註15〕此處車本與《戲考大全》的安排相同,〈設計服毒〉、〈試毒〉並未分場。
〔註16〕此處車本與《戲考大全》的安排相同,〈柳陰結拜〉、〈寫狀〉並未分場。

十七場 ○　求書	○　求書	○　求書
十八場 ○　帝君下凡	○　帝君下凡	○　帝君下凡
十九場 ○　盜書	○　盜書	○　盜書
二十場 ○　受賄賣放	○　受賄賣放	○　受賄賣放
二十一場 ○　掛掃		
二十二場 ○　刺殺	四本 ○　刺殺	
二十三場 ○　贈盞	○　贈盞	
二十四場 ○　路遇	○　路遇	
二十五場 ○　哭監	○　哭監	
二十六場 ○　告狀	○　告狀	○　告狀
二十七場 ○　拿下	○　拿下	○　拿下
二十八場 ○　大審正法	○　大審正法〔註17〕	○　大審正法
二十九場 ○　奏本		○　奏本
三十場 ○　榮封		○　榮封
		○　祭墳 ○　鍘刑

車本亂彈所收四本《四進士》故事，和「楚曲」本相同，爲全本劇作，其中體製與「楚曲」本相異之處，是去掉了小引及報場，以及最後的「奏本」、「榮封」這些像傳奇體製的部份，各場次布局安排也略有不同。新增的情節在一

〔註17〕此處車本與《戲考大全》的安排相同，〈拿下〉、〈大審正法〉並未分場。

開場，由文昌帝君看著四位進士盟誓，這個情節為「楚曲」《打金鐲》所無，恐怕正是這個因素，因而車本將此劇命為《四進士》，而京劇本亦沿用。

在情節安排的變動上，原為第一場的「別母貿易」，安排在第六場「試毒」之後出現。這樣的安排是打破原來「楚曲」本依傳奇體製安排「出角色」〔註18〕——生扮楊春在第一場出現——所造成情節的錯落，使之變成較為集中的「區塊」。因此車本前三場「文昌監查」、「四進士盟誓」、「文昌監誓」是四進士雙塔盟誓，再來四場「祝壽訓蠢」、「定計」、「設計服毒」、「試毒」是姚家內閧的情節；等楊春登場時，已是與楊素真這條線索交會之時。這種擺脫傳奇體製「點線結構」的情節安排，可使劇情更加緊湊集中。第七場的「私訪」被安排在第十場「哭靈」之後才出現，使得毛蓬私訪，正巧就遇見楊春、楊素真，故打抱不平、代為寫狀，一樣是將各自分散的「點」，串成「區塊」的集中安排。

車本還刪除了一個做為過場的「掛掃」——姚母至姚廷春墳上感嘆的情節，這種安排，正可以看到車本從「楚曲」過渡到京劇本的痕跡。不論是《戲考》或《京戲大全》，所收《四進士》一劇，都把姚母、保童、天才這一線情節的發展刪去，即「楚曲」二十一場「掛掃」、二十二場「刺殺」、二十三場「贈盞」、二十四場「路遇」、二十五場「哭監」五場戲刪除，而「掛掃」正是這一區塊的開端。〔註19〕刪除姚母這一線情節，據說是汪桂芬、孫菊仙的改動：

> 汪桂芬、孫菊仙將頭本緊縮，又刪去了第四本田氏令子殺楊素貞之子保童，以及陳氏（田母）帶天才、保童潛逃，途遇萬氏（宋妻）同見宋士傑等情節，將戲的中心移到宋士傑在三次公堂上與劉題、顧讀、田倫等人的衝突，著重描寫有正義感、不畏權勢的宋士傑與貪贓枉法官吏的矛盾鬥爭。〔註20〕

所以最初此劇上演時，又名《三公堂》。不論是《三公堂》或是《四進士》，

〔註18〕有關傳奇體製問題，可見李漁：《閒情偶寄》（台北：廣文，康熙翼聖原版影印，1977）「格局第六」、錢南揚：《戲文概論》（台北：里仁，2000）「形式第五」、林鶴宜：《規律與變異：明清戲曲學辨疑》（台北：里仁，2003）貳「論明清傳奇敘事的程式性」、郭英德：《明清傳奇戲曲文體研究》（北京：商務，2004）第二章「明清傳奇戲曲的劇本體制」。

〔註19〕不過在《戲學彙考》中所收《全本四進士》卻有這幾場。《戲學全書》（原名《戲學彙考》原上海大東書局 1926 年出版，今由上海書店重印，合為一冊，1993 一版）卷四，頁 45～55。

〔註20〕北京市藝術研究所、上海藝術研究所組織編著：《中國京劇史》（北京：中國戲劇，1999）上卷，頁 157。

都是著重於楊素眞三告其狀，毛、顧、劉、田四人爲官的不同表現；與「楚曲」《打金鐲》以楊素眞與楊春是生旦對位發展的主線情節迥然不同。京劇本裡楊素眞的告狀，只爲突顯毛朋異於其他三人的事件，沒有生旦對位發展的結構功能，因此有關楊素眞而產生的這一線情節，自可刪去，以減頭緒。劇中還突顯了一個曾在刑房爲吏，卻充滿正義的宋士傑身上。比如他在「盜書」一場中，保留證據時便充滿了機智：

楚 曲	戲 考 大 全
（科介） 果然是田大人那裡下往顧大人那裡去的。若要我乾女兒官司得勝，我宋世傑要費點心事。不免將衣襟噴溼，一字套一字，寫在我衣襟上面，作個憑證。顧讀啊顧讀！你不貪贓賣放便罷，若是貪贓賣放，我宋世傑就是你的對頭！	（盜書介） 啊！果有書信，待我拆開一看。啊！正是田大人往顧大人這裡來。要我乾女兒官司得勝，我宋士傑要費點心事。不免將衣襟噴溼，一字套一字，寫在衣襟之上，作個憑證。顧讀啊！顧讀啊！你不貪便罷，若是貪贓賣放，我的衣襟，就是你的對頭了！

這個安排與「楚曲」一模一樣。以前沒有影印、照相，如果只是重寫一封，倒不具有證據力，因筆跡不同；而這種「套印」模式所保留的證據，就與原本無二，鐵證如山。

不過爲了突顯宋士傑的角色形象，「楚曲」本輕描淡寫的地方，京劇本還是多所發揮。例如在最後「大審正法」之時，毛朋斷完全案，宋士傑告到兩個封疆大臣，就全身而退，但京劇本卻依當時的法律，多了波折：

楚 曲	車 王 府	戲 考 大 全
（末白） 告了一個知縣，兩個封疆大臣。	（毛朋白） 宋世杰，你一狀告準兩員封疆大臣、一個百里縣令你該當何罪？	（毛朋白） 宋士傑，你一狀告壞兩員封疆大臣，你可知罪？
（外白） 乃是大人天斷！	（宋白） 小人一狀告下兩家封疆大臣、一名知縣，該問絞罪。恩典出於大人。	（宋白） 大人天斷！
	（毛白） 講什麼恩典出與本院，我看你年邁，減去一等，將你發往邊外充軍，當堂上了刑具。押下去！	（毛白） 百姓告官本當問斬，念你年邁，發在邊外充軍，來！上了刑具。帶下去！
	（宋白） 哎！謝大人。	（宋白） 謝大人。 （楊春楊素貞暗上）

	（唱） 　宋世杰當堂上了刑 　好似枯木難逢春 　將身出了都察院	（唱） 　宋士杰當堂上了刑 　好似魚兒把鉤吞 　下了察院來觀定
	（楊春下場門上） （楊素貞上場門上） （同白） 　吓！乾父！	
	（宋唱） 　只見楊春楊素貞 　你我三人不相認 　我宋世杰與你們那門親 　你家住河南上蔡縣 　你住在南京水西門 　我為你責打四十板 　我為你邊外去充軍 　我今此去遭不幸 　誰是我披蔴代孝人	（宋唱西皮搖板） 　只見楊春與素貞 　你不在河南上澤縣 　你不在南京水西門 　我三人從來不相認 　一不帶故二不沾親 　我為你挨了四十板 　又發到邊外去充軍 　可憐我年邁蒼蒼遭此刑 （哭頭）蒼天爺啊 　誰是我披蔴戴孝的人
	（春唱） 　乾父不必兩淚淋	（春唱西皮搖板） 　乾父話好慘悽 　兒是披蔴戴孝人
	（貞唱） 　孩兒言來聽詳情	
	（春唱） 　倘若乾父身亡故	
	（貞唱） 　兒就是披蔴代孝人 　呀！ 　站立大堂來觀定 　這個大人我認得真 （白） 　乾父啊！ （唱） 　我兄長賣我在柳林 　寫狀就是這位老大人	（貞唱西皮搖板） 　站立察院用目睜 　這按院好似柳林寫狀人 （白） 　兄長，這位大人好像柳林 　寫狀的先生。

		（春白） 　不錯！是的！
	（宋白） 　兒可看得眞？	（宋白） 　你二人講些什麼？
	（貞白） 　兒看得眞！	（春貞同白） 　啊！這大人好似柳林寫狀的先生。
	（宋白） 　兒可看得明？	（宋白） 　就是他麼？兒啊！看得清？
	（春看介） （貞白） 　兒看得明！	（貞白） 　看得清！
		（宋白） 　兒是見得明？
	（春白） 　啊！不錯！乾爹爹是他！	（春白） 　見得明！
	（宋白） 　好啊！ （唱）只要我兒看得眞 　這邊外充軍就去不成 　二次進了都察院 　尊聲青天毛大人 　我告官理應充軍罪 　你在那柳林寫狀犯法頭一名	（宋唱西皮搖板） 　看得眞來認得明 　爲父邊外去不成 　二次便把察院進 快板 　尊一聲青天毛大人 　官司本是百姓告 　無有狀紙告不成
	（毛唱） 　奉王旨意出帝京 　巡察暗訪到柳林 　爲不平才把狀子寫 　王法條條不順情	（毛唱快板） 　本院奉命出帝京 　巡察暗訪到柳林 　只爲不平把狀寫 　王法條條不順情
	（宋唱） 　大人不必心著驚 　小人言來聽分明 　不說大人寫的狀 　就說大人訪得清 　有朝一日回朝轉 　凌烟閣上標你忠臣名	（宋唱快板） 　亦非是百姓告的準 　怎奈大人查得清 　此番進京去覆命 　凌烟閣上大忠臣

（末白） 好吓！本院見你爲公直正平，起來。 （外白） 叩謝大人。		（毛唱快板） 百姓告官應當斬
		（宋唱快板） 你在那柳林寫狀 是犯法的頭一名
（末白） 你有兒子？	（毛白） 啊！ （唱） 宋世杰說話實眞正 問得本院似啞人 親下位來忙松刑 你可算得不倒的老先生 （白） 宋世杰你可有兒子？	（毛唱快板） 宋士杰說話實眞性 說得本院似啞人 親下位來忙鬆綑 你可算說不倒的一個老先生 （白） 宋士杰你可有幾個兒子？
（外白） 小人無子	（宋白） 乏嗣無後。	（宋白） 小人是絕嗣無後。
（末白） 難怪！難怪！你告官謁府，上蒼絕了你的後代。傳楊素眞兄妹。 （生、正旦同上白） 叩見大人。 （末白） 楊素眞你家冤枉多虧宋世傑，你兄妹拜在他名下，做一兒女，侍奉甘旨。	（毛白） 看你做的狀紙，難勉乏嗣。也罷！ 楊素貞先以拜過，楊春本院作主，將你拜在宋世杰名以爲養之子，當堂一拜。	（毛白） 看你那狀子，也是絕嗣無後。 本院意欲將楊春拜在你名下，養老送終。
（生、正旦白） 知道。	（春白） 哎呀！這才是奉官認乾爹啊！	（春白） 小人情願。
（末白） 當著本院上堂一拜。		（毛白） 當著本院堂上拜過
（正旦、生白） 遵命！爹爹受我兄妹一拜。		（春貞白） 遵命！爹爹受我兄妹一拜。

（拜介）（吹打）	（拜介）（吹打介）	（拜介）
（末白） 宋世傑！他兄妹就在你家居住，候本院奏聞聖上，看看聖旨如何倒下。	（毛白） 宋世杰本院賜你花紅當堂插代，隨本院去到姚廷美墳前觀看活祭以彰善惡之報。	（毛白） 宋士杰！他兄妹且在你家居住，候本院奏明聖上裁處。你等同往姚廷美墳前，觀看善惡昭彰報。

「楚曲」本中，宋世傑路見不平幫楊素貞告狀，沒有任何不良後果；一頂高帽子送給毛蓬：「大人天斷」；毛蓬回敬的是「見你為人公直正平」，馬上就皆大歡喜。京劇本就增加了民告官的大逆之罪，理當問斬（絞？）。宋士傑難免為自己古道熱腸，卻引來充軍邊外的結果神傷，抱怨了起來。還好有個峰迴路轉的契機，「法外開恩」的源頭，來自於毛朋就是那「柳林寫狀」之人，種種機緣加在一起，宋士傑當然有驚無險，還得了楊春這個可以侍奉甘旨的乾兒。宋士傑不是什麼大忠大孝之人，甚至還有些老謀深算（要楊春去告狀，自己就免挨那告官就得打的四十大板），但這樣的人物塑造更符合正常的人性。從「楚曲」《打金鐲》到京劇劇本的比對，可以清楚看出京劇本如何從全本「楚曲」裡沿用情節、唱詞，卻有取捨偏重的改動變化過程。

　　以上三個長篇「楚曲」本與京劇本的差異並不大，就整本戲的進行方式而言，京劇本的長篇劇作與「楚曲」本最大的不同，便是體製上的改變。由於「楚曲」長篇劇作與傳奇體製還是有高度相同處，故在形式及因形式而帶來的敘事程式上，深受傳奇影響；京劇本刪除「楚曲」中像傳奇體制一樣的報場，〔註21〕不再需要副末開場的形式，直接進入劇情主題；同時，傳奇體製中最後「大團圓」、「封官加爵」的部份也被刪除。〔註22〕這種刪去報場及團圓結局的作法，可明顯看到京劇擺脫傳奇體製的痕跡。而《祭風臺》、《打金鐲》幾場戲次序的更動，則顯示了京劇除了形式上擺脫傳奇體製努力外，更進一步在敘事技巧方面，也打破了原來因傳奇體製帶來的某些敘事程式，試圖把「點」逐漸湊成「區塊」，以累積戲劇高潮。這樣的表現方式，是一種新的突破。藉由長篇「楚曲」到京劇的變動痕跡，京劇在體製與敘事方式兩方面的變化，均明顯可見。

〔註21〕在《梨園集成》中，其他的長篇劇作亦同，都沒有報場的安排；只有《大香山》一劇還有報場，但並未標明為「報場」。此劇在《戲考》中亦有收錄，但《戲考》本把報場刪去。

〔註22〕《祭風臺》最後一場「團圓」表面上看來像是傳統「封官團圓」的標目，然而實際內容並不是，因此不能算是「封官團圓」的傳奇套式，所以梨本並未刪除。

第二節　集折串演本

　　所謂「集折串演本」，指傳奇演出，有一種將某一劇目盛演不衰的折子戲，「以情節發展的先後爲序，集合串連演出」的方法，這種從整本戲中選出，依次演出的折子，便稱爲「集折本」。〔註23〕這樣演出的方式，既能給觀眾一個完整的情節內容，又使觀眾充分領略劇目演出的藝術魅力。本節便借用此一概念，說明京劇從全本戲中，摘選出折子，成爲集折串演本的情況。

　　在京劇中有兩種「全本」：第一種是《梨園集成》收錄的「全本戲」，故事有完整的頭尾；第二種雖名之爲「全本」，卻是由許多折子串演而成的，也就是將幾折同一故事或主角的折子連演，稱爲「全本」，如全部《玉堂春》，便包括了《嫖院贈銀》、《廟會起解》、《會審團圓》等部份。但是第二種的「全本」，其實就是「集折本」。所以京劇雖然沒有「集折本」這樣的「名稱」，卻有著這樣的演出事實。由於京劇有眾多的前身劇種，同一故事可能來自不同祖本戲曲，許多故事未必有「全本」（如《梨園集成》收錄的長篇劇作）。而「集折本」的演出次序，是否來自於前身劇種的「全本」？由於以往研究資料的不足，而無法分析。

　　京劇受長篇體製的「楚曲」劇作的影響，也有同樣的情況，本文借用傳奇的概念，與京劇舞台常連演的本子加以比對。釐清某些京劇的「全本」，實則爲「楚曲」全本中摘出的「集折串演本」。

　　現存長篇「楚曲」劇本中，與京劇「集折本」的對應關係表：

楚　曲　劇　名	戲考所收相關劇目
魚藏劍	戰樊城 長亭會 文昭關 浣紗記（蘆中人） 魚腸劍〔註24〕 刺王僚

〔註23〕此處依吳新雷等編《中國崑劇大辭典》（南京：南京大學，2002），丁波編寫「串演本」辭條定義，頁47。

〔註24〕這裡的《魚腸劍》並非「楚曲」原本，僅有子胥遇專、吹簫行乞、姬光訪賢這些部份。《戲考》《刺王僚》一劇前有考述：「此劇係《魚藏劍》之正文，近來劇界演《子胥投吳》、《蘆中人》、《浣紗記》時均用《魚藏劍》名稱，實則演全本則可用此名，分演則不通，惟此刺僚一段方可用之」，頁1135。

祭風臺〔註25〕	舌戰群儒
	借東風
	華容道
回龍閣	彩樓配
	三擊掌
	平貴別窯
	趕三關
	五家坡
	算糧登殿
	迴龍閣〔註26〕
龍鳳閣	大保國
	嘆皇陵
	二進宮

　　只是這些京劇「集折本」，雖與「楚曲」本有大致相同的情節，但卻未必是沿用「楚曲」本的唱詞。以下一一分析：

▲魚藏劍

　　「楚曲」《魚藏劍》故事在「慶昇平班劇目」中已有《樊城昭關》、《魚藏劍》連演的情況，以下為「楚曲」全本與《戲考》所收折子的「情節單元」對照：

楚　曲	戲　考
報場	
一場： 　○　伍奢上壽	
二場： 　○　上朝奏本 　○　申包胥催貢 　○　費無極齊國迎親起惡心	

〔註25〕《祭風臺》一劇雖然「群、借、華」的演出次序與「楚曲」相同，但經比對，與《戲考》的折子不論在內容情節或唱詞上，都有很多的出入，只有《華容道》一齣源於「楚曲」，故留於後文討論。不過這是一個很奇怪的現象，《梨園集成》與車王府所收亂彈都與「楚曲」相同，照理京劇此劇受到「楚曲」的影響一定很深，然而《戲考》本卻不依「楚曲」本，這當與盧勝奎新編的《三國志》有關。

〔註26〕這裡的《迴龍閣》即《大登殿》，為薛平貴故事後來封官團圓，德者報德、怨者報怨部份。

三場 　　○　金殿完婚 　　○　公主妥協	
四場 　　○　伍奢罵朝	
五場 　　○　伍奢修書 　　○　太子鎮城文	
六 　　○　樊城下書 　　○　伍尚行路 　　○　惡計又生	**戰樊城** 　　○　樊城下書 　　○　伍尚行路 　　○　惡計又生
七 　　○　逃關反國 　　○　圍困伍府 　　○　通風報信 　　○　捉拿伍云 　　○　會申包胥	 　　○　逃關反國 　　○　通風報信 　　○　捉拿伍云 　　○　長亭會
八回 　　○　伍員出走 　　○　皇甫納自道 　　○　伍員夜嘆	**文昭關** 　　○　伍員出走 　　○　皇甫納自道 　　○　伍員夜嘆
九回 　　○　一夜白頭 　　○　商議 　　○　伍員混昭關	 　　○　一夜白頭 　　○　商議 　　○　伍員混昭關
十回 　　○　過關 　　○　救納 　　○　渡河	
十一回 　　○　漁人撲水 　　○　浣紗女投河	**浣紗記** 　　○　漁人撲水 　　○　浣沙女投河
十二場 　　○　伍員訪專珠 　　○　姬光自嘆 　　○　姬光訪賢	**魚藏劍** 　　○　伍員訪專珠 　　○　姬光自嘆 　　○　姬光訪賢

十三場	
○　別母	○　刺王僚〔註27〕
○　刺僚	
十四場	
○大團圓	

說明：黑色粗體字代表《戲考》劇目名。

　　從《戰樊城》到《刺王僚》連演，在京劇中稱爲《伍子胥》又名《鼎盛春秋》。陶君起《平劇劇目初探》《刺王僚》條下有註：

> 按自《戰樊城》至《刺王僚》包括《打五將》常連演，總名爲《伍子胥》，又名《鼎盛春秋》。是生角爲主大戲，程長庚、汪桂芬代表作，王鳳卿亦見長。〔註28〕

以下便針對楚曲──車王府曲本──戲考之間的沿襲變化一一分析。並經由具體的劇本內容與故事情節深入比對，得知京劇對「楚曲」如何繼承、發展、及變化。本文針對中國戲曲的核心──唱詞，將各劇曲文以重點方式一一比對，以明其變化發展之跡。

▲戰樊城

　　《戰樊城》又名《殺府逃國》，據《舊劇叢談》、《燕塵菊影錄》、《京劇二百年之歷史》、《菊部群英》、《戲劇旬刊》、《十日戲劇》、《都門紀略》載：程長庚、余三勝、周春奎、劉春喜、汪笑儂、王榮山、汪桂芬、余叔岩、譚富英、陳少霖等均工此戲。《戲考》雖名之爲《戰樊城》，然未若「楚曲」命名爲《樊城下書》來得精準。此齣情節爲伍員兄弟二人在樊城接到伍奢暗藏玄機的家書後，商議回去或不回去的一段對手戲。〔註29〕以下是各重要唱段的比對：

楚　　曲	車　王　府	戲　　考
樊城下書	樊城	戰樊城
外（伍尚）	外（伍尚）	伍尚
未曾拆書淚雙流	未從開書淚淋淋	未從拆書兩淚淋
紙上相逢父子情	紙上相逢父子親	紙上相逢父子親
上寫伍奢修書信	上寫爲父修書信	

〔註27〕《戲考》中《刺王僚》與《魚腸劍》分爲兩齣，然《戲考大全》則將二齣合爲一齣《魚藏劍》。

〔註28〕陶君起：《平劇劇目初探》（台北：明文，1982）頁29。

〔註29〕爲呈現各本眞實原貌，錯別字一律保留而不加更改。

伍尚伍云看分明	伍尚伍員看分明	
自從吾兒離鄉井		
朝夕常懷一片心		
平王思念臨潼會	平王思念臨潼會	平王思念臨潼會
瓊漿玉晏賞功臣	瓊漿御酒賞功臣	修宴瓊漿賞功臣
加官受爵恩光敬	因此爲父修書信	因此爲父修書信
弟兄見書早回京	你二人見書早回京	伍尚伍云轉帝京
外加走字書後定	外加走字書後頭	外加走字多準備
駿馬十疋少留停	駿馬十疋少留停	駿馬十匹少留停
看罷書信喜自勝	看罷書信心自悶	看罷書信心中喜
生（伍員）	**生（伍員）**	**伍員**
伍云心下自沉吟	伍員心下自沉音	伍云心下自猜疑
外（伍尚）	**外（伍尚）**	**伍尚**
貪生怕死豈爲人	不忠不孝怎爲人	
臣報君恩子養親	臣報君恩子孝親	
賢弟說話不中聽		賢弟說話不中聽
有輩古人向你明		有輩古人聽分明
昔日有個商紂君	昔日紂王行無道	昔日有個商紂君
寵愛妲己害忠臣		寵愛妲己害忠臣
文王姬昌入陷井		文王羑里監囚禁
囚禁牢內有七春	囚禁文王有七春	
長子伯邑心不忍	長子邑考心不忍	
披星帶月奔帝京	披星代月奔帝京	
分身碎骨救父親	分身碎骨救父命	
至今留名萬古存	至今賢名萬古存	伯邑考粉身留美名
生（伍員）	**生（伍員）**	**伍員**
兄長說話欠聰明	兄長說話欠思論	兄長說話欠思論
休把今人比古人	休將今人比古人	怎把今人比古人
文王被囚天主定	文王囚禁天注定	文王監囚天註定
伯邑分身命生成	邑考分身命生成	伯邑考自投喪殘生
既是平王加官贈	既是平王加官贈	既是平王恩義盛
就該有聖旨到樊城	就該有旨到樊城	就該有聖旨到樊城
既是爹爹眞書信		既然爹娘修書信
爲什麼逃字書上存		爲何有逃走二字書後明
怕只怕失足入陷井		
那時節插翅難飛騰		
一心要把樊城鎮	我一心坐守這樊城	小弟穩坐樊城郡
我寧做不忠不孝人	寧作不忠不孝人	願作不忠不孝人

外（伍尚）	外（伍尚）	伍尚
千言萬語他不聽 被過身來自思存 他一心要把樊城鎮 想他歸家萬不能 我長子還要尊父命 是好是歹走一呈	千言萬語他不聽 一心坐守這樊城 我長子須當尊父命 披星代月我走一程	聽他之言不進京 被轉身來自沉吟 有道是長子尊父命 或生或死聽天行
外（伍尚） 頭上取了烏紗帽 紫袍玉帶且離身 家將備馬早安頓 你老爺即刻便登程	外（伍尚） 頭上取了烏紗帽 身上脫下紫羅袍 叫家將與爺代過馬 你老爺即刻要登程	伍尚 在頭上取下了烏紗頂 身上脫下紫羅衿 叫家將備過了馬能行 你老爺即刻就登程
生（伍員） 一封書到樊城 拆散弟兄兩離分 家院看酒一樽 我與兄長來荐行 登山涉水多勞頓 披星帶月轉帝京 但願骨肉團圓慶 爹娘堂上少問安寧 非是子胥不同奔 逃走二字難解明 若還家門遭不幸 伸冤雪恨有伍云 勸兄長飲干盃中酒 但願你一路平安回帝京	生（伍員） 一封書信到樊城 拆散了弟兄們兩離分 叫家院看過酒一樽 我與兄長來餞行 但願此去多平穩 你在父母台前問安心	伍員 一封書信到樊城 拆散了弟兄們兩離分 叫家院拿過酒一樽 我與兄長來餞行 登山涉水多勞頓 一路風塵轉帝京 若是父母多吉慶 在雙親台前問安寧 倘若爹娘遭不幸 報仇二字屬伍云 兄長且飲此杯酒 一路平安早到京
外（伍尚） 伍尚接酒淚淋淋 賢弟聽我把話論 實指望同把樊城守 又誰知一旦兩離分 歸家若還遭不幸 你是伍家報仇人 將酒奠在塵埃地 謝過天地與神明 咽喉耿耿把馬上 哭哭啼啼奔帝京	外（伍尚） 用手接過酒一樽 謝天謝地謝神明 實指望同鎮樊城郡 又誰知今日兩離分 含悲忍淚上能行 我披星代月進帝京	伍尚 用手接過酒一樽 背轉身來謝神明 走上前來禮恭敬 愚兄言來聽分明 倘若父母遭不幸 你是伍家報仇人 辭別賢弟跨金鐙 不分晝夜奔都城

生（伍員）	生（伍員）	伍員
兄長上馬淚悲啼	兄長上馬淚淋淋	兄長上馬兩淚淋
好叫子胥淚淋淋	到叫伍員掛在心	不由子胥痛在心
流淚眼觀流淚眼		
斷腸人送斷腸人		
若還家門遭不幸		
殺天子午朝門		
機謀二字安排定	我今悶坐樊城鎮	機謀二字安排定
坐立樊城聽信音	等候兄長好信音	穩坐樊城等信音

接書後的伍尚的「喜自勝」、伍員的「自沉吟」，是兩種完全不同的情緒反應。伍尚以「父命不可違」，毫無猶豫，當下決定回去；伍子胥以理推斷，覺得事有蹊蹺，也當機立斷不肯回去。本劇的戲劇衝突，不在各自決定的當下，而在決定後說服對方的行動與否。這種故事進行的模式，在「楚曲」本已經建立，車本及《戲考》本都是完全沿用。

　　將三個本子並列，可以發現《戲考》本還是有很多沿用「楚曲」而不用車本的唱詞，頂多做了少許的刪減，故「楚曲」為車本及《戲考》本的祖本原貌清晰可見。在情節的安排上，車本將「楚曲」祖本中伍氏兄弟接信談話，「預知」將有禍事發生的全知觀點刪除，安排成伍尚只是依父命進京，而伍員因心有疑慮而鎮守樊城不願進京。這樣的安排到伍奢見伍尚進京時，戲劇高潮才發生。但《戲考》本依「楚曲」祖本，保留伍員的「預知」，也給伍尚明知可能不測，卻因遵父命不得不進京的行為做了合理的安排，使伍尚人格更為圓滿。戲劇衝突發生在伍員與伍尚辯論是否回京的當下，二者有明顯不同。

▲長亭會

　　京劇《長亭會》，即「楚曲」中的〈會申包胥〉。據《程長庚傳》、《汪笑儂傳》、《舊劇叢談》載：程長庚、周春奎、汪笑儂、王榮山、汪桂芬等均工此戲。故事情節是伍子胥得知全家被殺後，懷著血海深仇逃離樊城，卻在途中遇見出使回國的故交申包胥。申包胥對伍家之事是毫無所悉，聽到伍員的一面之辭，卻不改其對綱常倫理的堅信，二人只能因「道不同不相為謀」而分離。

楚 曲	車 本	戲 考
會申包胥	長亭	長亭會
生（伍員）	生（伍員） （二六）	生（伍員） （西皮二六）
未曾開口淚先流	未曾開言淚先流	未曾開言淚雙流
尊一聲賢弟聽從頭	尊聲賢弟聽從頭	尊一聲賢弟聽從頭
臨潼會上楚爲首	秦穆公設會他的滔略	臨潼關上曾爲首
子胥舉鼎押諸侯	要把各國一筆勾	我也曾舉鼎壓諸侯
雙誇明府印一口	己仗本國人馬后	雙誇明府印二口
各國不敢統皮休	定下十條巧計謀	各國不敢統貔貅
平王無道剛常敗	十八國王將寶鬥	只恨平王無道貪色酒
聽信奸賊用奸謀	一心心會下要把美名留	
父納子媳剛常敗	兄保平王望西走	父納子妻禮還害
親生之子往外逃	行在了紅雀山前禍接頭	
吾父奏本反遭害	有個占雄他姓柳	我的父諫奏反斬首
滿門性命盡皆拋	他要把各國的寶貝留	只殺的伍家雞犬也不留
這樣冤仇怒不怒	他在山前誇海口	對天發下洪誓咒
不殺平王世不休	大話滔天禮不週	不殺平王死不休
	說眾人若從我山前走	
	必須要留神項上頭	
	眾國王各各雙眉皺	
	似啞如聾缺少智謀	
	齊景公的御弟一合未走	
	竟被那占雄刀劈項上頭	
	各國王一見魂靈走	
	一個個在馬上都把我主求	
	楚平王無奈應了口	
	他言道	
	你不殺山賊你莫回頭	
	愚兄領旨罷占雄鬥	
	全憑槍馬展智謀	
	柳占雄刀法果然高	
	手若不截寶他心不休	
	愚兄隱他望山內走	
	我勸他歸降寶諸侯	
	柳占雄只意不肯受	
	我才鞭卜占雄把美名留	

我一人誠然是敵手
小兄老弟向北磕頭
讓在山前同飲酒
占雄在三罷我留
臨行時他把機關洩漏
他言道臨潼會上有機謀
保定了諸王繞往西走
愚兄臨行把他求
在黃河套內埋伏罷君臣救
繞能勾赴會統狐貔
爭奪明圍印一口
眾家英雄各各都展智謀
拳打卞庄威名有
足蹄外蒯嗟諸侯
百丞相文法出了丑
元帥甘英也落了羞
劍與無相來恨鬥
救了雞光項上頭
雙挂明圍印二口
烈烈烘烘我爲頭
愚兄假粧吃醉酒
俺心中有意救諸侯
左臂拉住秦王手
右手去罷平王雞
明知道臨潼會下的人馬后
立逼兩國把親求
秦國的郡主年方二九
他與那楚國的世子配鸞仇
各國王保親名都有
各下了山金把定禮留
諸事已畢他叫我撒手
舉起穆公過了頭
大喊一聲朝外走
四面上戰鼓咚咚
又來了數百兵囚
一個個奪下穆公才放手
愚兄在這裡講根由

那一個無知來動手
我罷穆公一命休
臨潼會上人馬空自有
誰敢前來動犰狳
各國諸侯跟在後
闖出了龍潭虎穴兩無憂
黃河套受露諸王的叩
秦穆公人馬又趕到
當頭在黃河套內一場鬥
只殺得鬼哭神嚎天地愁
秦穆公落敗回國走
那日不敢統犰狳
諸王回國把邊江守
平王回國就改換了心頭
命我弟兄把樊城守
一去三載未回頭
費無極金殿把本奏
他言道秦楚連姻配鸞綢
命他娶親往秦國走
半路途中另有機謀
金頂轎改換了銀頂口
無相女改換了馬文劉
愚兄在樊城音信不透
如何知道那就里情由
楚平王無道貪色酒
父納子妻禮不週
我父金殿把本奏
反把那蓋世的功臣一命休
殺我居家數百口
就是雞犬也未留
愚兄的功勞如山厚
只落得無有下場頭
殺了我居家就罷守
兵困樊城又動犰狳
武成赫江場被我梟首
反出了樊城望各國遊
誰管君臣情義厚
不殺平王心怎休

外（申包胥）	外（申包胥） （快二六）	外（申包胥） （快板）
仁兄說話禮敬有 細聽小弟說從頭 平王無道罪該戮 自古臣不記君仇 君要臣死臣就死 父要子亡子不留 相國夫人遭殘毒 定是奸賊的計謀 愚弟回朝把本奏 要把奸賊一筆勾 得放手來且放手 得饒人來且罷休 你若興兵來伐楚 不忠名兒萬古留	仁兄不必淚雙流 細聽包胥說從頭 相國夫人遭毒手 這都是奸賊定計謀 小弟還朝把本奏 定與仁兄報冤仇 得放手來須放手 得罷休來且罷休 你若借兵來伐楚 不忠的名兒萬古留	兄長說話沒來由 愚弟言來聽從頭 君叫臣死定斬首 父叫子亡誰敢留 得放手來且放手 得罷休來且罷休
生（伍員）	生（伍員） （快二六）	生（伍員） （快板）
賢弟說話沒來由 細聽愚兄說從頭 昏王與我結下勾 我豈肯與他做馬牛 君不正來臣逃走 父不仁來子外投 賢弟與我同故土 結拜勝似親骨肉 今日分別陽關路 你往楚來我往吳 吳國借兵來伐楚 不報冤仇世不休 賢弟回朝休洩漏 不念今朝念當初	聽一言來沖牛斗 尊聲賢弟聽從頭 君不正來臣外走 父不仁來子外投 父母冤仇如山后 各國借兵來報仇 若念從前情義厚 賢弟讓我往東遊	賢弟說話沒來由 愚兄言來聽從頭 君不正來臣要走 父不正來子外遊 殺了我家丁數百口 這等冤仇怎罷休
外（申包胥）	外（申包胥） （快二六）	外（申包胥） （快板）
仁兄放心莫軼憂 包胥豈肯漏機謀 你若興兵來伐楚 願保楚國事無憂 非是包胥誇海口 我為功來你為仇 各人懷中莫洩漏 仁兄上馬把吳投	仁兄放心莫軼憂 小弟言來聽從頭 各人心事休洩漏 仁兄上馬把吳投	你若興兵來爭鬥 我為公來你為仇 各人懷恨莫洩漏 急速打馬把吳投

生（伍員）	生（伍員） （快二六）	生（伍員） （快板）
包胥望我把志賭 被過身來又加愁 若不興兵來伐楚 血海深仇怎罷休 賢弟請上受一禮 有勞你放我往東遊 番鞍立鐙把馬上 叮嚀言語記心頭 對天發下洪誓願 不殺平王世不休 今日分別長亭上 你往楚來我往吳 臨行以你拱拱手 誇馬揚邊把吳投	聞言不由雙眉皺 被轉身來暗點頭 我若借兵來伐楚 他保楚國兩無憂 我伐楚來他保楚 他為功來我為仇 若不借兵來伐楚 道叫包胥笑無謀 臨行與你拱拱手 揚鞭打馬往東遊	申包胥與我把舌鬬 被轉身來自己愁 走上前來兄叩首 有勞你放我往東流 今日相別陽關路 日後相逢在楚吳 辭別賢弟跨走獸 揚鞭打馬把吳投

這一折《戲考》本並沒有像車本一樣，在伍員自道時加了大段細說「臨潼鬥寶」往事的唱詞，而是沿用「楚曲」本較為精簡且情緒集中的唱詞。將這三個本子並列，便可看出三者之間的關係，車本著重在伍員的特寫，「楚曲」與《戲考》本伍員與申包胥則是各為其主、勢均力敵。做為舞台上表演，各言其志是比較能營造戲劇張力，若是一面倒向伍員，則申包胥的角色過於單薄，難以想像其後「乞師秦廷，作三日哭」的飽滿。故《長亭會》考述云：

> 此即接戰樊城之後，為伍子胥與申包胥相遇於中途，彼此各言其志之一段事實。故又名伍申會。按申包胥亦楚之名臣，與子胥為同朝至友，平素相契頗深，至是子胥方從樊城戰退武城黑，掛袍江邊以疑追者，而倍道向東南而來。正倉皇奔走時，忽遙見前途有大隊楚兵至，心甚驚疑，既而探悉係故人申包胥歸國，方始安然。私計申乃自幼好友，諒必不反臉加害，遂出會敘，直告冤情，並數述平王不道之罪，他日誓必借師以圖報復。申聞言，則力勸不可，謂君父無仇，萬無報復之理，子胥堅執不允，申亦喟然深憐其志之苦。至臨別，中與子胥約曰，他日子能覆楚，吾必復楚，各盡其力，各行其志可也。語時詞氣激昂，忠誠形於色，遂縱之去，子胥亦深感其德。日後子胥用於吳，以吳力覆楚，鞭平王尸，楚幾不國，幸賴申包胥乞師秦庭，作三日哭，始借得秦兵以退吳師，而楚辛賴以存，

復國之誓洵無覯也。〔註30〕

二人雖有深厚情誼，申包胥也能同情的理解伍子胥對滅家深仇的錐心之痛，但在家國大義之前，個人的恩怨似乎應該放下。然伍子胥氣卻不打一處來，想自己臨潼會上種種功勞，卻因平王無道悖禮，如今落得滿門抄斬的下場，自是難以釋懷，故立下宏誓，必報此仇。這種各有立場、各說其理的情緒鋪陳，在「楚曲」中已經建立，車本及《戲考》本都只是沿用而已。

車本在最後增加申包胥要三軍封口一事，這個部份在《梨園集成》本也有，《戲考》本也沿用這個增添的情節：

車　王　府	梨　園　集　成	戲　　考
外（申包胥）	外（申包胥）	外（申包胥） （快板）
仁兄上馬把吳投	子胥上馬淚雙流	一見兄長跨走獸
二人難捨又難丟	故人難把故人丟	不由包胥兩淚流
回頭便把三軍叫	三軍聽爺來吩咐	本帥陽關傳一令
老爺言來聽從頭	个个兒郎記心頭	大小三軍聽分明
	有日伍雲來伐楚	
	自有老爺做良謀	
路遇事兒若洩漏	有人偷把消息漏	有人回朝風走漏
定割爾等項上頭	个个難保項上頭	定將滿門刀割頭

有了這個交待，申包胥於公於私、國家友朋之間，面面俱到，人物形象顯得立體且飽滿，足與伍員相頡頏。

▲文昭關

《魚藏劍》中的〈嘆昭關〉、〈混昭關〉正是京劇中的《文昭關》，這個伍員夜嘆的情節雖然在《梨園集成》的全本戲當中被刪除，卻早在「慶昇平班劇目」中就與《樊城》連演。據《菊部群英》、《菊臺集秀錄》、《燕塵菊影錄》、《梨園佳話》、《都門紀略》、《十日戲劇》、《京劇二百年之歷史》載：程長庚、余三勝、汪桂芬、王鳳卿、言菊朋、楊寶森、劉春喜、汪笑儂、朱小芬、余玉奎、鄭多雲、汪金林、小汪桂芬、夏鴻福、尉遲喜兒、孫菊仙等均工此劇。此齣是伍員離開樊城後，被東皋公收留，因受緝捕，出不得昭關，眼見復仇之路遙遙無期，

〔註30〕《戲考》第三冊，頁1427。

滿心憂思感慨，於是五更夜嘆。是抒情意味濃厚的一齣戲。〔註31〕

楚　曲	車　本	戲　考
伍員嘆昭關	文昭關	文昭關
外（東皋公） 門外青山綠水 黃花百草風吹	外（東皋公） 門外青山綠水 黃花百草風吹	外（東皋公） 門外青山綠水 黃花百草風吹
閒來無事必從容 睡覺東窗日已紅 萬物靜觀皆自得 四時佳興與人同	閒來無事不從容 睡覺東窗日已紅 萬物靜觀皆自得 四時佳興與人同	閒來無事不從容 睡覺東窗日已紅 萬物靜觀皆自得 四時佳興與人同
生（伍員） 伍員馬上怒沖沖 跳出龍潭虎穴中	生（伍員） 伍員馬上怒氣沖 逃出龍潭虎穴中	老生（伍員） 伍員馬上怒氣沖 逃出龍潭虎穴中
聽說吳國路不通 心中好似箭穿胸 心猿意馬成何用 血海冤仇一旦空	聽說吳國路不通 好似狼牙箭穿胸 心猿意馬成何用 父母冤仇一場空	聽說吳國路不通 好似狼牙箭穿胸 心猿意馬中何用 血海冤讎落了空
外（東皋公） 山在西來水在東 山水相逢處處通 男兒五湖為朋友 人生何處不相逢	外（東皋公） 山在西來水在東 山水相逢處處同 男兒五湖為朋友 人生何處不相逢	外（東皋公） 山在西來水在東 山水相逢處處通 男兒五湖為朋友 人生何處不相逢
生（伍員） 平王無道亂楚宮 父納子妻理難容 吾父諫奏反遭戮 滿門家眷血染紅	生（伍員） 平王無道亂楚宮 父納子妻禮難容 我父諫奏遭毒手 可憐我一家血染紅	生（伍員） 恨平王無道亂楚宮 父納子妾禮難容 我的父諫奏反把命送 滿門家眷血染紅
	末（皇甫納） 隱居山林地 快樂玩棋詩琴	末（皇甫納） 隱居山林地 快樂詩琴棋

〔註31〕京劇尚有《武昭關》一劇，為武老生應工戲，故事為伍員保護馬昭儀與幼主殺出重圍，逃至禪宇寺，卞莊急追，馬昭儀投井死，伍員抱幼主敗走，鬚髮皆白。由於此劇須三換聲口，扎靠開打，重腰腿工，故稱《武昭關》。然《戲考》不見此劇。

末（皇甫納）		
雲淡風輕近午天	雲淡風輕近午天	雲淡風輕近午天
傍花隨柳過前川	傍花隨柳過前川	傍花隨柳過前川
時人不識予心樂	時人不識予心樂	時人不識予心樂
將謂偷閒學少年	將謂偷閒學少年	將謂偷閒學少年
生（伍員）	**生（伍員）**	**生（伍員）**
過了一天又一天	過了一天又一天	過了一天又一天
心中好似滾油煎	心中好似滾油煎	心中好似滾油煎
腰間枉掛三尺劍	腰間空掛三尺劍	腰間空懸三尺劍
不能報答父母冤	不能報答父母冤	不能報卻父母冤
一輪明月照山川	一輪明月照窗前	一輪明月照窗前
愁人心中似箭鑽	愁人心中似箭攢	愁人心中似箭穿
平王無道綱常亂	平王無道剛常亂	
父納子妻理不端	父納子妻禮不端	
吾父諫奏反被斬	吾父諫奏反被斬	
可憐滿門過刀懸	一家大小被刀餐	.
伍員本是英雄漢	伍員本是英雄漢	
殺父冤仇豈心甘	殺父冤仇豈心干	
指望吳國借兵將	指望吳國借兵轉	實指望到吳國借兵回轉
誰知昭關有阻攔	誰知昭關有阻攔	又誰知昭關亦有阻攔
幸遇老人施惻隱	幸遇皋公施方便	幸遇皋公行得方便
留在他家後花園	將我留在後花園	他將我留在後花園
一連七日眉不展	一連七日眉不展	一連七日眉不展
心中焦燥不奈煩	心中焦燥對誰言	夜夜何曾得安眠
區區好比喪家犬	區區好比喪家犬	俺伍員好一比喪家犬
滿腹衷腸對誰言	滿腹衷腸對誰言	滿腹含怨對誰言
我好比風箏斷了線	我好比風箏斷了線	俺好比南失群雁
我好比龍困淺沙灘	我好比魚兒漏網絃	俺好比百浪中失舵舟船
我好比哀哀空中雁	我好比失群空中雁	俺好比魚兒脫了釣線
我好比杜鵑夜不眠	我好比杜鵑鳥不眠	俺好比淺水龍久困在沙灘
思來想去肝腸斷	思來想去我的肝腸斷	思來想去我的肝腸斷
今晚怎能到天光	今日裡怎能到明天	今夜晚一過又到明天
外（東皋公）	**外（東皋公）**	**外（東皋公）**
一夜漏聲催曉箭	一夜金風吹曉箭	一夜漏聲催曉箭
月移花影上欄杆	月移花影上欄杆	月移花影上欄杆
暗滅燈光窗前站	暗滅燈光窗前站	吹滅燈光窗前站
且聽愁人口中言	且聽愁人口中言	且聽愁人口中言

生（伍員）	生（伍員）	生（伍員）
心中有事難合眼	心中有事難合眼	心中有事難合眼
番來覆去不安眠	番來復去不安眠	翻來覆去睡不安
父母冤仇常掛念	父母冤仇常掛念	
時時刻刻記心間	時時刻刻記心間	
獨坐書齋無人伴		
冷冷清清有誰憐		
背地只把皋公怨	背地裡只把皋公怨	背地裡只把皋公埋怨
將我隱藏後花園	將我隱藏後花園	叫人難解巧機關
既是真心來救我	既是真心來救我	既是真心來救我
為什麼七日不週全	為什麼七日不週全	為什麼七日不週全
若是求榮來害我	若是求榮來害我	貪圖富貴將我害
就該拿我獻昭關	就該拿我獻昭關	你就該拿我獻昭關
左思右想難壞我	左思右想肝腸亂	
心中好似亂箭穿	心中好似亂箭穿	
恨平王把我牙咬碎	恨平王把我的牙咬碎	
誣殺忠良喪黃泉	悮殺忠良喪黃泉	
雙親不能重見面	嘆雙親不能重見面	
要相逢除非鬼門關	要相逢除非是鬼門關	哭一聲爹娘難得見
年邁爹娘刀下斬	年邁爹娘刀下斬	要相逢除非在夢裡團圓
怎不叫人淚連連	怎不叫人淚連連	
含冤哭出天涯轉	含悲哭出天涯轉	
一心要報殺父冤	一心要報父母冤	
對天發下洪誓願	對天發下洪誓願	
不殺平王心不甘	不殺平王心不甘	
外（東皋公）	外（東皋公）	外（東皋公）
聽罷言來心內酸	聽罷言來心內酸	聽罷言來心內酸
鐵石人聞也淚連	鐵石人聞也淚連	鐵石人聞也淚連
伍員果是英雄漢	伍員本是英雄漢	伍員本是英雄漢
忠良孝子不虛傳	忠臣孝子不虛傳	忠臣孝子不虛傳
可嘆日日眉不展		
夜夜何曾得安眠		
背地只把老漢怨	背地裡只把老漢怨	背地裡只把老漢怨
袖內機關他怎參	袖內機關他怎參	袖內機關他怎參
救人如把彌陀念	救人如同把彌陀念	救人如把彌陀念
我明日保他過昭關	我明日救他過昭關	我明日保他過昭關
伍員混昭關		

生（伍員）	生（伍員）	生（伍員）
雞鳴犬吠五更天	雞鳴犬吠五更天	雞鳴犬吠五更天
越思越想越傷慘	越思越想越傷慘	越思越想越傷慘
想起在朝為官宦	想起了在朝為官宦	想起在朝為官宦
隨朝待漏五更寒	朝臣代漏五更寒	朝臣待漏五更寒
到今夜宿荒村館	到今日居宿荒村館	到今夜宿居荒村館
冷冷清清有誰憐	冷冷清清有誰憐	冷冷清清對誰言
本當自縊尋短見	本代自縊尋短見	本當拔寶劍自尋短見
血海冤仇化灰煙	血海冤仇化灰煙	父母冤讎化灰煙
滿腹衷腸空嗟嘆	滿腹衷腸空自嘆	對天發下洪誓願
且待天明問根原	且待天明問根源	不殺平王我的心不安
外（東皋公）	外（東皋公）	外（東皋公）
月淡星稀白晝現	月淡星稀白晝現	月淡星移白晝現
抱屈人兒夜不眠	抱屈人兒夜不眠	抱屈人兒夜不眠
頂天立地男兒漢	頂天立地男兒漢	頂天立地男兒漢
事到頭來也哀怜	事到如今也哀怜	事到頭來也可憐
生（伍員）	生（伍員）	生（伍員）
適纔矇矓將合眼	時才矇矓將合眼	適才矇矓將合眼
忽聽外面有人言	忽聽門外有人言	忽聽門外有人言
用手開門來觀看	用手開放門兩扇	雙手開門拔寶劍
外（東皋公）	外（東皋公）	外（東皋公）
將軍一夜兩鬢班	將軍為何白了鬚	將軍為何兩鬢斑
生（伍員）	生（伍員）	生（伍員）
一見鬚白心好慘	一見鬚白心好慘	一見鬚白心好慘
點點珠淚灑胸前	點點珠淚灑胸前	點點珠淚灑胸前
冤仇未報容顏變	冤仇未報容顏變	冤仇未報容顏變
一事未成兩鬢班	一事無成白了鬚	一事未成兩鬢班
伍員跌跪淚不干		跌跪草堂淚不乾
今日才知巧機關		今日才知巧機關
若還出得昭關險	若得過了昭關險	若過昭關無凶險
來生結草並啣環	來生犬馬並啣環	滿斗焚香謝蒼天

三個劇本的唱詞更動幅度很小，連被後人批評「周朝人念宋詩」的情況都原封不動的襲用，可見這是一個相對穩定，且流傳久遠的本子。此劇著重於伍員與東皋公二人心理狀態的微妙變化，表現的方式並不是二人對唱的互相詰問逼視，而是運用各自獨白式的同場分唱，各抒心聲。以伍員五更夜嘆的懷疑、感慨、憂思、慘傷，終於逼出「一夜白頭」的結果；東皋公在門外傾聽、同情、心酸、得計，終於解脫而能放下重擔的開朗，二者在「楚曲」中就已

經有很細膩的呈現，京劇本也沿用這樣的安排。

▲蘆中人

《魚藏劍》中另一個常演的劇作是第十、十一回〈漁人撲水〉、〈浣紗女投河〉，車本稱爲《伍子胥過江》，《戲考》稱爲《蘆中人》。據《菊部叢譚》、《戲劇旬刊》載：程長庚、孫菊仙、汪笑儂、時慧寶、王鳳卿、雙處、票友恩宇芝等均工此戲。此齣敘述伍子胥逃出昭關，行至江邊，一漁父渡其過河，臨行伍員卻又回頭叮囑漁父勿洩其行跡，漁父明志投江而死。其後伍員遇一浣紗女，腆顏向其乞食，臨行依舊回頭叮囑，女因男女之別，亦投江而死。

楚 曲	車 本	戲 考
漁人撲水	伍子胥過江	蘆中人
生（伍子胥） 氣宇昂昂秉性剛 不報冤仇誓不休 麗陽山下宿七晚 一夜須白過昭關	生（伍子胥） 氣宇昂昂秉性剛 不報冤仇誓不遠 麗陽山下宿七晚 一夜鬚白過昭關	
外（漁夫） 山歌 昨夜一夢夢將星 從空降下漁舟存 今朝停舡江邊等 原來白鬚蘆中人	外（漁夫） 山歌 昨夜一夢夢將星 從空降下魚舟存 今朝停舟江邊等 原來白鬚蘆中人	丑（漁夫） 唱歌 昨夜晚上得一夢 夢見斗大紅星墜落船中 今日有人來問渡 原來是白髮老公公
		他父在朝掌山河 我這裡將船忙搖過
生（伍子胥） 深感老丈情難捨 此恩何日當報德 臨行與你拱拱手	生（伍子胥） 深感老丈情性難捨 何日當報臨行恩	老生（伍員） 西皮搖板 多蒙老丈渡江河 千金謝禮不爲多 這樣恩德怎報卻
外（漁夫） 去了忠良大豪杰 老漢登舟先報抉 看看紅日已西斜	外（漁夫） 去了忠良楚伍云 好叫老汗喜笑盈	
浣紗女投河		

生（伍子胥） 　自古道人心實難測 　扭轉頭來把話說	生（伍子胥） 　自古人心難測疑 　扭項回頭把話提	生（伍子胥） 　再與老丈把話說
外（漁夫） 　數載藏名在溝邊 　扁舟暗渡楚忠臣 　絕君後慮芳名死 　千載留傳漁中人	外（漁夫） 　數載藏名在溝邊 　扁舟暗渡楚忠臣 　絕君後患芳名死 　千載留傳漁中人	
生（伍子胥） 　一見老者把江跌 　不由子胥淚悲切 　伍員若得把仇報 　刻你芳名報你的德	生（伍子胥） 　一見老丈把江跌 　不由子胥淚悲切 　伍云若得把仇報 　刻想芳名萬古傳	
旦（浣紗女） 　（引）秋風梧桐落 　京醒夢中南柯	旦（浣紗女） 　（引）秋風梧桐落 　京醒夢中南柯	
旦（浣紗女） 　光陰似箭如穿梭 　人生在世能幾何 　不求富貴求安樂 　飢寒貧苦天定奪	旦（浣紗女） 　光陰似箭如穿梭 　人生在世能幾合 　不求富貴求安樂 　飢寒苦賤天定奪	旦（浣紗女） 西皮慢板 　光陰似箭日月梭 　人生在世奈如何 　不求富貴求安樂 　母女浣紗度日活
生（伍子胥） 　伍員中途愁眉鎖 　可嘆老丈投江河 　行走打從溪邊過 　見一女子浣紗它 　面似粉紅桃花朵 　柳葉眉兒眼秋波 　一路行來腹中餓 　藍內有飯勝饟饟 　本當在前求濟我 　羞人答答怎奈何	生（伍子胥） 　伍云中途愁眉鎖 　可嘆老丈投江河 　行走之間抬頭看 　只見女浣紗它 　面似粉紅桃花朵 　柳葉眉兒眼秋波 　一路行來腹中餓 　藍內有飯剩饟饟 　本當上前求濟我 　羞人答答怎麼說	生（伍子胥） 　豪傑打馬奔吳國 　龍離滄海虎離窩 　樊城一呼人百諾 　令出山搖不敢挪 　力舉千斤伍明甫 　各國不敢動干戈 　天下英雄俱伏我 　秦誑諸侯求講和 　只是我當初不知過 　不該倚強做媒約 　可嘆我一家無有結果 　見一位娘行浣紗羅 　行來覺得肚飢餓 　籃內有飯又有饟 　下得馬來把揖做 　娘行齋生念彌陀

旦（浣紗女）	旦（浣紗女）	旦（浣紗女）
眼觀水裡人影落 耳傍聽得人言合 浣紗溪邊誰問我 男女交言是非多	眼觀水裡有人影 耳傍聽得有人聲 浣紗溪邊誰問我 男女交言事非多	眼觀水底人影過 耳傍聽得言語多 浣紗溪邊誰問我 男女交談是非多
生（伍子胥） 　未曾開言淚先落 　尊聲娘行你聽著 　家住京都玉皇閣 　父名伍奢掌朝哥 　姓伍名員就是我 　中途路上受折磨 　娘行若肯週濟我 　勝如看經念彌陀	生（伍子胥） 　未曾開言淚先落 　尊聲娘行你聽著 　家住京都玉皇閣 　父名伍奢掌朝歌 　姓伍名云就是我 　中途路上受折磨 　娘行若肯周濟我 　深恩活命記心窩	生（伍子胥） 　未曾開言我的心難過 　兩眼不住淚如梭 　家住楚國御皇閣 　我的父人稱伍相國 　伍子胥就是我 　父子三人保山河 　我的父諫奏反遭禍 　可憐我一家 　大小三百餘口見閻羅 　只剩子胥人一個 　窮途落迫受折磨
旦（浣紗女） 　聽他言來珠淚落 　忠臣孝子受折摩 　藍中取出珠飯顆 　將軍請餐免飢餓		旦（浣紗女） 　聽罷言來珠淚落 　忠臣孝子受折磨 　籃中有飯你用過 　免了奔波受飢餓
生（伍子胥） 　一見珠飯忙接過 　蛟龍得水透銀 　飢人吃飯甜如果 　一飽未曾解飢渴 　深謝娘行週濟我 　活命深恩記心窩 　伍員若得把仇報 　千金謝你不爲多	 　伍云若得把仇報 　千金謝你不爲多	生（伍子胥） 　多謝娘行週濟我 　一飯千金不爲多
旦（浣紗女） 　自古得報無差錯 　些小事兒能幾何 　將軍名標凌煙閣 　詩書禮義必飽學 　瓜田納履有人說 　請將軍早離是非窩	旦（浣紗女） 　自古答報無差錯 　些小事兒能幾合 　將軍標名凌煙閣 　詩書禮義心飽學 　瓜田納履有人說 　請將軍早離是非窩	旦（浣紗女） 　將軍打馬忙走卻 　男女交談理不合

生（伍子胥） 　謝過娘行指教我 　由恐平地起風波 　舉步忙行免災禍	生（伍子胥） 　謝過娘行指教我 　由恐平地起風波 　舉步忙離事非窩	生（伍子胥） 　娘行一言提醒我 　句句言語記心窩 　伍員拉馬忙走卻
旦（浣紗女） 　臨潼會上名不弱 　時來雙跨明輔印 　運去中途受折磨 　將身且在溪邊坐	旦（浣紗女） 　臨潼會上名不弱 　時來雙跨將帥印 　運去途中受折磨 　將身且在溪邊坐	旦（浣紗女） 　蓋世英雄受折磨 　時來雙跨明輔印
生（伍子胥） 　一時忘卻問姣娥 　娘行家住浣紗河 　柳陰深處遇姣娥 　這樣恩德敢忘卻	生（伍子胥） 　一時忘卻問姣娥 　娘行家住浣紗河 　柳陰深處與姣娥 　這樣恩德敢忘卻	生（伍子胥） 　還有一事要求託
旦（浣紗女） 　他好比鸚鵡出網羅 　一群鴻雁空飛過	旦（浣紗女） 　他好比鸚鵡出網羅 　一群鴻雁空飛過	旦（浣紗女）
生（伍子胥） 　回頭再問女姣娥	生（伍子胥） 　回頭再問女姣娥	
旦（浣紗女） 　三十未嫁一女流 　浣紗溪邊自含羞 　男女交言失節醜 　到不如一命投溪河	旦（浣紗女） 　三十未嫁一女流 　浣紗溪邊自含羞 　男女交言失節醜 　到不如一命投溪河	旦（浣紗女） 　三十未嫁守閨門 　男女交言不通情 　我只得別母投江死
生（伍子胥） 　遙望浣紗河 　遙望浣紗河 　不由珠淚落 　全義投河死 　含淚付前呈 　世上多少愚迷漢 　不及女姣娥	生（伍子胥） 　遙望浣紗河 　不由珠淚落 　全義投河死 　含淚付前波 　世上多少愚迷汗 　不及女姣娥	生（伍子胥） 　一見女沉河 　兩眼淚如梭 　抱石投江死 　憐惜女姣娥 　伍員拉馬忙走卻 　急忙加鞭奔吳國

這個劇本雖然在三本比對之下，發現《戲考》本唱詞刪改頗多。但漁父為安伍員之心，不讓其擔憂行跡有泄露之虞而投河；浣紗女因同情伍員而與之交談賜飯，卻覺有虧女德投河的重要因素都沒有更改；故「楚曲」本應該還是《戲考》京劇的祖本。值得注意的是《戲考》本修改了一個車本也沿用「楚

曲」本的小地方，即伍員形容浣紗女美貌的「面似粉紅桃花朵，柳葉眉兒眼秋波」二句刪除。這一個小小改動，除了符合當時伍員的逃躲追捕的心情外，更還原伍員在此劇中性格的一致性——欲報滅家血仇的慷慨激憤。試想，身負血海深仇的伍員，逃難時竟還有閒情逸緻去欣賞浣紗女的容貌，那伍員與一般紈袴子弟的輕浮習性有何不同？如此浣紗女的投河，伍員正是罪魁禍首。但刪除了這兩句唱詞之後，變成即使是伍員以嚴正態度面對浣紗女，浣紗女最後還是自沉而死，則最大的兇手成了導致伍員流亡的楚平王。為了伍員出奔事件，額外犧牲了漁夫及浣紗女，兩筆血帳，都得算在楚平王頭上，如此更增加伍員楚國搬兵復仇的正當性。《戲考》本這樣的小改動，注意到了劇中人物性格的合理性。

▲魚藏劍

　　此齣為「楚曲」《魚藏劍》第十二場，車本《魚藏劍》前半（車本《魚藏劍》實則還包括後面的《別母刺僚》）。據《都門紀略》、《梨園舊話》、《梨園佳話》、《情天外史》、《燕塵菊影錄》、《十日戲劇》：程長庚、余三勝、譚鑫培、汪桂芬、孫菊仙、馬芷芬、言菊朋等均工此戲。主要情節是伍子胥來到吳地，得識專諸，結為金蘭，卻無以為生，故吹簫行乞。後子胥得遇姬光，推薦專諸，共商刺僚大計。

楚　　曲	車　王　府	戲　　考
姬光訪賢	魚藏劍	魚藏劍
生（伍員） 平王無道亂楚宮 父納子妻禮難容 吾父奏本反被斬 滿門家眷血染紅	伍子胥 　西皮正板 恨平王無道亂楚邦 父納子妻敗綱常 我父諫奏把命喪 因此借兵見吳王	伍子胥 　快板西皮 恨平王無道亂楚邦 父納子妻敗綱常 父兄滿門俱遭喪 借兵報仇見吳王
		搖板西皮 忠孝兼全人欽仰
	忠孝雙全志量廣	
	專諸 　勝似同胞弟掛腸	專諸 　兄有事來弟掛腸
	伍子胥 　報仇事兒全仗上	伍子胥 　報仇事兒全仰仗

	專諸 早些發兵滅平王	專諸 什來吳兵滅平王
小生（姬光） 引 朝年歲月龍行時節	姬光 引 心懷謀略 恨王僚強塤山河	姬光 引 龍鳳樓閣 怎能夠江山歸
孤搜城外草悽悽 水向東來無盡溪 春來花開自放賽 青山一路鳥空啼	西皮正板 列國紛紛干戈起 周幽王戲諸候失落華夷 恨王僚塤基業自稱為帝 眾諸侯一不敢平歧 聽說是伍子胥來到吳地 但願得收良將保孤登基 內侍臣忙擺駕往御街里 孤尋訪忠良將好報冤屈	西皮正板 芳草青青隱翠薇 青山綠水鳥空啼 聞得子胥到此地 去訪賢臣扶社稷 御林軍擺駕出城地 親自去訪伍子胥
生 行過東街又轉西 舉目無親向誰提 藍衫破了誰週濟 手抱竹簫信口吹	伍子胥 英雄生來命不及 運敗時衰命運低	生 快板 行過東來又轉西 舉目無親獨自悲 衣衫襤縷誰周濟 竹簫焉能免得飢
子牙未遇垂引溪 每日江邊去吊魚 文王夜夢飛雄義 來到渭水訪賢回	西皮正板 姜子牙無時渭水提 時衰運敗有誰知 窮徒落破誰知意 落得吹簫討飯吃	西皮原板 姜子牙無隱釣溪 時衰運敗鬼神欺 周姬昌夢飛熊夜撲帳裡 親訪賢臣興社稷 東漢洛邑王綱墜 戰將刀鎗何日離 伍員單人把楚棄 父母冤仇氣不息 要借吳兵心少計 我與姬光會無期 英雄落魄如螻蟻 手拿竹簫討飯吃
小生 青草淒淒引翠微 簫搜林內得義回 催馬來在街頭地	姬光 二六板 昨日先生本奏啓 他言道來了伍子胥 孤王催馬大街里 這段簫吹得好傷淒	姬光 快板 孤王打馬出宮圍 姑蘇城內多光輝 勒住馬頭用目望

	孤王這裡用目取 見一位老丈相貌奇 白髮蒼蒼威風起 看他好相伍子胥 孤王打座御街里 且看此人怎詳細	見一老臣相貌奇 鶴髮童言少年紀 手拿竹簫信口吹 勒馬停蹄街頭立 且看聽來人他是誰
生 伍云長街用目觀 見一年少馬停蹄 頭帶金冠雙鳳戲 身穿一件滾龍衣 莫非他是姬太子 有意來訪伍子胥 本當上前去相見 衣衫藍侶惹笑爲 眉頭一皺心上計 把含冤之事提一提	伍子胥 二六板 　正在常街來尋食 　見一位官長相貌奇 　頭代金冠雙鳳翅 　穿著一件滾龍衣 　莫不是他是姬千歲 　莫不是來訪伍子胥 　本當向前施一禮 　渾身衣破相貌奇 　站立陽關生巧計 　把我的冤仇提一提	伍子胥 搖板 　子胥抬頭用目望 流水板 　見一位官長相貌奇 　頭戴金冠雙龍戲 　身上穿的龍鳳衣 　龍眉鳳目非凡體 　想是天子下瑤池 　莫非他就是姬千歲 　有意來訪我伍子胥 　上前通名去見禮 　冠破衣穿不整齊 　眉頭一皺心生計 　把我冤仇提一提
    伍子胥來伍子胥 父仇不報何以爲	滾板 　伍員生來命不及 　窮徒落破有誰知 　父母冤仇從地起 　我好比風吹鴻鳥怎騰飛	搖板反西皮 　子胥閥閱門眉第 　到如今落魄天涯有誰知 　父母的冤仇沉海底 　我好比鳳脫翎毛怎能飛 　伍子胥伍明輔 　父母冤仇不能報
小生 既是來的伍子胥 元何身穿破納衣	姬光 二六板 　聽罷言來王心喜 　果然明甫伍子胥 　孤王急忙傳旨意 　快宣來人把話提	姬光 快板 　聽罷言來我心喜 　來的果是伍子胥 　本當向前把話啓 　猛然一計在心裡
生 姬光千歲傳旨意 愁人臉上轉笑爲 一步跳過小溪澗 臣願千歲福壽齊	生 二六板 　聽說一聲喚子胥 　愁人心中自猜疑 　走上前來施一禮 　尊聲千歲福壽齊	生 快板 　聽說千歲傳子胥 　愁人臉上笑嘻嘻 　走上前來忙見禮 　願君福壽與天齊

	二六板	二六板
未曾開言淚悲啼 千歲在上駕聽知 家住楚國小監利 父名伍奢掌朝衣 平王無道納兒媳 將我滿門劍下誅 孤身逃奔身無計 因此吹簫來度日 千歲問臣那一個 含冤負屈伍子胥	富貴榮華曾有意 也是我子胥命運低 恨平王無道亂楚地 不該父納子之妻 我的父諫奏反遭取 殺我的全家血染衣 聞聽得千歲愛賢義 特地借兵報冤屈 為臣來到吳國地 望千歲把難人提 伍子胥有朝報仇起 一片忠心不敢移	富貴窮通不由己 也是我時衰命運低 我本是楚國功臣家住在監利 我的父伍奢保華夷 恨平王無道納兒媳 信用那奸賊費無極 我的父諫奏反誅死 又殺我的滿門實慘悽 聞千歲招賢納士多仁義 還望你拿雲仙手你把難人提 伍子胥若得這步地 知恩報德不敢移
小生 真果來的伍子胥 天湊吾緣降地机	光 二六板 將軍休要淚悲啼 孤王言來聽端的 只要你保孤社稷 報仇事兒王從你 內臣擺駕回府裡	光 搖板 聞得將軍多仁義 今日一見果是實 內侍擺回宮裡
	改換衣裝把話提	我與將軍敘軍機
踏破鐵鞋無覓處 特來全不費工夫		

這個本子從「楚曲」到京劇的變化頗大，不過透過車本做為中介劇本，除少數增添情節來自於車本外，〔註32〕其餘情節並無變化，大多唱詞也依「楚曲」原意而改動。例如姬光遇見伍子胥時，二人都希望引起對方注意的情緒變化，「楚曲」本是「姬光千歲傳旨意，愁人臉上轉笑為，一步跳過小溪澗」生動地將伍員急切的心態描寫出來；車本的「聽說一聲喚子胥，愁人心中自猜疑，走上前來施一禮」，雖是不失身份，卻溫吞得奇怪，照理說伍子胥當時內心應是湧動著「復仇有望」的情緒，縱然不用「一步跳過小溪澗」，總還得表現一點收煞不住的急切；《戲考》本改成了「聽說千歲傳子胥，愁人臉上笑嘻嘻，走上前來忙見禮」，既不依「楚曲」本也不沿用車本，一個「忙」字，折衷了

〔註32〕京劇中出了「楚曲」本中不曾出現的柳展雄、孫武子、被離，也都是車本中就有的人物。如「楚曲」本中的王小二並沒有任何唱詞，在車本開始有了牛二其人，而《戲考》本也沿用。

二本的過與不及，卻又適切地表現出機會難遇。這齣《魚藏劍》從「楚曲」到京劇在唱詞變化較大，可能正是「楚曲」此處的唱詞過於簡略，而此時伍員、姬光的互動情緒又難以掌握，所以演員都還在多方嘗試中，故車本和《戲考》本的變化也不一。然而根據劇情的鋪展，以及上列對照的大段唱詞，可知「楚曲」本應該還是京劇的祖本。

▲刺王僚

此劇為《魚藏劍》第十三場〈別母刺僚〉，車本《魚藏劍》後半部，《戲考》本《刺王僚》未收「別母」情節。陶君起《平劇劇目初探》《刺王僚》下有說明：

> 按自《戰樊城》至《刺王僚》包括《打五將》常連演，總名為《伍子胥》，又名《鼎盛春秋》。是生角為主大戲，程長庚、汪桂芬代表作，王鳳卿亦見長。……有時刪去《專諸別母》一折。〔註33〕

今日可見之《戲考大全》亦刪去《專諸別母》的情節。據《菊部叢談》、《十日戲劇》：金秀山、金少山、汪笑儂均工此戲。主要情節是姬光宴請王僚，王僚雖有戒心，並派人先行搜查，連進饌之人亦得搜檢，豈知利刃藏於魚腹之內，專諸捨生刺僚：

楚　　曲	車　王　府	戲　　考
刺僚		刺王僚
	王僚 引 　大帝山河 　圖霸業一統吳國	王僚 引 　大地山河 　圖霸業一統吳國
付（王僚） 　昨夜一夢夢龍舟 　孤王與臣四下遊 　孤王洛水無人救 　文武百官水上浮 　醒來橫身發戰抖 　四支無力冷搜搜 　今日過府來飲酒 　怕的是酒內有奸毒	列國紛紛相爭鬥 弒君不如宰雞牛 雖然是手足恩又有 各人心機來各自謀 中昨晚一夢三更後	西皮倒板 　列國相爭干戈厚 原板 　殺君不如宰雞牛 　雖然是御弟的恩情厚 　各自機來各自謀 　孤昨夜一夢真少有 　有孤王坐至在打魚一個小舟 　見一個那魚兒在那水上走

〔註33〕陶君起：《平劇劇目初探》（台北：明文，1982），頁29。

	孤坐至打魚小舟 見一個魚兒水上走 口吐寒光照人的雙眸 冷氣吹人難經受 叫那魚人快把船來收 孤王正在高聲吼 回頭來不見那個打魚的小舟 醒來不覺三更後 渾身上下冷汗流 愚兄一時解也解不透 賢弟與孤解根由	他口吐寒光就照住孤的雙眸 他的冷氣搜身孤難消受 高叫聲那打魚的人兒 你就快把那個船來收 有孤王我正在那高聲喊叫無 人救 扭回頭我又不見那個打魚那 個小舟 孤醒來正在那三更後 止不住我渾身上下 一陣一陣陣陣冷汗流 吉凶二字孤解也解不透 御弟與孤你就解根由
小生 兄王說話沒來由 一番好意反成仇 雖然不是親手足 你我原是一脈流 你道酒內有熬毒 小弟連飲兩三歐 內臣看過葡萄酒 足尖疼痛不自由	光 快板 兄坐江山忠良有 姑蘇文武樂無憂 但願列國歸兄手 弟保兄王坐龍樓	光 快板 兄王說話沒來由 夢寐之事何須掛心頭 人來看過葡萄釀 小弟保兄坐龍樓
	僚 御弟說話志量有 雅賽孤王押諸侯 來來來推盃換大斗	僚 快板 御弟說話孤心受 你保孤王押諸侯 天下的舉子孤爲首 押定了一十一國 各國不敢統貀貅 人來推盃你就換大斗
	御弟因何面代愁	御弟爲何面帶愁
小生 謝過王兄龍恩厚 小弟即刻獻瓊歐 袖內机關怎猜透 管叫魚兒自上勾	光 多謝兄王恩義厚 背轉身來喜心頭 好一個專諸志量有 他替孤王報冤仇	光 搖板 謝過兄王龍恩厚 小弟即來獻酒酬 袖內機關怎猜透 管叫魚兒上了鉤

	老天爺助成功就 魚腸劍到賊命休	
淨 三皇五帝下商紂 某代功榮不到頭 幾個爲國家滅族 幾個爲國把命丟 魚兒只爲吞鉤死 大將臨陣想封侯 膽小那得將軍做 怕死焉能入地獄 魚內暗藏劍一口 誠恐難保項上頭 大膽闖進虎狼口	淨 快板 千歲代我恩義有 我今替他報冤仇 魚內暗藏劍一口 要把王僚一筆勾 手托鮮魚朝內走	淨 快板 三皇五帝夏商周 蓋世英雄不到頭 命中有來終須有 命裡無來莫強求 魚中暗藏劍一口 要把王僚一筆勾 手捧鮮魚往上走
大王傳旨不自由 脫衣解帶請搜透	這纔是官差不自由 解帶脫衣你們齊搜透	
忍得專珠笑滿喉 列位將軍休軏憂 細聽愚下說從頭 吾主洪福齊天就 唐唐天子飲瓊歐 小人縱有擎天手 虎口焉能把食收 列位將軍再搜透	老天爺助我把名流 大著膽兒朝上走 見君不敢強抬頭	快板 老天爺助我把名留 手捧鮮魚朝上走 見君不敢強抬頭
要把王寮一筆鉤		
付 孤將里魚來進口	僚 霎時一陣香風透 只見魚兒在當頭 孤王今用這一口 御弟代孤好恩酬 快快拿來孤消受	僚 搖板 霎時一陣寒風透 這見魚兒在當頭 快快拿來孤消受
淨 管叫你一命死如邱	淨 閻王把筆將兒勾	淨 管叫王僚一筆勾

三本比對的結果，也可明顯看出情節的一脈相承。其中的小變化在於各本中王僚對姬光都有懷疑，所以都先要校尉們先搜過一遍，以防姬光佈有刺客。「楚曲」是王寮懷疑姬光酒中下毒的情節，這個部份，車本與京劇本都沒沿用；而二本增加的是王僚身穿膛猊甲，以防刺客暗殺。三本共同處都有王僚夢境，只是車本與京劇本更在這上頭下工夫，成爲一種預言示的讖夢。

經過上面各齣的比對，可知不論是劇情或是事件的安排，以及大多數的唱詞，京劇的《伍子胥》都襲用「楚曲」祖本，故京劇的《伍子胥》確實是從「楚曲」《魚藏劍》中折出的「集折本」。

▲祭風臺

《平劇劇目初探》《火燒戰船》條說明：

自《群英會》接《借東風》、《火燒戰船》、《華容道》有連演者，稱全部《三國志》，盧勝奎編。〔註34〕

《火燒戰船》一齣，《戲考》中未見收錄，但在「楚曲」本中，此場戲完全沒有唱詞，雖有說白，但應屬戰鬥對陣的過場戲，甚至可能有點火彩效果。《戲考大全》所收《群英會》一劇，則包括《舌戰群儒》、《草船借箭》、《借東風》、《華容道》四齣；《京戲考》的《群英會》則只有《草船借箭》、《借東風》二部份。〔註35〕在道光四年的「慶昇平班劇目」中《舌戰群儒》、《群英會》、《借箭打蓋》、《祭東風》、《華容道》五齣，其實內容與《戲考大全》的《群英會》包含的情節單元相同。

以下是「楚曲」《祭風臺》與各本「情節單元」比對：

黑色加粗字體表示各齣劇名

楚　　曲	車　王　府	戲　考　大　全
小引		
報場		
登場		
二場 ○　回朝		
三場 ○　舌戰		**舌戰群儒** ○　舌戰
四場 ○　計議		○　計議

〔註34〕陶君起：《平劇劇目初探》（台北：明文，1982），頁87。
〔註35〕胡菊人編：《戲考大全》（一名《京戲考》，台北：宏業，1986），頁838～858。
柳香館主人編：《京戲考》（又名《京劇大觀》，台北：正文，1966）下冊，頁125～144。

五場 　○ 改陣		
六場 　○ 借刀計		**草船借箭** 　○ 借刀計
七場 　○ 夜逃		○ 夜逃
八場 　○ 中計		○ 中計
九場 　○ 二用借刀	**草船借箭** 　○ 二用借刀	○ 二用借刀
十場 　○ 裝呆獻技	○ 裝呆獻技	○ 裝呆獻技
十一場 　○ 草船借箭	○ 草船借箭	○ 草船借箭
十二場 　○ 獻苦肉	**獻苦肉** 　○ 獻苦肉	○ 獻苦肉
十三場 　○ 詐降	○ 詐降	
十四場 　○ 闞澤投魏	○ 闞澤投魏	
十五場 　○ 押蔣	○ 押蔣	
十六場 　○ 薦龐	**連環記** 　○ 薦龐	
十七場 　○ 獻連環	○ 獻連環	
十八場 　○ 裝病	○ 裝病	**借東風** 　○ 裝病
十九場 　○ 逃潼關	○ 看病	
二十場 　○ 看病	○ 逃潼關	○ 看病
二十一場 　○ 祭風	○ 祭風	○ 祭風
二十二場 　○ 過江	○ 過江	

二十三場 　○　點將		
二十四場 　○　發兵		**火燒戰船**〔註36〕
二十五場 　○　擋曹		華容道 　○　擋曹
二十六場 　○　請罪		
二十七場 　○　佔城		
二十八場 　○　團圓		

京劇本「群、借、華」的演出次序、情節鋪陳與「楚曲」《祭風臺》相同；對比唱詞之後，雖有許多變化，但整體而論，京劇《三國志》應還是「楚曲」《祭風臺》的集折本。

▲舌戰群儒

　　此齣又名《孔明過江》，劇情是孔明應魯肅之邀，過江與孫權共商破曹之計，東吳謀士張昭、步隲、薛綜、陸績等人欲難倒孔明，以便降曹；誰知孔明侃侃而談，駁得眾人啞口無言，含羞帶愧；魯肅帶孔明往見孫權，陳述和戰利害。據《京劇二百年之歷史》云，盧勝奎對此劇最為擅長，有「活孔明」之稱。貴俊卿亦工此劇。全劇唱詞並不多，倒是有大段的對白。

楚　　　曲	戲　考　大　全
三場舌戰	舌戰群儒
	淨（孫權） 引 　南面稱孤 　鎮江東霸業鴻圖
	小生（周瑜） 　幼習兵機智謀無敵 　逞雄威制勝出奇 　名震東吳地

〔註36〕由於《戲考》等各本未收，但就劇情而言，其實就是集折本中的《火燒戰船》。

生（孔明）	生（孔明）
	西皮搖板
荊襄王晏了駕兵權歸蔡	吾主行事多義信
那劉琮子他本是弱子嬰孩	打從新野赴江陵
恨蔡瑁和張允把國盜賣	難民到有數萬整
我要取那荊州有何難哉	吾主不肯兩離分
吾皇祖在沿陽百戰百敗	曠野荒郊哭聲震
九里山十埋伏大顯英才	一日止行數里程
大丈夫失提防何為犯礙	因此當陽敗了陣
你本是無知輩勿把口開	曹操得勝逞其能
你東吳長江險兵精糧足	自古兵家豈常勝
我君臣守夏口以待時來	征戰全在主謀人
誰叫你勸主公向人下拜	
你本是無恥徒怎對高才	
吾主公他本是漢室後代	自古功臣扶主稷
獻帝爺宗譜上龍目查來	經綸抱負定出奇
曹孟德臭名兒留傳萬代	功勳卓著立戰績
大丈夫好和歹聽天安排	豈似你書生念文詞
	魯肅
	諸君不必紛紛論
	光生快見吾主君
	生（孔明）
	江東文臣將我問
	一個個俱懷降曹心
	舌戰群儒他無有話論
	管叫他認識我南陽孔明
	眾
	人言孔明才學廣
	今日見來果然強
	自比管樂無虛荒
	到叫我等臉無光
四場計議	
淨（孫權）	孫權
引	
雄踞四方起戰爭	曹操帶兵下江東
論英雄誰個比能	倒叫到孤家掛心中
	將身且坐銀安等
	單等相會臥龍公

	孔明
	原板
	說什麼兵敗新野城
	細聽山人說分明
	吾主將官威名振
	關雲長張翼德勇敵萬人
	還有那趙子龍無人敢近
	那怕曹兵百萬人
正旦周瑜 　臣領命破曹瞞不分晝夜 　恐主公聽文武意欲未決 　怕的是眾謀臣降文早寫 　那時節小微臣枉費周折 　漫說是曹孟德烏合沃野 　就是那天兵到有何懼怯	
淨 　聽卿言不由孤滿心歡悅 　周都督果算得蓋世豪傑 　孤與那曹孟德老不休歇 　金殿上孤賜你黃金斧鉞	孫權 　聽一言來喜在心 　同心協力破曹軍

從二本對比之後，可發現這一折的唱詞，「楚曲」與京劇本產生了很大變化。
但是孔明被江東諸儒「圍勦」之時，在說白的部份其實相差不大。詰問的幾
個重點：孔明自比管樂，卻使劉備苦守夏口；曹操大軍來襲，該如何抵擋；
以及曹、劉二人身份等相關問題，不論是先後順序或層次上都沒有變化，整
體的情節也沒有什麼變動。由於這一齣戲在《清車王府藏曲本》亂彈中並未
收錄，缺少了車本做為中介劇本，所以難以看見「楚曲」──車本──京劇，
這樣的變動過程；加上除了《戲考大全》外，沒有其他本子可供比對，因此
其中唱詞變動的原因難以釐清。是否有可能是盧勝奎在新編《三國志》時，
覺得原有「楚曲」本唱詞不能適切表達感情，因此做了更動，而此一唱法，
就一直沿用下來？由於證據不足，無法斷論。〔註37〕

〔註37〕有關盧勝奎編《三國志》三十六本相關資料，可參見北京市藝術研究所、上
　　　　海藝術研究所組織編著：《中國京劇史》（北京：中國戲劇，1999），頁 400～
　　　　402。

▲草船借箭

即《群英會》，劇情是周瑜請孔明前去劫糧，蔣幹過江盜書、夜逃，曹操一時大意，中了周瑜之計，誤殺蔡瑁、張允，孔明大霧中曹營借箭，黃蓋獻苦肉計，被孔明識破為止。此乃行當齊全，為唱做念打並重的群戲。據《京劇二百年之歷史》、《伶苑》、《戲劇月刊》等記載：三慶班程長庚、盧台子、黃潤甫、錢寶峰、徐小香、昆丑三闊；汪桂芬、王楞仙、金秀山、羅百歲、王雨田；高慶奎、郝壽臣、馬連昆、王又荃、程繼仙、王鳳卿、張春彥、劉連榮、時玉奎、蕭長華；馬連良、譚富英、葉盛蘭、袁世海、裘盛戎、孫盛武等四組演出陣容擅演此戲，腳色均一時之選。

楚　　曲	車　　本	戲　考　大　全
六場借刀計		草船借箭
正旦 諸葛亮此一去性命難保 這是我暗殺他何用鋼刀		周 西皮散板 　曹孟德善用兵慣絕糧道 　聚鐵山豈無有將士英豪 　諸葛亮此一去性命難保 　這是我暗殺他不用鎗刀
外 諸葛亮出大言將人譏笑 進帳內與都督細說根苗		魯肅 搖板 　諸葛亮出帳去哈哈大笑 　他笑我周都督用計不高
正旦 我只說借刀計將他瞞過 故命他去烏巢橫把糧奪 又誰知出大言譏笑於我 必須要用妙計將他害卻		周 西皮散板 　實指望借刀計將他殺了 　又註知他笑我陸戰不高 　將原令且收回再接計較 散板 　我不殺諸葛亮怎把氣消
此二賊習水戰難敵難破 恨蔡瑁和張允逞強作惡 把荊州獻曹操是他之過 除非是殺二賊方息干戈		西皮散板 　此二人慣水戰兼有韜略 　獻荊州降曹瞞助紂為惡 　看起來曹營中水軍難破 　除非是殺二賊好動干戈

		周 西皮原板 　人生聚散難逆料 　且喜今日遇故交 　群英會上當醉飽 　暢飲高歌在今宵
		西皮散板 　富貴榮華前生造 　眼望中原酒中消 散板 　暴酒難逃三江口 　順流而下東海飄
		琴歌 　大夫處世兮立功名 　立功名兮慰生平 　慰生平兮吾將醉 　吾將醉兮發狂吟
丑 　悔不該在曹營誇口太過 　實指望過江來將他說合 　左史慈執寶劍一旁怒坐 　若提起孫曹事便把頭割		
七場夜逃		
正旦 　我有意防害他營門不鎖 　轉眼看蔣子翼早已睡著 　假意兒伴裝醉和衣而臥 　朦朧眼且看他行事如何		周 西皮原板 　適才間傳將令營門不鎖 　背轉身見子翼早已睡著 　假意兒閉雙睛和衣而臥 　暗地裡且看他行事如何
丑 　離曹營到東吳身耽禍福 　坐不寧睡不安兩眼不合 　只說是念故交相待與我 　又誰知掌兵權亞賽閻羅		蔣 西皮散板 　這是我誇海口自招其禍 　又誰知在筵前不由分說 　到如今進退難千差萬錯 　坐不安臥不寧兩眼難合

		西皮散板
曹丞相若不是 洪福大安然穩坐 他怎知蔡瑁張允 二賊內應外合 不是我過江來機關破 七日內取首級休想命活		曹丞相洪福大安然穩坐 　又誰知二賊子裡圖外合 　若不是我蔣幹機關識破 　七日內取首級性命難活
倘若是到天明豈肯容我 恨不得插翅兒飛過江河		西皮散板 　倘若是天明亮豈肯放我 　恨不得插翅兒飛過江河
正旦 　曹孟德中我之計 　也是他千差萬錯		周 西皮散板 　蔣子翼盜書信忙中有錯
外 　周都督胸腹中果有才學		魯 散板 　周都督用機謀神鬼不覺
正旦 　這條計天下人被我瞞過		周 散板 　此一計天下人被我瞞過
外 　怕只怕瞞不過南陽諸葛		魯 散板 　怕的是瞞不了南陽諸葛
八場中計		
淨（曹操） 　每日裡飲漿醺醺大醉 　我心中想不出一條計策 　自造過銅雀台缺少二美 　掃東吳怎奈是天機不遂		曹操 四皮散板 　此一番下江南交鋒對壘 　晝夜裡操兵將大展軍威 　造下了銅雀臺卻少二美 　滅東吳擒劉備孤意方隨
		蔣 西皮散板 　在東吳得書信喜之不寐 　此一番見丞相獨占高魁
淨 　誤中了周公瑾借刀之計 　軟蔡瑁和張允悔之不及		曹 西皮散板 　一時間中周郎借刀之計 　殺蔡瑁合張允悔之不及

書呆子誤軟我兩員上將 去了我左右手反助周郎		西皮散板 　這是我一時間未曾思 　去掉我左右膀反助周郎
丑 這一椿大功勞不加升賞 爲什麼當眾將罵我一場		蔣 西皮散板 　這一場大功勞他不加升賞 　當眾將反把我羞辱一場 　我這裡低下頭暗自思想 散板 　莫不是爲周郎他不肯歸降
九場二用借刀	草船借箭	
正旦 爲江山激得我心中繚亂 爲主稷畫夜裡坐臥不安	正旦 奉軍令破曹瞞勝負未定 日操兵月揀將坐臥不寧	周 西皮散板 　統大兵破曹瞞勝負未定 　終日裡用機謀那得安寧 　蔣子翼盜書去渺無音信 　等候了魯大夫密報軍情
外（魯肅） 曹孟德果殺了蔡瑁張允 進帳去與都督細說分明	生（魯肅） 曹孟德眞殺了蔡瑁張允 周都督果算得天下能人	魯 西皮散板 　曹孟德果殺了蔡瑁張允 　周都督可算得第一能人
生 昨夜晚觀天象早已算定 曹孟德中巧計自殺水軍	末（孔明） 昨夜晚觀天象早已算定 曹孟德中巧計誤殺水軍	孔明 西皮散板 　昨夜晚觀天象早已算定 　曹孟德中巧計誤殺水軍
	在帳前別過了都督公瑾 限三日到曹營去取刁翎	在帳中辭別了子敬公瑾 三日後到江邊搬取雕翎
正旦 苦肉計瞞眾將全要你忍 怕只怕年高邁難以受刑	正旦 嘆將軍存忠心意氣凜凜 果算的古今來第一賢臣 苦肉計瞞眾將卻要你忍 只怕你年邁人難以受刑	周 西皮散板 　老將軍秉忠心大義凜凜 　可稱得我東吳社稷之臣 　定下了苦肉計你心拿穩 　怕的是年邁人難受五刑
末黃蓋 周都督休得要下禮謙遜 俺黃蓋受吳侯三世大恩 我雖然年高邁忠心還在 做一個奇男子去破曹兵	外黃蓋 周都督休得要下禮謙遜 我黃蓋受東吳三代厚恩 我本是年邁人忠肝義膽 倒做了奇男子去破曹兵	黃 西皮散板 　周都督休得要大禮恭敬 　俺黃蓋受東吳三世厚恩 　雖然是年紀邁忠心耿耿 　學一個奇男子我要詐降曹

正旦	正旦	周 西皮散板
好一個黃公覆忠心耿耿 我諒他此一去大功必成	好一個黃公覆忠心膽盡 設此法天賜我大功必成	好一個黃公覆忠心耿耿 我料他此一番大功必成
十場裝呆獻計		
生 周公瑾命魯肅行監坐守 好叫我背地裡冷笑不休 他那裡要殺我不能得夠 一椿椿一件件在我心頭	末孔明 周公瑾命子敬巡查坐守 好叫我背地裡冷笑不休 他只望暗殺我機關不露 一椿椿一件件盡在心頭	孔明 西皮原板 小周郎命魯肅巡監坐守 叫山人暗地裡冷笑不休 他那裡要殺我怎能得殼 一椿椿一件件記在心頭
正 限三日去交箭不多時候 為什麼在一旁不倈不俅	生 限三日去交箭不多時候 為什麼在一旁不採不揪	魯 西皮原板 限三日造雕翎不多時候 原板 為什麼坐在一旁不睬不憂
外 昨日裡在帳中誇下海口 這件事好叫我替你擔憂	昨日裡在帳前誇下海口 這件事好叫我替你擔憂	西皮快板 昨日裡在帳中誇下海口 這時候倒叫我替你擔憂
生 哎大夫平日裡待人寬厚 你原說保我來身無禍憂 周都督要殺我你不搭救 看起來算不得什麼朋友	末孔明 魯大夫平日裡待人寬厚 你原說保我來不必擔憂 周公瑾要殺我你不肯救 看起來算不得什麼朋友	末孔明 西皮散板 魯大夫你向來待我恩厚 散板 你保我過江來無禍無憂 周公瑾要殺我你不來搭救 看起來你算不得什麼好朋友
外 這椿事都是你自作自受 到今日反怨我不是朋友	生 這椿事本是你自作自受 為什麼苦把我埋怨不休	魯 西皮快板 這件事本是你自作自受 為什麼反把我埋怨不休
千萬箭這一晚如何造就 明日裡進帳去難保人頭	十萬箭一夜晚怎生造就 怕只怕進帳去難留人頭	西皮散板 十萬箭焉能夠一夜造就 為朋友只落得順水推舟
生 這椿事料魯肅猜想不透 他怎知我胸中另有良謀 要借箭待等到四更時候 大霧中到曹營去把箭收	末孔明 這件事叫魯肅難以猜透 怎知我胸腹內另有機謀 要取箭只等過四更時候 出大霧到曹營去把箭收	末孔明 西皮散板 這件事叫魯肅難以猜透 那知道我腹中另有機謀 只等到今夜晚四更時候 趁大霧到曹營去把箭收

外	生	生
一樁樁一件件安排已就 等先生到江邊速速登舟	一樁樁一件件安排就有 請先生到江邊即便登舟	西皮散板 一樁樁一件件俱已辦就 請先生到江邊即刻登舟
十一場草船借箭		
生 一霎時白茫茫滿江霧露 頃刻間看不見在岸在舟 是這等巧機關世間少有 賽軒轅造紙策去收蜂	末孔明 一霎時白娘娘滿江霧漫 到日落辨不出是岸是江 似這等巧機關世間少有 賽軒轅造紙冊去把箭收	末孔明 西皮原板 一霎時白茫茫滿江霧厚 頃刻間觀不見在岸在舟 似這等巧機關世間少有 賽軒轅造指車以制蚩尤
外 魯子敬在舟中渾身膽戰 把性命當兒戲全不擔憂	生 魯子敬在舟中渾身抖振 把性命當兒戲全不擔憂	生 西皮原板 魯子敬在舟中渾身戰抖 拿性命當兒戲全不擔憂
生 勸大夫且放懷寬心飲酒 我和你慢搖櫓浪裡行游 要借箭待等到四更時候 魯大夫爲什麼這等擔憂		
外 這時候那還有心情飲酒 此一番到曹營一命罷休	生 這時候那還有閑心飲酒 此一去到曹營難把命留	生 這時候他還有心腸飲酒 一霎時間到曹營難保人頭
		孔明 西皮快板 勸大夫放開懷且自飲酒 些須事又何必這等擔憂
十二場獻苦肉	**苦肉記**	
正旦周瑜 引 轅門鼓角聲高 兩旁烈虎英豪	正旦周瑜 引 兩旁烈虎英豪	周 引 轅門鼓角聲高 兩旁擺列鎗刀
生孔明 周都督定下了苦肉之計 收蔡中與張和暗通消息 黃公覆受苦刑都是假意 進帳去切不要說我先知	生孔明 周都督定下了苦肉之計 收蔡中與張和暗通消息 黃公覆受苦刑都是假意 進帳去切不要說我先知	孔明 西皮散板 周都督定的是苦肉之計 收蔡中與張和暗通消息 黃公覆受苦刑都是假意 見公瑾切莫說孔明先知

外魯肅	外魯肅	魯 西皮散板
這等的巧機關叫人難解 我實實服了他妙算神機	這等的巧機關叫人難解 我實實服了他妙算神機	這等巧機關難解其意 我實在服孔明妙算神機

這一齣戲除了增加周瑜喝酒時的一段高歌及琴歌表演，情節全同，連唱詞變化都很小。前面一小部份車本未收，但清楚可見京劇本對「楚曲」其依循沿用的情況。

▲借東風

即「楚曲」十八〈裝病〉、二十〈看病〉兩場。故事敘述周瑜觀曹軍水寨，來自得意，卻見西北風大作，心有所感，忽然成疾。孔明得知，手書藥方「欲破曹公，宜用火攻，萬事俱備，只欠東風」。並願往南屏山祭風，待孔明走後，周瑜召來丁奉、徐盛，告以東風一起，便殺孔明。孔明南屏山祭風，東南風起，料周瑜必來相害，趁祭風時逃走。據《十日戲劇》、《伶史》、《富連成三十年史》、《立言畫刊》載：馬連良、王世續、常立恆、譚富英、李盛藻、雷喜福、俞振飛、高維廉、葉盛蘭、周嘯天、李和曾、陳少霖、周維俊、張春彥、孫盛武、李春恆、遲喜珠、段奎章等均工此戲。

楚　　曲	車　　本	戲　考　大　全
十八場裝病		借東風
正旦 　龐鳳雛獻連環未知成否 　使本督在營中坐臥不寧		
副 　在曹營獻連環世間無有 　進帳來與都督細說從頭		
正旦 　龐鳳雛獻連環世間少有		小生（周瑜） 西皮搖板 　前日裡與曹軍江中交戰 　傷卻他青州將焦觸張南 　曹營中一個個聞風喪膽 　上樓船我這裡細看一番 原板 　我看他旌旗飄空中招展

料想那曹孟德難解其謀 行至在將台上舉目觀看 見曹營大小船首尾相連 破曹營須用下火弓火箭 看只看八十萬命喪目前 是這等十一月東風少欠 要成功只怕只怕萬萬不能		眾人馬在船頭如履平川 任憑他終日裡演習水戰 他怎擋我東吳大將魁元 他總有人和馬八十三萬 怎料得龐士元計獻連環 准備著火攻計與賊交戰 管叫他身插翅也難保全 一霎時朔風起我用目觀看 搖板 噯呀 又只見旌旗飄盡向西南
二十場看病		
外（魯肅） 周都督得患病心療意亂 倘若是有差池誰敵風波	外（魯肅） 周都督得患病心神療亂 倘若是有差池誰敵風波	生（魯肅） 搖板 周都督觀水寨忽發舊症 這件事倒叫我難以調停 似這等緊軍務他忽重病 怕的是奸曹賊趁此偷營 搖板 我這裡出大營把諸葛來請 此一番見了他細說分明
生 周公瑾假裝病難瞞于我 這樁事離不得南陽諸葛	生 周公瑾假裝病難以瞞我 這樁事離不得南陽諸葛	末（孔明） 原板 昨夜晚觀天象陰陽料定 曹孟德眾人馬盡被火攻 小周郎到如今身得重病 為的是初冬時缺少東風 將身兒來至在小舟坐定 看一看周公瑾是怎樣施行
外 周都督得的是什麼病症	外 周都督得的是什麼病症	生 急急忙忙往往走 又只見生生在船頭 搖板 遭不幸天災公瑾染病 還得要仗先生妙手回春
生 他害的心上病不用服藥	生 他害的心上病不用服藥	末 叫大夫你與我忙把路引 管叫你周都督疾病離身

正旦	小生	小生 搖板
為江山憂壞了保國良將 為社稷染重病晝夜不安 諸葛亮是神仙從空降下 我害的心上病被他猜著 沒奈何去病呃忙忙拜禱 望先生助本督協力破曹	為江山是壞了保國良將 為社稷染重病晝夜不安 諸葛亮是神仙從空降了 我害的心中病被他猜著 沒奈何去病阨忙忙拜禱 望先生助本督協力攻曹	實指望破曹軍大功可定 又誰知天不佑難遂人心 將身兒且把後營來進 恨天公不由我愁悶在心
		末 搖板 此一番南屏山把東風祭定 怕的是小周郎又起殺心
		生 南屏山築高台連夜造起 准備那諸葛亮禱告神祇
		小生 那孔明博學問驚天動地 專奇門習遁甲曉暢兵機 此一番若借得東南風起 我定要差兵將將他殺之
		生 周都督雖聰敏心太嫉妒 只想殺諸葛亮令人難服
		末 搖板 昨日裡與周郎誇下海口 到南屏借東風好把功收
		生 二六板 未曾開言我的淚難忍 尊一聲先生聽分明 魯肅過江把你請 同心協力破曹軍 草船借箭功勞盛 蔣幹盜書入曹營 蔡瑁張允喪了命 中了都督巧計行

		聰明不過周公瑾
		可惜他有些嫉妒心
		屢次要害先生命
		多虧我魯肅暗調停
		今日又害東風病
		他叫我江邊去請知音
		先生醫好他的病
		准備曹兵用火焚
		南屏山借風有靈應
		怕的是先生命難存
		千言萬語我的話不盡
		搖板
		下台之後要小心
		末
		好一個魯子敬忠信厚道
		他為我諸葛亮屢受煎熬
		任憑那小周郎鬼計天巧
		我猛虎怎能讓小小狸貓

這裡的情節安排是像《梨園集成》所收的《祭風臺》一樣，把周瑜《裝病》和孔明《看病》放在一起，以連貫故事的進展並集中戲劇張力。最後的部份多了周瑜生妒心要殺孔明，而魯肅心有不忍，故出言提醒，忠厚心性溢於言表，諸葛亮感動在心，但也自負不會被周瑜小小的鬼計所害。這個部份是「楚曲」沒有的，但增加了這個部份，卻更能表現魯肅厚道的性格、周瑜的心胸狹小，及孔明的神機妙算。

▲華容道

即長篇楚曲《祭風臺》中，被《梨園集成》本刪去的《擋曹》一場，正是道光四年「慶昇平班劇目」所錄的《華容道》，《戲考》亦名為《華容道》。京劇關羽由紅生所扮，應源自於米喜子，米氏扮關羽就是不塗臉的：「不傳赤面，但略撲水粉，扎包巾出。居然鳳目蠶眉，神威照人」。〔註38〕據《京劇二百年之歷史》、《伶苑》、《燕塵菊影錄》、《立言畫刊》、《十日戲劇》、《戲劇旬刊》：程長庚、汪桂芬、王鳳卿、郭仲衡、王鴻壽、何桂山、厲慧良、厲慧斌、

〔註38〕〔清〕楊掌生《夢華瑣簿》，收在《清代燕都梨園史料》正續編（北京：中國戲劇，1988），頁375。

李鑫甫、李洪春、郝壽臣等均工此劇。此齣為曹操大軍被燒得只剩十八騎殘將，敗走華容道，本以為諸葛孔明失算未安排軍隊把守，豈知正慶幸得意之時，關羽出現。曹操再三提醒關羽往日舊恩，關羽無奈，縱放曹操：

楚　　　曲	戲　　　考
擋曹	華容道
淨（曹操） 導板 　曹孟德在馬上長吁短嘆 　手搥胸眼流淚口怨蒼天 　在中原領人馬八十三萬 　一心要滅劉備欲奪江南 　又誰知周公瑾謀略廣大 　諸葛亮那妖道詭計多端 　黃公覆曾把那苦肉計獻 　蔣子翼引龐統又獻連環 　我只說數九天東風少欠 　又誰知諸葛亮力可回天 　燒得我兵和將唇焦額爛 　只剩得十八騎好不慘然 　曹孟德在馬上笑開懷	曹（曹操） 倒板 　曹孟德在馬上長吁短嘆 慢板 　手搥胸眼落淚苦怨長天 　在中原領人馬八十三萬 　實指望滅劉備踏翻江南 　恨只恨諸葛亮鬼計多端 　黃公覆獻連環火燒戰船 　只燒得眾兵丁皮開肉炸 　只剩得下十八騎好不可憐 　坐雕鞍勒絲韁用目觀看
	許褚 搖板 　丞相發笑為那般
	淨（曹操） 搖板
笑只笑周郎做事呆 孔明胸中無大才 此地埋伏十騎馬 殺得你我無地埋 這一言未盡人吶喊 想必此地有安排	笑是笑周郎見識淺 　孔明袖內少機關 　日出若有人句馬 　又恐失許難保還 　一聲未發人馬喊 　旌旗招展心膽寒
	流水板
聽說來了關美髯 愁人臉上改笑顏 走近前來把禮見 君侯許昌一別有數年	聽說來了關美髯 　不由孟德喜心間 　走上前來把禮見 　問聲君侯駕可安

外（關羽） 倒板 　耳邊廂又聽得馬嘶人鬧 　縱蠶眉睜鳳眼向前觀照 　狹路上莫不是冤家來到	生（關羽） 倒板 　耳邊廂又聽得人嘶馬鬧 原板西皮 　縱蠶眉睜鳳眼仔細觀瞧 　狹路上莫不是冤家來到
奉軍令誰念你舊日故交	奉軍令誰念你舊日故好
	淨（曹操） 　曹孟德在馬上滿面陪笑 　尊一聲漢君侯細聽根苗 　在赤壁中火攻敗兵來到 　望君侯開大恩放我回朝
外（關羽） 　三國中論奸雄還算曹操	生（關羽） 　三國中論奸雄算你曹操
一派的假殷勤笑里藏刀	一派的假殷勤袖內藏刀
某如今用武時何須發笑 　奉軍令活捉你怎肯輕饒	俺今日用兵時何必發笑 　奉軍令捉拿你怎肯相饒
淨（曹操） 　曹孟德在馬上一言哀告 　尊一聲漢君侯細聽根苗 　在中原領人馬八十三萬 　實指望滅東吳收兵回朝 　又誰知小周郎多端計巧 　燒得我兵和將四路奔逃 　只剩得十八騎殘兵來到 　望君侯念故交放我回朝	淨（曹操） 　中了那小周郎苦肉計巧 　只燒得眾兵丁皮開肉焦 　只剩下十八騎敗兵來到 　漢君侯若不信仔細觀瞧
外（關羽） 　要捉他好一比鰲魚吞釣 　傷箭鳥縱有翅也難飛逃	生（關羽） 快板 　料想他好一似鰲魚吞釣 　傷弓鳥縱插翅也難飛逃
淨（曹操） 　在許昌待君侯恩高義好 　上馬金下馬銀美酒吒醪 　官封你壽亭侯爵祿非小 　你本是大丈夫豈忘故交	淨（曹操） 快板 　說什麼我好似鰲魚吞釣 　說什麼傷弓鳥也難飛逃 　相當初待君侯恩高義好 　上馬金下馬銀筵酒美姣 　官封你壽亭侯爵祿不少 　你本是大義人怎忘故交

外（關羽）	生（關羽） 快板
你雖然待某的恩高義好 某也曾還卻了你的功勞 斬顏良誅文醜立功報效 將印信懸高梁封金辭朝	你雖然待我的恩高義好 我也曾還答報了你的功勞 斬顏良誅文醜立功報效 將印信懸高梁封金辭曹
淨（曹操） 我也曾差人送文憑來到 臨別時贈君候美酒紅袍	淨（曹操） 快板 我亦曾命人送文憑來到 臨行時我又送美酒紅袍
外（關羽） 休提起送文憑令人可惱 東嶺關斬孔秀王室頗曉 斬秦其過黃河文憑才到 謝丞相空人情某到心焦	生（關羽） 快板 休提起送文憑令人可惱 誅孔秀刺孟陶王真彼梟 過黃河斬秦琪文憑才到 謝丞相假人情那在心梢
淨（曹操） 在霸橋曾許我永遠相報 看起來大義人忘了故交	淨（曹操） 快板 在許昌曾許我雲陽報答 為什麼把人情一旦搬拋
外（關羽） 非是某忘卻了永遠相報 皆因是你奸曹罪惡難逃 在許昌射鹿時曾把君藐 挾天子令諸侯勢壓群僚 逼死了董貴妃其罪非小 殺董丞並馬騰罪犯千條 恨不得拿奸曹剝皮懸革 曹操近前來試一試偃月鋼刀	生（關羽） 快板 非是我忘卻了雲陽答報 因為你這奸曹罪惡難饒 在許田射鹿時其罪非小 董貴妃馬騰病欲扶漢朝 恨不得拿住了剝皮削草 上前來試一試偃月鋼刀
淨（曹操） 曹孟德在馬上淚漣漣 尊一聲君侯聽我言 往日恩情無半點 百般哀告也枉然 殺曹操不過一席地 君侯留得美名萬古傳	淨（曹操） 曹孟德在馬上苦苦哀告 君侯吓 你何不留美名萬古留表

外（關羽）	生（關羽）
	搖板
往日殺人不轉眼	往日殺人不展眼
鐵打心腸軟如綿	鐵打心腸軟如綿
背地只把先生恨	背地只把軍師怨
左思右想也枉然	左思右想難上難
漢關某豈做無義漢	關某豈做無義漢
任人割頭掛高竿	寧斬我頭掛高杆
叫小校擺下一字長蛇陣	小校擺開長蛇陣
釋放奸曹回中原	釋放曹操回中原

此本車本並未收錄，不知是否與當時禁演關公戲有關。「楚曲」本在關羽初見曹操時，是以關羽唱一句，曹操說一句的方式層層推進：

（外唱）……狹路上莫不是冤家來到——

（淨白）君侯，你我故人相見，怎說冤家二字？

（外唱）奉軍令誰念你舊日故交。

（淨白）君侯豈不知子濯孺子之事乎？

（外唱）三國中論奸雄還算曹操，

（淨白）老夫不過替天行道，

（外唱）一派的假殷勤笑里藏刀。

（淨白）言重吓言重。

然後才是二人一段一段的接唱，曹操歷數對關羽的禮遇，關羽不斷找出曹操的假仁假義事跡，以此說服自己，支撐擒曹的決心。曹操雖危難當前，然奸雄的身份卻不至低聲下氣，只是提醒關羽，自己從前對他的恩義。由於句句綿裡藏針，最後迫使關羽不願如同曹操一樣，成為無義之人，只得做出「全仁義而犯軍令」的決定。一句「就說是關二爺釋放奸曹」，有著無限的追悔，卻又有著「好漢做事好漢當」的瀟灑。《戲考》本《華容道》不論是情節、唱段，或是對答的安排，基本上都在「楚曲」時已然確立，京劇劇本略見其刪改而已。

值得注意的是不論《梨園集成》所收的《祭風臺》，或是車王府所收亂彈《草船借箭》、《苦肉計》、《連環計》各齣，都與「楚曲」幾乎完全相同，照理京劇「集折本」《三國志》一劇，受到「楚曲」的影響應該很深，然而《戲考大全》各齣，有些唱詞不依「楚曲」，產生了很大的變化，不知是否與盧勝

奎新編的《三國志》有關。〔註39〕由於當時與盧一起配戲的演員，是程長庚扮魯肅、徐小香扮周瑜，三人之間的演技各有特色，實力也在伯仲之間，因此舞台上所扮演的人物戲份如果相差太大，也就不能稱得上是精彩。把這些因素一併考慮進去後，不難發現京劇《三國志》這幾齣折子，改動「楚曲」最大的地方，大約也正是爲展現周瑜和魯肅的人物性格而加的戲份。如此說來，京劇舞台上常見的《三國志》應該還是「楚曲」《祭風臺》的集折演出本。

▲龍鳳閣

據《平劇劇目初探》《二進宮》條：

> 自《大保國》至《二進宮》有連演者，總名《龍鳳閣》。〔註40〕

這種「大、嘆、二」的串演情況，至今還常常如此演出。今車本中有《香蓮帕》十二本，爲新編連台本戲，然劇情與「楚曲」《龍鳳閣》有頗大出入。以下爲「楚曲」全本與《戲考》所收折子的「情節單元」對照：

楚　　曲	戲　　考
報場	
第一回 　○　楊波上壽 　○　李良詐殿〔註41〕	○　大保國
第二回 　徐楊保國	大保國
第三回 　徐楊三奏	大保國
第四回 　○　徐楊商議 　○　送女入宮 　○　李良封宮 　○　國太密旨	

〔註39〕盧勝奎編有《三國志》三十六本，爲三慶班的連台本戲，其中《舌戰群儒》、《激權激瑜》、《臨江會》、《群英會》、《橫槊賦詩》、《借東風》、《燒戰船》、《華容道》八本合稱《赤壁鏖兵》。而盧出身於仕宦之家，由於本身是有編劇能力，故唱詞可能經其所改。北京市藝術研究所、上海藝術研究所組織編著：《中國京劇史》（北京：中國戲劇，1999）上卷，頁400～401。

〔註40〕陶君起：《平劇劇目初探》（台北：明文，1982）頁347。

〔註41〕第一回〈楊波上壽〉爲一場，接著第一回後半的〈李良詐殿〉、二回〈徐楊保國〉、三回〈徐楊三奏〉其實是一場。

○ 楊波修書		
趙飛搬兵上		
趙飛搬兵下		
○ 過章義門		
○ 送書蒲關		
○ 送書陽河		
○ 人馬齊聚		
○ 搬兵回京		
第八回		
○ 夜嘆觀兵〔註42〕	○ **嘆皇陵**	
第九回		
徐楊進宮	○ **二進宮**	
第十回		
○ 進宮登基		
封官團圓		

說明：黑色粗體字代表《戲考》劇目名

今日所見京劇各齣，與「楚曲」《龍鳳閣》不論在名稱、或是情節的安排上都
相同，二者間有明顯關聯。由於車本僅收《大保國》，故以下各齣僅能對比由
「楚曲」──→《戲考》本變動的痕跡。

▲大保國

此劇在道光二十五年《都門紀略》開始出現此一劇目，據《都門紀略》、
《清代伶官傳》、《燕塵菊影錄》：胡來、許蔭棠、劉永春均工此戲。此劇情節
為李豔妃因太子年幼，故暫讓江山與己父，並命滿朝文武畫押，唯定國公徐
延昭、兵部尚書楊波二人不從，上殿進諫。

楚　　曲	車　王　府	戲　　考
二回徐楊保國		大保國
生（楊波）	外	楊
		搖板
正在朝房把本修	正在朝房把本修	正在朝房把本修
忽聽國太讓龍樓	忽聽國太讓龍樓	忽聽國太讓龍樓
本當上殿把本奏	欲待上殿把本奏	本當上樓把本奏
怎奈官卑職小不敢出頭	怎奈我官卑職小難以出頭	怎奈官卑職小不敢出頭

〔註42〕第八回〈夜嘆觀兵〉實則有兩場，八回前半是〈夜嘆觀兵〉、八回後半是〈徐
　　　　楊進宮〉和九回是同一場因此不另行標出。

淨（徐延昭）	徐	徐
		原板二簧
撩袍攜帶出朝房	一文一武進昭陽	一文一武站朝廊
生	外	楊
參見國太御皇娘	參見國太李皇娘	敘敘大明朝錦繡家
淨	淨	淨
站立午門抬頭看	站立在午門抬頭望	站立在殿角下用目觀望
生	外	楊
殿角下坐的是奸賊李良	殿角下坐的是謀朝纂位奸賊李良	殿角上坐定了謀朝纂位奸賊李良
淨	淨	淨
那奸賊懷抱著硃紅寶劍	那奸賊懷抱著硃紅寶劍	那奸賊懷抱著硃紅寶劍
	他是先斬後奏	那有個帝王之相
生	外	楊
先王爺賜鐧	老王爺賜銅鐧	老皇爺賜銅鐧
	上打昏君下打讒臣	上打昏君下打讒臣
押住滿朝文武大小官員	滿朝文武大小官員那一個不遵	
誰個不尊那個不怕	你是開國元勳定國王	誰敢不遵
你還慣打殘臣		定國王開國的忠良
淨	徐	徐
品級台前參王駕	龍書案前參王駕	品級台前參皇見駕
生	外	楊
臣願國太福壽康寧	願國太壽算永無疆	願國太福壽永安康
旦	旦	旦
金殿上傳旨		原板二簧
徐楊二卿且平身	九龍台上傳旨意	九龍口內傳旨意
	徐楊二家且平身	徐楊二家且平身
淨	淨	淨
銅鐧一點把恩謝	國太傳旨開了敕	銅鐧三點謝國太
		四起八拜謝皇恩
生	外	
大明事兒奏一番	徐楊纔敢把身平	
生	外	生
臣不奏前三皇後五帝	九龍口臣不奏三皇五帝	臣不奏前三皇後朝五帝
又不奏四海古今奇	奏的是太祖爺一段根基	奏的是大明朝一段機密
河南卞梁馬偉反	元順帝敗北海國運衰頹	太祖爺初登基南京立帝
山東又服左金奇	長眉仙大鵬鳥降下瑤池	四路的反叛賊來奪華夷
四川苗蠻稱國號	陳友諒在湖廣干戈並起	湖廣的陳友諒江西起義

廣東廣西把兵提 湖廣反了陳友諒 南京又反采石磯 各路四處刀兵起 四路客商買賣稀 有牛耕田無人種 終朝殺得不停蹄	徐守輝代人馬去至江西 左君弼李士奇河南起義 殷光王占廣東私立帝基 貓蠻賊在雲南自稱爲帝 廣南子鐵木耳奪取山西 海梁王張士成南京成器 方國禎破浙江圍困城池 約定了閔玉珍川兵接濟 只殺得晝夜裡馬不停蹄 雖然是老王爺天大福氣 全憑著劉伯溫妙算神機 勸國太須當思來處不易 無非是太子幼未曾登基 老王爺洪福盡龍歸天去 還須念主稷重竭力扶持 若隄防進寶年君臣再議 何須勞太師爺苦費心機	廣東賊領人馬殺到廣西 只殺得妻尋夫來兄找弟 只殺得父在東來子在西
老王爺坐江山亦非容易 坐社稷改國號一十八春	老皇爺得江山亦非容易 改國號十八年爲臣不知	老皇爺坐江山亦非容易 十八載改國號臣不能全知
淨 　老王爺初登基南京即位 他駕下全憑著文武功臣 文憑著劉伯溫神機妙算 武憑著徐達將保定乾坤 常玉春胡大海名虎上將 李文忠他本是老王外甥 　小郭英雖年幼英雄無敵 　戰鄱湖十八載友亮皆滅 殺元朝趕至在紅旗山下 有元賊七騎人渡過北番 掃盡賊老王爺才坐中華	淨 　太上皇初霸業鄱湖大戰 陳友諒在九江造下戰船 常遇春胡大海不能取勝 君臣們敗江口急奔康山 陳友諒督人馬極力追起 兵部郎眾兄眾兄喊殺連 天 　有漢臣替死在馬家渡口 　全憑著文武臣保駕回還 老皇祖在南京把位來建 到如今改國號一十八年	淨 　先王爺坐江山風調雨順 全憑著駕下臣文武功卿 文憑著劉伯溫陰陽有準 武全佔俺祖父東蕩西征 常遇春胡大海百戰百勝 李文忠他本是皇家外甥 　殺殺殺趕趕趕至在紅羅山 下 　北海內現銅橋渡過七人 元朝位爵大明做 一朝君一朝臣直到如今

改動較大的部份是在敘述明朝建國之初的種種辛苦時，三本都不盡相同。其餘部份變動不大。各本中又以車本最爲囉嗦，不知是不是爲了演給達官貴人看，所以在唱辭上也得賣弄一下？如前一部份比對的《伍申會》，車本也增加了大段「臨潼鬪寶」事件的唱詞。當然這也可以視爲戲曲在發展過程中，由「簡」至「繁」，再至「精準」的一個過程。因爲提出關於國家建立時的艱難與辛酸，希望能增加說服力，讓龍國太可以仔細思量，不要輕下決定；但實

際上在表演之時，原本的唱詞已足夠累積這樣的印象了，再增加只是畫蛇添足，因此到了《戲考》本時，又再行刪除。

　　這齣戲裡的戲劇衝突，不在決定的當下，而是對各自表述立場的堅持。李豔妃理想的假設，所以「要讓要讓實要讓」，徐延昭經過政治風雨的洗禮，所以「不能不能萬不能」。只是這無法溝通的觀點，在後來一人一句針鋒相對的接唱中，顯得火氣十足：

楚　　曲	車　王　府	戲　　考
三回徐楊三奏		
淨 蛟龍外困深潭內 抖擻精神便傷人 一把握住袍和帶 打死謀朝纂位臣	淨 搖板 徐延昭正在深潭臥 楊大人提醒夢中人 向前來扭住了獅蠻帶 金殿之上打讒臣	徐 搖板 老龍正在沙灘困 忽聽春雷響一聲 上前抓住袍和帶 老夫金殿打讒臣
旦 徐彥昭做事太欺心 無故上殿打皇親	旦 你手摸胸膛想一想 太師爺是哀家什麼人	旦 徐楊作事太屈情 不該金殿打皇親
淨 皇親國戚不敢打 打的是謀朝纂位臣	淨 皇親國戚不敢打 打的是謀朝纂位臣	徐 皇親國戚不敢打 打的謀朝纂位臣
旦 太師爺本是哀家父 不看哀家看先王		旦 手摸胸膛想一想 他是哀家什麼人
		徐 太師不過娘娘的父 他不該三番兩次謀乾坤
	旦 乾坤非是他來討 哀家託他代為君	旦 江山並非他要坐 哀家讓與有功臣
淨 花啷啷打開了功勞簿 龍國太功勞簿上看分明	淨 西皮倒板 忽喇喇展開了功勞簿 那一件功勞有你令尊	淨 嘩喇喇打開功勞簿 原板西皮 功勞簿那有國太令尊

旦 　莫不是老王封你官職大 　你把哀家不放在心	旦 　我家的江山由我讓 　與你徐楊那條情	旦 　江山本是先王掙 　並無有徐楊半毫分
淨 　官大本是功勞掙 　非是娘娘賜老臣	淨 　你家的江山是我掙 　徐楊也有八九分	徐 　江山雖是老皇掙 　也有徐楊八九分
旦 　我的江山由在我 　不干徐楊半毫分	旦 　莫不是老王爺封你官職大 　不把哀家放在心	旦 　老皇爺封你的官職大了 　你把我女皇不放在心
淨 　你的江山由不得你 　半由天子半由大臣	淨 　官高是我的功勞掙 　並非娘娘恩賜臣	淨 　官大官小是臣的功勞掙 　並不是龍國太賜與老臣
	旦 　你有功來我有賞 　把你的官職往上陞	
	淨 　徐延昭站在金殿上 　我徐楊不開口讓不得別人	
旦 　莫不是江山你要坐	旦 　這江山莫不是你想	
淨 　徐楊不坐讓不得別人		
旦 　江山要讓實要讓		
淨 　龍國太不能萬不能	淨 　龍國太錯認了定盤星	
旦 　地欺天來苗根小	旦 流板 　你地欺我天來苗不長	旦 快板 　地欺天來不下雨
淨 　天欺地來苗不生	淨 　你天欺我地來草不生	淨 　天欺地來苗不生
旦 　臣欺君來該問斬	旦 　臣欺君來就該斬	旦 　臣欺君來該何罪
淨 　君欺臣來別奉君	淨 　君欺臣來別奉君	淨 　君欺臣來不奉君
旦 　民欺官來該何罪	旦 　民欺官來先有罪	
淨 　官欺民來官不清	淨 　官欺民來損前程	

旦 　子欺父來壽命短	旦 　子欺父來壽命短	旦 　子欺父來壽命短
淨 　父欺子來逃出門	淨 　父欺子來跑出門	淨 　父欺子來逃出門
旦 　弟欺兄來家不順	旦 　弟欺兄來無大小	旦 　弟欺兄來家不順
淨 　兄欺弟來把家分	淨 　兄欺弟來急早分	淨 　兄欺弟來把家分
旦 　妻欺夫來人倫敗	旦 　妻欺夫來家不順	
淨 　夫欺妻來算不仁	淨 　夫欺妻來成不得人	
	旦 　徐延昭老皇兄 　這江山要讓要讓偏要讓	旦 　江山莫非你要坐
	淨 　龍國太老皇娘 　讓社稷不能不能萬不能	徐 　老臣並無禽獸心
旦 　強嘴劣臣拿下斬	旦 　哀家傳旨將你斬	旦 　哀家傳旨將你斬
淨 　誰個敢斬定國公	淨 　老王爺封我不斬臣	徐 　老皇封我不斬臣
		旦 　要讓要讓偏要讓
		徐 　不能不能萬不能
旦 　金殿上傳旨偏要斬	旦 　你這等劣臣應該斬	旦 　金鑲皇璽朝下打
淨 　銅鎚一舉往上迎	徐 　金殿打一個亂紛紛	淨 　銅鎚打的碎紛紛
旦 　老王做事真個差 　銅鎚不該賜徐家 　上殿帶著朝王駕 　哀家三分也懼他 　金鑲玉璽交與你 　八月十五坐中華	旦 　大明江山付你坐 　八月十五定山河 　但願你國正民心樂 　要把徐楊苦折磨	旦 　可恨老皇作事差 　銅鎚不該賜于他 　大明江山讓與你 　八月十五坐中華

花	花	花
有李良笑哈哈	喜孜孜來笑呵呵	喜呵呵來笑呵呵
賽過當年老董卓街	龍行虎步下殿閣	大明江山我掌著
八月十五登龍位	大明江山付與我	八月十五登龍位
先斬徐彥昭後殺楊波	硃紅寶劍手內托	先殺延昭後殺楊波
	八月十五登龍位	
	先斬老賊後殺楊波	

李豔妃自恃身份，「地欺天」、「臣欺君」、「民欺官」、「子欺父」、「弟欺兄」、「妻欺夫」說得徐延昭像是大逆不道；徐延昭倚老賣老，「天欺地」、「君欺臣」、「官欺民」、「父欺子」、「兄欺弟」、「夫欺妻」的不甘示弱，說得李豔妃像是昏庸無能。這個互相指責的對口唱法，早在「楚曲」祖本已經建立，車本與京劇本都只是沿用。

▲嘆皇靈

又作《探皇陵》、《嘆皇陵》，這是一齣完全著重淨角的唱工戲，有強烈的抒情意味。徐延昭因為被李豔妃逐出金殿，無計可施，於是深夜哭拜皇陵，自抒心曲，有些辭朝告廟的意味；還好楊波搬回子弟兵，危難得解。據《燕塵菊影錄》載彭福凌、劉永春工此戲。

楚　　曲	戲　　考
八回夜嘆觀兵	歎皇靈
淨	淨
倒板	二黃倒板
聽譙樓打罷了初更時分	聽譙樓打罷了初更時分
開山府閃出了定國公侯	開山府又來了定國王侯
李良賊比明月照住星斗	先王爺晏了駕太子年幼
龍國太好一比雁落孤洲	
那奸賊在金殿把本啓奏	
龍國太無主張推讓龍樓	龍國太無主張推讓龍樓
我徐楊在金殿三本啓奏	
他那裡一心心要讓龍樓	
兩班中眾文武傍觀袖手	滿朝中文武臣傍觀袖手
眼睜睜這江山付與東流	眼見得這江山付與水流
眾兒郎掌銀燈龍鳳閣口	叫家將掌紅燈龍樓閣走
見皇靈不由人兩淚雙流	見皇陵不見君兩淚交流

	徐延昭三叩首把本啓奏
	尊一聲臣的主細聽從頭
老王爺晏了駕太子年幼	先王爺晏了駕太子年幼
龍國太見太子難坐龍樓	
一心心讓太師執掌山河	恨李良起反心謀簒龍樓
臣徐楊在金殿苦苦保奏	有徐楊在金殿把本啓奏
龍國太反奏臣奸黨一僚	龍國太他言道大明朝
親交與國玉璽坐登大寶	有事無事不用徐楊二大奸黨趕出龍樓
八月中十五日必坐九朝	
倘國中無良將江山難保	
眼睜睜付賊子霸坐九朝	
老王爺在陰靈多多保佑	先王爺在陰曹多多保佑
保佑了楊家將早早回朝	保佑那楊家將急早回頭
	搖板
耳傍內又聽得人嘶馬吼	耳邊廂又聽得人聲馬吼
想必是李良賊早奪龍樓	想必是李良將來奪龍樓
先王爺賜銅鎚忙挈在手	叫家將掩紅燈藏至在屏風以後
爲江山喪賊手死也心甘	今夜裡喪賊手萬古名流
	老生 搖板 　眾家兒郎忙隨定 　見了千歲禮相迎
一文一武站金街	淨 原板 　一文一武站朝廊
生 　敘一敘大明錦家邦	生 元板 　敘一敘大明朝錦繡家邦
淨 　楊大人好一比三齊王	淨 元板 　楊大人好一比漢高皇上
生 　千歲爺好比楚霸王	生 元板 　千歲爺好一比西楚霸王
淨 　進宮去毒死龍國太 　老夫保你坐朝堂	淨 元板 　進宮去甩死了年幼太子 　我保大人做一朝帝王

生 　千歲爺把話錯講了 　謀朝篡位奸賊李良 　今日天理昭彰	生 元板 　欺君話兒休要講 　謀朝篡位奸賊李良 　天理昭彰
淨 　此乃說不過閑言語 　你乃是保國的忠良 正板 　楊大郎生來面芙蓉 　賽過老王李文忠 　殺死元朝海內內銅橋現 　殺得北斗朝了東 　王射香生來蓋世雄 　好一比小郭英鎮山東 　章義門是兒來把守 　裡應外合把城攻 　小馬方生來棗陽紅 　好一比胡大海一樣相同 　保主赴過青龍會 　得勝回來把營封 　楊四郎吼一聲如同雷響 　好一比常遇春一樣相同 　采石磯大戰元朝將 　破城得功逞威風	淨 元板 　我和你不過是閑談言講 　楊大人你有那篡位的心腸 　我要觀觀兒郎 　楊大郎生來好貌 　好一似當年漢劉王 　身旁缺少諸葛亮 　陰陽八卦腹內藏你亞賽劉王 元板 　赤面長鬚小馬芳 　亞賽三國關二王 　過五關曾斬六員將 　擂鼓三通斬蔡陽 　你亞賽二王 元板 　豹頭環眼楊三郎 　亞賽當年翼德張 　虎牢關前打一仗 　鎗挑呂布紫金冠 　你亞賽翼德張 元板 　四公子生來面貌勇 　亞賽三國趙子龍 　長板坡前救幼主 　七進七出顯威風 　你亞賽子龍
千里搬兵兒中用 今日果算頭一功 有朝太子登龍位 老夫保你 九門提督把兒封	七日搬兵小趙飛 這等功勞算第一 等候幼主登龍位 老夫把本往上提 別的官兒不封你 九門提督在朝裡

	搖板
叫一聲楊大人我伏你	伏你伏你眞伏你
我伏你年邁蒼蒼會用兵 叫一聲眾兒郎隨定我	叫一聲眾兒郎你們忙迴避
進寒宮看一看受困蛟龍	搖板 後宮院看一看那李氏豔妃

這齣戲京劇本幾乎完全沿用「楚曲」。徐延昭皇陵前哭拜，面對李妃的昏惑，無計可施，只能以身殉國，以求名留青史。但乍聽人嘶馬吼，以爲李良賊追至，後得知爲楊波率子弟兵救援時，難免一驚一咋。雖是如此，卻不改定國公之穩重大肚，還和楊波開起了「篡位謀國」的玩笑，這大約正是置於死地而後生的安心。二本在徐延昭對楊家兒郎的評論時，也有些許不同，《戲考》本全部把評語改成三國英雄，恐怕是反應了當時大眾對三國故事的耳熟能詳吧！

▲二進宮

此劇在道光二十五年的《都門紀略》中也已出現。據《燕塵菊影錄》、《菊部群英》、《菊台集秀錄》、《伶史》、《京劇二百年之歷史》、《清代伶官傳》、《昇平署外學目錄》、《梨園佳話》、《戲劇月刊》、《菊部叢談》、《京劇指南》、《十日戲劇》、《都門紀略》：錢雙蓮、尉遲喜兒、鄭惠芳、章麗秋、陳鴻喜、夏鴻福、張雙喜、胡春蘭、張天元、鄭秀蘭、時小福、梅巧玲、余紫雲、姚寶香、謝寶雲、石雙貴、許蔭棠、陳德霖、孫菊仙、何桂山、貫大元、德珺如、穆鳳山、張福官、樊杏初、譚鑫培、金秀山、劉永春、慶春圃、程長庚、李順亭、汪桂芬、王鳳卿、孫怡天、郎德山、張文奎、來伴琴、王琴儂、朱幼芬、梅蘭芳、尚小雲、李連貞、劉趕三、葉中善、吳德祿、沈長兒、李百髮、張芷荃、夏榮坡、王芸芳、裘桂仙、古連奎、田寶林、何微香、春元、唐桂香、升兒、王瑤卿、胡素仙、孫喜雲、李盛藻、譚富英、陳大濩、蔣君稼均工此劇。劇情爲徐楊二人進宮，李妃感悟，以幼主相托，共保明朝。

楚　曲	戲　考
第九回徐楊進宮	二進宮
生	生 元板 　又只見龍國太懷抱太子 　兩淚汪汪口口聲聲哭的先皇
龍國太抱太子哭的先王	

淨 　龍國太若問江山大事	淨 　龍國太若問江山大事
生 　擺擺手兒不要成當	生 元板 　擺一擺手兒切莫要承當
淨 　進宮去莫行君臣禮	淨 　見國太休行那君臣大禮
生 　各自分班 生淨 　站立兩廂	生 　學一個文站東 淨 　武站西 生淨 　各自分班站立兩廂
旦 　千思想來萬思想 　到把哀家無主張 　耳傍聽得朝靴響 　想必是徐楊進昭陽 　我本當把話對他講 　由恐取笑臉無光 　我只得腳踏地手搥胸哭的是先王	旦 慢板 　李豔妃坐昭陽前思後想 　思一思想一想無有主張 　耳邊廂又聽得朝靴底響 　想必是徐楊將進了昭陽 　有句話兒不好講 　只落得懷抱太子 　兩淚汪汪哭了聲先皇
淨 　龍國太坐昭陽把國事執掌	淨 元板 　龍國太抱幼主把國執掌
生 　為什麼怨天怨地反帶愁腸所為那椿	生 架板 　你為何怨天怨地夾帶愁腸所為那椿
旦 　非是哀家有愁腸 　眼前大禍無主張	旦 元板 　也非是哀家夾帶愁腸 　都只為我朝中不得安康
生 　有什麼大禍從天降	生 元板 　我朝中有什麼禍從天降
淨 　接太師進宮來父女們商量這又何妨	淨 架板 　何不請 　太師爺進宮來父女們商量這又何妨

旦 　太師爺心腸如王莽 　要奪皇兒錦家邦	旦 元板 　太師爺心腸毒亞賽王莽 　他要奪我皇兒錦繡家邦
淨 　太師爺當朝一品為宰相 　他是皇王國丈	淨 　太師爺娘娘的父 　他本是皇親國丈
生 　未必是一旦無情起下這心腸 　他是蓋國的忠良	生 元板 　他未必一旦裡起下了謀位心腸 　太師爺忠良
旦 　你道他沒有此心腸 　斷滅水火反鎖昭陽	旦 元板 　你道他沒有那謀位心腸 　為什麼封鎖昭陽 　斷了水火所為那莊
生 　七月十三臣也曾把本奏上 　龍國太偏偏要讓	生 元板 　龍鳳閣讓江山也曾把三本奏上 　龍國太你偏偏要讓
淨 　你言道不用徐楊二奸黨 　他自立為王將我等趕出朝堂	淨 架板 　你言道大明朝有事無事 　不用徐楊二大奸黨 　趕出朝房自立為王
旦 　徐皇兒你把國事掌 　哀家起造一廟堂 　飛龍彩鳳修神像 　早奉水來晚燒香	旦 元板 　先前的話兒休要講 　不看哀家看先皇 　徐皇兒保皇兒登龍位上 　你的名兒萬古揚
淨 　有一輩古人不好講 　說出由恐把君傷 　君比虎來臣比羊 　虎若發怒羊有傷 　太祖爺遊武去降香 　指著軍師罵張良	淨 元板 　龍國太錯把旨來降 　臣有一本啟奏皇娘 　臣耳聾聽不見朝皇鼓響 　眼昏花難觀那陣頭的鎗 　老臣兩鬢白如霜降 　要保國還有那兵部侍郎

劉伯溫解開其中意 辭官不做轉山崗 也不聽黃昏金雞唱 也不受待漏五更霜 也不管憂國憂民事 也不管那家臣子謀君王 也不管這江山讓與不讓 常言道知命者早脫羅網 落得一個安康臣要告老還鄉	
旦 徐皇兄年邁如霜降 轉面再叫楊侍郎 你保太子登龍位 忠孝名兒萬古揚	旦 元板 徐王兄年紀邁難把國掌 回頭來叫一聲兵部侍郎 你保幼主登龍位上 哀家封你並肩王
生 唬得臣不敢抬頭望 臣有一本奏端詳 光武駕下幾員將 鄧禹姚期馬子章 雲台觀內寡王莽 光武重興坐洛陽 到後來酒醉西宮院 反把姚期斬法場 鄧禹先生三保本 西宮娘娘押本章 宮門撞死馬武將 一黨忠良沒下場 臣的特進宮來辭娘娘 望國太開籠放雀赦臣還鄉 臣是奸黨太師爺他是個忠良	生 元板 唬得臣低頭不敢抬頭望 戰戰兢兢啓奏皇娘 臣昨晚修下了辭皇表章 今日裡進宮來辭別皇娘 為臣好比籠中鳥 望娘娘開籠放雀放雀開籠 赦臣還鄉臣樂安康
旦 他二人言語俱一樣 羞得哀家臉無光 無奈何只得跪昭陽	旦 元板 他二人不把國來掌 到叫哀家無有了主張 沒奈何懷抱太子跪昭陽
淨 唬壞了定國公	淨 架板 唬壞了定國公

生	生
	快二六
兵部侍郎	兵部侍郎
淨	淨
自從盤古到我邦	自從盤古到立帝邦
生	生
君跪臣來臣不敢當	君跪臣來臣不敢當
旦	旦
非是哀家來跪你	非是哀家來跪你
爲的皇兒錦家邦	爲的是我皇兒錦繡家邦

　　徐楊二人進宮之前，由於已是勝券在握，所以二人還能商議著如何端點架子、寒磣李妃、討回公道；可這廂的李妃卻是熱鍋螞蟻，呼天不應、叫地不靈。二臣子假意事不關己，溫火慢熱；皇娘那兒，卻是爲自家江山，手足無措。這廂閒散，那廂慌忙；這邊知情，那邊緊張；兩兩對照，趣味流蕩。但糊塗裝久了，戲就演不下去了，徐楊二人互相推托，於是逼出李豔妃那驚天一跪，二人只好顯出保太子登龍位的眞實心聲，李妃也終能破涕一笑。這樣的情節安排，在「楚曲」已是如此。不過京劇本在情節的傳達上，比「楚曲」祖本更爲「精確」，例如楊波、徐延昭舉李廣被斬，說明爲臣沒有好下場的例子：

楚　　　曲	戲　　　考
淨	淨
周朝有個李廣將	昔日裡有個李文李廣
弟兄雙雙保皇娘	保得太子登龍位
保得太子登龍位	
	生
	弟兄雙雙扶保朝綱
	淨
	李文北門帶箭喪
	生
	萬家山前又收李剛
	淨
	收了一將又一將
	生
	一將倒被一將強
	淨
	到後來保太子登龍位上

生	生
反把李廣斬法場	反把李廣斬首慶
淨	淨
這也是前朝忠良將	這都是前朝的忠臣良將
生	生
那一個忠良有下場	那個忠良又有下場

這裡「楚曲」只有兩個來回的對唱，徐、楊與李妃嘔氣的成份較大，不必然是真實的思想表達，但二人對為國盡忠，卻得含冤負屈，總充滿著不平。《戲考》以徐、楊五個來回的對唱，增強為忠臣沒有好下場的事實，以這一搭一唱的方式，深究緊旋了二人為天下臣子抱不平的代言地位，當然更一吐先前忠而被斥的冤屈。

《戲考》所收的三個折子，不論是次序的安排、情節的鋪陳及唱詞，都與「楚曲」本大同小異，京劇的《龍鳳閣》為楚曲《龍鳳閣》集折本的情況，應是毫無疑問。不過《京劇劇目辭典》說此劇自梆子《龍鳳帕》，〔註43〕不知所據為何？《俗文學叢刊》所收錄梆子腔劇本，也未見此劇。

除前述三齣可確定京劇為「楚曲」的「集折本」之外，還有一本長篇「楚曲」《回龍閣》也附帶論述。

《平劇劇目初探》《大登殿》條說明：

> 自《花園贈金》至《大登殿》有連演者，總名《紅鬃烈馬》，又名《王
> 寶釧》及《素富貴》，曾有「薛八齣」之說，實則不止八齣。〔註44〕

全部《紅鬃烈馬》包括《彩樓配》（花園贈金）、《三擊掌》、《平貴別窯》、《探寒窯》、《趕三關》、《武家坡》、《算糧》、《大登殿》。可是「楚曲」本《回龍閣》卻沒有《探寒窯》情節一折，所以《戲考》所收各折，是否能稱得上是「楚曲」《回龍閣》的集折本，當屬疑問。但在前一章時提過長篇體製的「楚曲」劇作中，《回龍閣》屬於體製混亂的長篇「楚曲」，《探寒窯》是否可能在全本中被遺漏？只是目前已無資料佐證。

不過《別窯》一劇，最早出現在《聽春新詠》，為周沉香擅演劇目，是西部秦腔班的戲碼。〔註45〕車本所收《雙別窯》，裡頭的海老三故事，也是「楚

〔註43〕曾白融主編：《京劇劇目辭典》（北京：中國戲劇，1989），頁905。

〔註44〕陶君起：《平劇劇目初探》（台北，明文，1982），頁181。

〔註45〕〔清〕留春閣小史：《聽春新詠》「三元」條，收在《清代燕都梨園史料》正續編（北京：中國戲劇，1988），頁189。

曲」《回龍閣》所無；顯然王寶釧相關故事劇作，有不同的聲腔劇作源頭。京劇本除了《探寒窯》一齣外，其餘各齣情節的進展及故事的鋪陳雖與「楚曲」本大致相同，但唱詞更動頗大，故京劇本的祖本是否為「楚曲」，恐怕還有疑問。再加上今日可見梆子腔劇本的唱詞，經過實際比對之後，《拜壽算糧》與《戲考》本幾乎一樣（詳見附錄一），而「大登殿」雖情節鋪陳略有不同，但唱詞多依梆子劇本而非「楚曲」本。為避免武斷之嫌，故本文並不將之列為「楚曲」集折本之列。〔註46〕因為京劇的《紅鬃烈馬》受梆子的影響，可能要大過「楚曲」。〔註47〕不過今日「漢劇」中 ，亦有《紅鬃烈馬》八齣，包括《彩樓配》、《三擊掌》、《平貴別窯》、《三打平貴》、《探寒窯》、《趕三關》、《武家坡》、《大登殿》；其中《平貴別窯》有時亦摻入海老三別妻的《丑別窯》，正與車本所收之《雙別窯》相同。「楚曲」、京劇、漢劇間互相影響的痕跡清晰可見。〔註48〕

第三節　新編連台本戲

　　相對於《魚藏劍》與《祭風臺》與梨本所收的全本戲高度相同的情況，梨本所收的《碧塵珠》與「楚曲」本差別頗大，但梨本《碧塵珠》又把「楚曲」《辟塵珠》故事全部吸納進去，這個情況顯然複雜了不少。

　　《辟塵珠》故事的本事，似是源於《龍圖公案》中的「獅兒巷」、明人傳奇《袁文正還魂記》；只是「楚曲」本的《辟塵珠》故事的衝突點、因果關係與「獅兒巷」及《袁文正還魂記》皆有所不同。〔註49〕《袁文正還魂記》中

〔註46〕《俗文學叢刊》279 冊所收之梆子劇本，與「楚曲」《回龍閣》故事相同者，有《雙別窯》、《拜壽》、《算糧》、《大登殿》，經比對後發覺幾乎與《戲考》所收完全相同。

〔註47〕梆子腔劇作與京劇的關係比較複雜，梆子為京劇的前身劇種之一，但等到京劇成熟後，梆子又再從京劇學習了許多劇目回去。像收錄在《俗文學叢刊》中「同治四年文光堂」所刊之《楊四郎探母》，註明是「重刻」、「新刻二黃調」，《五台會兄》雖未註明刻印年代，但一樣標示「新刻二黃調」，可知梆子又從二黃中學習了劇作。《拜壽》、《算糧》、《大登殿》這幾齣雖未註明年代，但應該是梆子腔原有劇作，而不是從京劇二黃再學回去的劇作。然證據不足，不能驟下斷語。

〔註48〕《中國戲曲志·湖北卷》（北京：文化藝術，1993），頁 143～144。目前此劇在漢劇中全唱西皮。

〔註49〕「獅兒巷」本事與《袁文正還魂記》同，由於「獅兒巷」故事較為簡略，且為小說體裁，故本文僅以《袁文正還魂記》為例。

曹二（國親）得罪包拯是前因，曹二因覬覦袁妻韓素真美貌，故而害死袁文正；而《辟塵珠》柳雲春被害，是因爲王才要將辟塵珠獻給曹眞，才定計害死柳雲春。二者同樣都有主角還魂情節，然李漁所謂「主腦」之事，明顯不同，〔註50〕加上二者人物名稱、身世都有很大差異，此一故事當另有祖本。梨本中曹眞提到袁文正事件：

> 曹眞大爲臣，吾妹東宮伴駕，老夫一品皇親。滿朝中文武，順我者生，逆我者亡。只因袁文正上京求名，老夫見他妻子美貌，請進府來，假意順蒙，誰之張氏不從，是我將他夫妻打死，尸首拋入花園井内，如今無人知曉。〔註51〕

而這個情節在「楚曲」《辟塵珠》六場「毒酒害春」也有：

> 老夫曹貞，乃河南回水縣人氏。吾妹生得天姿國色，聖上見喜，封爲朝陽正宮，老夫封爲平掌公龍國舅。日前袁文靜上京補官，不遂老夫心願，定下一計，用藥酒將他毒死，丟在後花園井内，方息心頭之恨。〔註52〕

更可證明此一故事並非依傳奇《袁文正還魂記》而來。以下是「楚曲」本與梨本各「情節單元」對照表：

楚　　曲	梨　園　集　成
小引	
開場	
	第一回 ○　馬玉征吐蕃，包拯山西放糧
登場 ○　歸宅請母	○　歸宅請母
	○　下凡賜珠
	○　燈戲

〔註50〕李漁《閒情偶寄》（台北：廣文，1977翼聖堂原版影印）卷一詞曲部《結構第一》提到的「立主腦」：「一本戲之中，有無數人名，究竟俱屬陪賓，原其初心，止爲一人而設。即此一人之身，自始至終，離合悲歡，中具無限情由，無窮關目，究竟俱屬衍文。原其初心，又止爲一事而設，此一人一事，即作傳奇之主腦也」。二本在事件的部份，有很大的不同，頁21。

〔註51〕《梨園集成》《新著碧塵珠》，收在《續修四庫全書》中冊1782，頁517。

〔註52〕「楚曲」《辟塵珠》。收在《俗文學叢刊》冊110，頁385。

二場 　○　命查珠寶	○　玩珠查寶
	○　起程賑濟
三場 　○　下凡賜珠	
四場 　○　拾寶上京	四場 　○　拾寶上京
	○　出征勦番
	○　進京途中
	○　王才查寶珠
五場 　○　定計誆寶	○　定計誆寶
六場 　○　毒酒害春	○　毒酒害春
	○　信報吐蕃
	○　兩軍交鋒
	○　對陣
	○　圍城
	第二回 　○　地獄審鬼（燈戲）〔註53〕
	○　鬼舞
	○　訴冤
	○　冥界申冤
	○　獲判夢會
七場 　○　尋子驚夢	○　驚夢
	○　拐子行路
	○　尋子被拐
八場 　○　婆媳落庵	○　婆媳落庵
九場 　○　奉命選妾	○　奉命選妾
十場 　○　商售荷包	○　商售荷包

〔註53〕此處梨本僅標示「此場演燈戲，四城鬼、一傘夫上，調場」，本文參考車本分
　　　　場，定出情節標目。

十一場 　○　冒稱親誼	○　冒稱親誼
十二場 　○　中計進府	○　中計進府
	○　盜令
	○　偷營被擒
	第三回 　○　欲降救將
	○　獻寶投降
十三場 　○　害苗逼婚	○　害苗逼婚
十四場 　○　逼婚	○　逼婚 　○　苗氏地獄訴苦 　○　苗氏地獄申冤
○　用計	○　用計 　○　迎春自嘆
○　脫逃	○　脫逃 　○　追趕 　○　包拯回京 　○　逃府行路 　○　王子仁夜行
○　遇兄相會	第四回 　○　馬玉班師 　○　王曹商議 　○　更夫誇官 　○　遇兄相會 　○　迎春告狀 　○　家將尋桂英
十五場 　○　回京梢風	○　風落曹府〔註54〕 　○　探風曹府 　○　姐弟進京 　○　王才探訊

〔註54〕《梨園集成》本此處雖分為兩場，但都是「楚曲」本第十五場〈回京梢風〉的情節。

十六場 　○　金殿鬥曹	○　金殿鬥曹 ○　曹府搜証 第五回 ○　姐弟行路一 ○　欲斬包拯〔註55〕 ○　姐弟行路二 ○　包拯獲赦 ○　辭官定計 ○　馬玉回朝
十七場 　○　兄妹告狀	○　姐弟告狀
十八場 　○　說夢	○　欽命御祭〔註56〕 ○　說夢 ○　劈棺
十九場 　○　詐死	
二十場 　○　御祭劈棺	
	○　狄青捉打曹王
	第六回 ○　送曹歸府 ○　包拯面聖 ○　二搜曹府 ○　王才驚惶 ○　狄楊圍府 ○　搜得寶珠
二十一場 　○　洩冤除奸	○　洩冤除奸
二十二場 　○　進珠面聖	○　進珠面聖
二十三場 　○　封官團圓	

〔註55〕此處本為「楚曲」第十六場〈金殿鬥曹〉的情節，但《梨園集成》卻分為四場處理。包括〈金殿鬥曹〉、〈欲斬包拯〉、〈包拯獲赦〉、〈辭官定計〉。由於情節並未有所變化，故不標示為新情節。

〔註56〕此處安排前後次序與「楚曲」不同，但都是「楚曲」原有情節，故不另行標示為新情節。

　　雖然梨本《碧塵珠》同樣是把「楚曲」的報場和最後的封官團圓刪除，但整個故事情節卻比「楚曲」多了二條支線：一是馬玉征吐蕃，一是柳迎春地獄訴冤。「楚曲」《辟塵珠》故事，可說是京劇簡潔版。做爲單線進行的「楚曲」《辟塵珠》，與梨本的故事情節與人物都是一脈相承。《清車王府藏曲本》裡收錄的八本《碧塵珠》，與梨本幾乎全同，可見這個有武線情節的京劇版，在清代末葉應屬盛演之劇。只是這樣的新編連台本戲，在後來似乎未見流傳，連折子也未見《戲考》等京劇劇本集收錄。

　　不過值得注意的，是《梨園集成》所收《碧塵珠》，除新增的武戲情節及地獄訴冤外，情節都與「楚曲本《辟塵珠》相同，在目前此劇資料甚爲缺乏的情況下，似乎可以推論這個有「燈戲」的京劇「連台本戲」，可能是依「楚曲」新編成有燈彩點綴的「連台本戲」。〔註57〕但實際在進行唱詞對比時，發現唱詞部份有很多的出入，重要唱段也不盡相同，（詳見附錄二），所以「楚曲」《辟塵珠》是否一定是梨本的祖本似乎還有待商榷。

　　但「楚曲」《辟塵珠》的出現，卻有二種功能：一是提供了《碧塵珠》不是源於傳奇《袁文正還魂記》的證據；這似乎是長期以來一直誤解的部份，因爲不論是《平劇劇目初探》或是《京劇劇目辭典》這樣的工具書，都以爲《碧塵珠》源自於傳奇《袁文正還魂記》故事。〔註58〕二是對京劇「連台本戲」的思索方向。在京劇成熟期時，因應演出情況而新編的「連台本戲」大量出現，這些或根據說部、彈詞、傳奇、宮中大戲改編的連台本戲，其編劇技法，顯然有跡可循。以京劇《碧塵珠》的經驗，便是以原有「楚曲」《辟塵珠》情節爲主幹，增添武戲及地獄陰間。從原本的一條線索的情節發展，增加成爲三條線索的交錯。《清車王府藏曲本》中所收的「連台本戲」《五彩輿》《普天樂》《忠孝全》、《兒女英雄傳》等，都有相同的情況；因爲資料不足，並不清楚這些劇作是否也如同《碧塵珠》一樣，有個「前身劇種」如「楚曲」《辟塵珠》般劇本可依循沿用，但其劇作增添武戲情節及燈戲的部份，卻是如出一轍。

　　從以上「楚曲」劇本的分析，不論是「全本沿用」、「集折串演本」或是「連台本戲」，明顯可見京劇對「楚曲」的繼承，雖然沿襲運用的方式有程度

〔註57〕在《梨園集成》中收有《麟骨床》一劇，也是當時有名的燈彩戲。梨本《碧塵珠》，在第二回《訴冤》下，註明「此場演燈戲」。《梨園集成》，收在《四續修四庫全書》1782 冊，頁 518。

〔註58〕陶君起：《平劇劇目初探》（台北：明文，1982）《碧塵珠》條，頁 233～234。
　　　　曾白融主編：《京劇劇目辭典》（北京：中國戲劇，1989）《碧塵珠》條，頁 597。

深淺、範圍多寡之分。從清乾嘉（中葉）之後，傳奇全本戲的演出，已幾乎被折子戲所取代，徽班當然不自外於此種情況，〔註59〕京劇從徽班脫胎而來，自然也受此影響。京劇的演出，以走向「折子」式的片斷，即楊掌生所謂的「軸子」為大宗，《戲考》所收劇作就是最好的例子。在這種情形下，長篇京劇的相關問題，一直乏人討論，由於「楚曲」長篇劇作的出現，藉由比對的方式，正可了解京劇長篇體製與其「前身劇種」間的相關問題，並釐清京劇發展史上一些模糊的地帶。

〔註59〕　有關傳奇演折子戲的風氣，其實早在明代已然，萬曆二年（1574）的抄本《迎神賽禮節傳簿》中的劇目，已是折子演出方式。相關研究見《中華戲曲》三輯（山西：山西人民，1987），頁1～152。乾隆時期《帝京歲時紀勝》記載當時演戲有所謂「夜八齣」，《燕蘭小譜》、《消寒新詠》等著錄演員所擅場劇目，也都是折子。無名氏於嘉慶丁巳、戊午（1797～1798）的《觀劇日記》中所載一百多個劇目，也都是折子，顯見當時盛演折子的風氣。